Schlaglicht: eine Hochzeit in New York. Späte Sechziger, doch statt der damit gern assoziierten Flowerpower fällt der Blick auf höfische und intime Rituale in einer Schaltzentrale der Macht, wo man Weichen stellt, von deren Existenz die gemeine Verbraucherschar nichts zu ahnen hat.

Schlaglicht: ein noch junger Commissaire Daquin betritt den Bahnhofsvorplatz von Marseille, Stadt der Schurken und Banditen, Tor zur Welt, brodelnder Moloch zwischen Klassenkampf und Krise, für manche ein Sprungbrett, für andere Endstation.

Kugeln treffen ihr Ziel, Deals gehen über die Bühne, und hinter den Kulissen des sonnenbeschienenen Mittelmeerhafens spinnen die kleinen und großen Geschäftemacher an ihren Netzen. Manottis Marseille fängt in Makro-Aufnahmen von extremer Schärfe und kühler Sinnlichkeit die intrigenstrotzende Wirtschaftspolitik der Siebziger ein. Präzise Action in einem harsch skizzierten Fresko der leidenschaftslosen Gewalt: Die Akteure sind Spieler, der Einsatz ist heute noch derselbe. Es ist unsere Welt.

Falls wir eine Chance haben, durch Literatur die Geschichte zu begreifen, dann ist Manotti eine unserer kostbarsten Dozentinnen. Vive la révélation.   *Else Laudan*

Die Pariserin Dominique Manotti begann erst mit 50 Jahren Romane zu schreiben. Sie studierte an der Sorbonne, lehrte Wirtschaftsgeschichte und war seit dem Algerienkrieg politisch engagiert. In den 1980er Jahren verschob sie, frustriert von der Politik der Mitterrand-Regierung, ihr Engagement in die Literatur. Ihre kundigen, knallhart-eleganten Romans noirs werden in etliche Sprachen übersetzt und immer wieder ausgezeichnet.

Weiterführende Links finden sich am Ende des Buches.

Dominique Manotti

SCHWARZES GOLD

Aus dem Französischen
von Iris Konopik

Ariadne 1248
Argument Verlag

Prolog

Mai 1966, New York

Im Monat Mai ist das Wetter schön in New York, die Luft seidig, noch fern von der drückenden Hitze des Sommers, eine gute Zeit für gesellschaftliche Ereignisse. Am heutigen Tag feiert man in der Großen Synagoge auf der Fifth Avenue die Hochzeit von Michael Frickx, dem Star-Trader von CoTrade, einem im Erzhandel tätigen Unternehmen mit Sitz in New York, und Emily Weinstein, Enkelin von Nat Weinstein, dem Besitzer der Südafrikanischen Minengesellschaft.

Nach der religiösen Zeremonie und vor dem großen Dinner mit mehreren hundert Gedecken in einem der großen Hotels der Stadt empfängt Joshua Appelbaum, Boss von CoTrade, bei sich zu Hause fünfzig Vertraute, um ihnen die junge Ehefrau persönlich vorzustellen und das Ereignis unter Freunden zu begießen.

Er bewohnt ein zweistöckiges Penthouse auf einem Wolkenkratzer an der Fifth Avenue. In einem an die Vorhalle angrenzenden kleinen Salon empfängt er seine Gäste in Gesellschaft der zwanzigjährigen Braut. Die Gäste mustern sie neugierig und mit einer Spur Argwohn. Niemand kennt sie, sie kommt direkt aus Südafrika, ein englischsprachiges Land, das schon, aber furchtbar ... exotisch und unheimlich. Groß, schlank, kurzgeschnittenes braunes Haar, dunkle Augen und strahlendes Lächeln, hübsch verpackt in ihrem braven langen, kaum dekolletierten weißen Kleid, einladend und linkisch zugleich, ähnelt sie einer beliebigen Tochter aus gutem amerikanischem Hause. Günstiges Urteil, eine salonfähige junge Frau. An ihrer

Seite ihr Ehemann Michael – dreiunddreißig Jahre alt, sehr groß, elegant in einem gut geschnittenen dunklen Anzug, das kastanienbraune kurze Haar ordentlich frisiert, längliches Gesicht, bewegliche Mimik, immer strahlend –, der die Gäste mit offenen Armen begrüßt. Für jeden hat er ein Wort, ein Lächeln, eine Anekdote, sein Gedächtnis funktioniert wie eine Kriegsmaschine. Glückwünsche, Umarmungen, er ist das Hätschelkind der Freunde von Jos.

Dann steuern die Gäste den großen Salon an, dessen Glasfront auf eine Terrasse hoch über dem Central Park führt. In der Türöffnung kommen sie an der Ketubba vorüber, der Heiratsurkunde von Emily und Michael, die auf einer Staffelei ausgestellt ist. Ein in Kalligraphie geschriebenes Dokument auf Aramäisch, verziert mit einem Muster stilisierter Blumen und Früchte, die sich in das Geschriebene ranken. Jeder Gast beugt sich über die Urkunde, bemüht, die Unterschriften der Zeugen zu entziffern. Joshua Appelbaum, ihr Gastgeber, hat für den Bräutigam gezeichnet. Nat Weinstein konnte als Blutsverwandter der Braut nicht selbst für seine Enkelin unterschreiben, darum hat das sein Stellvertreter bei der Südafrikanischen Minengesellschaft übernommen, Generaldirektor Leo Blumenfeld, der eigens für die Zeremonie aus Johannesburg angereist ist. Nachdem sie die nebeneinanderstehenden Unterschriften mit eigenen Augen gesehen haben, gehen die Gäste weiter in den großen Salon, wo drei Buffets mit Getränken und allerlei Amuse-Gueules angerichtet sind, fügen sich zu Gruppen zusammen, die Frauen auf der einen Seite, die Männer auf der anderen, und unterhalten sich angeregt.

Ein paar Frauen wundern sich: Die Eltern des Brautpaars sind nicht anwesend? Leider nicht, die jungen Leute sind beide Waisen, die Ärmsten. Pflichtschuldige Seufzer. Michael wurde, viele wissen es bereits, in Anvers geboren, hat Vater und Mutter 1943 in den Konzentrationslagern verloren und ist dann als Zehnjähriger mit seiner Tante in den Staaten gelandet. Sie, die arme Kleine, hat Vater und Mutter bei einem Flugzeugunglück verloren, als sie zwei Jahre alt war. Sie wurde von ihrem Großvater Nat Weinstein großgezogen.

Die Männer reden über die beiden Unterschriften, Appelbaum und der Vertreter Weinsteins auf ein und demselben Dokument. Ein Erdbeben in der Geschäftswelt, versteigen sich einige zu sagen. Die Allianz von CoTrade, dem Weltmarktführer im Erzhandel, und der Südafrikanischen Minengesellschaft, die Roherze fördert und überreiche Vorkommen besitzt, ohne derzeit über die Absatzmöglichkeiten zu verfügen, die eine wirtschaftliche Ausbeutung ermöglichen: eine ungewöhnliche Heirat zwischen Rohstoffförderer und -händler, die die traditionelle Ökonomie beider Sektoren ordentlich erschüttern wird. Die Börse hat das übrigens gleich erkannt. Als sich die Nachricht von der Hochzeit vor zwei Wochen herumzusprechen begann, hat CoTrade an einem Tag um zwanzig Prozent zugelegt. Und der Börsenrausch ist seitdem nicht abgeflaut. Wirklich eine vorteilhafte Partie.

Als alle Gäste willkommen geheißen und der Braut vorgestellt sind, umarmt Jos Emily. »Madam, Sie sind perfekt. Ich hoffe, Ihnen in diesem fremden Land ein treuer Freund zu sein, auf den Sie immer werden zählen können. Jetzt entspannen Sie sich, amüsieren Sie sich ein wenig mit Ihren Gästen, ich entführe Ihnen für ein paar Minuten Ihren Mann, Ihr Großvater erwartet uns in meinem Arbeitszimmer.«

Emily betritt den großen Salon, drei Geiger stimmen ihre Instrumente. Sie werden ein paar traditionelle Festweisen spielen, die Gäste bilden kleine Gruppen, die Gespräche sind lebhaft. Sie durchquert den Raum, alle Blicke wenden sich ihr zu, sie nimmt davon keine Notiz, nähert sich einem jungen Mann in Militäruniform, der mit verschlossener Miene allein in einer Ecke sitzt. Sie umarmt ihn, zieht ihn hinaus auf die Terrasse.

»David, mach nicht so ein finsteres Gesicht. Sieh dir diesen Ausblick an, diese Stadt.«

»Du hast es geschafft, du bist in New York, genau das, was du wolltest, bist du glücklich?«

»Glücklich, ich weiß nicht. Mein Ehemann wirkt ein bisschen wie ein Handelsvertreter.«

»Er ist Handelsvertreter.«

»Aber ich bin in dieser Stadt, da, wo ich hinwollte. Hier pulsiert das Leben. Spürst du es nicht?«

Schweigen.

»Ich bin Joburg entronnen, dem Stillstand. Ich bin am Mittelpunkt der Welt. Mein Leben beginnt hier, jetzt.«

»Hart für mich, das zu hören. Ich dachte, wir hätten in der Welt da drüben einige schöne Jahre miteinander verbracht.«

»Wir waren Kinder, lieber Cousin. Sprechen wir über dich, erzähl. Warum hast du dich entschlossen, Soldat zu werden? Nichts hat dich dazu verpflichtet.«

»Um mein Leben zu beginnen. Für dich ist es New York, für mich die Armee.«

Das Arbeitszimmer ist nüchtern, dunkles Holz und dunkles Leder, ohne jedes Dekor. Nat Weinstein hat es sich in einem großen Sessel bequem gemacht und trinkt Whisky. Er ist so alt wie das Jahrhundert, hat die Statur eines kleinen Stiers, untersetzt und draufgängerisch, und einen kaum gezähmten weißen Haarkranz. Als Jos und Michael den Raum betreten, hebt er sein Glas.

»Ich trinke auf das Gelingen dieser Ehe und auf das Glück der Eheleute.«

Jos und Michael schenken sich ein und stoßen an.

»Michael, unterhalten wir uns ein bisschen, ehe wir zum Geschäftlichen kommen. Ich kenne Sie kaum. Emily und Sie kennen sich überhaupt nicht. Ich habe Ihnen die Hand meiner Enkeltochter gegeben, weil mein Freund Jos sich für Sie verbürgt hat«, Michael verbeugt sich leicht in Jos' Richtung, »und weil Jos und ich gemeinsam in einen langfristigen Geschäftskreislauf einsteigen. Ich liebe Emily von Herzen. Ich könnte es nicht ertragen, wenn Sie sie unglücklich machen.«

»Seien Sie versichert, dass das nicht meine Absicht ist.«

»Ich habe einige Erfahrung auf dem Gebiet. Glauben Sie mir, gute Absichten reichen nicht aus.«

»Ich verpflichte mich, alles mir Mögliche zu tun, um Emily glücklich zu machen.«

Weinstein zögert kurz, fährt dann fort: »Gut, sprechen wir übers Geschäft. Wir, Jos und ich, haben die finanziellen Modalitäten des Zusammenschlusses von CoTrade und Südafrikanischer Minengesellschaft abschließend geklärt. Die Sache ist geritzt. Reden wir jetzt darüber, was bei mir zu Hause, in Südafrika, und auf meinem gesamten Kontinent passiert. Afrika verändert sich grundlegend, davon bin ich überzeugt. Viele meiner Mitbürger sehen es nicht, aber ich, ich spüre es bis in die Knochen. Der Wandel wird sich mit Gewalt vollziehen, viel Gewalt, und unter chaotischen Umständen. Ich benötige die Unterstützung eines sehr guten Logistikers, der mir hilft, meine Kommunikationsnetze in Afrika so gut wie möglich zu festigen, und einen exzellenten Trader, der mir Handelswege eröffnet, über die mein Unternehmen im Ausland Fuß fassen und vielleicht eines Tages Afrika den Rücken kehren kann, was nicht mein Wunsch ist. Aber sollte mein Land unglücklicherweise in einem Blutbad untergehen, will ich, dass meine Firma überlebt. Jos hat mir versichert, dass Sie der geeignete Mann sind. Stimmt das?«

Michael nimmt sich Zeit zum Nachdenken, lächelt dann. »Ich bin ein Abenteurer, und Jos weiß das. Ja, ich denke, ich bin der Mann, den Sie brauchen.«

»Nat, Michael ist mein geistiger Erbe bei CoTrade. Damit ist alles gesagt.«

Die drei Männer trinken.

»Auf die Zukunft!«

1

Sonntag, 11. und Montag, 12. März 1973

Sonntag, Marseille

An einem Sonntagmorgen im März 1973 steigt Commissaire Théodore Daquin am Bahnhof Saint-Charles mit zwei großen Koffern und sehr wenig Erfahrung aus dem Zug. Siebenundzwanzig Jahre alt, glänzendes Studium, Politologie, Jura-Examen, Polizeihochschule, die er als einer der Jahrgangsbesten abgeschlossen hat, dann ein Jahr im Sicherheitsdienst der französischen Botschaft in Beirut, sehr weit weg von den Straßen Marseilles. Er durchquert die Bahnhofshalle, tritt hinaus auf den Vorplatz und bleibt geblendet stehen. Vor ihm führt eine monumentale Treppe hinab in die sonnendurchflutete Stadt, mündet in eine schnurgerade, von Bäumen gesäumte breite Straße, ein spektakulärer Blick. Auf dem ersten Absatz der Treppe eine Café-Bar, Tische, Stühle. Daquin nimmt Platz, bestellt einen Espresso. Er hat die kräftige Statur eines Rugby-Spielers, spielt übrigens auch sporadisch auf der Position des Dritte-Reihe-Stürmers, ein breites, kantiges Gesicht ohne Unebenheiten, braune Augen und braune Haare, insgesamt eher ein Allerweltsgesicht, aber eine starke Präsenz, sobald Leben in ihn kommt. Er streckt die Beine aus, schließt die Augen, nimmt die frische Sonnenwärme eines Märzmorgens in sich auf. Schöner Empfang, gute Gefühle. Der Espresso kommt, lauwarm und mittelmäßig, daran muss man sich wohl gewöhnen. Marseille, Kopfsprung in eine unbekannte Stadt, seine erste Anstellung, seine ersten Verantwortlichkeiten, Lust, die

Partie mit vollem Einsatz zu spielen, zu begeistern, zu überzeugen, zu gewinnen.

Taxi. Daquin nennt eine Adresse: 80 Quai du Port, die Wohnung gehört einem Studienfreund namens Porticcio, ein Marseiller, in seine Heimatstadt zurückgekehrt, um seinen Beruf als Anwalt auszuüben, er überlässt sie ihm für die Dauer seines Praktikums in New York.

»Du hältst sie während meiner Abwesenheit in Ordnung, damit hast du ein Jahr, um zu sehen, ob du dich in Marseille akklimatisierst. Ich will nicht pessimistisch sein, aber das ist keine ausgemachte Sache. Wart's ab.«

Das Taxi hält am Vieux-Port, ein großes, sehr belebtes Hafenbecken, überall Boote, Fischerboote, Segeljollen, kleine Frachtkähne in lärmendem Durcheinander, mitten in der Stadt. Nach außen begrenzen das Becken zwei mittelalterlich anmutende Wehrtürme, aufgefrischt durch Vauban. Daquin sucht das Meer und kann es nirgends sehen. Er dreht sich um. Seine Wohnung befindet sich in diesem langgezogenen Gebäude aus schönem Sandstein, strikt moderne Architektur, gepflegte Fassade, er ist begeistert.

Er steigt hoch in die dritte Etage. Er stellt seinen Koffer im Dunkeln ab, öffnet die Stores, vor ihm eine nach Süden gelegene Loggia, sonnenüberflutet, zu seinen Füßen der Vieux-Port mit seiner Geräuschkulisse, die Quais wie Perlenschnüre aus Terrassen, Bars, Restaurants, Nachtclubs, dahinter die Hügel von Marseille, die Wallfahrtskirche Notre-Dame de la Garde und ein riesiger Himmel. Ein Anblick, an dem man sich bestimmt nicht sattsieht, eine Szenerie, die tatsächlich das Aroma von Glück haben könnte. Er wendet sich um: Das Wohnzimmer, in gebrochenem Weiß gestrichen, helles Parkett, ist sehr schlicht eingerichtet mit einem großen Bauerntisch aus dunklem Holz, flankiert von zwei Bänken. In der

12

Salonecke Sessel und Sofa aus weichem Leder, ein Couchtisch aus gebürstetem Stahl. In einem Bücherschrank ein paar Bücher, ein Hifi-Turm, stapelweise Schallplatten und Kassetten. In der kleinen, übertrieben ausgestatteten Küche registriert Daquin das Vorhandensein zweier Kochbücher. Das Bad gefliest mit Émaux de Briare-Mosaiken in Grau- und Blautönen. Im Schlafzimmer eine Schrankwand mit Schiebetüren und ein riesiges, einladendes Bett. Daquin lächelt, Erinnerung an gewisse Kneipentouren mit Porticcio, mehr oder weniger kontrollierte Entgleisungen während ihrer Studienzeit, unmittelbar nach '68. Eine Sexszene, für die komplette Dauer einer besonders langweiligen Vorlesung zu zweit in die Projektionskabine eines Unihörsaals gepfercht, und der Filmvorführer sah ihnen zu und setzte mit einer Hand seine Arbeit fort, während er sich mit der anderen einen runterholte. Er meint bis heute zu spüren, wie sich die Eisenteile des Projektors in seinen Rücken bohren. Der Aufenthalt in Marseille lässt sich gut an.

Daquin hält sich nicht lange auf. Sobald er seinen Koffer ausgepackt hat, geht er in das erste Bistro, über das er in dem alten Viertel gleich hinter seinem Haus stolpert, schlingt ein Sandwich hinunter und eilt zum Évêché, dem ehemaligen Bischofspalast, heute Sitz des Zentralkommissariats von Marseille. Der Bau beherbergt auch den SRPJ, die Regionaldienststelle der Kriminalpolizei, der er zugeteilt ist, er hat es eilig, Kontakt aufzunehmen, die Luft dort zu schnuppern. Zehn Minuten Fußweg durch ein Labyrinth aus steil ansteigenden, ärmlichen Gassen, dann kommt er bei einem Ensemble imposanter Gebäude heraus, in dem sich das eher Moderne mit dem sehr Alten mischt. Nach einigem Umherirren in einem Netz wenig frequentierter Flure und Treppen findet er schließlich die Büros der Kriminalpolizei, im dritten Stock des einstigen Palasts, wo eine Handvoll Inspektoren in nahezu menschenleeren Räumen zugange sind.

Daquin wendet sich an einen, der ihm ein wenig Autorität zu haben scheint, stellt sich vor. »Commissaire Daquin, ich bin frisch hierher versetzt, ich trete meine Stelle morgen an und wollte mich schon mal umhören …«

»Sie kommen gerade recht. Ich bin Inspecteur Principal Courbet von der Kriminalabteilung. Wir hatten eben einen Anruf von der Quartierspolizei, Schießerei im Viertel Belle de Mai, zwei Tote, wir müssen hin. An einem Sonntag zur Mittagsessenszeit, bei sonnigem Wetter und gutem Schnee in den nahen Bergen sind wir nicht viele, wie Sie sehen. Ich lasse zwei Inspektoren hier, um die Erreichbarkeit zu gewährleisten, und nehme Sie im Patrouillenwagen mit zum Tatort. Passt Ihnen das?«

»Das passt mir sehr gut.«

Im Wagen, der mit angemessener Geschwindigkeit fährt, heulende Sirenen fürs Standing, ist die Stimmung entspannt und der Pariser wird freundlich aufgenommen. Schüsse, zwei Tote, das scheint niemanden groß zu beunruhigen. Daquin sieht das Belle de Mai-Viertel vorüberziehen. Breite Durchgangsstraßen, quasi ausgestorben, Zeilen mit ärmlichen Einfamilienhäusern, hier und da durchbrochen von schnell hochgezogenen Sozialwohnungsblocks, Brachflächen, ein paar wenige Billigläden, er hat das Gefühl, ein Katastrophengebiet zu durchqueren. Ein ganz anderes Gesicht von Marseille.

Die Kreuzung der Boulevards Guigou und Burel ist blockiert durch einen Auflauf von Polizisten und Schaulustigen. Auf der Fahrbahn ein roter Simca mit zersplitterten Scheiben und verschrammter Karosserie.

Courbet parkt den Wagen und geht zu den Polizisten, die den Évêché alarmiert haben. Der stellvertretende Staatsanwalt und der Gerichtsmediziner sind noch nicht eingetroffen, die Kriminalpolizei ist als Erste vor Ort, sie hat Reaktionsschnelligkeit bewiesen, darum geht's. Daquin nähert sich dem Kantstein, beugt sich hinunter. Im Innenraum zwei von Kugeln durchsiebte Körper, alles zerfetzt, blutgetränkt, übersät mit Glasscherben und Blechstücken. Der Fahrer, oder was von ihm übrig ist, wirkt wie ein eher reifer Mann, seinem Beifahrer wurde das halbe Gesicht weggeschossen, sein lebloser Körper hat die Anmut der Jugend. Die Quartierspolizisten erstatten Bericht. Ihren Verletzungen nach zu urteilen, wurden die beiden Opfer mit einem abgesägten Gewehr, wahrscheinlich einer Schrotflinte, unter Beschuss genommen und dann aus nächster Nähe mit einer großkalibrigen Kugel in den Kopf getötet. Die Zeugen, nicht viele, haben wenig gesehen: Der Simca sei gemächlich den Boulevard Guigou entlanggerollt, vom Boulevard Burel kam ein anderer Wagen, schnitt ihm den Weg ab, der Simca hielt an, dann näherten sich zwei Fußgänger, die wohl auf dem Gehweg gewartet hatten, schossen und fuhren mit dem Wagen weg, der die Kreuzung blockierte.

Marke? Farbe? Niemand weiß es. Wie die beiden Fußgänger ausgesehen haben? Durchschnittliche Größe, Regenmäntel, Hosen, ansonsten … Der Gerichtsmediziner trifft ein. Er hilft zwei Inspektoren bei der Durchsuchung der Leichen, wobei er es möglichst vermeidet, sich mit Blut zu besudeln. In der Gesäßtasche des Fahrers sein Führerschein.

Ein Inspektor verkündet mit lauter Stimme: »Marcel Ceccaldi.«

»Ceccaldi!« Courbet stößt einen langen Seufzer der Erleichterung aus. »Den sind wir also los …« An Daquin gewandt: »Ein Mann von Francis le Belge, wir hatten ihn ein Dutzend Mal bei uns. Es handelt sich demnach um eine Abrechnung innerhalb des Milieus. Ich warte auf den stellvertretenden Staatsanwalt, aber damit ist die Sache erledigt. Der Fall wird Richter Bonnefoy übertragen, der uns mit der Ermittlung betraut. Die Täter werden wir nicht finden, es dürften italienische Auftragsmörder sein, die längst wieder zu Hause sind. Und niemand wird sich darum scheren.«

»Und der Junge?«

»Unbekannt, fürs Erste. Wahrscheinlich ein Kollateralopfer. Soll ich Sie zurückbringen lassen?«

»Nicht sofort. Ich würde mich gern in der Gegend umsehen. Ich fahre dann mit Ihnen zurück zum Évêché.«

»Wie Sie wollen.«

Daquin geht einmal um die Kreuzung herum. Die Ecke ist verwaist, keine Läden, keine Bars. Erst hundert Meter weiter oben auf dem Boulevard Burel sichtet er den Parkplatz eines Gebäudes, ein paar Wagen, die vor einem Sozialwohnungsblock parken, und auf dem gegenüberliegenden Bürgersteig eine Telefonzelle. Auf der Fährte des roten Simcas läuft er den Boulevard Burel etwas mehr als einen Kilometer hoch. Er kommt an einer einzigen Bar vorbei, etwa achthundert Meter von der Kreuzung entfernt. Als er eine weitere Telefonzelle erreicht, dreht er um und kehrt zurück zu seinen Kollegen am Ort des Massakers.

Montag, Marseille

Als Daquin am Montagmorgen im Évêché eintrifft, erwartet ihn Contrôleur Général Payet, der Direktor der Kriminalpolizei. Er empfängt ihn stehend hinter seinem Schreibtisch, weist ihm mit einer Handbewegung einen Stuhl zu und nimmt Platz. »Commissaire Daquin, erfreut, Sie bei uns zu haben, Sie sind uns herzlich willkommen.«

Die beiden Männer sitzen sich gegenüber. Payet ist schlank, geradezu mager, grauer Anzug, knochiges Gesicht, sehr kurzer

Bürstenschnitt, erstarrt in der ständigen Furcht, die Kontrolle zu verlieren. Daquin, groß, athletisch, ein Tier, das auf Gefühlsregungen und Überraschungen lauert. Es funkt nicht zwischen ihnen.

»Regeln wir zunächst das Administrative. Ihr Posten: die Brigade Criminelle, Einheit für Schwerverbrechen, Gruppe zur Bekämpfung der Bandenkriminalität, Sie sind zweiter Stellvertreter des Gruppenchefs. Ihnen untersteht ein kleines Team: Inspecteur Grimbert, ein hervorragender Kenner der Marseiller Situation, er ist seit über zehn Jahren hier im Évêché, und Inspecteur Delmas, ein Jungspund, frisch aus dem Südwesten. Büro 301 ist Ihrem Team zugeteilt. Alles klar?«

»Vollkommen klar, Herr Direktor.«

»Kommen Sie heute Mittag her, dann stelle ich Sie dem Leiter der Kriminalabteilung und dem Chef der Gruppe zur Bekämpfung der Bandenkriminalität vor. Und ich betraue Sie mit dem ersten Fall, um Sie einzuarbeiten. Courbet erzählte mir, dass er Sie gestern mit zum Tatort im Belle de Mai-Viertel genommen hat.«

»Das ist richtig.«

»Ein guter Einstieg in die Materie. Leider sind solche Vorkommnisse in unserer Gegend nicht selten. In letzter Zeit wurden sämtliche Fälle von Abrechnungen im Milieu gebündelt und die Ermittlungsverfahren Richter Bonnefoy übertragen. Sie werden das Team der Kriminalpolizei verstärken, das mit Bonnefoy zusammenarbeitet, und sich speziell um den Fall Belle de Mai kümmern. Ist Ihnen das recht?«

»Sehr recht, Herr Direktor.«

»Dann bleibt mir nur noch, Ihnen gute Arbeit und viel Glück zu wünschen.«

»Danke, Herr Direktor.«

Daquin sucht das ihm zugewiesene Büro, findet es bald am Ende eines Flurs, abseits der großen Verkehrsströme innerhalb des SRPJ. Der Raum ist zu klein, aber hell und ruhig, hastig eingerichtet, drei Stühle und drei Schreibtische, bunt zusammengewürfelt, zwei Schreibmaschinen, zwei Telefonapparate und zwei Metallschränke. Er wählt seinen Schreibtisch, gegenüber der Tür, Fenster im Rücken, und liest die regionale Berichterstattung über die Morde im Belle de Mai-Viertel, während er auf seine Teamkollegen wartet.

Die beiden Inspektoren treffen eine halbe Stunde später zusammen ein. Daquin steht auf und begrüßt zuerst den Älteren, Grimbert, den guten Kenner des Marseiller Lebens, den Mann, den der Chef, wie er annimmt, ebenso zu seiner Unterstützung wie zu seiner Überwachung abgestellt hat, den Mann, dessen Vertrauen er gewinnen muss. Seine Physis überrascht Daquin. Um die dreißig, ein großer Blonder mit halblangen Haaren und blauen Augen in einem länglichen, kantigen Gesicht, romantische Ausstrahlung, leicht britisch. Er stellt einen großen Karton mit Akten auf einem der leeren Schreibtische ab und drückt Daquin die Hand, während er ihn mustert. Gegenseitiges Beschnuppern.

Hinter ihm folgt Delmas, ein kleiner Dunkler von sechsundzwanzig, ein Muskelpaket mit dem Gesicht eines Lebemanns. Er kommt mit leeren Händen, begrüßt Daquin gut gelaunt und nimmt den letzten verfügbaren Schreibtisch.

Ein paar Willkommensworte, dann sagt Daquin: »Richten Sie sich in Ruhe ein, ich hole solange Espresso, dann machen wir uns an die Arbeit.«

»Espresso? Woher?«

»Auf der Etage. Keine Espressomaschine?«

»Nein, nicht dass ich wüsste.«

»Dann in der Bar des Hauses. Es gibt doch wohl eine?«

Grimbert setzt sich mit einer Pobacke auf eine Schreibtischecke, schiefes Lächeln auf den Lippen. »Ja, natürlich gibt es eine, im Keller, die *Garage*, eine Bar, die die Kfz-Mechaniker der Truppe betreiben. Aber ich muss Ihnen das erklären. Sie sind dort nicht willkommen. Aus einer Reihe von Gründen. Der erste: Es ist das Terrain der Sécurité Publique, Beamte in Uniform, die auf der Straße arbeiten, sich aufführen wie die Prolls der Profession. Uns, die Bullen in Zivil, die Ermittler der Kriminalpolizei, betrachten sie als Faulpelze und Intelligenzler, und sie wollen uns in ihrer *Garage* nicht haben. Zweiter Grund: Sie sind Commissaire, also einer von den Bossen, und kein Commissaire, nicht mal einer der Sécurité Publique, ist in der *Garage* willkommen. Zu guter Letzt sind Sie Pariser. Wenn ein Pariser den Évêché betritt, schrillt im ganzen Haus die Alarmglocke. Das wird sich legen, aber es wird etwas Zeit brauchen.«

Grimbert spricht mit einem ausgeprägten Marseiller Dialekt. Überspielt, denkt Daquin, oder antrainiert.

»Ich danke Ihnen, dass Sie mir eine peinliche Situation ersparen. Ich verzichte heute auf Kaffee, das wird schwer, aber ich werd's schaffen. Und ich werde Mittel und Wege finden, in diesem Kabuff einen elektrischen Espressokocher zu installieren.«

Ein paar Minuten später machen sich die drei Männer an die Arbeit.

»Sie wissen, dass wir den Mordfall Belle de Mai geerbt haben?«

»Ja, der Chef hat uns informiert.«

»Er hat Ihnen gesagt, dass ich mit Inspecteur Courbet eine Fahrt zum Tatort gemacht habe?«

»Ja, das hat mich überrascht.«

»Reiner Zufall, ich kam gerade hier vorbei.«

»An einem Sonntag?«

Die Akte mit den Erhebungen am Tatort, ersten Ergebnissen und den Fotos liegt aufgeschlagen vor Daquin auf dem Schreibtisch, der sie Grimbert zuschiebt und fortfährt: »Bei diesem Fall sprechen der Chef und Courbet beide spontan von einer Abrechnung im Milieu. Woran erkennen Sie Abrechnungen im Milieu, Grimbert?«

»Zunächst die Vorgehensweise der Mörder: Sie halten sich nicht mit Feinheiten auf, veranstalten ein Gemetzel, schießen aus nächster Nähe oder mit einer Automatikwaffe. Auf offener Straße oder an öffentlichen Orten. Am helllichten Tag und mit unverhülltem Gesicht. Keine Spuren, wir sammeln zwar ein paar Patronenhülsen auf, aber die Waffen werden exportiert oder zerstört, im Allgemeinen werden sie nicht zweimal benutzt. Und auch keine Zeugen. Dann die Persönlichkeit der Opfer: Sie töten sich untereinander, im Rahmen von Machtkämpfen. Es gibt zwar manchmal Kollateralopfer, aber das ist schlichtes Pech und wir kümmern uns nicht groß darum … Schließlich und endlich wird keiner der Fälle mit der Identifizierung der Mörder abgeschlossen, schon gar nicht mit ihrer Festabnahme.«

»Das ist eine detailgetreue Wiedergabe dessen, was ich gestern gesehen habe. Der Chef sagte mir, dass solche Abrechnungen öfter vorkommen. In welchem Rhythmus, seit wann?«

»Seit letztem September hatten wir fünf, etwa einen pro Monat, mit insgesamt acht Toten. Ich schreibe Ihnen eine detaillierte Notiz, wenn Sie wollen.«

»Warum diese plötzliche Häufung?«

»Es ist die Rede von einem Erbfolgekrieg zwischen Zampa und Francis le Belge um die Kontrolle des Marseiller Milieus nach dem Fall des Hauses Guérini.«

»Wo kommen diese beiden her?«

»Beide sind Zöglinge von Guérini. Zampa wurde etwas länger bebrütet als Le Belge, er ist erfahrener. Im Moment trägt er allem Anschein nach den Sieg davon, es steht sechs Tote gegen zwei.«

»Ein Spielstand wie im Tennis«, bemerkt Delmas. »Zampa gewinnt das Set, aber noch nicht die Partie.«

Daquin beachtet ihn nicht weiter. »Etwas bequem als Erklärung. Ich bin neu hier, ich kenne mich mit der Marseiller Situation nicht gut aus, aber ich weiß, dass die Guérinis, die für Ordnung sorgten, seit mindestens vier Jahren von der Bildfläche verschwunden sind, Antoine wurde 1967 erschossen und Mémé 1969 eingebuchtet. Also warum nach so langer Zeit dieses Wiederaufflackern der Rivalitäten?«

»Wollen Sie meine Meinung hören?«

»Selbstverständlich.«

»Es hat mit der Zerschlagung des Heroinrings in Marseille zu tun, die in Wirklichkeit erst letztes Jahr im Februar begonnen hat, 1972, mit einem sehr großen Fang auf einem kleinen Frachtschiff, der *Caprice des Temps*, über vierhundert Kilo reines Heroin. Seitdem haben sich die Festnahmen vervielfacht, es ist einiges in Bewegung, und zwar in alle Richtungen, und jeder versucht sich die Situation zu nutze zu machen. Die Banditen verpfeifen ihre Konkurrenten oder Rivalen, damit die Bullen für sie aufräumen und ihnen alles hübsch sauber hinterlassen. Die verschiedenen Polizeidienste verbünden sich mit einem Clan gegen einen anderen, jeder Dienst verfolgt seine eigene Bündnispolitik …«

»Was erklärt, dass die Ermittlungen nie zu etwas führen?«

»Die Verantwortung für Ihre Schlussfolgerung müssen Sie selbst übernehmen, Commissaire. Aber Sie sollten wissen, dass Sie in einem Klima gelandet sind, das, sagen wir … Marseille-typisch ist.«

»Gut. Kommen wir zurück zu unserer Akte Belle de Mai. Keine Spuren, keine Zeugen, einverstanden. Aber ich habe mich in der Gegend umgesehen. Es handelte sich um einen sehr sorgfältig vorbereiteten Hinterhalt. Route und Zeitplan der Opfer waren bekannt. Woher? Es ist unmöglich, die Kreuzung längere Zeit zu blockieren. Jemand hat also ein Startsignal gegeben, und es war mindestens ein Späher in der Nähe der Kreuzung, um das zweite Signal zu geben. Folglich viele Komplizen, deren Spur man möglicherweise verfolgen kann. Welche Mittel zur Informationsweitergabe haben sie benutzt? Ich habe auf dem Boulevard Burel in der Nähe der Kreuzung eine Telefonzelle entdeckt, direkt gegenüber einem Parkplatz vor einem Gebäude. Die Mörder können dort gewartet und das letzte Zeichen über das Telefon in dieser Zelle bekommen haben. Auf dem Boulevard Guigou, weniger als einen Kilometer entfernt, gibt es eine Bar, die sonntags geöffnet hat, und eine Telefonzelle. Das letzte Signal kann von einem dieser beiden Punkte aus erfolgt sein. Man kann die von diesen Anschlüssen getätigten Anrufe zurückverfolgen und im Umfeld nach Zeugen forschen. Jetzt zu den Opfern: Mit wem waren sie zu diesem Zeitpunkt verabredet? Mit wem hatten sie Streit? Wer kann sie verraten haben? Was sagen die Angehörigen? Welche Verbindung besteht zwischen den beiden Opfern, Marcel Ceccaldi und dem Jungen? Alle diese Punkte können wir verfolgen. Und dahinter werden sich die Auftraggeber abzeichnen.«

Grimbert setzt wieder sein schiefes Lächeln auf. »Zweifellos, Commissaire. Aber bevor wir uns in dieses Abenteuer stürzen, gehen Sie zu Richter Bonnefoy. Vergessen Sie nicht, es ist seine Ermittlung, nicht Ihre.«

Im Gericht empfängt Richter Bonnefoy, ein freundlicher Mann von geruhsamen fünfzig, Daquin umgehend in seinem sonnigen Büro mit Blick auf den Vieux-Port. Er hört sich seinen Bericht des Belle de Mai-Massakers und seine Vorschläge zu möglichen Ermittlungsansätzen an. Er macht sich keine Notizen, trommelt mit den Fingern auf seinem Schreibtisch.

»Commissaire, Sie sind neu hier, wenn ich Contrôleur Général Payet richtig verstanden habe. Wie in jeder anderen Stadt fehlt es Polizei und Justiz hier in Marseille bitter an Mitteln. Und die Kriminalität, unter denen die ehrlichen Bürger leiden, nimmt sprunghaft zu, die Überfälle auf alte Leutchen beim Verlassen von Postämtern oder Banken, die Überfälle auf kleine Händler und, die neuste Masche, Überfälle auf Taxifahrer. Diese Kriminalität ist es, die unbedingt eingedämmt werden muss. Wenn die Banditen sich gegenseitig umbringen wie in dem Fall, über den wir sprechen, schert die anständigen Leute das wenig. Sie fühlen sich nicht bedroht. Was ich von Ihnen verlange, ist, dass Sie die Identität der Opfer feststellen, damit wir die Bandenkriege und die Entwicklung der Clans nachvollziehen können und nicht überrumpelt werden. Ich erwarte von Ihnen und Ihrem Team, dass Sie in diesem Sinne vorgehen und berichten.«

Als Daquin das Gericht verlässt, hört er Grimbert, »seine Ermittlung, nicht Ihre«, und sieht sein schiefes Lächeln, dessen Grundstimmung er endlich begreift: desillusioniert.

2

Dienstag, 13. März 1973

Dienstag im Morgengrauen, Nizza

Fast drei Uhr morgens. Die Nacht ist kalt, duftend und still auf der Promenade des Anglais, für manche eine der schönsten Straßen der Welt. Durch das große Portal des Palais de la Méditerranée verlässt ein Paar die Spielsalons des Casinos. In der Ferne das Geräusch eines anfahrenden Motorrads. Das Paar bleibt im Schutz der hohen Arkaden stehen, die die monumentale Fassade tragen, bombastisches Pappmaché-Dekor, geprägt vom Geist der Dreißigerjahre. Ein Page in Uniform eilt auf den Mann zu. Der stattliche Fünfziger, breite Schultern, massige Gestalt in dezentem dunklem Anzug, gibt ihm seine Wagenschlüssel. Der Page entfernt sich in Richtung Parkplatz. Die junge Frau im hellen, tief ausgeschnittenen Kleid schaudert, als die Kälte sie packt, in den Hügeln des Hinterlands hat es geschneit. Das Brummen eines näherkommenden Motorrads, verborgen hinter den Blumenkübeln, die die Arkaden und den Eingang des Palais vom Bürgersteig der Promenade trennen. Der Mann wendet sich seiner Begleiterin zu, lächelt sie an, hilft ihr, eine bunte Kaschmirstola auf ihren Schultern zurechtzuziehen. Der Page verschwindet um die Hausecke. Das Motorrad hält vor dem roten Teppich, der bis zu den Eingangstüren reicht, der Mitfahrer steigt vom Sozius, bringt sich, ohne den Helm abzunehmen, dem Paar gegenüber in Stellung, nimmt eine stabile Position ein, breitbeinig, hebt eine Pistole mit beiden Händen auf Augenhöhe und schießt.

Eine Kugel, der Körper des Mannes zuckt, seine Hand krallt sich in das Schultertuch seiner Begleiterin, zwei, drei, vier Kugeln hintereinander, der Körper des Mannes, die Hand an die Stola geklammert, fällt in Zeitlupe, das Blut spritzt stoßweise, das Gesicht der Frau, ihre nackten Schultern, ihr helles Kleid sind blutüberströmt, ein, zwei, drei, vier weitere Schüsse in Folge, die Frau steht starr, offener Mund, ohne einen Schrei. Der Mann liegt am Boden. Der Mörder jagt noch zwei Kugeln in den leblosen Körper. Ende der Operation. Er schiebt seine Waffe unter dem Blouson ins Achselholster, berührt dabei mit dem Lauf der Waffe seine linke Brust, brennender Schmerz, er liebt diesen Schmerz, Kontraktion der Bauchmuskeln, Erregung, heftige Lust, er fühlt sich lebendig, sehr lebendig. Er steigt auf das Motorrad, das mit Vollgas davonrast. Die Frau fällt in Ohnmacht, in die Blutlachen, die den roten Teppich tränken, den weißen Marmorboden besudeln.

Die Szene hat keine zwanzig Sekunden gedauert.

Der Page kommt vom Parkplatz zurückgerannt, die Angestellten stürmen aus dem Palais, schreien, laufen unter den Arkaden auseinander, die letzten Kunden flüchten zum nahe gelegenen Strand. Dann nähern sich Blaulichter und heulende Sirenen, Polizeiautos, gefolgt von Krankenwagen. Polizisten und Sanitäter machen sich an die Arbeit inmitten einer Szene hysterischer Panik vor diesem Operettenbühnenbild.

Während die Polizisten versuchen, alle potenziellen Zeugen des Attentats zu beruhigen und in einem der Spielsalons zu versammeln, stellt ein Arzt den Tod des Mannes fest, der von Kugeln durchsiebt am Boden liegt, die Leiche wird mit einer Plane zugedeckt, die Polizei sperrt den Tatort ab, der Notarzt kümmert sich um die junge Frau, die immer noch bewusstlos ist. Niemand weiß, ob sie verletzt ist, ob das Blut, mit dem sie bedeckt ist, ihr eigenes ist oder das des Toten, man transportiert sie ins Krankenhaus. Ein Polizist mit dem Auftrag, so bald wie möglich ihre Zeugenaussage aufzunehmen, fährt im Krankenwagen mit.

Nach gründlicher Untersuchung, bei der nicht eine einzige Verletzung festzustellen ist, einer Beruhigungsspritze und einer heißen Dusche wird die junge Frau in einem Zimmer untergebracht, wo sie die Fragen des Polizisten notdürftig beantwortet. Sie heißt Emily Frickx, amerikanische Staatsbürgerin. Sie verbringt ihren Urlaub in der Region, ihr Ehemann Michael Frickx hat in Saint-Jean-Cap-Ferrat ganzjährig eine kleine Villa gemietet. Ihr Hauptwohnsitz ist Mailand, wo ihr Mann sein Büro hat. Er leitet die europäische Niederlassung von CoTrade, einem Handelsunternehmen für Rohstoffe mit Firmensitz in New York. Nein, zurzeit ist er weder in Cap noch in Mailand, sondern auf Geschäftsreise durch südafrikanische Minen. Ja, man kann ihn bestimmt erreichen, aber das ist nicht einfach, sie weiß nicht, wo er sich gerade aufhält, und nicht überall gibt es Telefon. Man muss es über das Büro der Südafrikanischen Minengesellschaft in Johannesburg versuchen, dort weiß man immer, wo man ihn über Funk kontaktieren kann. Ja, sie kennt den Mann, der an ihrer Seite erschossen wurde, er heißt Maxime Pieri. Er hat mit ihrem Ehemann regelmäßig geschäftlich zu tun. Sie hat ihn übrigens in dessen Büro in Mailand kennengelernt. Sie glaubt, er arbeitet und wohnt in Marseille, aber sicher ist sie sich nicht. Er ist eher ein Bekannter als ein Freund. Gestern hat sie ihn zufällig in einer Kunstgalerie in Villefranche getroffen, die sie regelmäßig besucht. Und er hat sie zum Abendessen in den Palais de la Méditerranée eingeladen. Ja, es war das erste Mal, dass er sie zum Essen eingeladen hat. Es war ein sehr netter Abend. Sie haben sich lange unterhalten, hauptsächlich über zeitgenössische Kunst. Pieri wirkte interessiert, er hat viele

Fragen gestellt. Nein, er war weder angespannt noch besorgt. Sie haben getanzt, ein paar ruhige Tänze, und im Casino ein bisschen gespielt. Er war im Begriff, sie nach Hause zu fahren, zu ihrer Villa, bevor er nach Marseille zurückfuhr oder in Nizza übernachtete, sie weiß es nicht, sie haben darüber nicht gesprochen. Als sie die Erschießung schildert, überkommt sie ein nervöses Zittern.

»Ich habe den Mann gesehen. Groß, mit einem Helm auf dem Kopf. Er stand neben einem Motorrad. Das Visier war hochgeschoben. Aber er war weit weg, weit entfernt von den Lichtern, kein Gesicht unter dem Helm, nur ein schwarzes Loch. Das Antlitz des Todes. Er hat geschossen. Ich konnte nicht weglaufen, ich konnte nicht schreien, ich war gelähmt. Ich begriff gar nicht, was passierte. Ich spürte das heiße Blut auf meinen Augen, in meinem Mund, den Geschmack des Blutes. Entsetzlich. Als er aufhörte zu schießen, bin ich, glaube ich, ohnmächtig geworden. In mich zusammengesackt wie ein alter Lumpenhaufen.«

Sie weint. Die Ärzte raten, sie jetzt schlafen zu lassen.

Am Tatort nehmen Polizisten Zeugenaussagen auf. Zuerst der Page. Er wiederholt vor den mit Stoppuhren ausgerüsteten Polizisten all seine Aktionen vor und während des Attentats. Pieri gab ihm seine Wagenschlüssel. Nein, dabei wirkte er weder beunruhigt noch sonderlich in Eile, und er selbst hat kein Motorrad in der Nähe bemerkt. Mit den Schlüsseln in der Hand ist er Richtung Parkplatz gegangen. Erste Zeitnahme. Der Page wiederholt den Weg, biegt um die Hausecke, bleibt genau an der Stelle stehen, wo er sich befand, als er die ersten Schüsse hörte. Zweite Zeitnahme. Von dort, wo er war, in der Seitenstraße, hatte er den Casinoeingang nicht im Blick. Er blieb überrascht stehen, konnte die Geräusche, die er vernahm, nicht gleich einordnen, horchte. Dann hörte er die zweite Salve. Er rannte los, zurück zum Casinoeingang. Er erinnert sich nicht, weitere Schüsse gehört zu haben. Er erreichte die Avenue genau in dem Moment, als das Motorrad losfuhr. Zeitnahme. Eine schwere Maschine, dunkle Farbe, Fahrer und Sozius, beide in Schwarz, hat er nur von hinten gesehen, mehr kann er nicht sagen, er war in Panik. Er rannte weiter und entdeckte die zwei niedergestreckten Körper am Boden, er erinnert sich an die Blutlachen auf dem weißen Stein. Knapp fünfzehn Sekunden für die eigentliche Aktionsphase. Die Anfahrtsphase hinzugerechnet, folgern die Polizisten, hat die Operation insgesamt nicht länger als dreißig Sekunden gedauert. Sie sehen einander an. Profis, echte Profis. Das wird kein leichter Fall.

Die Angestellten des Casinos sowie die wenigen verbliebenen Gäste oder Spieler werden einzeln befragt. Sie erzählen von zwei großen Männern, schwarz gekleidet, mit Helmen, einem schweren Motorrad. Der Portier, der sich zum Zeitpunkt des Mordes in der Halle aufhielt, meint das Motorengeräusch einer Ducati erkannt zu haben. Mehr ist nicht zu holen. Im Grunde genommen hat niemand etwas gesehen, und alle haben das Ende der Schüsse abgewartet, ehe sie sich nach draußen wagten. Was verständlich ist. Eine regelrechte Exekution, ausgeführt von waschechten Profis. Italiener vielleicht. Ich wette auf einen ungelösten Fall, sagt einer der Polizisten. Einer mehr, seufzt der Brigadier. Das hat uns gerade noch gefehlt.

Coulon, der Staatsanwalt von Nizza, der vom Bereitschaftsstaatsanwalt im Bewusstsein der komplexen Situation sehr früh an diesem Morgen geweckt wurde, läuft auf der Promenade des Anglais vor dem Palais de la Méditerranée auf und ab. Inspecteur Principal Leccia geht neben und leicht hinter ihm. Die Leiche hat man abtransportiert, die Kriminaltechniker haben ihre Arbeit abgeschlossen. Sie haben zehn Patronenhülsen aufgelesen, sorgfältig nummeriert, fotografiert und in Beweismitteltütchen gesteckt, großes Kaliber, 11.43, keine weiteren Spuren. Sie sind nicht optimistisch. Nach ihrem Aufbruch ist wieder Ruhe eingekehrt.

Coulon für seinen Teil ist äußerst angespannt, seit er die Identität des Opfers erfahren hat.

»Musste der Kerl sich unbedingt bei uns in Nizza abknallen lassen? Als hätten wir im Moment nicht schon genug Sorgen. Können Sie mir das sagen, Leccia?«

Keine Antwort.

»Dieser Pieri ist nicht irgendwer, das ist eine wichtige Persönlichkeit.«

»Zweifellos, Herr Staatsanwalt.«

»Ein in Marseille prominenter Geschäftsmann. Er hat ein bedeutendes Seefrachtunternehmen, die Somar. In diesen Zeiten rückläufiger Hafengeschäfte und der schwierigen wirtschaftlichen Umstrukturierung der Stadt ist das keine Kleinigkeit. Madame Frickx zufolge hat er sogar mit ihrem Ehemann zu tun, der das europäische Büro einer großen amerikanischen Handelsfirma für Erze leitet. Es liegt in unserer Verantwortung, die schwächelnde Marseiller Ökonomie vor weiterem Schaden zu bewahren.«

»Ich glaube nicht, dass wir unter den Geschäftsleuten suchen müssen, Herr Staatsanwalt. Es ist vielleicht déformation professionnelle, aber ich denke eher an seine Vergangenheit als Kapitän der Guérinis, zu Zeiten, als der Clan die Stadt Marseille und den Heroinhandel beherrschte.«

»Ja, das weiß ich wohl, und ich fürchte nichts mehr als diese Verquickungen. Alle Welt wird sich einmischen wollen. Die

Honoratioren, die Abgeordneten, das Ministerium. Ich hasse diese Fälle. Dabei muss man nichts als Prügel einstecken.«

»Nicht zu vergessen, dass es die Polizei von Nizza, die derzeit ohnehin überlastet ist, noch mehr strapazieren könnte. Ohne darauf herumreiten zu wollen, Herr Staatsanwalt, darf ich Sie erinnern: zwölf Brandstiftungen und Schießereien in Bars und Nachtclubs in einem Jahr, dreizehn bewaffnete Raubüberfälle in einem Monat vergangenen Sommer, der Chef unserer Sécurité Publique, der, bevor man ihn feuert, zugibt, dass es in all diesen Fällen nicht auch nur den Ansatz einer Fährte gibt, der fortgesetzte Krieg zwischen dem Clan der Korsen und dem der Pieds-Noirs, ein Commissaire der Sitte, der sich gemeinsam mit seinem Marseiller Kollegen in einer Nutten-Affäre die Finger schmutzig macht, und ein neuer Boss aus dem Norden, den uns das Ministerium vor die Nase setzt. Ich tue, was ich kann, um die Wogen zu glätten, aber es hagelt von überall Kritik, unsere Männer stehen kurz vor dem Aufstand, das muss man berücksichtigen und nicht das Unmögliche von ihnen verlangen.«

»Mir ist das genauso bewusst wie Ihnen, Leccia. Was schlagen Sie vor?«

»Wir müssen bedachtsam vorgehen, uns die Zeit nehmen, den Fall aus allen Blickwinkeln zu betrachten.«

»Reden Sie nicht um den heißen Brei herum, Leccia, nicht bei mir.«

»Mir sind zwei höchst eigentümliche Aspekte dieser Exekution aufgefallen. Erstens, der Schütze ist ausgezeichnet. Alle seine Kugeln landen im Ziel. Die junge Frau bleibt unverletzt, und es gibt nicht mal eine kaputte Scheibe. Warum verspürt er den Drang, zehnmal zu schießen?«

»Keine Ahnung. Was meinen Sie?«

»Ich denke, es handelt sich um eine ausgeklügelte Inszenierung. Die Wahl des Opfers, das Motorrad, die Anzahl der Schüsse aus einer Handfeuerwaffe, das große Kaliber, man spielt hier die Szene des Mordes an Antoine Guérini nach, der in Marseille vor fünf oder sechs Jahren von einem Killer auf einem Motorrad mit zehn Kugeln Kaliber 11.43 auf offener Straße erschossen wurde. Da Pieri einer von Antoines besten Kapitänen war, haben wir es mit einer ziemlich deutlichen Botschaft zu tun: Einer der Aspiranten auf die Nachfolge der Guérinis vollendet die Säuberungen und liquidiert die alte Garde.«

»Zampa oder Le Belge?«

»Nicht unmöglich. Zwischen diesen beiden ist seit September die Schlacht eröffnet. Bereits acht Tote auf der Liste. Mit dem hier sind es neun.«

»Dieser Krieg betrifft Nizza nicht.«

»Das ist nicht ganz richtig, Herr Staatsanwalt. Es hat letzten Sommer bereits einen Warnschuss gegeben, Giaume, dem mit den Guérinis verbündeten hiesigen Paten hat man seinen Nachtclub angesteckt, hier in Nizza. Jetzt schalten sie in einen höheren Gang, sie machen es spektakulärer, um auch ja verstanden zu werden.«

»Gut, nehmen wir einmal an, es ist eine Botschaft an die Überlebenden des Guérini-Clans. Sie sagten, zwei eigentümliche Aspekte. Was ist der zweite?«

»Der gewählte Schauplatz, Herr Staatsanwalt, alles andere als unbedeutend. Und damit berühren wir eine Frage, die für uns hier in Nizza sehr viel heikler ist. Das Casino des Palais de la Méditerranée ist im Visier.«

»Ich weiß, worauf Sie hinauswollen, Leccia, Sie machen mir Angst.«

»Schon der Mord an Antoine Guérini war höchstwahrscheinlich eine Episode im Glücksspielkrieg um die Kontrolle über die Casinos von Paris.«

»Immer noch weit weg von Nizza.«

»Nicht mehr lange. Ausgehend von seiner Hochburg, seinem Casino hier im Zentrum, will Fratoni Nizza zum französischen Las Vegas machen, das ist für niemanden ein Geheimnis, er hat seine Absichten deutlich verkündet. Dafür braucht er die Kontrolle über die Casinos an der Côte. Sein erstes Ziel: das Ruhl. Unsere sämtlichen Quellen sagen, dass es ihm mit Unterstützung eines italienischen Konsortiums gelungen ist, viel Kapital aufzubringen, und dass die Übernahme in den nächsten Wochen stattfinden soll. Gleich nach dem Ruhl steht die Übernahme des Palais de la Méditerranée auf dem Plan. Im Rathaus ist man der Ansicht, dass die Stadt Nizza bei der Erneuerung ihrer Casinos viel zu gewinnen hat.«

»Ich weiß«, murmelt der Staatsanwalt, »ich bin auf dem Laufenden.«

»Stellen wir uns jetzt vor, irgendwelche Banditen wollen Fratoni schaden. Ein Mord auf den Stufen des Casinos könnte eine gute Warnung sein, die Gewalt, das Blut, der Tod ...«

»Sie gehen zu weit.«

»Ich sage nicht, dass Pieri aus diesem Grund ermordet wurde, aber man hat entschieden, ihm auf den Stufen des Casinos aufzulauern ...«

»Ich bleibe skeptisch. In jedem Fall aber tun wir gut daran, den Wirbel weitestgehend zu begrenzen und uns daran zu halten, dass ein nicht näher bestimmbarer potenzieller Erbe die Reste des Guérini-Clans liquidiert. Die Sorte Fall, für die sich die Öffentlichkeit nicht interessiert. Solange die Gangster sich untereinander abschlachten, ist nach zwei Tagen alles vergessen, wenn niemand es auf Komplikationen anlegt. Und wir richten unsere Ermittlungen auf Marseille, fern von Nizza und seinen Casinos.«

Der Staatsanwalt geht noch ein paar Schritte, bleibt dann stehen.

»Gut. Machen wir es simpel. Wir halten uns an die Hypothese einer Abrechnung im Milieu, wahrscheinlich auf Betreiben eines dieser beiden Spinner, Zampa oder Le Belge, ohne weitere Einzelheiten. Es besteht kaum Aussicht, dass wir hier vor Ort auf irgendetwas stoßen. Die zwei sind deutlich aktiver in Marseille und Paris als bei uns, Gott sei's gedankt. In Marseille leitet Richter Bonnefoy ein Ermittlungsverfahren, das alle diese Abrechnungen bündelt. Ich könnte ihn einsetzen und mit dem Dossier betrauen.«

Der Staatsanwalt nimmt seinen Gang wieder auf, überlegt noch einmal, trifft dann eine Entscheidung. »Ich kenne ihn kaum, diesen Bonnefoy. Ich warte noch ab, ehe ich einen Richter in diesen Schlamassel einbeziehe. Ich eröffne ein beschleunigtes Verfahren, das unmittelbar unter meiner Aufsicht bleibt, und betraue den SRPJ von Marseille mit der Ermittlung, was sich angesichts der Person des Opfers rechtfertigt. Auf die Weise schlagen wir zwei Fliegen mit einer Klappe. Wir verhindern, dass Ihr frisch ernannter Chef in unseren Angelegenheiten herumtrampelt. Und wir halten das Operationszentrum von Nizza und seinen Casinos fern. Es ist doch das, was Sie wollten?«

»Genau das, Herr Staatsanwalt.«

»Aber, Leccia, ich bitte Sie, bei dieser Ermittlung jeden Schritt zu überwachen. Man kann nicht vorsichtig genug sein, sie darf nicht außer Kontrolle geraten, lassen wir uns nicht überrumpeln. Ich zähle auf Sie, wie immer.«

Daquin wird am frühen Vormittag zum Direktor des SRPJ Marseille bestellt, der ihn sehr freundlich empfängt. Nicht unbedingt ein gutes Zeichen.

»Ein Mord letzte Nacht in Nizza, das Opfer, Maxime Pieri, ist eine vielschichtige Persönlichkeit, ein bedeutender Marseiller Unternehmer mit einer bewegten Vergangenheit, was seine frühen Jahre betrifft. Grimbert wird Ihnen mehr dazu sagen. Der Staatsanwalt von Nizza hat uns im Rahmen eines beschleunigten Verfahrens mit dem Fall betraut. Ich habe mich mit Richter Bonnefoy beraten, er denkt, die Sache in Belle de Mai ist eine klassische Abrechnung unter Gangstern, und hat nicht vor, eine ausufernde Ermittlung einzuleiten. Sie werden bei diesem Dossier nicht mit Arbeit überlastet sein. Ich habe daher entschieden, Ihnen auch den Fall Pieri zu übertragen, Ihnen und Ihrem Team. Für Sie ist das eine Gelegenheit, sich warmzulaufen. Hier ist das, was uns Nizza per Telex übermittelt hat.« Der Chef reicht Daquin eine dünne Mappe, nur wenige Zettel. »Sie finden darin die Polizeiberichte vom Tatort, die Zeugenaussagen, die an Ort und Stelle aufgenommen wurden, und die Kontaktdaten des Büros vom Staatsanwalt von Nizza. Inspecteur Bonino ist Ihr Ansprechpartner in der dortigen Dienststelle des SRPJ. Sie haben seine Kontaktdaten in der Akte, er ist informiert und erwartet Ihren Anruf. Viel Glück, Daquin.«

Daquin nimmt die Akte, das Gesicht ausdruckslos, ohne Reaktion. »Danke, Herr Direktor.«

Er steht auf und geht hinaus. Jagd auf Niçoiser Territorium, das Opfer eine vielschichtige Persönlichkeit. Ein Auftrag, der stinkt? Vielleicht, aber beschleunigtes Verfahren, eine Chance. Er muss versuchen, sie voll und ganz zu nutzen.

Daquin kehrt zurück zu Grimbert und Delmas, die in ihrem Büro auf ihn warten.

»Was wollte der Direktor?«

»Er überträgt uns das Dossier zum Mord an Maxime Pieri vergangene Nacht.«

Grimbert stößt einen überraschten Pfiff aus. »Ich habe die Nachricht von seiner Ermordung heute Morgen im Radio gehört, ich hätte nie gedacht, dass wir eine Chance haben, diesen Fall zu erben.« Daquin hört die Aufregung in seiner Stimme. »Klären Sie uns auf, Commissaire.«

»Der Staatsanwalt von Nizza hat sich für ein beschleunigtes Verfahren entschieden, das unter seiner Aufsicht bleibt, und er hat den SRPJ von Marseille eingesetzt. Der Chef hat uns mit der Ermittlung betraut, mehr weiß ich nicht. Hier ist die Akte, dünn, klar, der Mann wurde vor sieben Stunden getötet. Wir lesen sie und sprechen dann darüber.«

Ein paar Minuten später: »Was denken Sie, Grimbert? Motorrad, großes Kaliber, zehn Schüsse, ist es die x-te Abrechnung im Milieu?«

Grimbert zögert. Brauen zusammengezogen, keine Spur mehr von seinem schiefen Lächeln. Dann legt er los. »Ich stelle gewaltige Ungereimtheiten fest. Erstens mal ist die Exekution zu sauber. Der Mörder schießt nicht aus nächster Nähe, trotzdem trifft er die Frau an Pieris Arm nicht, keine Sachschäden ringsum, die Killer aus dem Milieu arbeiten selten so präzise. Dann die Persönlichkeit von Pieri. Er war zwar einer der Kapitäne von Antoine Guérini, aber vor etwa zehn Jahren hat er auf Geschäftsmann umgesattelt. Heutzutage ist er im Wirtschaftsleben von Marseille ein bekannter Mann, er besitzt eine Firma, die Somar, die ein Dutzend Frachter im Einsatz hat. Ich sehe nicht, dass er sich an den aktuellen Machtkämpfen der Clans beteiligt.«

»Dem Chef zufolge wissen Sie etwas mehr darüber, als Sie uns sagen.«

Grimbert zögert, entschließt sich dann. »Pieri gehört zu der Generation Korsen, die bei Kriegsende und in der Nachkriegszeit enge Beziehungen zur Politik geknüpft haben. Er stand in dem Ruf, Geschäfte an der Grenze der Legalität zu machen …«

»Auf welcher Seite der Grenze? Diesseits oder jenseits?«

»Jenseits natürlich, das ist doch der Sinn der Redewendung, und zwar mit etlichen Mitgliedern der feinen Marseiller Gesellschaft. Aber das sind bloß Gerüchte, ich habe keinerlei konkreten Beweis.«

»Das könnte ein guter Grund dafür sein, erschossen zu werden.«

»Ja, sicher.«

»Ist es denkbar, dass eine Abrechnung im Milieu inszeniert wurde, um eine gründliche Ermittlung zu verhindern?«

»Das wäre amüsant. Und schlau, mitten im Krieg von Zampa gegen Le Belge. Man könnte glatt auf die Idee kommen, die zehn Kugeln, die man auf Pieri abgegeben hat, wären eine Art Anspielung auf die zehn Kugeln, mit denen Antoine Guérini erschossen wurde. Einfach um sicherzugehen, dass wir die Parallele ziehen.«

»Wie sind unsere Beziehungen zu den Kollegen in Nizza?«

»Kompliziert. Nizza und Marseille sind zwei unterschiedliche Städte. Nicht die gleiche Bevölkerung, nicht die gleichen Politiker. Nicht die gleichen Banditen und nicht die gleichen Bullen. Da wir nicht sehr regelmäßig zusammenarbeiten, sind die Beziehungen ansonsten nicht katastrophal. Ich würde sagen, auf der Mitte zwischen nicht berühmt und passabel. Eher besser als zwischen den verschiedenen Diensten hier im Évêché.«

»Ich rekapituliere. Ein Mord, vielleicht eine Abrechnung im Milieu, vielleicht nicht. Wir werden im Rahmen eines beschleunigten Verfahrens eingesetzt. Ein beschleunigtes Verfahren dauert fünfzehn Tage. Während dieser Zeit haben wir echte Ermittlungsbefugnisse, wir entziehen uns dem Einfluss von Richter Bonnefoy, der aus dem Spiel ist, und unterstehen allein der Aufsicht des fernen Staatsanwalts Coulon, der in Nizza sitzt. Wir können den Fall auf Sparflamme kochen, niemand wird uns das verübeln, oder die Gelegenheit beim Schopf packen und fünfzehn Tage wie die Verrückten arbeiten. Spielen wir das Spiel oder spielen wir es nicht? Grimbert?«

»Wir spielen es.«

»Delmas?«

»Ebenso.«

Adrenalinstoß, Hitzewallung. Gefühl, die Geburt eines Teams zu erleben, wie manchmal beim Rugby inmitten von Gefahr und Zusammenstößen.

»An die Arbeit, keine Zeit zu verlieren. Ich fahre rüber nach Nizza und besuche Bonino in der Dienststelle des SRPJ und Staatsanwalt Coulon. Soll ich einen Durchsuchungsbeschluss für Pieris Firma beantragen?«

»Versuchen können Sie es, aber es würde mich wundern …«

»Wir werden sehen. Sie hier besorgen uns die Polizeiakten über Pieri, Sie treiben Bullen auf, die ihn gekannt haben und uns etwas über ihn erzählen können, Sie machen seine Familie ausfindig und Sie sammeln das Maximum an Informationen über seine Firma. Sie dürfen Ihrer Phantasie freien Lauf lassen, aber achten Sie darauf, dass Sie im abgesteckten Rahmen bleiben, solange die Maschinerie nicht angelaufen ist. Wir werden denen, die uns den Fall gern entziehen wollen, wer immer das sein mag, keinen Vorwand liefern. Morgen früh sehen wir uns hier wieder.«

Delmas und Grimbert treffen sich im Bar-Tabac auf dem großen Platz vor dem Eingang des Évêché. Für die Beamten der Kriminalpolizei ist es wie eine Nebenstelle. Ein gewöhnliches Bistro, aber mit einer großen Terrasse, die freien Blick auf das Zentralkommissariat bietet. So fühlt man sich nicht fremd. Bullen an allen Tischen.

Grimbert zieht Delmas zu einem sonnigen Tisch auf der Terrasse. »Hier muss man sich vorsehen, überall lungern Journalisten rum in der Hoffnung auf irgendwelche Tipps. Einen habe ich an der Bar gesehen, bestimmt ist er hier, um nach Informationen über Pieri zu fischen, ich bin nicht scharf darauf, mit ihm zu reden.«

Grimbert schlägt Delmas vor, die Arbeit aufzuteilen.

»Du übernimmst das Archiv im Évêché, du suchst alle Akten raus, die Pieri betreffen, wenn möglich, machst du seine Familie ausfindig und erstellst zu morgen eine Zusammenfassung. Ich für meinen Teil gehe zur Handelskammer und zum Finanzamt, mal sehen, was ich zusammenklauben kann. Morgen früh ziehen wir mit dem Commissaire Bilanz.«

Die Handelskammer hat ihren Sitz in einem Gebäude mit monumentaler Fassade, kitschig und überladen, eine Glanzleistung der Kommunikationspolitik des Marseiller Unternehmertums Ende des 19. Jahrhunderts: Es war geboten, auf reich zu machen, das ist gelungen. Die Verantwortlichen der Kammer weigern sich einhellig, Inspecteur Grimbert zu empfangen. Zu viel zu tun, keine Zeit zu vergeuden, nichts zu sagen. Und sie schicken ihn zu ihren Sekretärinnen, die seit den frühen Morgenstunden ihren Text auswendig gelernt zu haben scheinen: Pieri, ein dynamischer Unternehmer, sehr präsent bei allen Sitzungen. Sicher, er gehört nicht zur selben Welt wie die großen Familien der Ölmühlen und Seifenfabriken, die sich nicht dazu herablassen würden, ihn bei sich zu empfangen, ihn aus der Ferne aber schätzen. Ihnen ist nie auch nur das Geringste von einem ernsthaften Konflikt zu Ohren gekommen. Dieser Mord hat mit dem Marseiller Wirtschaftsleben nichts zu tun.

»Ein von zehn Kugeln durchlöcherter Körper, ein Großkaliber Sorte Bazooka, die Präzision eines Eliteschützen – Ihnen zufolge war das sicher eine eifersüchtige Ehefrau, die im Affekt getötet hat, ein Verbrechen aus Leidenschaft«, sagt Grimbert mit ernster Miene.

»Und warum nicht?«, antworten die Frauen lachend.

Verärgert über diese lässige Art, mit ihm umzuspringen, hat Grimbert einen Geistesblitz. »Wo ist das Dokumentationsarchiv der Kammer, ich will die Akte über die Somar einsehen.«

Unerwartetes Ansinnen, die Sekretärinnen beraten sich.

»Das Archiv ist für die Öffentlichkeit nicht zugänglich, es ist Mitgliedern vorbehalten.«

»Ich bin nicht ›die Öffentlichkeit‹, ich bin Inspecteur der Marseiller Kriminalpolizei, und ich ermittle im Mord an einem Ihrer Mitglieder. Sagen Sie mir unverzüglich, wo sich das Archiv befindet.«

Das Archiv liegt unter dem Dach. Während er durch die engen, fensterlosen Gänge läuft, zweifelt Grimbert ernstlich am Nutzen seiner Unternehmung. Aber jetzt, wo er danach gefragt hat …

Die Dokumentarin steuert ihn schnell an die richtige Stelle. »Maxime Pieri, natürlich weiß ich von seiner Ermordung, ich habe Radio gehört. Ich bin ihm mehrmals begegnet, ein sehr höflicher Mann. Ich kann Ihnen seinen Nachruf geben.«

»Jetzt schon ein Nachruf? Er ist erst heute Morgen gestorben …«

»Wir haben zu allen wichtigen Marseiller Unternehmern Nachrufunterlagen, die wir ständig aktualisieren. Presseausschnitte und ein paar getippte Notizen. Um bei Bedarf Stoff für die Presseerklärungen und die Grabreden zu haben.«

»Reizend. Und die von Pieri hat noch niemand angefordert?«

»Nein.« Sie lacht. »Man wird sich um die Predigt nicht reißen. Auf der Straße erschossen wie ein Gangster, das macht sich schlecht. Und die Journalisten sind noch nicht auf die Idee gekommen, uns aufzusuchen. Hier ist die Akte, gehen Sie sorgsam damit um, bringen Sie die Ordnung nicht durcheinander.«

Grimbert setzt sich an einen kleinen Tisch in dem ausgestorbenen Archiv, die Dokumentarin wendet sich wieder ihrer Beschäftigung zu.

Als Erstes eine knappe biografische Notiz: Maxime Pieri wird 1926 in Calenzana auf Korsika geboren. Er kommt als Kind nach Marseille. Im Sommer 1944 beteiligt er sich mit der Waffe in der Hand an der Befreiung von Marseille. Im September 1944 tritt er als Freiwilliger in die legendäre 2ᵉ DB ein. Im Juni 1945 wird er mit dem Kriegsverdienstkreuz ausgezeichnet.

Kurzer Überschlag, damals war er neunzehn. Respekt.

Der nächste Abschnitt beginnt 1962 mit der Gründung der Somar. Die siebzehn Jahre seiner kriminellen Karriere mit Schweigen zugedeckt. Geschichte schreiben heißt, das Vergessen zu managen.

Grimbert notiert: Pieri gründet seine Firma 1962 mit einem einzigen Frachter. Er ist damals sechsunddreißig Jahre alt. Beinahe stetiges Wachstum. Die Somar besitzt heute eine Flotte von zehn Schiffen und interessiert sich für das Chartergeschäft mit Öltankern.

Ein Artikel aus einer Wirtschaftswochenzeitung, *Info Éco Avenir*, wurde ausgeschnitten und abgeheftet. Er datiert von November 1964, unterzeichnet von einem gewissen Pascal Thiébaut, dessen Foto in Briefmarkengröße oben auf der Seite abgedruckt ist, neben dem Titel »Das Ende des Marseiller Modells?«.

Grimbert überfliegt die Beschreibung des »Marseiller Modells«: Die Geschäftstätigkeiten von Hafen und Industrie sind stark verflochten, da der Hafen die verarbeitende Industrie mit landwirtschaftlichen Rohstoffen aus den Tropen versorgt. Als das Hafengeschäft nachlässt, geht die davon abhängige Industrietätigkeit zurück, die Krise setzt ein. Der Artikel ist von 1964, und da ist die Krise schon da? Wir befinden uns seit zehn Jahren in der Krise und es geht einfach so weiter? Was treiben die eigentlich da oben? Ein traumverlorener Moment, dann nimmt Grimbert seine Lektüre wieder auf. Der Journalist fragt nach den Gründen: Zusammenbruch des Kolonialreichs und Industrialisierung der Dritten Welt, die die Versorgung mit Rohstoffen versiegen lassen? Nein. Die Hauptursache des Niedergangs von Marseille ist das Scheitern seiner wirtschaftlichen Eliten, schreibt er: »Ein Familienkapitalismus, der sich durch die Nachfolge von drei oder vier Generationen an der Firmenspitze überlebt hat, jeglichem Wandel misstrauisch gegenübersteht und lieber in Immobilien als in Industrie investiert, und Erben, die sich in die freien Berufe flüchten.«

Grimbert staunt über die Heftigkeit der Anklage in einer Publikation, die im Ganzen betrachtet sehr wenig revolutionär ist. Das für ihn Interessanteste kommt noch:

»Ist dieser Niedergang unabänderlich? Vielleicht nicht, wenn es den wirtschaftlichen Eliten gelingt, sich zu erneuern. Ich bin einem neuen Typus Unternehmer begegnet, die von Projekten nur so übersprudeln. Maxime Pieri hat sein

Seefrachtunternehmen vor zwei Jahren gegründet, mit begrenztem Kapital und einem spektakulären Umsatzwachstum von nahezu 25 % pro Jahr. Ich frage ihn, woher diese Dynamik kommt. Zwei wesentliche Faktoren, sagt er. Die Welt ist im Wandel, man muss sich anpassen und neue Kunden finden. Er akquiriert in den Ländern östlich des Mittelmeers, Türkei, Syrien, Libanon, Handelsstrecken, die nicht mehr notwendigerweise über Marseille verlaufen. Und um das für sein Wachstum nötige Kapital aufzutun, umwirbt er eine Klientel, die Ersparnisse hat, aber nicht daran gewöhnt ist, in Geschäfte zu investieren. Er entwickelt neue Formen der Beteiligung-Investition mit begrenzter Laufzeit, um diese Leute anzuziehen, den Banken vertraut er nicht, zu teuer und zu ängstlich. Zudem liebäugelt er mit dem Erdöl, dem zweifellos die Zukunft gehört, sagt er, aber das ist eine andere Geschichte.«

Dann skizziert der Journalist das Porträt von zwei weiteren »Marseillern der Zukunft«. Grimbert hört auf zu lesen, die Dokumentarin ist anderswo beschäftigt, er steckt den Artikel ein, schließt die Akte, bringt sie ihr zurück, verabschiedet sich und geht.

Draußen auf der Straße läuft er mit schnellen Schritten, um seinen Kopf abzukühlen. Es fällt ihm schwer, den Artikel aus dieser Intelligenzlerzeitschrift zu schlucken, der Pieri als Helden der Marseiller Wirtschaft hinstellt.

Als Nächstes auf dem Programm: das Finanzamt des Bezirks La Joliette. Er steigt direkt hoch ins Büro von Inspektor Micchelozzi, ein Nachbar, mit dem er sonntags zur Zeit der Messe manchmal Boule spielt und dazu einen Pastis trinkt. Herzliche Begrüßung. Schon weniger herzlich, als Grimbert auf sein Anliegen zu sprechen kommt.

»Hast du von Pieris Ermordung gehört?«

»Natürlich.«

»Ich arbeite an dem Fall. Du kennst dich mit der Somar ein bisschen aus. Wie denkst du über die Sache?«

»Ich bin nicht persönlich mit der Somar befasst, aber ich bin wie alle anderen, ich weiß von Pieris früheren Beziehungen zu den Guérinis. Wenn du mich fragst, war seine Verbindung zu den Guérinis längst Geschichte. Die Firma ist sauber. Die Geschäftstätigkeit ist real, die Schiffe existieren, die Verträge und die Waren ebenso. Und soweit ich weiß, zahlt das Unternehmen seine Steuern. Die zwei Steuerprüfungen in fünf Jahren, die dort stattgefunden haben, hatten keine spektakulären Steuernachzahlungen zur Folge. Nur Lappalien, wie überall.«

Grimbert redet noch über dies und jenes, das Wetter, das Wochenendhaus, das Angeln, um Micchelozzi Zeit zu geben, das Für und Wider abzuwägen. Dann: »Gut, ich geh dann mal. Sonst gibt es nichts, was du mir sagen kannst?«

»Ich habe hier und da was läuten hören, im Flurfunk … du weißt ja, die Leute reden, ohne immer Bescheid zu wissen … Es gab wohl ein paar etwas undurchsichtige Geschichten rund um den Bau des Ölhafens von Fos. Die Grundstückspreise dort sind explodiert, es gab auch eine verworrene Begebenheit mit einer von den großen Ölgesellschaften unabhängigen Raffinerie, es war von versuchter Erpressung die Rede, Pieri soll darin verwickelt gewesen sein, alles ziemlich vage.«

Sobald Grimbert sein Büro verlassen hat, greift Micchelozzi zum Telefon. Die Bullen interessieren sich für die Somar. Diese Information muss man in Umlauf bringen und die entsprechenden Vorkehrungen treffen.

Grimbert hat schnell Bilanz gezogen. Fos, wahrscheinlich eine falsche Fährte, um mich abzuwimmeln. Aber Pieri sagte am Ende des Artikels: »Erdöl, die Zukunft, eine andere

Geschichte«. Das verdient jedenfalls eine kurze Untersuchung. Micchelozzi gibt vor, sich für die Somar nicht zu interessieren, aber er ist bestens informiert über die Steuerprüfungen bei der Firma. Das ist eine glaubwürdige Information, denn auf seinem Posten beim Finanzamt ist er ein Knotenpunkt für sämtliche Finanzmauscheleien von Marseille. Vielversprechend.

Dienstagnachmittag, Nizza

Inspecteur Bonino wurde Daquins Kommen angekündigt. Er erwartet ihn im SRPJ im Zentralkommissariat von Nizza. Er empfindet seine Situation als ausgesprochen misslich. Der Direktor der Kriminalpolizei hat ihn beauftragt, an dem beschleunigten Verfahren im Mordfall Pieri mitzuwirken, jedoch unter Leitung und Verantwortung von Daquin und seinem Marseiller Team. Was nicht gerade stimulierend ist. Und unter dem wachsamen Blick von Staatsanwalt Coulon, dem er keineswegs blind vertrauen kann. Kurz, er befindet sich in einer heiklen Lage in einem zum Himmel stinkenden Fall. Er wird seinen Job machen, ohne übertriebenen Eifer. Mit der Priorität, den Schlägen auszuweichen, die es von allen Seiten zu hageln droht.

Die Niçoiser Polizei hat die Somar von Pieris Tod in Kenntnis gesetzt. Offensichtlich gibt es keine Familie zu benachrichtigen. Auf der Suche nach einer großzylindrigen Ducati klappern zwei Polizisten die Kfz-Werkstätten der Region ab, ohne viel Hoffnung. Alle gehen von einer Bande italienischer Killer aus, die längst wieder über die Grenze sind. Bonino hat Erkundigungen über das Ehepaar Frickx eingeholt. Die Frau ist die Enkelin eines südafrikanischen Bergbaumagnaten. Der Mann ist ein wichtiger Trader, Europa-Repräsentant der Firma CoTrade, Weltmarktführerin im Erzhandel. Er weiß nicht genau, was das bedeutet, aber Grund zum Argwohn. Der Ehemann ist derzeit auf Geschäftsreise in Südafrika, wo es Bonino gelungen ist, ihn zu erreichen, um ihn über die Missgeschicke seiner Gattin zu informieren, die immer noch mit schwerem Schock im Krankenhaus liegt. Der Ehemann hat versprochen, morgen Abend vor Ort zu sein. Gute Nachricht, da man ihm durchaus ein paar Fragen stellen muss, denn seine Frau behauptet, dass er mit Pieri geschäftlich zu tun hatte.

Unterdessen haben zwei Inspektoren Emilys Zeugenaussage überprüft. Der Besitzer der Kunstgalerie in Villefranche, der Emily sehr gut kennt – sie besucht regelmäßig seine Galerie –, hat bestätigt, dass sie Pieri am Vorabend in seinem Beisein getroffen hat, und offenkundig rein zufällig. Die Casinomitarbeiter kannten Pieri gut, er war Stammgast. Er hatte in den vergangenen drei Monaten mehrfach dort zu Abend gegessen, er spielte ein bisschen, ohne Leidenschaft, immer allein, außer am Abend seiner Ermordung. Emily Frickx dagegen war vorher noch nie dort gewesen. Bonino schließt daraus, dass Pieris Ermordung im Voraus geplant gewesen sein kann, da er im Casino Stammgast war, und Emilys Zeugenaussage somit bestätigt ist. Eigentlich eine gute Nachricht.

Daquin ist immer noch nicht da. Mehr aus Langeweile denn in der Hoffnung, Informationen zu finden, schaut Bonino in die Polizeiakten. Emily Frickx. Überraschung, im Zentralkommissariat von Nizza existiert tatsächlich eine Akte über sie.

28. Mai 1971. Der Bereitschaftspolizist im Zentralkommissariat von Nizza erhält einen anonymen Anruf, in dem eine Prügelei auf der Promenade des Anglais gemeldet wird, auf Höhe des Palais de la Méditerranée, an der mindestens ein Dutzend Personen beteiligt sind. Das Team von Brigadier Kosciusco fährt zum Ort des Geschehens und stellt die folgende Sachlage fest:

»Eine Gruppe von etwa zehn Personen, die Männer in Anzug und Melone, die Frauen in langen Kleidern und mit Blumen im Haar, hat auf der Promenade des Anglais ein Klavier aufgestellt. Wir identifizieren sofort die üblichen jungen ›Künstler‹-Störenfriede, die zum Umfeld des Ladens von Ben Vautier gehören. Unter dem Beifall ihrer Begleiterinnen schlagen die Männer mit Hämmern auf das Klavier ein. Das Klavier gongt, knirscht und geht unter Geschrei und Gesängen zu Bruch. Durch den Lärm aufmerksam gewordene Passanten protestieren empört, wollen das Abschlachten des Klaviers verhindern und geraten mit der Gruppe hysterischer Frauen aneinander, die die Zerstörer mit Fausthieben verteidigen. Hier und da kommt es zu Handgreiflichkeiten. Wir beschließen daher, die Unruhestifter festzunehmen, um die Ruhe wiederherzustellen. Die Trümmer des Klaviers werden an Ort und Stelle zurückgelassen und die Stadtreinigung wird informiert.«

Es folgt die Liste der zur Feststellung der Personalien vorübergehend festgenommenen Personen, auf der tatsächlich der Name Emily Frickx aufgeführt ist.

Bonino blättert sofort weiter zur Aussage der jungen Frau.

Emily Frickx gibt zu Protokoll:
»Wir schlugen auf ein Klavier, wir machten Musik. Das war ein Konzert. Die Frau, mit der ich mich geprügelt habe und die ich ansonsten nicht kenne, wollte von meinem Standpunkt, den ich ihr darzulegen versuchte, nichts hören und ging brutal auf einen meiner Freunde los, sie versuchte ihn zu beißen. Ich wollte sie daran hindern und wir sind in eine Schlägerei geraten.«

Nach stundenlanger Kakophonie im Kommissariat hatten die entnervten Polizisten schließlich alle auf freien Fuß gesetzt.

Bonino ist überrascht, er hätte nicht gedacht, dass Emily, die ohnmächtige junge Frau von vergangener Nacht, Ehefrau eines bedeutenden Geschäftsmanns, mit diesen übergeschnappten Niçoiser Künstlern verkehrt. Aber deshalb ist sie noch lange nicht die Komplizin eines Mörders. Man muss Vernunft walten lassen. Diese Akte belegt ihre schon länger gehegte und erwiesene Vorliebe für das, was man gemeinhin zeitgenössische Kunst nennt, und kann insofern die Glaubwürdigkeit ihrer Zeugenaussage untermauern.

Daquin trifft just in diesem Moment ein. Eher kühle Kontaktaufnahme. Bonino ist älter als Daquin und hat kaum Hoffnung, eines Tages Commissaire zu sein. Er ist klein, rundlich, beginnende Glatze, einfallslos in Anzug und Krawatte, und er mag keine großen robusten, eher gutaussehenden Kerle, die ihm seine Ermittlungen wegschnappen, aber Daquin gibt sich geradezu ehrerbietig, er kommt ihm Bericht erstatten. Die Marseiller wollen ihre Nachforschungen auf Pieris Firma lenken. Was hält er davon?

»Was sagt Staatsanwalt Coulon?«

»Keine Ahnung. Ich wollte erst mit Ihnen sprechen. Ich werde ihn aufsuchen, wenn ich hier raus bin.«

»Halten Sie mich auf dem Laufenden.«

»Selbstverständlich.«

Bonino übergibt Daquin Notizen, die alle ihm verfügbaren Informationen enthalten. Frickx wird morgen Abend da sein, perfekt, es wird vereinbart, dass Daquin übermorgen erneut nach Nizza kommt und sie Frickx gemeinsam treffen. Dann schiebt Bonino Daquin die Polizeiakte über Emily zu. Der liest sie sehr aufmerksam, erbittet eine Kopie, die er in seine Mappe legt. Er schätzt die Arbeit von Boninos Team und sagt es ihm.

Die beiden Männer verabschieden sich ohne Feindseligkeit.

Daquin begibt sich zu Staatsanwalt Coulon im Gericht von Nizza. Die erste Begegnung ist wesentlich, er muss konzentriert bleiben. Diese Ermittlung ist eine Aufwärmrunde, hat der Direktor vom SRPJ Marseille gesagt. Eine Aufwärmrunde, die eine Möglichkeit bedeuten kann, die Verantwortung auf den jüngsten Neuzugang abzuwälzen, den Pariser. Oder schlimmer, einen Fallstrick. Ich kann mich leicht darin verfangen.

Der Staatsanwalt hat ihn erwartet. Er empfängt ihn unverzüglich und wirkt überrascht: ein so junger Commissaire!

Nach ein paar einleitenden Sätzen erwähnt Daquin die Möglichkeit einer Hausdurchsuchung in Pieris Firma. Der Staatsanwalt hebt die Brauen, Daquin argumentiert. »Klassisches Vorgehen. Mit Nachforschungen über das Opfer beginnen, um das Tatmotiv zu erhellen.«

»So jung und schon klassisch? Gehen wir es sachte an, Commissaire. Monsieur Pieri ist das Opfer, nicht der Täter, und wir müssen jeden Schritt unterlassen, der das Bild seiner Firma befleckt. Die Somar ist allseits geachtet und dynamisch, was im Kontext der Krise der Marseiller Wirtschaft außergewöhnlich ist. Haben Sie Ihre hiesigen Kollegen schon kennengelernt?«

»Da komme ich gerade her, Herr Staatsanwalt.«

»Man hat dort eine Hypothese, glaube ich.«

»Welche, Herr Staatsanwalt? Es wurde nichts dergleichen erwähnt.«

»Für sie ist Pieris Ermordung im Zusammenhang mit all den Abrechnungen zu betrachten, die die Côte seit Monaten mit Blut tränken, eine Episode im Machtkampf zwischen Zampa und Francis Le Belge um das Erbe der Guérini-Brüder. Es ist möglich, dass Pieri mit Verspätung für seine anrüchige Vergangenheit an der Seite von Antoine Guérini bezahlt hat. Wenn das zutrifft, liegt der Schlüssel für diese Abrechnung nicht bei der Somar, die, wie Ihnen jeder sagen wird, ein respektables Unternehmen ist, und das soll sie auch bleiben. Wir wollen nicht alles durcheinanderwerfen. Trotz seiner Vergangenheit war aus Pieri seit etwa zehn Jahren eine angesehene Persönlichkeit der Marseiller Wirtschaft geworden.«

»Wann werden wir eine Rekonstruktion des Verbrechenshergangs durchführen können?«

»Das wäre möglicherweise eine schlechte Reklame für unsere Casinos zu Beginn der Tourismussaison. Und teuer ist es auch. Wir wollen keine unvernünftigen Ausgaben verursachen. Wie Pieri erschossen wurde, scheint sehr klar. Ihre Niçoiser Kollegen haben mir einen Bericht dazu übergeben.« Der Staatsanwalt steht auf, drückt Daquin herzlich die Hand. »Halten Sie mich in kurzen Abständen auf dem Laufenden. Wir zählen darauf, dass Sie umsichtig vorgehen. Angesichts der Person des Opfers ist dies ein extrem heikler Fall.«

Rückfahrt nach Marseille, über zwei Stunden Fahrt, sehr lästig, Daquin hat weder eine Vorliebe für Autos noch fürs Fahren, auch nicht als Sport. Als er Nizza über die Promenade des Anglais verlässt, fährt er im Schritttempo am Palais de la Méditerranée vorüber. Eine hohe Fassade in aggressivem Weiß vom Typ mehrstöckige Sahnetorte. Ein Durcheinander von Stilen, pseudo-römische Arkaden, gerahmt von pseudo-griechischen Pilastern, gekrönt von Basreliefs und Statuen, die sehr nach 19. Jahrhundert aussehen. Ein Tempel des schlechten Niçoiser Geschmacks der Dreißigerjahre. Dieser Tatort ist eine Theaterkulisse, perfekt für ein inszeniertes Verbrechen. Solange man mir keine Rekonstruktion genehmigt, bleibt das Ganze für mich ein Schattenspiel. Ich muss mit eigenen Augen sehen, was passiert ist. Wir werden unsere eigene Rekonstruktion durchführen.

Während der Fahrt schweifen seine Gedanken umher. Gemischte Tagesbilanz. Positiv die Reaktionen von Grimbert und Delmas. Das Team ist im Begriff, sich zu bilden, ich kann es regelrecht spüren. Passabel das Treffen mit Bonino. Verheerend die Unterredung mit Staatsanwalt Coulon. Er liefert die »offizielle« Version, will sagen, seine eigene, nicht die von Bonino: Exekution durch das Milieu. Wie sagte Grimbert? »Ich stelle gewaltige Ungereimtheiten fest.« Und schloss die Möglichkeit einer Inszenierung nicht aus. Der ist der geborene Bulle. Und aus mir unbekannten Gründen zählt Staatsanwalt Coulon auf mich, den Jungspund, um die These einer Abrechnung im Milieu zügig zu bestätigen und den Fall zu begraben. Deutlicher konnte er es nicht sagen. Und wenn ich nicht die offizielle Linie verfolge, werde ich aufs Abstellgleis geschoben und habe nichts zu erwarten, weder vom Direktor noch vom Staatsanwalt, niemand wird mich unterstützen. Gut. Ich werde mich nicht abschieben lassen. Einzige Möglichkeit, dem zu entgehen: die Mörder finden, oder zumindest Fährten auftun, Fakten, Beweise. Coulons Blockadehaltung ist zu verbohrt, um haltbar zu sein, wenn ich vorankomme, und sei es nur wenige Schritte. Ohne ein bisschen Glück, viel Glück, werde ich es nicht schaffen. Nach draußen gehen, Witterung aufnehmen, herumlaufen, viele Gelegenheiten schaffen, um meinem Glück zu begegnen, und wenn ich ihm begegne, werde ich es zu ergreifen wissen. Bis dahin lege ich mich auf die Lauer, Geduld ist eine Tugend. Schon möglich, aber wir haben nur fünfzehn Tage. Keine ausgemachte Sache. Aufregend.

Marseille, Vorfreude auf die Wohnung hoch über dem Getriebe, dem Lärm und den Gerüchen des Vieux-Port. Der Plan für heute Abend: Cognac auf der Loggia. Allein. Das

Vergnügen, allein zu sein. Das ganze Jahr in Beirut ist er das nie gewesen, allein. Und das hat ihm am Ende zu schaffen gemacht. Beirut, eine Idee von Lenglet. Als Daquin Lenglet begegnet ist, war er sechzehn Jahre alt. Seine selbstmordgefährdete Mutter hatte sich schließlich mit Alkohol und Medikamenten umgebracht und war seit drei Jahren tot. Er hegte eine Vorliebe für Jungs, von der er nicht recht wusste, wie er sie leben sollte, und befand sich im offenen Krieg gegen seinen Vater. Lenglet brachte ihm bei, ohne Komplexe zu vögeln. Eine weder zur Schau gestellte noch versteckte Sexualität, ganz normal. Dabei haben sie nie eine sexuelle Beziehung gehabt oder in Liebesdingen konkurriert, was ihnen eine stabile und dauerhafte Freundschaft ermöglicht. Sie haben zusammen Politologie studiert, beide mit glänzendem Abschluss. Und derselben Neigung zu geistigen und körperlichen Abenteuern folgend wandte Lenglet sich dem diplomatischen Dienst in seiner geheimdienstnahen Variante zu und Daquin der Polizei, eine Revolte gegen seinen Vater, für den der diplomatische Dienst denkbar war, die Polizei – ein Bettlerberuf – dagegen nicht, er machte einen Juraabschluss und trat dann in die Kommissarsschule ein. Danach Beirut, Sicherheitsdienst der französischen Botschaft, wo Lenglet seit zwei Jahren arbeitete, die Begegnung mit Paul Sawiri, einem fünfundvierzigjährigen Libanesen, Mitarbeiter von Lenglet, intelligent, kultiviert. Seine erste dauerhafte Beziehung, ein Jahr, eine Ewigkeit. Erdrückend mit der Zeit, wie übrigens auch die ständige Gegenwart Lenglets. Eine noch nicht abgeschlossene Trennung. Und jetzt Marseille, Cognac, Vieux-Port und Alleinsein.

Als er ankommt, stellt er den Wagen im Évêché ab und geht zu Fuß. Abstecher zur Kaffeerösterei auf der Canebière, wo er einen elektrischen Espressokocher und ein Kilo gemahlenen Kaffee aus Italien kauft. Zu Hause hat er kaum geduscht, als das Telefon klingelt. Vincent Royer, ein Kommilitone von der Jurafakultät.

»Porticcio rief an, um mir zu sagen, dass du eine Weile in Marseille bist und er dir seine Wohnung geliehen hat. Du hättest es schlechter treffen können!«

»Sagen wir, ich beschwere mich nicht.«

»Weißt du, dass ich nach Marseille zurück bin, um mich als Anwalt niederzulassen?«

»Porticcio erzählte davon. Gefällt es dir hier?«

»Ja, ich liebe meine Heimatstadt. Und ich habe großes Glück. Ich bin Partner von Maître Lombardino, wir haben beim bevorstehenden Riesenprozess um die Zerschlagung der berüchtigten French Connection die Verteidigung einiger Angeklagter übernommen, insgesamt über dreißig Beschuldigte. Ich vermute, du hast im Évêché davon reden hören?« Daquin brummt etwas. »Ich bin zuständig für das Dossier der Ehefrau des Hauptangeklagten. Das ist faszinierend, in beruflicher Hinsicht.«

»Kann ich mir vorstellen.«

»Wir könnten uns vielleicht treffen …«

»Morgen, komm zum Abendessen zu mir, besser gesagt zu Porticcio, am Quai du Port. Du kennst die Adresse, wenn ich recht verstanden habe. Etwas später, gegen neun, ich weiß nicht, um wie viel Uhr ich im Évêché fertig bin …«

»Abgemacht. Sehr gern.«

Vincent, Mitglied der kleinen Clique an der Jurafakultät. Vage Erinnerung … Ich denke morgen darüber nach.

Heute Abend macht sich Daquin daran, die Plattensammlung seines Freundes, überwiegend Klassik, nach Jazz zu durchstöbern, und setzt sich mit seinem Cognac in einen Liegestuhl auf der Loggia. Die Lichter des Vieux-Port blinken in der Nacht. Es ist kühl. Morgen ist ein anderer Tag.

3

Mittwoch, 14. März 1973

Mittwoch, Marseille

Die großen nationalen Tageszeitungen melden Pieris Ermordung auf einer Spalte im Innenteil, Rubrik Vermischtes:

MARSEILLER REEDER AUF DER PROMENADE
DES ANGLAIS IN NIZZA ERSCHOSSEN

> Maxime Pieri, ein Akteur bei der wirtschaftlichen
> Umstrukturierung des Hafens von Marseille, scheint
> mit einigen Jahren Verspätung für seine anrüchigen
> Verbindungen zum Guérini-Clan in der unmittelbaren Nachkriegszeit gebüßt zu haben.

Gleich am Morgen versammeln sich Daquin und seine beiden Inspektoren in ihrem Büro. Grimbert kommt allen anderen zuvor.

»Wie von Ihnen beauftragt, habe ich einen Bullen gesucht, der Pieri gut kannte. Ich war gestern bei einem meiner alten Freunde, der beim Marseiller Drogendezernat arbeitet. Sie müssen wissen, Commissaire, dass die Beziehungen zwischen dem Drogendezernat und dem Rest der Kriminalpolizei miserabel sind. Vor weniger als zwei Jahren hat der Minister persönlich den Marseiller Drogenfahndern vorgeworfen, sie seien faul und unfähig und alle mehr oder weniger korrupt. Letztes Jahr sind sie deshalb allesamt entlassen worden und als Ersatz ist ein fertig zusammengestelltes Team aus Paris gekommen, mit einem Chef, der aus den Großen Brigaden im Quai des Orfèvres stammt. Die Regionalpresse schrieb, sie seien hier, um die ›Korsen-Polizei zu bekämpfen‹. Die Atmosphäre können Sie sich vorstellen … Um die Sache zu verschärfen, verlangten die Pariser, von der Marseiller Kriminalpolizei unabhängig zu sein, verließen den Évêché und quartierten sich in irgendwelchen Wohnungen in der Stadt ein. Eine echte Ohrfeige. Die gesamte Marseiller Kriminalpolizei fühlte sich angegriffen und stellte die Kommunikation mit dem Drogendezernat ein. Tja, auf der Suche nach Unterstützung setzten die Pariser ganz auf die Zusammenarbeit mit den Amerikanern, die, um die French zu zerschlagen, angebliche Spitzenkräfte der CIA ins amerikanische Konsulat von Marseille versetzt haben und den Drogenfahndern Kohle, Autos und Funkgeräte zuschanzten. Und dann merkten die Pariser irgendwann, dass Karteien ohne Ortskenntnisse tot sind und dass die Amis sie in Sackgassen führen. Ich erzähle Ihnen nicht, was für Böcke sie geschossen haben. Ein Ding: Die Amis haben Millionen in den Bau eines Schnüffel-LKWs gesteckt, gespickt mit Antennen und Sensoren, ein Labor auf Rädern, mit dem sie durch die Straßen der Stadt und der Vororte rollten und das die bei der Herstellung von Heroin entstehenden Dämpfe erschnüffeln und die Raffinationsfabriken orten sollte. Wenn er vorbeifuhr, kamen alle Marseiller aus den Bistros, hoben ihre Gläser und tranken einen Schluck Pastis auf das Wohl des Schnüfflers. Natürlich haben sie keine einzige Fabrik gefunden, es gibt nämlich keine, nur Chemiehandwerker, die in Landhausküchen arbeiten. Nach einiger Zeit hatten die Pariser die Nase voll davon, sich lächerlich zu machen, und holten meinen Kumpel Casanova zurück, das lebende Gedächtnis der Abteilung und der einzige Marseiller, der die Säuberung überlebt hat. Er hat zugesagt, uns heute Vormittag zu helfen, weil er mein Kumpel ist. Unter der Bedingung, dass wir das für uns behalten, mit niemandem im Évêché darüber sprechen und ihm keine peinlichen Fragen über die Arbeitsweise des Drogendezernats stellen. Sind Sie damit einverstanden?«

»Delmas?«

»Kein Problem.«

»Sehr gut, rufen Sie ihn an, ich schließe solange den Espressokocher an, den ich gestern besorgt habe.«

Erster Espresso aus dem neuen Kocher. Das ist nie der beste. Noch ehe er ausgetrunken hat, nimmt Daquin den Faden auf:

»Bevor Ihr Freund eintrifft, liefere ich Ihnen eine erste kurze Auswertung von meinem Tag in Nizza. Gemischte Bilanz. Bonino beim SRPJ in Nizza scheint mir zuverlässig zu arbeiten. Nach dem, was er mir erzählt hat, ist Frickx der europäische Repräsentant einer großen Tradingfirma, der CoTrade, und laut Zeugenaussage von Madame Frickx sollen der Trader Frickx und der Reeder Pieri regelmäßige Geschäftsbeziehungen unterhalten haben. Frickx war gestern in Südafrika, er wird heute Abend an der Seite seiner Frau in Nizza sein, für morgen haben wir ein Gespräch mit ihm in Nizza geplant. Madame Frickx selbst scheint außer Verdacht zu sein. Weniger positiv lief es beim Staatsanwalt. Coulon verweigert Rekonstruktion des Tathergangs und Hausdurchsuchung. Man fragt sich, warum er ein beschleunigtes Verfahren eröffnet.«

Grimbert mit schiefem Lächeln: »Um fünfzehn Tage verstreichen zu lassen, damit die Aufregung sich legt, bevor er einen Richter einsetzt.«

»Sie dürften recht haben.«

Casanova kommt im richtigen Moment, nämlich zum zweiten Espresso. Die vier Männer richten sich angesichts des begrenzten Platzes notdürftig ein, und man wendet sich dem Studium von Pieris Vergangenheit zu. Delmas beginnt.

»Die Polizeiakten geben Auskunft über Pieris Personenstand. Er ist 1926 auf Korsika geboren, in Calenzana. Im Alter von zehn Jahren verliert er Vater und Mutter, die vor seinen Augen erschossen werden, wahrscheinlich bei einer Vendetta, der Fall wurde nie aufgeklärt. Die Großmutter klemmt ihn sich unter den Arm und setzt auf den Kontinent über, um den Mördern zu entgehen. Richtung Marseille, Le Panier, Rue des Pistoles, eine von Korsen bevölkerte Straße, die mehrheitlich aus Calenzana stammen. Sie verkauft Obst und Gemüse auf Märkten, um zu überleben. Dann kommen Krieg und deutsche Besetzung.«

Grimbert löst ihn ab. »Seiner Akte bei der Handelskammer zufolge beteiligt sich Pieri 1944 an der Befreiung von Marseille, geht zur Armee, Kriegsverdienstkreuz im Juni 1945. Da ist er neunzehn. Danach Funkstille bis 1962.«

Casanova wendet sich an Daquin. »Sie als Pariser müssen verstehen, was zu der Zeit in Marseille in Gang kommt. Schon vor dem Krieg begann sich um die Brüder Guérini ein eingeschworener Clan zu bilden. Alles Korsen, alle in Marseille, viele aus demselben Dorf, Calenzana. Für einen Korsen ist das Dorf von großer Bedeutung. Bei der Befreiung von Marseille kämpften die Guérinis Seite an Seite mit Defferre und den Sozialisten. Mémé Guérini soll Defferre sogar mehrfach das Leben gerettet haben. Das ist der Wendepunkt ihrer Geschichte. In der sehr unruhigen Zeit nach der Befreiung macht der Guérini-Clan ein Vermögen mit dem Schwarzhandel von Zigaretten, ein Riesenunternehmen, das sich über das ganze westliche Mittelmeer erstreckt, von Tanger aus geleitet. Und nach und nach setzt sich der Clan als Herrscher über Marseille durch, dank seiner Verbindungen ins Rathaus, unabhängig davon, ob ein Rechter das Bürgermeisteramt bekleidet oder Defferre. Als der Bürgermeister vertrauenswürdige Männer braucht, sei es, um 1947 eine kommunistische Demonstration zu zerschlagen oder 1950 den Streik der Hafenarbeiter zu brechen, wendet er sich an die Guérinis und die Sache läuft. In beiden Fällen wird die Ordnung wiederhergestellt. Das verbindet zwangsläufig.«

Delmas berichtet weiter: »In den Polizeiakten steht, dass Pieri nicht verheiratet ist, weder eine offizielle Geliebte hat noch Kinder.«

»Das kann ich bestätigen«, sagt Casanova.

»Bis in die Sechzigerjahre lebt er mit seiner Großmutter zusammen. Zu dieser Zeit kauft er ihr ein Häuschen in Calenzana, in das sie umzieht. Sie stirbt 1968. Ansonsten sind die Akten ausgesprochen diskret. Ein paar wenige Meldungen vom Zoll wegen Verdachts auf Zigarettenschmuggel, keine Festnahme, keine Verurteilung. 1959 notiert ein Polizist ein Gerücht, dem zufolge Pieri bei einer Abrechnung ums Leben gekommen sei, aber 1960 taucht er wieder auf der Bildfläche auf. Nichts über eine mögliche Beteiligung am Heroinhandel.«

Daquin unterbricht. »Dabei ist das doch die Zeit, als die Guérinis neben ihren vielen anderen Aktivitäten die French Connection organisieren. Hält sich Pieri aus den Drogen heraus?«

»Sicher nicht. Wir wussten, dass Pieri einer der treuesten Soldaten der Guérini-Brüder war, ehe er Antoine Guérinis Erster Kapitän wurde. Als solcher watete er in Heroin. Aber es war eine Zeit relativer Straflosigkeit. Und wenn ich relativ sage ... Die Guérini-Brüder wurden ebenfalls nicht behelligt.«

Grimbert übernimmt wieder. »1962 gründet Pieri die Somar, die also sieben Jahre lang parallel zum voll funktionstüchtigen

Guérini-Clan existiert. Gibt es Verbindungen zwischen der Somar und dem Clan?«

Casanova lächelt. »Spiel nicht den Unschuldigen, Englishman. Es ist ausgeschlossen, dass es keine Verbindung zwischen der Somar und den Guérinis gab, und das weißt du so gut wie ich. Als die Familie Guérini zu Fall kam, zwischen 1967 und 1969, hat man hier in Marseille und in Frankreich nicht viel Geld gefunden. Meine persönliche Meinung ist, dass ihnen die Somar von ihrer Gründung an dazu diente, es in Sicherheit zu bringen.«

Jetzt ist Daquin an der Reihe, den Naiven zu spielen. »Es gab damals keine Ermittlung in Bezug auf diesen Aspekt der Geschichte?«

Casanova ist sichtlich verlegen. »Erst mal waren Finanzermittlungen damals noch nicht in Mode. Und dann wäre es ein Wunder, wenn die Somar nur mit dem Geld der Guérinis gearbeitet hätte, wenn Sie verstehen, was ich sagen will.«

Ein Moment Schweigen, dann spricht Delmas. »Von seinem Wiederauftauchen 1960 an finden sich in den Polizeiakten Notizen, dass Pieri regelmäßige Geschäftsreisen in die USA unternimmt, mindestens vier im Jahr. Mehr steht da nicht.«

Casanova erläutert: »Täuschen Sie sich nicht, er war bestimmt kein Drogenschmuggler. Er war zuständig für die Gesamtverhandlungen mit den New Yorker Familien. Die French war ein gut geführtes Unternehmen, die Aufgaben waren streng aufgeteilt. Keine Genremischung, so lautete die Regel. Damit Sie das richtig verstehen: Die Guérinis, die die Heroinbranche kontrollierten, besaßen auch das komplette Opernviertel hier in Marseille, Bars, Bordelle, Nachtclubs, alles. Drogenverkäufer wurden nicht geduldet, nicht ein einziges Gramm Pulver war dort im Umlauf. Keine Genremischung. Wir vermuteten damals, dass Pieri der Mittelsmann zwischen den Guérinis und den amerikanischen Familien war, die das Heroin in New York vertrieben. Sie waren eng verbunden, seit die Guérinis 1947 die Kommunisten und 1950 die Hafenarbeiter aufgemischt hatten, und auch die CIA fand sie nach ihrem Geschmack. Die Guérinis und ihre Soldaten waren Meister im Kampf gegen den Kommunismus. Wir würden diese Harmonie doch nicht stören. Niemand hatte damals etwas daran auszusetzen. Auch nicht in den höheren Sphären, den französischen oder den amerikanischen.«

Noch ein kurzer Austausch, dann zieht Casanova sich zurück. »Ich lasse euch in Ruhe arbeiten.«

Grimbert legt den Artikel aus *Info Éco Avenir*, den er aus dem Archiv der Handelskammer »ausgeliehen« hat, auf Daquins Schreibtisch.

»Ein interessanter Beitrag über die Wirtschaftskrise in Marseille 1964, der mich zum Nachdenken gebracht hat, allerdings enthält er ein verblüffendes Porträt von Pieri, das ihn als Pionier der Wiederbelebung des Marseiller Unternehmertums darstellt.«

Daquin überfliegt den Artikel. Eine Ode auf Pieri. Seltsam in einer Wirtschaftszeitung, die normalerweise sehr zurückhaltend sind. Er legt ihn beiseite. Den muss er aufmerksam lesen, in Ruhe.

Grimbert fährt fort: »Ich war auch beim Finanzamt. Die Akte Somar wird von den Spezialisten für die Finanzmauscheleien der Stadt und deren Gravitationsfelder sehr sorgsam bewacht. Das ist ein Alarmsignal.«

Daquin fasst zusammen: »Aus allem, was heute Vormittag hier gesagt wurde, scheint mir hervorzugehen, dass sich unser Ausgangsansatz bestätigt: die zentrale Rolle der Somar. Solange sich nichts Besseres findet, erstes Ziel: Informationen über CoTrade finden, das ist wichtig, damit ich morgen nicht mit leeren Händen zum Gespräch mit Frickx gehe. Die Abteilung für Finanzdelikte des SRPJ kann uns vielleicht helfen?«

»Die besteht nur aus zwei Personen, aber eine davon kenne ich gut, ich werd's versuchen.«

»Ich kann auch unsere Kollegen beim französischen Konsulat in New York bitten, uns zu schicken, was sie über CoTrade und Frickx finden können. Was halten Sie davon?«

»Warum nicht? Schließlich ist das amerikanische Konsulat in Marseille hyperaktiv, wir können versuchen, es ihnen mit gleicher Münze heimzuzahlen ...«

»Anschließend treiben Sie sich ein bisschen in der Nähe von Pieris Wohnung herum, klassische Nachbarschaftserkundung. Vielleicht könnten Sie bei unseren Freunden vom Zoll vorbeigehen, ihnen ein paar Fragen über die Somar stellen. Und gleich morgen müssen wir zur Somar und den Angestellten unter dem Vorwand, sie über die Umstände von Pieris Tod zu informieren, möglichst viele Auskünfte zu seiner Person und zur Funktionsweise des Ladens entlocken. Ich würde auch gern eine halbamtliche Rekonstruktion des Mordes durchführen, da der Staatsanwalt nichts Offizielles will. Haben Sie hier im Évêché einen guten Spezialisten für Anschläge mit Schusswaffen, einen diskreten Mann?«

»Einen Spezialisten sicher, einen diskreten Mann – man darf nicht zu viel verlangen. Wenden Sie sich an den Direktor, er ist sehr stolz auf die mobilen Einsatzkommandos der Polizei, die er gerade neu eingeführt hat, es wird ihm ein Vergnügen sein, einen Kontakt herzustellen, und es ist gut für die Beziehung zu unseren Vorgesetzten.«

»Und sagen Sie, Grimbert, woher haben Sie diesen Spitznamen, Englishman?«

»Ihnen entgeht aber auch nichts ... Als ich in Marseille ankam, war ich fünf Jahre alt, und ich war Engländer. Ich

60

bin auf Malta geboren. Die Insel war damals britisch. Aber ich spreche schlecht Englisch, meine Muttersprache ist Maltesisch. Ich spreche auch Deutsch, gar nicht mal schlecht, mein Vater war Deutscher. Deutscher Jude. Er ist 1938 geflohen und erst auf Malta zum Stillstand gekommen, wo er meine Mutter geheiratet hat, aber er konnte sich nie an die maltesische Mundart gewöhnen. Zu Hause haben wir Maltesisch und Deutsch gesprochen.«

Einen Teil des Nachmittags verbringt Daquin damit, das Dossier noch einmal zu lesen. Sich die Personen einprägen, die kleinsten Details, sich nichts entgehen lassen. Ebenso die Polizeiakte von Emily Frickx mit dieser Spur abgedrehten Leichtsinns und den Artikel aus *Info Éco Avenir* mit seinem Porträt eines Marseiller Banditen als Held des modernistischen Unternehmertums. Er weiß nicht, was wichtig ist und was nicht, man muss also alles in Betracht ziehen.

Er verlässt das Büro relativ früh, um Einkäufe zu machen und zu kochen, wobei er noch nicht über das Menü entschieden hat. Normal. Er erinnert sich kaum an Vincent, er weiß nicht, ob es ihm Freude macht, ihn wiederzusehen, oder eher nicht, er weiß nicht, warum er ihn zum Abendessen eingeladen hat. Wie soll man unter diesen Umständen ein Menü zusammenstellen? Er durchquert das Panier-Viertel, läuft am Vieux-Port vorbei, geht dann hoch zum Markt von Noailles, angezogen von den Farben, dem Lärm, den Menschen, die durch die Sonne bummeln, sich begegnen, einander zurufen, sich anblaffen, eine Stadt, die zu ihrem eigenen Vergnügen eine Show abzieht. Vor dem Obst- und Gemüsestand einer faltigen alten Marktfrau bleibt er stehen, sieht ihr zu, wie sie von einem Kunden zum anderen flattert, einen Wortstrom ausgießt, während sie aufmerksam jede Frucht, jedes Gemüse wählt, mit wachem Blick und präzisen Bewegungen. Sie muss Pieris Großmutter ähneln ... Warum empfinde ich eine Art Zärtlichkeit für sie?

Hat die Alte es gespürt? Sie ruft ihm zu: »Und Sie, junger Mann, was darf es für Sie sein?«

Daquin zögert: Tomaten ... und warum eigentlich nicht die Alte machen lassen?

»Geben Sie mir, was ich für ein Ratatouille für zwei Personen brauche.«

»Ah! Ein Abend unter Verliebten?«

Lächeln. »Wenn Sie es sagen ...«

»Ich richte das für Sie.«

Sie packt Tomaten, Paprikaschoten, Zucchini, Zwiebeln und Auberginen zusammen, verstaut sie sorgsam in einer Tüte und wirft ihm dann einen argwöhnischen Blick zu. »Sind Sie der Koch? Wissen Sie wenigstens, wie man Ratatouille macht?«

»Keine Sorge, ich habe mein Rezept ...«

»Vor allem keine Originalität, das beste Rezept ist das Ihrer Mutter.«

Daquin hat in diesem Punkt seine Zweifel, beschließt aber, sich nicht dazu zu äußern.

Danach macht er einen Abstecher zur Kaffeerösterei auf der Canebière, um seinen persönlichen Vorrat an Arabica zu besorgen, italienische Röstung und frisch gemahlen. Es ist nicht viel los, guter Kaffee ist kein obligatorischer Bestandteil der Marseiller Kultur. Dann geht er zurück zu seiner Wohnung am Quai du Port.

Kaum angekommen, begibt er sich in die Küche, das erste Mal seit seiner Ankunft in Marseille. Freude, in seinen Händen wieder frisches Gemüse zu spüren. Die Erinnerung an Beirut steigt in ihm hoch, und Beirut hat einen Namen: Paul Sawiri, sein Liebhaber, älter als er und sehr viel weiser, der ihn die Liebe zum Kochen gelehrt hat. Kochen, sagte er, tut man nicht für sich selbst, sondern für einen anderen oder mehrere andere, Freunde, Liebhaber. Jedes Gericht ist ein Liebesakt, die Art und Weise der Zubereitung, die Würzung, hängt von der Person ab, mit der man es essen wird. Genau da liegt das Problem: Wer ist Vincent? Mit wem wird er heute Abend essen? Er macht sich an die Arbeit. Erst die Tomaten schälen, ein paar Sekunden in heißes Wasser tauchen, dann die Schale abziehen. Das Gemüse fein würfeln. Messer frisch geschliffen, sorgfältige, präzise Handgriffe, bei denen die Spannung des Tages allmählich von ihm abfällt. Dann das Gemüse einzeln in Öl anbraten, angefangen mit den Auberginen, die man im Anschluss auf Küchenpapier beiseitelegt, um das überschüssige Öl aufzusaugen. Nach den Auberginen die Zwiebeln, Zucchini und Paprikaschoten anbraten, diese Arbeit nimmt einen weniger in Anspruch, die Gedanken schweifen ab. Vincent, der Musterschüler in ihrer Clique an der Jurafakultät. Zurückhaltend, fleißig, pummelig. Manche sagten: heimlich in dich verliebt, Théo. Er hat das nie ernst genommen und sich nie für ihn interessiert. Vincent spielte Tennis und Golf. Die ganze Clique nannte ihn »den idealen Schwiegersohn«.

Jetzt, wo Zucchini, Zwiebeln und Paprika angebraten sind, ist das Wesentliche erledigt. Man muss nur noch das gesamte Gemüse in einen Topf tun, die gewürfelten Tomaten und ein Kräuterbouquet zugeben, mit Salz und Pfeffer abschmecken. Und die nötige Zeit kochen lassen. Er legt eine Platte von Count Basie auf und streckt sich auf dem Sofa aus. Er atmet den Duft des köchelnden Gemüses, und zum ersten Mal fühlt er sich in dieser Wohnung zu Hause.

Porticcio hat mich vorgewarnt, dass sich Vincent aller Wahrscheinlichkeit nach bei mir melden wird. Er hat hinzugefügt: »Wart's ab, du wirst überrascht sein. Der ›ideale Schwieger-

sohn‹ ist auf dem besten Weg, ein Star der Marseiller Anwalt-
schaft zu werden, die schon eine hübsche Kollektion davon
hat.« Habe ich ihn aus Neugier eingeladen? Um zu erfahren,
wie ein zukünftiger Marseiller Staranwalt aussieht und was
er mir zu erzählen hat? Andere Hypothese: Ich habe bereits
genug vom Alleinsein. Ein ehemaliger schmachtender Ver-
ehrer? Ich werde mit ihm schlafen.

Vincent kommt um Punkt einundzwanzig Uhr, eine Flasche
Champagner in der Hand. »Trinkst du immer noch so gern
Champagner?«

»Immer noch. Die Flasche ist kalt … Setz dich auf die Terrasse, ich bringe etwas, was ihm Ehre macht.«

Als Daquin mit einem Tablett zurückkommt, betrachtet
Vincent die Segeljacht des Bürgermeisters, die zehn Meter
entfernt im Vieux-Port vertäut liegt, er dreht sich um, schaut
ihm ins Gesicht, schweigend, bereit. Daquin setzt das Tablett
ab und stellt sich neben ihn.

»Wie sehr du dich verändert hast.« Er streift mit der Hand
sein Gesicht. Du hast abgenommen, die Bäckchen sind verschwunden, die Knochen sind endlich sichtbar, befreit. Er
streichelt mit den Fingerspitzen den vorstehenden Wangen-
knochen. Ich liebe es, die Kraft deines Gesichts zu spüren. Er
zeichnet den Augenbrauenbogen nach, den Nasenrücken, die
Augen haben sich vertieft, ich liebe diesen dunkelgrauen Blick.
Die Hand streift den Mund, die Lippen öffnen sich, Daquin
beugt sich hinunter, haucht einen Kuss darauf.

Vincent fragt: »Vor oder nach dem Apéritif?«

»Nach dem Champagner und vor der Foie gras.«

Zwei Stunden später fläzen sich die beiden Männer in den Liegestühlen auf dem Balkon, Daquin im Bademantel, Vincent
in einem zu großen T-Shirt, das er im Bad gefunden hat. Seit

einer guten halben Stunde erzählt Vincent Geschichten aus dem Marseiller Anwaltsmilieu, Daquin hört zu und lacht. Eine zweite Champagnerflasche ist angebrochen, die Scheibe Foie gras und die Toasts sind verschlungen.

»Von Ratatouille will ich nichts hören«, sagt Vincent.

Daquin seufzt. »Kann ich verstehen. Das war ein Castingfehler. Zur Strafe werde ich drei Tage davon essen, zum Glück ist das ein Gericht, das in Schönheit altert.«

Daquin leert die zweite Flasche Champagner, dann entschließt er sich zu sprechen.

»Ich bin jetzt drei Tage hier, und ich habe das Gefühl, mitten im Treibsand zu leben. Ein Ermittler meines Teams hält mich an der Hand und erklärt mir, wo ich meine Füße hinsetzen darf und wo nicht, mit wem ich reden darf und mit wem nicht, und ich weiß noch nicht, ob ich ihm vertrauen kann oder nicht. Ihm zufolge ist das Drogendezernat von Marseille in der Hand der Amerikaner. Was sagst du?«

»Ja, der Druck der Amerikaner auf die französische Regierung ist sehr stark, und beim Drogendezernat von Marseille sind sie allgegenwärtig.«

»Warum?«

»Aus mehreren Gründen. Zwanzig Jahre lang war das französische Heroin in den USA eine ›success story‹. Die Amerikaner hielten es für ein hervorragendes Beruhigungsmittel und brachten es in den Gefängnissen in Umlauf. Als die Jugend der feinen Gesellschaft anfing, es in rauen Mengen zu konsumieren, fanden sie das weniger komisch. Außerdem sind die Amerikaner durch und durch protektionistisch. Nixon hat einige Freunde in der Mafia von Florida, die in Kokain machen, eine Droge, die vor der Haustür der USA hergestellt wird. Er hat begonnen, ihnen das Terrain freizuräumen, indem er das französische Heroin ausschaltet.«

»Warum lässt man sie auf unserem Hoheitsgebiet einfach machen?«

»Weil sie 1945 gewonnen haben und weil de Gaulle tot ist.«

»Welche Verbindung besteht zwischen dem Krieg Zampa-Le Belge und dem Krieg der Amerikaner gegen das Heroin?«

»Die Frage wirkt einfach, ich fürchte, die Antwort ist sehr kompliziert. Zunächst hat keiner von beiden das Format eines Guérini. Le Belge versucht Geschäfte zu machen, indem er alle Überreste der French aufsammelt, die er findet. Keinerlei Zukunftsvision. Zampa ist viel vernünftiger. Er fährt mehrgleisig. Ein bisschen Drogen, viel Schutzgelderpressung und Prostitution, ganz klassisch. Und Glücksspiel. In diesem Sektor ist Nizza groß im Kommen, Zampa kontrolliert die Casinos über einen seiner Männer, Fratoni, und das Rathaus ist ihm gewogen. In Nizza hat er es zweifellos geschafft, sein Unternehmen zukunftsfähig zu machen.«

Daquin streckt die Beine aus, schließt die Augen. Zampa, das Erbe der Guérinis, Pieris Ermordung, Nizza, Casino im Palais de la Méditerranée. Kein Zufall. Aber welcher Zusammenhang? Er seufzt.

»Marseille ist eine furchterregende Stadt. Alle kennen sich, alle überwachen einander, nichts bleibt verborgen und nichts kommt ans Licht.«

»Ich sag's mal anders: Es ist eine bemerkenswerte Stadt, was die Dichte des Geflechts ihrer sozialen Beziehungen angeht.«

4

Mittwoch, 14. und Donnerstag, 15. März 1973

Mittwochabend, Nizza

Frickx landet in Nizza aus London kommend etwa zur vorgesehenen Zeit, gegen einundzwanzig Uhr. Er hat kein Gepäck, nur einen schwarzen Lederaktenkoffer, nützlich, um seinen Auftritt als eiliger Geschäftsmann zu unterstreichen. Rasch durchquert er die Ankunftshalle des Flughafens, wendet sich mit großen Schritten Richtung Parkhaus, geht hinein, diskrete Blicke nach rechts und links, nichts Auffälliges. Vertrauen haben. Er erreicht den hintersten Gang in der Nähe der Einfahrt, sucht den großen Peugeot von Simon, der Nummer zwei bei der Somar, mit dem er verabredet ist. Er kann ihn nirgends sehen. Ein weißer Lieferwagen macht ihm Zeichen mit den Scheinwerfern. Frickx tritt näher, erkennt Simons Silhouette hinter dem Steuer. Er hat nicht seinen eigenen Wagen genommen. Warum? Misstrauisch? Er öffnet die Tür, setzt sich auf den Beifahrersitz, schließt die Tür wieder. Lebhafte Unterhaltung. Die Minuten verstreichen. Dann öffnet Frickx die Tür, stellt sich neben den Lieferwagen, beginnt sein Jackett auszuziehen. Das ist das Signal. Frickx hört den Motor eines sich nähernden Motorrads. Er redet durch die offene Tür weiter mit Simon, er muss seine Aufmerksamkeit fesseln, während er sorgsam sein Jackett über den linken Arm faltet, Geist und Körper in Alarmbereitschaft. Das Motorrad fährt dicht an der Motorhaube des Lieferwagens vorbei, ohne zu verlangsamen, der Sozius stellt sich auf die Fußrasten, feuert dreimal in Simons Richtung, die Schüsse sind stark gedämpft. Die Windschutzscheibe zerbirst, Simons Körper sinkt in Zeitlupe auf den Beifahrersitz, das Motorrad verschwindet geschmeidig.

Frickx, reglos, das Jackett überm Arm, atmet tief durch. Um ihn herum kein Geräusch mehr. Er inspiziert den Lieferwagen. Simon scheint so tot wie nur möglich, aufgerissener Mund, starre Augen, drei blutende Wunden im Brustkorb. Er holt seine Ledertasche aus dem Fußraum, schlägt die Tür zu und läuft im Slalom zwischen den Wagen hindurch bis zur Flughafenhalle. Er begibt sich zum Schalter einer Autovermietung. Eine Mercedes-Limousine wartet auf ihn. Kurs auf die Villa in Cap Ferrat. Als er den Flughafen verlässt, ist alles ruhig, der Tote im Lieferwagen wurde offenbar noch nicht entdeckt.

In der Villa ist es still, alle Lichter gelöscht. Frickx geht auf direktem Weg hoch zum Schlafzimmer im ersten Stock. Emily schläft, gestützt von einem Stapel Kopfkissen, ausgestreckt auf dem Rücken im Ehebett, ihr Gesicht ist ausdruckslos, sie sieht mitgenommen aus. Auf dem Nachttisch ein eingeschaltetes Nachtlicht neben einer Wasserkaraffe und einer Sammlung Medikamentenpackungen. Eine Frau in weißem Kittel schläft auf einem Liegestuhl am Fußende des Bettes. Das Eintreten von Frickx hat sie aus dem Schlaf hochfahren lassen.

Er stellt sich vor: »Michael Frickx, der Ehemann Ihrer Patientin. Sie wurden über mein Kommen unterrichtet, glaube ich?« Mit einer Bewegung in Richtung Bett: »Wie geht es ihr?«

Er nimmt Emilys Hand, spricht laut, als legte er es darauf an, sie zu wecken, die Krankenpflegerin antwortet ihm flüsternd, dass alles gut ist, er soll sich keine Sorgen machen, aber seine Frau braucht viel Ruhe.

Emily hat schon die Augen geöffnet. Frickx beugt sich hinab, küsst sie auf die Stirn, streichelt ihre Hände. Lächeln aufrichtiger Zuneigung. »Emily, mein Schatz, ruh dich aus. Alles ist gut. Morgen kommt dein Cousin David.« Schmeichelnde, beruhigende Stimme. Er wendet sich an die Pflegerin: »Ich habe ihren Cousin angerufen, er ist im Ausland, er kommt morgen. Er wird ihr Gesellschaft leisten.«

Emily kann kaum ihren Blick fixieren, seufzt, murmelt. Er setzt sich neben sie aufs Bett, streicht ihr übers Gesicht, übers Haar, bis sie wieder einschläft.

Dann legt er sich im Gästezimmer zu Bett und schläft sofort ein.

Nacht von Mittwoch auf Donnerstag, Hafen von Istanbul

Der aus dem rumänischen Constanța kommende Frachter der Somar erreicht Istanbul am späten Nachmittag und legt wie üblich im Hafen von Salipazari auf dem Bosporus an. Er befährt die Küste zwischen dem Libanon, Zypern, der Türkei und Rumänien. Der Kapitän, ein junger Mann unter vierzig, dessen Gesicht aber bereits von tiefen Furchen durchzogen ist, sinnt über den Tod von Pieri nach, von dem Simon ihn am Tag über Funk unterrichtet hat. Er hat seiner fünfköpfigen Mannschaft gerade die Erlaubnis erteilt, den Abend in der Stadt zu verbringen. Er will allein an Bord bleiben, um Pieri so würdig wie möglich zu verabschieden. Er setzt sich in seine Kajüte, Bullaugen geöffnet, um die Kühle des türkischen Frühlings zu spüren, auf dem Tisch eine Flasche Whisky, ein Glas und ein großes Schulheft, Spiralbindung und Karopapier, in das er seit langem Gedichte überträgt, die ihn berühren, um sie in trübsinnigen Momenten nachlesen zu können. Dies ist ein trübsinniger Moment. Er schlägt eine weiße Seite auf und beginnt langsam zu schreiben.

Gebet für Maxime Pieri

Ermordet. Ein Dreckskerl hat auf dich geschossen. Ich wette, du warst unbewaffnet. Du bist schon seit langem nicht mehr bewaffnet ausgegangen. Ich kann es immer noch nicht glauben. Und doch habe ich immer gedacht, dass es so kommen muss. Du liebtest das schnelle Leben, du liebtest das Spiel mit der Gefahr. Ich weiß nicht, wie man betet. Heute bete ich. Ich wusste nie, wie ich mit dir reden soll, unter Männern nimmt man sich nie Zeit zu reden. Heute nehme ich mir die Zeit. Im Panier, in meiner Kindheit, warst du mein Nachbar, du warst mein Held, mein Vorbild. Befreier von Marseille, Kriegsverdienstkreuz, von allen geachtet. Vertrauensmann der Guérinis, die Stadt in deiner Hand. Ich bin mit achtzehn in die Armee eingetreten, um es dir gleichzutun. Ich habe den ganzen Indochinakrieg mitgemacht und bin nach Marseille zurückgekehrt, ich war dreiundzwanzig Jahre alt, haufenweise Erinnerungen an Blut und Tod, opiumsüchtig bis in die Knochen. Während drei Jahren voller Drogen und Plackerei habe ich nach dir gesucht. Ich war sicher, du wärst meine Rettung. Als ich dich endlich fand, war ich am Boden. Du hast mich aufgesammelt, beherbergt, gepflegt. Du hast mir eine Arbeit in der Handelsmarine gegeben. Du hast mir eins deiner Schiffe anvertraut, das geheimste, das gefährlichste. Ich habe es zu schützen gewusst. Ich bin stolz auf dein Vertrauen. Ich bin stolz darauf, dich nie enttäuscht zu haben. Ruhe in Frieden. Ich bewahre dein Andenken.

14. März 1973, Istanbul
Kapitän Nicolas Serreri

Er schließt das Heft, bekreuzigt sich, die einzige Gebetsgeste, die er kennt, steht auf, tritt an das Bullauge, betrachtet den dunklen Schemen von Istanbul bei Nacht. Eine Stadt, die er wahnsinnig liebt. Er muss eines Tages Catherine mit hernehmen. Auf dem Quai sieht er zwei seiner Matrosen, die auf die *Santa Lucia* zusteuern. Kommen sie schon zurück? Gute Matrosen. Genau hier hat er sie aufgelesen, in Istanbul, etwas mehr als einen Monat ist das her. Zwei Kerle hatten ihn ohne Vorwarnung verlassen. Das kommt oft vor auf Frachtern wie der *Santa Lucia*, die schlecht zahlen für viel Arbeit und keinen Komfort, aber bei einer fünfköpfigen Mannschaft reißt das ein Loch. Das Büro des Hafenkapitäns hatte ihm diese beiden geschickt, die eine Heuer suchten. Sie waren intelligent, fleißig, unbestimmter Herkunft und machten sich schnell unentbehrlich. Nicolas liebt es, mit ihnen zu singen und Karten zu spielen, wenn sich bei den Zwischenstopps die Zeit in die Länge zieht. Die zwei Männer erreichen die Gangway, kommen sie herauf. Warum eigentlich nicht ein Glas mit ihnen trinken? Nicolas öffnet seine Kajütentür, macht ihnen ein Zeichen, sich zu ihm zu gesellen. Sie treten ein. Nicolas wendet sich ab, um zwei Gläser vom Regal zu nehmen. Im nächsten Moment packt einer der beiden Nicolas' Arme, fixiert sie mit einem brutalen Griff, der seine Schultergelenke knirschen lässt, in seinem Rücken. Der andere lässt den Stein des dicken Siegelrings an seiner rechten Hand aufspringen und entblößt ein Dutzend feine Nadeln, die er mit derselben Bewegung in Nicolas' Hals rammt. Der wehrt sich, um den Angriff abzublocken, dann wehrt er sich plötzlich nicht mehr. Die Männer legen den Körper auf den Boden, gießen etwas Whisky in das Glas auf dem Tisch, leeren die Flasche in das winzige Waschbecken und lassen sie dann auf dem Boden der Kajüte liegen. Einer von ihnen öffnet das Heft auf den ersten Seiten, liest eine beliebige Stelle:

Ein wenig von diesem endlosen absoluten Blau
Wäre genug
Um die Last dieser Tage zu erleichtern
Und den Morast dieses Ortes zu reinigen.

»Diese Schwuchtel hat Gedichte geschrieben.«

Er lacht, lässt das Heft aufgeschlagen auf dem Tisch. Sie laden sich den Toten auf, tragen ihn nach draußen, geben Acht, dass man sie vom Quai aus nicht sieht, schwingen ihn über die Reling und lassen ihn nicht aus den Augen, während er langsam davontreibt. Dann verlassen sie ohne Eile das Schiff und steigen durch die menschenleeren Straßen des Hafens zur kaum erleuchteten Stadt hinauf.

Donnerstagmorgen, Cap Ferrat

Vom Fenster des Gästezimmers überwacht Frickx – geduscht, frisch rasiert, tadelloser grauer Anzug, weißes Hemd, bordeaux-rote Krawatte – das Gittertor und den Hof des Hauses. Ein Wagen fährt vor, parkt. Pünktlich, wie erwartet. Er läuft schnell nach unten, um David zu begrüßen.

»Geht's, hältst du durch?«

»Natürlich. Was für eine Frage! Saint-Tropez ist ein zauberhaftes Dorf.«

Die Pflegerin, geweckt von den Geräuschen, steht auf dem Treppenabsatz und beobachtet das Kommen und Gehen. Frickx nutzt die Gelegenheit, um David vorzustellen.

»David, Emilys Cousin. Ich habe ihn gebeten, mich für ein paar Tage an ihrem Krankenbett zu vertreten. Ich muss dringend geschäftlich ins Ausland.« Er nimmt David am Arm, zieht ihn mit sich auf den Hof, außer Reichweite der neugierigen Ohren der Krankenpflegerin. »Ich breche sofort nach Genf auf. Ich habe einen Wagen gemietet, ausgeschlossen, dass ich noch mal über den Flughafen Nizza reise. Emily schläft, sie ist mit Medikamenten vollgepumpt, du hast Zeit. Lass uns ein Stück die Straße entlanglaufen, ich habe dir ein paar Dinge zu sagen.«

Sobald sie das Tor passiert haben, kommt Frickx zur Sache. »Was die Somar betrifft, ist alles in Ordnung, Simon hat mir versichert, dass es in den Firmenunterlagen nichts Schriftliches gibt, das sich bis zu mir zurückverfolgen ließe. Und außer ihm ist niemand über unsere Geschäfte auf dem Laufenden, auch nicht über die der *Santa Lucia*. Den Rest kennst du. Was mich beunruhigt, ist Emily an Pieris Seite, das war nicht geplant.«

»Niemand weiß das besser als ich.«

»Durch ihre Anwesenheit taucht mein Name in einer Affäre auf, in der er niemals hätte erwähnt werden dürfen. Das ist übel. Ich war gezwungen, zur Villa zu fahren, was nicht in meinem Plan stand, und du bist immer noch hier, dabei solltest du seit ein paar Stunden im Ausland sein. Das ist gefährlich. Ich hasse Überraschungen.«

»Schön und gut, aber Emily war nun mal an dem Abend an Pieris Seite. Daran kannst du nichts mehr ändern. Uns bleibt nur, die Lage so weit wie möglich in den Griff zu bekommen.«

»Ich wusste nicht mal, dass Pieri und sie sich kennen. Ich will wissen, was sie mit ihm zu schaffen hatte. Das ist lebenswichtig für mich, für uns, deshalb musst du bei ihr bleiben.«

»Ein Liebesabenteuer?«

»Das glaube ich nicht. Nicht Emily, an so etwas ist sie nicht interessiert. Und es ist auch nicht dieser Aspekt, der mir Sorgen bereitet.« Er überlegt einen Moment. »Hör zu, David, ich glaube nicht an Zufall. Pieri hat mit meiner Frau zu Abend gegessen. Warum? Misstraute er mir? Was hat er ihr gesagt? Fischte er nach Informationen? Welchen? Hat er ihr von unseren Geschäften erzählt? Stell dir die möglichen Konsequenzen vor! Du musst der Sache auf den Grund gehen.«

»Ich kann's versuchen, aber es wird nicht einfach. Ich habe Emily seit sieben Jahren nicht gesehen, ich weiß nicht, wie sie mich aufnehmen wird. Und Pieri kannte ich gar nicht. Wie soll ich das deiner Meinung nach bewerkstelligen?«

»Gib dein Bestes, ich vertraue dir. Bleib so lange bei Emily wie nötig. Im Zweifel muss man von ihrer Seite dichtmachen. Ich selbst werde sehr beschäftigt sein, ich muss hinter Pieri aufwischen, es gibt Arbeit für mich in Genf. Und ich muss mit den neuen Verträgen vorankommen. Aber ich rufe dich regelmäßig an. Alles klar?«

»Ja, du kannst los.«

Rückkehr zum Haus. Frickx nimmt den Mercedes, sieben Stunden Fahrt bis Genf. Wenn er das Mittagessen auslässt, hat er nach seiner Ankunft noch den ganzen Nachmittag zum Arbeiten.

Emily schläft immer noch. Die Pflegerin ist in der Küche zugange, wo sie gerade das Frühstückstablett fertig vorbereitet hat. David geht hin, nimmt ihr das Tablett aus der Hand.

»Ich werde mich selbst um meine Cousine kümmern. Packen Sie Ihre Sachen und gehen Sie. Selbstverständlich werden Sie für die ganze Zeit bezahlt, die für Ihren Einsatz geplant war.«

Als sie weg ist, trägt er das Tablett mit Milchkaffee, Croissants, Marmelade nach oben in Emilys Zimmer.

Emily erwacht wie im Nebel, richtet sich tastend auf ihren Kissen auf, dann schafft sie es, auf David zu fokussieren. Sie erstarrt, macht große Augen. Eine heftige Brise aus Kindheitserinnerungen fegt durch ihren Kopf. Die Gerüche, die Geräusche, die Wärme des Glücks.

»Bist du das, David? Träume ich?«

»Nein, du träumst nicht.«

»Mein Cousin. Sieben Jahre Abwesenheit, keinerlei Nachrichten, und dann wache ich eines Tages auf und du bist da, mitten in einer Tragödie. Was machst du hier? Wo ist Michael?«

David stellt das Tablett auf dem Bett ab. »Er ist heute Morgen in aller Frühe nach Mailand abgereist.«

Ein schriller Aufschrei. »Abgereist?«

»Ja, ein Geschäftstermin, er hat mich gebeten, dir Gesellschaft zu leisten.«

Sie sitzt jetzt aufrecht, steif, die Augen weit aufgerissen. »Abgereist, dieser Mistkerl … Ohne mir Bescheid zu sagen. Gestern ein kurzes Guten Abend, mit seinem Lächeln und diesem Ton eines Handelsvertreters, der seine Kundschaft umschmeichelt.« Ihre Stimme überschlägt sich. »Und heute Morgen haut er ab und ich kann verrecken.«

Mit einer heftigen Geste wirft sie die Decke von sich, springt auf, stößt das Frühstückstablett um, Kaffee, Marmelade spritzen, das Porzellan zerbricht. Eine Miniaturkatastrophe. Sie bricht in krampfartiges Schluchzen aus, das ihren ganzen Körper schüttelt. David tritt zu ihr, schließt sie in die Arme, zieht sie vom Bett weg, sie lässt sich in seinen Armen wiegen, ohne mit Schluchzen aufzuhören, er führt sie ins Bad und hält ohne ein Wort ihren Kopf unter die kalte Dusche. Die Schreie und

Schluchzer verebben. Er lässt sie los, dreht den Wasserhahn zu, nimmt ein Handtuch, wischt ihr das Gesicht ab, trocknet ihre Haare, zärtliche Gesten. Zurück ins Zimmer, er hilft ihr in einen Sessel. Sie holt tief Luft, atmet mehrere Male langsam durch. David betrachtet sie. Die Ruhe kehrt zurück in das klare, zarte Gesicht, das aus der braunen Masse ihrer nassen Haare auftaucht, kehrt zurück in alle Muskeln dieses schlanken, sportlichen Körpers, den er jahrelang begehrt hat, den er vielleicht immer noch begehrt. Er lächelt.

»So mag ich dich lieber.«

»Weißt du, was ich durchgemacht habe?«

»Ja.«

»Ein Mann an meiner Seite, der gerade mit mir spricht, seine Hand lag auf meiner Schulter, als er erschossen wurde, ich spürte, wie die Hand abglitt, sich in meine Stola krallte, sie im Fallen mitriss, ich stand entblößt da, sein Blut spritzte mir ins Gesicht, auf die Schultern, in die Augen, in meinen Mund.«

»Du wurdest nicht verletzt? Der Schütze muss in Höchstform gewesen sein, um so genau zu zielen. Du bist eine Frau, die sehr viel Glück gehabt hat.«

Emily denkt einen Moment über diese Sicht der Dinge nach. »Ich war noch nie mit einem gewaltsamen Tod konfrontiert, so direkt, meine ich.«

»Weil du jahrelang nicht aus dem Garten deines Großvaters herausgekommen bist. In dem Land, aus dem wir stammen, du und ich, gibt es gewaltsame Tode an jeder Straßenecke. Hast du dich nie gefragt, auf wie viele Tausend tote Minenarbeiter, zerschmettert oder vergiftet, sich das Vermögen unserer Familie gründet? Hör auf, die verwöhnte Göre zu spielen, und reiß dich zusammen.«

Neuerliche Stille, dann fragt Emily in normalem Gesprächston: »Wo ist die Krankenpflegerin?«

»Ich habe sie nach Hause geschickt. Du bist nicht krank, und jetzt bin ja ich da.« David geht zum Nachtschränkchen, angelt sich die Medikamente. »Ich werde dieses Scheißzeug ins Klo spülen.« Er tut es, ohne dass sie aufmuckt. »Hör mir zu, Emily. Ich wiederhole, du bist nicht krank. Du bist jung, reich, gesund und ein Glückspilz. Jetzt zieh dir was über, es ist noch frisch und wir frühstücken auf der Terrasse.«

Die Terrasse thront auf einem felsigen Steilhang, der bis zum Meer hinabfällt. Hinter den Pinien, die an dem Abhang wachsen, die Bucht von Villefranche, das Meer, die offene See. Während David sich in der Küche zu schaffen macht, betrachtet Emily die Brandung ein paar Dutzend Meter tiefer. Er hat recht. Wie konnte ich mich so gehen lassen? Pieri wurde ermordet ... Ich dagegen bin am Leben, ich werde mich nicht kleinkriegen lassen. Atme, finde deinen Rhythmus.

Als er Rührei, Toast, Fromage blanc und heißen Tee bringt, macht sie sich mit gesundem Appetit darüber her. Er schaut ihr lächelnd zu. »Ich wusste es.«

Sie hebt den Blick von ihrem Teller. »Hast du schon mal erlebt, wie jemand zu deinen Füßen eines gewaltsamen Todes stirbt?«

»Das fragst du mich, Emily? Hast du vergessen, dass ich 1966 als Freiwilliger zur Armee gegangen bin? Seitdem habe ich in einem Krieg gekämpft und bei Operationen zur Aufrechterhaltung der Ordnung mitgewirkt ...«

»Nein, das habe ich nicht vergessen, aber ich habe nie verstanden, warum du dich verpflichtet hast. Und ich habe es dir übelgenommen.«

»Ich habe mich verpflichtet, einen Tag nachdem der Alte mir eröffnet hat, dass er dich mit Frickx verheiratet. Falls du das nicht kapiert hast, er hat es sehr wohl kapiert, ohne dass ich es ihm hätte erklären müssen.«

Emily beugt sich vor, mustert ihn, zögert. Das Gespräch gerät auf schlüpfriges Gelände, das weiß sie. In der morgendlichen Stille zwischen Felsen, Pinien und Meer steigen Erinnerungsfetzen an die Oberfläche. Cousin und Cousine, unzertrennlich. Frühmorgens Reittraining auf dem Gestüt ihres Großvaters in Durban. Der Rausch eines schnellen Galopps, unsere Pferde Flanke an Flanke, ein wortloses Glück, dann in den Pool, wir ließen uns in der Sonne treiben, die Körper erschöpft vom wilden Ritt. Sie entdeckt sein Gesicht neu. Kantig, glatt, unergründlich. Weniger Wangenpolster, oder irre ich mich? Die gleiche blonde Haarsträhne auf der Stirn, die goldbraunen Augen. Die festen, vollen Lippen. Sie erinnert sich, wie sie ihre Handrücken streiften, David hatte die Angewohnheit, in einer Art Parodie französischer Höflichkeit ihre Hände zu küssen, wenn sie sich in der ersten Dämmerung im warmen Dunkel der Ställe trafen, erfüllt mit dem Geruch der Pferde, ihrem vertrauten Atem, und sie erschauerte, lachte verwirrt. Unzertrennlich … Sie hat das seltsame Gefühl, dass dieses Kapitel noch nicht zu Ende geschrieben ist.

Sie schenkt ihm eine Tasse Tee ein. Die Kanne zittert in ihrer Hand, als sie sagt: »Du warst in mich verliebt?«

»Ich war irrsinnig verliebt, und du wusstest das genau.«

»Ja und nein.«

»Wie, ja und nein?«

»Ich wusste, dass du verliebt warst, aber ich wusste nicht, was dieses Wort bedeuten sollte, und ich weiß es bis heute nicht.« Sie lässt sich in ihren Sessel sinken. »Verstehst du, heute, in dieser Stunde, im Angesicht dieses Meeres, dieses

Himmels, dieser Felsen, nach dem Tod von Maxime Pieri und in Anwesenheit meines Cousins, spreche ich zum ersten Mal mit Nachdruck aus, dass ich das Leben mit Michael nicht länger ertrage. Ich habe meine Pflicht ihm gegenüber erfüllt, ich bürge für seine Präsenz in der Familie Weinstein und ihrer Minengesellschaft. Er dagegen hat seine nicht erfüllt. Ich habe ihn geheiratet, um in New York zu leben, er sperrt mich in Mailand ein, das ich nicht ausstehen kann. Es ist aus, ich verlasse ihn.«

»Michael ist ein Genie auf seinem Gebiet. Super erfinderisch, keinerlei Skrupel, Chuzpe ohne Ende, waghalsig, wenn nötig, aber nie so weit, dass er seinen klaren Kopf verliert, ich wette, er wird in den nächsten Jahren ein überragender Trader werden. Er ist ein potenzieller Multimilliardär.«

»Das ist mir vollkommen egal.« Sie grübelt einen Moment vor sich hin. »Hat er dich gebeten, herzukommen?«

»Ja.«

»Er kennt dich praktisch nicht, er hat dich gerade ein- oder zweimal getroffen, aber er weiß, dass wir früher sehr eng miteinander waren und dass ich in geschwächter Verfassung bin. Er pfercht uns zusammen hier ein. Ich frage mich, was er sich dabei denkt.«

David sagt nichts dazu.

5

Donnerstag, 15. März 1973

Donnerstagmorgen, Marseille

Daquin wird vom Klingeln des Telefons geweckt. Er knurrt, braucht ein, zwei Sekunden, um sich zu erinnern, wo er ist, hat Mühe, den schlafenden Mann an seiner Seite zu erkennen. Die Flanke in einer schönen Kurve von der Schulter bis zur Hüfte, der Rücken von Vincent. Widersteht der Versuchung einer langen Liebkosung. Sechs Uhr am Morgen, gar nicht mal so früh, aber was für ein Abend ...

Er nimmt ab. Bonino am anderen Ende der Leitung, genervt: »Wir haben einen weiteren Toten.«

»Und?«

»Es scheint sich um Jacques Simon zu handeln, leitender Angestellter der Somar. Bei der Leiche fanden sich Papiere mit Name und Position, und er wurde in einem Lieferwagen erschossen, der auf die Somar zugelassen ist.«

»Wo?«

»Im Parkhaus am Flughafen Nizza.«

»Ich komme.«

»Kein Grund, sich zu überschlagen. Die Leiche wurde gestern Abend gegen dreiundzwanzig Uhr entdeckt.«

Daquin rechnet kurz nach. Du hast sieben Stunden gebraucht, um mich zu benachrichtigen. Bei dem Tempo hättest du mich auch noch eine Stunde schlafen lassen können.

»Es wurden die üblichen Routinen durchgeführt, die Leiche ins Leichenschauhaus gebracht. Ich habe ein Team vor Ort gelassen, um zu ermitteln, wer den Flughafen gestern Abend betreten und verlassen hat.«

»Ich komme vorbei. Ich mache noch einen Abstecher zum Leichenschauhaus, ich will den Gerichtsmediziner aufsuchen, um ihm ein paar Fragen zu Pieri zu stellen, danach komme ich zu Ihnen ins Büro. Ich bin in zweieinhalb Stunden in Nizza und in drei Stunden bei Ihnen. Ich werde nicht lange bleiben, ich halte Sie also nicht von der Arbeit ab.«

Bonino stimmt murrend zu.

Ultrakurze Dusche, aber sorgfältige Rasur, was auch immer Dringliches anstehen mag. Den Rasierpinsel in der Hand, steht er vor dem Spiegel, zuerst die Rasierseife gründlich in der Holzschale aufschäumen, die Wangen, das Kinn mit dem weißen, sahnigen Schaum bedecken, der nach Sandelholz duftet, die Qualität der Einseifphase ist das Geheimnis einer harmonischen Rasur. Dann mit einem Rasiermesser aus schwedischem Stahl, der beste, über die Haut unter dem Schaum fahren, unendlich präzise, unendlich sanft, nur einen Hauch entfernt vom blutigen Schnitt. Ein allmorgendlich wiederholtes Ritual, ohne Ausnahme, um des Vergnügens willen, den Stahl und die Seife auf der Haut zu spüren. Auch um die Erinnerung an die Vergewaltigung tief im Wald auf Distanz zu halten, er war dreizehn Jahre alt, beschmutzter, besudelter Junge, das mit Erde und Laub verdreckte Gesicht in den Boden gedrückt, der Geschmack der Erde in seinem Mund. Feuchtes Handtuch auf die brennende Haut. Daquin inspiziert sein Gesicht, sauber, glatt, kantig. Die Zeremonie ist beendet, die Schutzmaske an ihrem Platz, der Tag kann beginnen. T-Shirt, Bluejeans, Mokassins, Lederblouson. Er hinterlässt Vincent eine Nachricht: »Ein Notfall. Zieh einfach die Tür hinter dir zu«, und eilt im Laufschritt hoch zum Évêché. Er nimmt einen Block, der auf Grimberts Schreibtisch herumliegt, schreibt: »Anruf aus Nizza heute Morgen 6 Uhr bei mir zu Hause, allem Anschein nach wurde Jacques Simon, Pieris Stellvertreter, gestern Nacht am Flughafen Nizza erschossen. Identifizierung steht noch aus. Gehen Sie wie geplant zur Somar, aber nutzen Sie jetzt die Gelegenheit, live zu beobachten, wie die Angestellten den Schock verdauen. Nach diesem zweiten Mord wird unser Antrag auf einen Durchsuchungsbeschluss sicher bewilligt werden, bis dahin seien Sie vorsichtig, schütteln Sie sie ein bisschen, aber gehen Sie nicht zu weit. Ich fahre nach Nizza. Wir sehen uns heute Abend wie vorgesehen.«

Er nimmt einen Dienstwagen und macht sich auf den Weg.

Beim Lesen von Daquins Nachricht ein Schauder der Erregung, Grimbert und Delmas eilen zur Somar. Auf der Place de la Joliette sieht man als Erstes den monumentalen Eingang zu den Docks, die steinerne Umsetzung des Traums von Größe und Wohlstand durch Handel, den die saint-simonistischen Ingenieure des 19. Jahrhunderts träumten, aber das 19. Jahrhundert ist tot, und die Docks laufen auf Sparflamme. Direkt gegenüber, an einem prächtigen Bürgerhaus, eine dezente Kupferplatte mit der Aufschrift »Somar, 3. Etage«. Die beiden Männer betreten das Gebäude.

»Wir ziehen in den Krieg ohne viel Munition«, bemerkt Delmas im Aufzug.

»Keine Aufregung. Vergiss nicht: Viele im Évêché wünschen, dass wir in dieser Sache so wenig wie möglich unternehmen. Von der Seite besteht also kein Druck. Daquin ist Feuer und Flamme, aber er ist ein Jungspund und ein Pariser, er braucht uns, um zu leben, auch von seiner Seite kein Druck. Mach in Ruhe deine Arbeit. Und du hältst dich an die Anweisung: du gehst nicht zu weit. Alles klar?«

»Ich habe verstanden.«

In der dritten Etage klingeln sie an der Tür. Ein Mann öffnet ihnen. Grimbert stellt sich vor. SRPJ Marseille, wir ermitteln im Mordfall Pieri. Der Mann macht wortlos Platz, um sie einzulassen. Kurzer Blick, eine große bürgerliche Wohnung, die in ein Büro verwandelt wurde. Den familiären Anstrich hat man offenbar absichtlich erhalten. Man erkennt einen langen dunklen Flur, von dem eine Reihe Zimmer abgehen, eine Tür führt in die Küche. Der Mann sagt: »Folgen Sie mir, wir sind alle im großen Salon.«

Großes, sehr helles Zimmer, drei Fenster zur Vorderfront mit Blick auf die Docks auf der anderen Seite des Platzes. Die Wände sind vollflächig mit Korkplatten bedeckt. Karten vom Mittelmeer, übersät mit verschiedenfarbigen Punkten, sind mit Reißzwecken neben großen Schaubildern angebracht, die Routen und Anlaufhäfen zeigen, mitsamt Uhrzeit und Datum. Sieben Büromöbel nehmen die Mitte des Zimmers ein, überladen mit Akten, Telefonen und diversen Geräten. Archivkartons stapeln sich an den Wänden entlang auf dem Boden. Die komplette Belegschaft der Somar, etwa zwanzig Personen, hat sich versammelt, sie sitzen auf den Stühlen, den Schreibtischen, den Kartons. Hier und da stehen Tassen und Gläser. Schon vom Eingang aus war das Stimmengewirr lebhafter Gespräche zu hören. Beim Eintreten der Polizisten erstirbt es abrupt. Bleierne Stille. Die Verwirrung ist spürbar, und auch die Feindseligkeit. Grimbert denkt: Eine im Unglück zusammengeschweißte korsische Familie. Ihm bricht der Schweiß aus.

»Hat man Sie unterrichtet, dass Simon letzte Nacht ermordet worden ist?«

Die Versammlung nickt, eine nicht zuzuordnende Stimme sagt: »Die Polizei von Nizza hat uns angerufen.«

In dieser Atmosphäre, die zum Schneiden ist, sucht Grimbert nach einer Eröffnung, die Bewegung in die Sache bringt, findet keine und hält sich daher an die einfachste Frage: »Beide Chefs binnen weniger als vierundzwanzig Stunden erschossen, wir ermitteln zu diesen Verbrechen ... Hat jemand von Ihnen etwas zu sagen, das uns aufklären könnte?«

Die Gruppe bleibt in ihrem Schweigen vereint. Aus einem anderen Büro hört man das Signal eines Funkrufs, der Verantwortliche für die Funkkommunikation verlässt das Zimmer.

Grimbert fährt fort. »Ist jemandem von Ihnen etwas aufgefallen? Eine Geste, ein Wort ...«

Immer noch nichts. Es auf einem Umweg versuchen.

»Wissen Sie, was aus Ihrer Firma werden wird?«

Neuerliches Schweigen. Man hört ein paar Schniefer vonseiten der Frauen. Bevor irgendjemand den Mund aufmacht, kommt der Verantwortliche für die Funkkommunikation zurück, fahl.

»Die türkische Polizei hat die Leiche von Kapitän Nicolas Serreri gefunden, der gestern Nacht im Hafen von Istanbul ertrunken ist.« Eine junge Frau schreckt hoch, aufgerissener Mund, und bricht in Tränen aus. »Die Polizisten sagen, es handelt sich um einen Unfall. Der Kapitän hatte zu viel getrunken und ist, als er sich allein an Bord befand, von der *Santa Lucia* gestürzt. Sie bitten uns, die Leiche abzuholen. Das Schiff nimmt danach Kurs auf Marseille.«

Die korsische Familie krümmt sich unter dem Schock, bekommt Risse. Die Angestellten sehen einander an, suchen einen Halt, jemanden, an dem sie sich festklammern können. Einige Frauen haben tränenglänzende Augen, zwei von ihnen treten zu der weinenden jungen Frau und nehmen sie in den Arm. Sie lässt sich gegen sie sinken, verbirgt ihr Gesicht an ihren Schultern und schluchzt. Die Männer kratzen sich am Hals.

Grimbert murmelt Delmas zu: »Nimm das Frauentrio mit nach nebenan. Die Junge ist bestimmt seine Witwe oder etwas in der Art. Notier dir ihre Adresse, dann sollen ihre Freundinnen sie nach Hause bringen. Hätschle sie. Es ist selbstverständlich ein Mord, aber Klappe halten.«

Delmas nickt, geht zu den drei Frauen und dirigiert sie in ein anderes Büro.

Der Familie keine Zeit lassen, sich wieder zu fangen. Grimbert geht zum Angriff über. »Unfall oder nicht, der Zähler zeigt jetzt drei Tote. Versuchen wir vorwärtszukommen. Ich wiederhole meine Frage: Was wird aus der Somar werden?«

Der älteste Mann unter den Anwesenden antwortet: »Wir haben keine Ahnung. Pieri war alleiniger Eigentümer der Firma. Und Simon hat uns für heute Morgen einberufen, um uns zu sagen, wie er mit der Situation umgehen will.«

»Warum nicht gestern darüber sprechen, warum bis heute warten?«

»Simon hat uns nichts gesagt. Er hat uns nur gebeten, heute Morgen hier zu sein. Gestern nach dem Mittagessen hat er ohne jede Erklärung den Lieferwagen genommen und ist weggefahren. Er wirkte sehr besorgt, das war alles.«

Grimbert lässt den Blick über sein Publikum schweifen. »Er ist sicher zu einer Verabredung gefahren. Weiß niemand etwas über Simon und eine mögliche Verabredung?«

»Doch, ich.«

Alle Augen richten sich auf eine pummelige junge Frau mit dunklem Haar, kaum achtzehn, die die Hand hebt wie in der Schule, ihre Stimme zittert leicht.

»Sprechen Sie.«

»Vorgestern, am Tag von Monsieur Pieris Ermordung, hat niemand wirklich gearbeitet, wir waren sehr erschüttert, alle. Gegen vierzehn, fünfzehn Uhr klingelte das Telefon in

Monsieur Simons Büro. Er war nicht im Zimmer. Ich bin ran-
gegangen. Ein Ferngespräch aus Johannesburg für Monsieur
Simon. Ich habe ihn aus der Küche geholt, er hat den Hörer
genommen und die Tür zugemacht. Vom Flur aus hörte ich
ihn sagen: ›Pieri, mehrere Schüsse, auf offener Straße‹. Danach
hörte ich ihn sagen: ›die Uhrzeit passt mir‹ und ›einen ruhigen
Ort‹, etwas in der Art.«

Die Stimme ist nicht sehr fest, das Mädchen errötet. Die
Familie missbilligt schweigend. Grimbert lächelt ihr zu. Erster
erkennbarer Fortschritt. Dieses Mädel, man weiß noch nicht,
warum sie bereit ist zu reden, treibt sich in den Büros herum,
nimmt Anrufe an, lauscht an Türen. Vielleicht eine Goldmine,
die es auszubeuten gilt.

Grimbert bringt noch einiges in Erfahrung. Über Simon:
eng mit Pieri verbunden, eine Vertrauensbeziehung zwischen
den beiden Männern, beinahe schon Freundschaft, aber er
war nicht jeden Tag in der Firma, sagen wir, etwa jeden zweiten Tag, nicht ganz regelmäßig. Über Kapitän Serreri: ein junger Mann, keine vierzig, schon sehr lange sehr eng mit Pieri,
der ihn sehr mochte. Ein bisschen wie sein Sohn.

Grimbert bittet um eine kurze Führung durch die Büros.
Ein zweiter großer Raum, ehemals Wohn- oder Esszim-
mer, fünf hineingepferchte Schreibtische, die Buchhaltung.
Bunte Kurvendiagramme an die Korkwände geheftet, und
Grafiken mit Schiffsnamen darüber. Und noch drei Zim-
mer. Im ersten, schallisoliert, drängen sich ein Funkgerät,
Empfangs- und Sendestation, und drei Fernschreiber, die
sich in unregelmäßigen Abständen einschalten und zu
rattern anfangen. Heute ist die Frequenz nicht sehr hoch.
Die bedruckten Papierstreifen türmen sich in Schlangen zu
Füßen der Maschinen, ohne dass sich jemand darum küm-
mert. Das nächste Zimmer ist klein und es herrscht peinliche

Ordnung, ganz im Gegensatz zu den großen Gemeinschaftsbüros. Schubladen, Schränke geschlossen, nicht ein einziges
herumliegendes Papier.

»Das ist das Büro von Maïté Antoniotti, Pieris Sekretärin.«

»Ist sie heute nicht hier?«

»Nein, sie kümmert sich um die Beerdigung.«

»Ist sie eine Angehörige?«

»Nein, aber es läuft auf dasselbe hinaus. Sie war wie eine
Mutter für Pieri.«

»Immer wieder die korsische Familie«, flucht Grimbert.

Im nächsten Raum die beiden Schreibtische von Pieri und
Simon nebeneinander. Ordentlich, wie das Büro der Sekretärin.

Auf dem Rückweg geht Grimbert noch einmal beim Fern-
meldezimmer vorbei, wo der Verantwortliche aufräumt, um
sich zu beschäftigen.

»Simon war gestern Vormittag hier. War er über den Mord
an Pieri informiert?«

»Natürlich, wie wir alle.«

»Hat er mit der *Santa Lucia* kommuniziert?«

»Ja, sofort. Er wollte den Kapitän persönlich und vor allen
anderen benachrichtigen. Nicolas gehörte ein bisschen zur
Familie.«

»Hat Simon ihm Anweisungen bezüglich des Schiffes gegeben?«

»Ehrlich, ich habe keine Ahnung. Simon hat mich aus dem
Raum geschickt, sobald er mit Nicolas verbunden war. Ich
dachte, es wäre wegen der Emotionen, ein sehr persönliches
Gespräch.«

»Sonst nichts, was Sie mir sagen könnten?«

»Danach wurden alle anderen Kapitäne informiert, und
Simon hat sie gebeten, die Anweisungen abzuwarten, die er

ihnen heute Morgen geben wollte. Es wurde noch nichts unternommen, aber ich denke, dass die Somar die ganze Flotte nach Marseille zurückbeordern wird.«

Delmas steht mit der Gruppe Klageweiber im Büro von Pieri und Simon. Er macht Grimbert ein Zeichen: Kontaktaufnahme mit der Witwe, Mission erfüllt. Die beiden verabschieden sich und gehen. Haben es eilig, an die frische Luft zu kommen und tief durchzuatmen.

Donnerstag, Nizza

Es kostet Daquin etwas Zeit, das Hôpital Pasteur und dann den Eingang zum Leichenschauhaus zu finden: ein moderner Bau namens *Le Reposoir*, eine langgezogene einstöckige Betonkonstruktion, an einen Hang gebaut, abgelegen am Ende eines steilen Wegs. Ein Dutzend Meter weiter eine kleine steinerne Kirche, die um einiges älter wirkt, eine zwischen Sträuchern versteckte Zuflucht. Polizei der Körper, Polizei der Seelen. Die Körper quälen und die Seelen trösten. Hör auf zu grübeln, du bist am Ziel angekommen. Daquin erhält die Erlaubnis, einen kurzen Blick auf die Leiche von Jacques Simon zu werfen. Drei Kugeln mitten in den Brustkorb. Dicht beisammen, alles Treffer, wie bei Pieri. Mit der Autopsie wurde noch nicht begonnen, man wartet auf die Anwesenheit eines Vertreters der Niçoiser Kriminalpolizei, der angekündigt ist, sich aber offenbar verspätet. Daquin fragt den Gerichtsmediziner, ob er vor zwei Tagen auch die Autopsie von Pieri durchgeführt hat. Ja, das war tatsächlich er.

»Der Marseiller SRPJ hat mich mit der Ermittlung betraut, aber der Autopsiebericht wurde mir noch nicht zur Kenntnis gebracht.«

»Normal, ich habe ihn noch nicht rausgeschickt.«

»Können Sie mir den Inhalt in groben Zügen skizzieren?«

»Ich habe Eintrittswunden von zehn Kugeln festgestellt, von denen ich sagen würde, dass sie wahrscheinlich allesamt tödlich waren. Das ist ziemlich bemerkenswert. Und Spuren einer mindestens zehn Jahre alten, wenn nicht noch älteren schweren Verletzung. Sehr wahrscheinlich eine Schussverletzung. Perforation des rechten Lungenflügels, Risse im Brustbein, Beschädigung des Zwerchfells, Rippenbrüche, er muss den Brustkorb voller Knochensplitter gehabt haben. Der Mann scheint mindestens zweimal operiert worden zu sein.«

»Danke, Doktor.«

Daquin verlässt das *Reposoir* und begegnet vor dem Gebäude einer großen, kräftigen Frau um die fünfzig, in einen beigefarbenen Allerweltsregenmantel gehüllt, das Gesicht verquollen, die sich, von einem Polizisten in Uniform begleitet, blindlings vorwärtsbewegt.

Der erwartete glückliche Zufall?

»Verzeihen Sie, sind Sie Madame Simon?«

»Ja.«

»Darf ich mich vorstellen? Ich bin Commissaire Daquin vom SRPJ Marseille, möchten Sie, dass ich Sie begleite, oder wollen Sie lieber allein sein?«

»Allein, danke.«

Sie geht hinein. Daquin beschließt, auf sie zu warten, teilt dem Polizisten in ihrer Begleitung mit, dass er ihn ablöst und sich um Madame Simon kümmert. Kann er bitte Bonino Bescheid geben, dass Commissaire Daquin etwas später kommt?

Als sie das Leichenschauhaus verlässt, ist die Frau in Tränen aufgelöst. Daquin schlägt ihr vor, in der Krankenhauscafeteria ein Getränk zu nehmen. Sie lehnt mit einer Kopfbewegung ab.

»Ich möchte lieber so schnell wie möglich nach Hause, nach Paris, zurück zu meinen Kindern.«

Daquin erbietet sich, sie zum Flughafen zu fahren, und sie nimmt an.

Im Wagen versiegen die Tränen allmählich. »Ermitteln Sie zum Mord an meinem Mann?«

»Ja, Madame.«

Schweigen.

»Ich habe immer gewusst, dass ich eines Tages seine Leiche im Leichenschauhaus identifiziere. Ich habe immer gewusst, dass das eines Tages passiert.« Sie holt tief Luft. »Als wir geheiratet haben, war er Capitaine. Er hat im Indochinakrieg gekämpft, dann im Algerienkrieg.« Sie schweigt einen Moment. »Schon Algerien war schwer zu ertragen, wissen Sie. In der Armee haben plötzlich uralte Freunde, Waffenbrüder, aufeinander geschossen. Ein Albtraum. Nach 1962 hat er zwei Jahre in irgendwelchen Büros in Paris gearbeitet, er sprach mit mir nicht mehr darüber, was er tat, er entfernte sich von mir, das war hart … Eines Tages teilte er mir mit, dass er in Zukunft regelmäßig außerhalb von Paris zu tun hätte.«

»Leben Sie noch in Paris?«

»Ja.«

»Mit Ihrem Mann?«

»Natürlich.« Sie fährt fort: »Er erzählte mir, er hätte eine halbe Stelle als kaufmännischer Angestellter angenommen, in einer Transportfirma, und er sei die rechte Hand eines ehemaligen Gangsters.«

»Erinnern Sie sich an den Zeitpunkt?«

»Sehr präzise. 1964.«

»Mehr Einzelheiten hat er Ihnen nicht genannt?«

»Nicht sofort. Er versuchte Witze darüber zu machen, aber ich, ich war wütend. Ich habe einen Soldaten geheiratet, keinen halben Banditen. Am Ende sagte er zu mir: ›Ich bin immer noch Soldat, aber Frankreich befindet sich nicht mehr im Krieg. Man hat mich auf einen anderen Posten abkommandiert, und meine Pflicht als Soldat ist es, dir nicht mehr darüber zu sagen, deine Pflicht als Soldatenfrau ist es, das unhinterfragt zu akzeptieren.‹«

»Und Sie haben keine Fragen mehr gestellt?«

»Ich habe es geschafft, seine Einkünfte zu überprüfen, und heute bin ich nicht stolz darauf. Weder die Quelle noch der Betrag haben sich je verändert. Also habe ich akzeptiert, dass mein Mann in geheimer Mission unterwegs war. Er ist für Frankreich gestorben, das steht fest. Und es ist das, was ich meinen Kindern sagen werde.«

Daquin trifft gegen Mittag beim SRPJ Nizza ein. Allgemeiner Aufruhr. Das Team vom Flughafen ist gerade zurück. Sie haben die Passagierlisten der Flüge überprüft, die um den für Simons Ermordung angenommenen Zeitpunkt herum gestartet oder gelandet sind. Sie sind auf den Namen Michael Frickx gestoßen. Daraufhin haben sie alle Taxiunternehmen befragt, ohne Ergebnis, dann die Autovermietungen. Treffer. Frickx hatte einen Wagen reserviert, einen Mercedes, und er hat ihn etwa zum geschätzten Zeitpunkt des Mordes abgeholt. Ein Polizist öffnet sein Notizbuch, um die Aussage der Angestellten vorzulesen: »Er wirkte ruhig. Nein, nicht angespannt, nicht nervös. Normal. Er hat die Übernahmeerklärung für seinen Wagen gegen zweiundzwanzig Uhr unterschrieben, eine Stunde nachdem er gelandet war. Wir haben nur noch auf ihn gewartet, bevor wir schließen.« Der Polizist fügt hinzu: »Er hatte kein Gepäck, das haben wir überprüft. Eine Stunde, der Flughafen ist klein, das gibt ausreichend Zeit.«

Bonino sieht Daquin an und zieht eine Grimasse. Nicht nur, dass Madame Frickx an Pieris Seite ist, als er erschossen wird, nicht nur, dass sie erklärt, ihr Mann habe regelmäßig geschäftlich mit ihm zu tun, jetzt stellt sich auch noch heraus, dass Frickx selbst sich etwa zu der Zeit am Flughafen aufhält, als Simon dort ermordet wird. Es ist fortan unmöglich, die Präsenz der Familie Frickx in dem Fall zu ignorieren. Was zwangsläufig bedeutet, dass Komplikationen bevorstehen. Das hat der Niçoiser Polizei gerade noch gefehlt. Zwei Bullen werden zur Villa in Cap Ferrat geschickt, um Monsieur Frickx zu bitten, sich um vierzehn Uhr bei der Kriminalpolizei Nizza zu einem Gespräch mit Inspecteur Bonino und Commissaire Daquin einzufinden, der mit den Mordfällen betraut ist.

Dann führt Bonino Daquin in sein Büro, um ihn über die bisherigen Aktivitäten seines Teams zu unterrichten. Kein übertriebener Eifer, aber anständige Arbeit. In sämtlichen Kfz-Werkstätten der Region wird weiter nach dem Motorrad der Mörder gesucht, vielleicht eine Ducati. Wenig Hoffnung in dieser Hinsicht. Pieris Aufenthalte in Nizza: Seit etwa einem Jahr kam er regelmäßig in die Stadt. Er drehte eine Runde durch die Kunstgalerien, informierte sich über neue Trends auf dem Kunstmarkt, machte sich Notizen. Und besuchte regelmäßig das Casino im Palais de la Méditerranée, das Restaurant und die kleine Galerie im selben Gebäude. Wo er übernachtete, konnte hingegen noch nicht ermittelt werden.

Die Familie Frickx, Emily und ihr Mann: Er ist Leiter des Mailänder Büros von CoTrade, Europaverantwortlicher eines der weltgrößten Unternehmen im Erzhandel. Sie: ein Kind aus reicher Familie, schwerreicher Familie. Enkelin eines südafrikanischen Bergbaumagnaten mit Diamant- und anderen Edelsteinminen.

»Die sich damit vergnügt, auf der Promenade des Anglais Klaviere zu Kleinholz zu machen.«

»Mhm …«

»Ein Pärchen, das mit Staatsanwalt Coulons Hypothese einer Abrechnung im Milieu nicht recht zusammenpasst.«

»Ihre Präsenz in diesem Fall ist vielleicht reiner Zufall.«

»Ein hartnäckiger Zufall. Und der Mord an Simon?«

»Die Erfahrung zeigt, dass Abrechnungen oft geballt auftreten.«

»Aber Simon ist polizeilich nicht aktenkundig, oder irre ich mich?«

Bonino hebt in einer Ohnmachtsgeste beide Hände.

»Ich bin heute Morgen beim Leichenschauhaus Madame Simon begegnet.«

Bonino zuckt zusammen und sagt sich, dass er besser daran getan hätte, selbst hinzufahren.

»Wussten Sie, dass ihr Mann eine Militärkarriere hinter sich hatte?«

»Das wusste ich noch nicht.«

»Sie ist überzeugt, dass er immer noch zum Führungsstab der Armee gehörte und die Somar nur ein Deckmantel war.«

»Und Sie glauben ihr aufs Wort?«

»Ich neige dazu, ihr zu glauben, ja.«

»Sie stimmen doch mit mir überein, dass das nachgeprüft gehört, es kann vielerlei Gründe geben, warum ein Ehemann …«

In diesem Moment klopft ein Polizist an die Tür, tritt ein. Er kommt gerade von der Villa in Cap Ferrat, ratlos.

»Michael Frickx ist gestern Abend spät eingetroffen und heute Morgen sehr früh nach Mailand abgereist.«

Am Ende seiner Nerven schreit Bonino beinahe: »Er hat seine Frau allein gelassen?«

»Nein, er hat einen Cousin seiner Gattin angerufen, damit er kommt und ihr Gesellschaft leistet. Ein junger Mann, fünfundzwanzig, dreißig Jahre alt. David Hammersfeld. Südafrikaner. Ich habe seinen Namen notiert, seine Adresse. Als ich ihn nach seinem Beruf fragte, hat er geantwortet, dass er das Geld seiner Familie verballert.« Er schweigt einen Moment, immer noch schockiert.

Daquin fragt: »War das ein Scherz?«

Der Polizist fährt fort: »Nein, ich glaube nicht. Ich wollte die Krankenpflegerin sprechen, um ihre Einschätzung zu Madame Frickx' Gesundheitszustand zu hören, aber der Cousin hat sie weggeschickt …«

Daquin fällt ihm ins Wort: »Es gab eine Krankenpflegerin? Ich habe davon keine Spur in der Akte gesehen.«

Niemand geht darauf ein. Und der Polizist spricht weiter: »Dann habe ich im Mailänder Büro von Frickx angerufen, der europäischen Niederlassung von CoTrade, seine Frau hatte mir die Nummer gegeben …«

»Und?«

»Er sei auf Geschäftsreise. Seine Mitarbeiter behaupten, nicht zu wissen, wo er ist. Er hätte keine Telefonnummer hinterlassen und sei bis zu seiner Rückkehr nach Mailand, Zeitpunkt unbestimmt, nicht erreichbar.«

Nach einem Moment des Schwankens hält es Bonino nicht mehr, er steht auf. »Es ist Essenszeit. Bitte entschuldigen Sie mich, Commissaire, ich bin verabredet …«

Sobald er den SRPJ verlassen hat, sucht Daquin Staatsanwalt Coulon auf, der ihn unverzüglich empfängt.

»Ein zweiter Mord … und ein dritter …«, sagt der Staatsanwalt mit einem süffisanten Lächeln. Und er informiert ihn über den »bedauerlichen Unfall«, der dem Kapitän der *Santa Lucia* zugestoßen ist.

Es wird schwierig, um nicht zu sagen unmöglich, weiter abzuwarten, Daquin erhält den Durchsuchungsbeschluss für die Somar und die Wohnungen der Opfer, Pieri und Simon.

Donnerstagnachmittag, Marseille

Rückfahrt nach Marseille. Zeit zum Nachdenken. Seiner Frau zufolge, die geradezu rührend aufrichtig klang, war Simon Berufsmilitär. Dass er es in der Vergangenheit war, ist sowohl glaubhaft als auch nachprüfbar. Wenn er es zum Zeitpunkt seines Todes noch war, kann das nur eines bedeuten: Er gehörte zum Geheimdienst und seine Anstellung bei der Somar war eine Tarnung. Und das macht das Spiel kompliziert. Vom SDECE, dem Apparat des militärischen Auslandsgeheimdienstes, werden wir niemals eine offizielle Bestätigung erhalten, genauso wenig wie ein Dementi. Aber wenn wir Spuren seiner Zugehörigkeit finden, wäre Staatsanwalt Coulons Hypothese einer Abrechnung im Milieu immer weniger haltbar und Grimberts Hypothese einer bewusst inszenierten Abrechnung im Milieu, um die Ermittler in die Irre zu führen, immer interessanter.

Sofort nach Ankunft im Évêché sucht Daquin den Direktor des SRPJ auf. Die Organisation der Hausdurchsuchungen im Geschäftssitz der Somar und in den Wohnungen von Pieri und Simon ist aufwendig, es werden viele Leute gebraucht.

»Wir müssen das so schnell wie möglich erledigen, Herr Direktor. Morgen?«

»Da findet die Trauerfeier für Pieri statt, das wäre unpassend. Montag?«

»Zu spät.«

»Bleibt der Samstag. An einem Wochenende … Wenn es nicht anders geht …«

»Ich habe noch eine Bitte, Herr Direktor. Ich möchte einen Spezialisten für Anschläge mit Schusswaffen zu Rate ziehen. Um mit ihm über die Umstände von Pieris Ermordung zu sprechen. Da es ja keine Rekonstruktion geben wird …«

»Wir haben gerade die mobilen Einsatzkommandos der Polizei gegründet. Die Spezialisten, die Sie suchen, sind dort und sie werden Ihnen mit Begeisterung helfen. Gehen Sie zu Commissaire Van Loc, der die Einsatzkommandos leitet.«

Abstecher zu Van Loc, der ihm den Namen von Inspecteur Bontems nennt, ein erstklassiger Kenner der Materie, immer froh, den Kollegen behilflich zu sein. Daquin kontaktiert ihn, sie verabreden sich für Sonntag, 18. März, am Nachmittag. Bontems verbringt das Wochenende in Nizza und Daquin hat geplant, dort Sonntag zu Abend zu essen. Treffen also vor dem Palais de la Méditerranée, Sonntag um sechzehn Uhr.

Daquin kehrt eilig in sein Büro zurück. Delmas und Grimbert arbeiten dort, während sie auf ihn warten. Sie ordnen ihre Notizen: zwei weitere Tote, die erschütterte korsische Familie, die Informationen, die bruchstückhaft und ohne jede Ordnung aufzutauchen beginnen, die Akte wird dicker. Kurzer Meinungsaustausch über den Tod des Kapitäns. Alle drei haben Mühe, an einen Unfalltod durch Ertrinken zu glauben. Wenn es Mord ist, drei Morde in zwei Nächten, kilometerweit voneinander entfernt, erfordert das eine wasserdichte Planung, Männer und Mittel. Unbehagen. Daquin macht schnell weiter. Er verkündet, dass man ihm endlich die

Hausdurchsuchungen bewilligt hat, das ist ein kleiner Sieg. Sie finden Samstagvormittag statt. Dann erteilt er Delmas das Wort, den es kaum noch auf seinem Platz hält: Wenn Daquin einverstanden ist, fliegt er morgen nach Istanbul, um auf ihren Wunsch hin die Witwe des Kapitäns zu begleiten. Er wird die Gelegenheit nutzen, um die *Santa Lucia* unter die Lupe zu nehmen. Istanbul, die Stadt der Spione und Abenteurer, bringt ihn zum Träumen.

Grimbert bremst den Eifer. »Die *Santa Lucia* wird wie sämtliche Schiffe der Somar nach Marseille zurückkehren. Wir haben alle Zeit der Welt, sie dann zu inspizieren. Unnötig, dass Delmas hinfährt, es ist weit, es ist teuer, und wir sind hier sowieso schon dünn besetzt.«

Daquin zögert, entscheidet dann. »Die *Santa Lucia* ist für uns von besonderem Interesse. Der Kapitän stand Pieri nahe, Simon schließt sich ein, um über Funk mit ihm zu sprechen, und er wurde mit ziemlicher Sicherheit ermordet. Wir haben keine Zeit zu warten. Delmas, Sie werden die Witwe begleiten. Aber Vorsicht, mit den türkischen Polizisten ist nicht zu spaßen. Sie hören sich an, was sie Ihnen sagen, Sie beobachten, Sie stellen nichts in Frage, unter keinen Umständen. Können Sie mir folgen?«

»Ja, Commissaire.«

»Sie schnüffeln herum, wenn möglich, aber ohne das geringste Risiko einzugehen. Und Sie helfen der Witwe, die persönliche Habe ihres Kapitäns einzusammeln. Wir wissen nicht, wonach wir suchen, also kann alles von Bedeutung sein. Und Sie sind spätestens Sonntagabend zurück. Sobald wir mit unserer Sitzung fertig sind, kümmere ich mich um den administrativen Papierkram.«

Grimbert macht weiter mit dem Besuch bei der Somar, der kleinen Pummeligen, dem Anruf für Simon aus Johannesburg und dem Treffen, das sein Gesprächspartner mit ihm für den Abend darauf verabredet.

Daquin fühlt das Adrenalin durch seine Adern strömen. »Stopp. Damit haben wir unsere erste Bombe. Betrachten wir die Dinge der Reihe nach. Wir hatten Frickx vom ersten Tag an im Visier, weil seine Frau uns auf seine Geschäftsbeziehung mit Pieri hingewiesen hatte. Was sagt die Abteilung für Finanzdelikte?«

»Nichts, was Licht in die Sache bringen würde. Er ist einer der Star-Trader bei CoTrade, dem Weltmarktführer im Erzhandel, ein exzellenter Ruf. Er ist der Verantwortliche für das Geschäftsgebiet Europa. Von daher ist eine Zusammenarbeit mit Pieri plausibel, aber wir haben noch keine Spur, warten wir die Durchsuchung ab. Das ist alles.«

»Dieselben allgemeinen Informationen wie bei den Kollegen in Nizza. Aber die haben anschließend zweifelsfrei festgestellt, dass Frickx in Johannesburg war – am Tag des Anrufs von dort, bei dem sich Simon mit seinem Tod verabredet hat.«

»Nach Meinung der Angestellten wartete Simon auf das Ergebnis seines Treffens, um ihnen zu sagen, was er mit der Firma vorhatte. Wenn es also ein Treffen mit Frickx war, bedeutet das, dass er tief verstrickt ist in die Geschäfte der Somar.«

»Exakt. Ich mache weiter. Frickx nahm einen Abendflug von Johannesburg nach London, dann am folgenden Tag einen Anschlussflug nach Nizza, und wir treffen ihn wieder – seine Anwesenheit ist erwiesen – am Flughafen von Nizza, wo er sich zum Zeitpunkt von Simons Ermordung eine Stunde lang herumtreibt. Das alles beweist noch nicht, dass Frickx der Mörder ist, aber wir können mit Fug und Recht denken, dass er unmittelbar in den Mord verwickelt ist. Bonino und ich konnten ihn nicht vernehmen, wie wir es eigentlich vorhatten, denn er hat Frankreich heute Morgen in aller Frühe verlassen.

Laut seinen Mitarbeitern in Mailand soll er auf Geschäftsreise sein. Alles unter Vorbehalt. Wir haben es also mit einem
robusten Gegner zu tun. Ihre Schlussfolgerungen?«

»Jetzt geht die Ermittlung richtig los. Ich werde meine Frau
vorwarnen, dass sie ab sofort und bis zum Ende des beschleunigten Verfahrens nicht allzu sehr mit meiner Anwesenheit
rechnen soll.«

»Und wir sollten besser auch die Überstunden nicht allzu
genau erfassen.«

Das Team reagiert sofort, die Ermittlung ist in die harte
Phase eingetreten. Daquin eröffnet die zweite Runde des Mei-
nungsaustauschs.

»Jetzt meine eigene Bombe. Simon. Ich war beim Leichenschauhaus und bin dort seiner Frau begegnet, die zur Identifizierung der Leiche angereist war. Ihr zufolge ist Simon seit den
Vierzigerjahren Berufsmilitär. Ich habe das nachprüfen lassen,
er war 1962 bei der Marineinfanterie. Danach, behauptet sie,
gehörte er bis zu seinem Tod einem weniger leicht bestimm-
baren Geheimdienst an, möglicherweise dem militärischen
Auslandsgeheimdienst, dem SDECE, und seine Stelle bei der
Somar war wohl nur Tarnung. Ich habe mit Bonino darüber
gesprochen. Ihm gefällt diese Hypothese nicht besonders. Mir
übrigens auch nicht.«

Grimbert, kurzfristig aus der Fassung gebracht, findet seine
Stimme wieder. »Simon beim SDECE, das ist plausibel. Die
Angestellten meinten, dass Simon halbzeit arbeitete, was zu
einer Tarnung passen würde. Wenn man recht darüber nach-
denkt, sind die Verbindungen zwischen dem Drogenhandel
und den Geheimdiensten sehr alt und gut dokumentiert, in
Frankreich wie anderswo. Der Handel mit Opium aus Indo-
china wurde in den Vierzigern von den Geheimdiensten
organisiert, um den Indochinakrieg zu finanzieren, Zielhafen

in Frankreich war schon damals Marseille. Guérini hat direkt auf diesen Kreislauf aufgesetzt und ihn modernisiert, er hat die Versorgungsquellen breiter aufgestellt und näher zusammengerückt, indem er den Mohn in der Türkei und im Libanon anbauen ließ, er hat sich den amerikanischen Markt gesichert, indem er mit der New Yorker Mafia verhandelte. Vor allem hat er sich den Marseiller Industriekomplex zum Vorbild genommen, indem er hochqualifizierte Chemiker ausbildete und das Heroin hier vor Ort herstellte. Unser Heroin wurde zum besten der Welt, Symbol französischer Expertise. Bravo, Guérini. Selbst nach dem Ende des Indochinakriegs zahlte er dem SDECE weiter Tribut, um in Frieden arbeiten zu können. Ich kann mir gut vorstellen, dass die Verhandlungen über Preise und Zahlungen über Pieri als Vertreter der Guérinis und Simon als Vertreter des SDECE gelaufen sind, in aller Ruhe in den Büros der Somar. Das passt zum Bild, das ich von Pieri habe. Das Problem ist, dass dieses System schon seit mindestens zwei, wahrscheinlich drei Jahren nicht mehr funktioniert, seit dem ›Krieg gegen die Drogen‹ 1970, der Neustrukturierung des Drogendezernats 1971 und der amerikanischen Invasion. Simon beim SDECE, das ist plausibel und überholt.«

»Was fangen wir mit dieser Hypothese also an?«

»Ich schlage vor, wir verwahren sie in einer Ecke und denken ab und zu darüber nach. Im Moment halte ich sie nicht für zentral, aber ich kann mich irren.«

»Delmas, was sagen Sie?«

»Keine Ahnung. Ich weiß ja kaum, was der SDECE ist.«

»Reiß dich mal zusammen. Der Auslandsgeheimdienst, bei dem alles zusammenläuft, was nachrichtendienstlich außerhalb Frankreichs ermittelt wird, und der dem Verteidigungsministerium untersteht.«

»Schon gut, ich glaub's ja.«

»Machen wir uns Ihre Sichtweise zu eigen, Grimbert. Mit einer Nuance. Simon beim SDECE, wir konzentrieren uns nicht darauf, aber es erklärt das Wesen und die Bedeutung der Somar.«

»Wir wollen Delmas' Vergnügungsreise nach Istanbul begießen, ehe wir heimgehen«, erklärt Grimbert und holt eine Flasche Pastis und Gläser aus einer seiner Schubladen.

Delmas besorgt Wasser und Eiswürfel aus dem Etagenkühlschrank. Daquin holt seine Cognacflasche hervor – Pastis, da kann er sich beherrschen.

Grimbert fährt fort: »Ich war heute Nachmittag unten in der *Garage*, der Bar im Keller des Évêché …«

»Ach, Sie gehen also hin? Ein Bulle von der Kripo?«

»Ich habe bei der Sécurité Publique angefangen, auf der Straße, fünf Jahre in Uniform, deshalb werde ich toleriert, solange ich mich nicht allzu oft blicken lasse. Was ich Ihnen erzählen wollte, ist, dass ich auf einen Trupp Kollegen von der Sécurité Publique gestoßen bin, die zu Simons Gedenken ein Gläschen tranken …«

»Das bedeutet nichts Gutes?«

»Genau.«

Daquin verzichtet vorerst darauf, die Sache zu vertiefen.

Donnerstagabend, Nizza

»Herr Staatsanwalt, hier ist Inspecteur Leccia.«

»Leccia, was gibt's?«

»Ich habe eben mit Bonino Bilanz gezogen, der beim SRPJ in Nizza die Ermittlung im Fall Pieri-Simon verfolgt.«

»Ich bin auf dem Laufenden, Leccia, Commissaire Daquin war heute hier und hat mit mir darüber gesprochen. Es wurden Hausdurchsuchungen beschlossen.«

»Möglicherweise hat er versäumt, Ihnen zu sagen, dass er entschlossen ist, im Umfeld der Geheimdienste zu suchen, er hat sich offenbar in den Kopf gesetzt, dass Simon SDECE-Agent war.«

»Das fehlt gerade noch … Hat er Beweise?«

»Noch nicht. Aber wenn man im Umfeld der Guérinis sucht, hat man Chancen, etwas zu finden …«

»Was zu finden?«

»Alte Geschichten, die aus der Kolonialzeit stammen. Für sich genommen nichts Gravierendes, alle Protagonisten sind tot, oder fast. Aber beim Stochern in der Vergangenheit läuft man Gefahr, die Gegenwart in Brand zu setzen. Der SDECE befindet sich derzeit mitten in einem internen Krieg, die pro-amerikanisch-proatlantischen Anhänger unseres Präsidenten Pompidou verdrängen ihre gaullistischen Vorgänger, mit bisweilen recht groben Mitteln … Wir haben ein paar von diesen Ehemaligen hier an der Côte, ziemlich verbitterte Leute. Eine ungesunde Atmosphäre und ein wahrer Hexenkessel.«

»Diese Geschichten sind eine Büchse der Pandora, wenn man sie öffnet, gerät alles außer Kontrolle. Wir werden nicht zulassen, dass sie sich in das Dossier einschleichen. Kennen Sie diesen Commissaire Daquin? Ist er vernünftig? Könnte er für Ihre Argumente zugänglich sein?«

»Niemand kennt ihn. Er ist gerade erst gelandet. Ein Pariser, wie es scheint.«

»Noch einer!« Der Staatsanwalt überlegt einige Sekunden, dann: »Hoffen wir, er versteht, dass wir hier an der Côte gern Ruhe und Ordnung haben, keinen Krieg.«

6

Donnerstag, 15. März 1973

Donnerstag, Genf

Als er um zwei Uhr nachmittags in Genf eintrifft, gibt Frickx den Leihwagen bei der Filiale am Bahnhof Cornavin ab. Er hat einen Termin mit seinem Anwalt, Maître Jean Charbonnier, dem Sohn der Kanzlei Charbonnier et Fils. Sein Anwalt seit 1969, nicht der von CoTrade. Er ist nicht in Eile, man erwartet ihn gegen fünfzehn Uhr. Er geht zu Fuß bis zum See. Langsamer Gang, beinahe feierlich. Jeder Schritt bringt ihm dem Eintritt in sein neues Leben näher. Er lächelt. Ein Beigeschmack von »born again«. Abschied von seinem Metier als Erzhändler, ein Metier, das er leidenschaftlich geliebt hat. Um ein Erz gut zu verkaufen, muss man es in- und auswendig kennen. Wissen, wo, wann, wie es gewonnen wurde, die Mine mit eigenen Augen gesehen, den Stein berührt, beschnuppert haben. Man muss dessen Besitzer kennen, mit ihm scherzen, mit ihm feiern, ihn verführen. Ihn manchmal einschüchtern, das hängt vom Land ab. Nach Käufern Ausschau halten, sich neue Handelskreisläufe ausdenken und sie dann zum Laufen bringen, indem man alle Rädchen des weltweiten Transports so sorgsam verzahnt und synchronisiert wie ein Uhrwerk. Man muss mit allen Politikern verkehren, die Einfluss auf die Wirtschaftsströme haben, ihre Vorlieben kennen, ihre Stärken, ihre Schwächen, und imstande sein, damit zu jonglieren. Sich alles einprägen. Bei Machtspielen niemals Notizen, niemals Zahlen, man muss sich vor allem Geschriebenen hüten. Und mit einem Lächeln auf den Lippen die »ehrliche Lüge« praktizieren. Während seiner Ausbildung hat ein alter Trader einmal zu ihm gesagt: »Man muss mit allen Kunden schlafen.« Er hat diesen Rat befolgt. Zwanzig tolle Jahre, mit der Rückendeckung des Riesenapparats von CoTrade, dessen Leitung er, wie Jos Appelbaum unablässig wiederholte, eines Tages übernehmen würde.

Warum dann der Bruch? Darauf hat er keine einfache Antwort und zieht es vor, die Frage nicht zu vertiefen. Aber er weiß genau, wann er die Maschine in Gang gesetzt hat: am 7. Oktober 1969. Er war im Geschäftssitz von CoTrade Europa in Mailand und legte letzte Hand an den Tätigkeitsbericht der Niederlassung für die Sitzung des Verwaltungsrats, die Ende des Jahres in New York stattfinden sollte. Seine Arbeit langweilte ihn, Aktionäre und Verwaltungsratssitzungen hat er immer gehasst. Telefon: Ein Trader aus seinem Team ruft aus Tunis an. Vor seinen Augen, im Hafen von Tunis, liegt ein Tanker mit 25 000 Tonnen Erdöl unbekannter Herkunft, Eigentümer unbestimmt, die Ladung steht zu 1 Dollar das Barrel zum Verkauf, die Hälfte des Preises, den die großen Ölgesellschaften verlangen. Zahlung in bar binnen achtundvierzig Stunden. Zuschlagen oder nicht? Er hat fünfzehn Sekunden, um zu entscheiden. Er weiß, dass Jos Appelbaum und sein Verwaltungsrat den Handel mit Erdöl ausdrücklich ablehnen, erst recht unter diesen Umständen. Er hat gerade genug Zeit, eine simple Rechnung anzustellen: 25 000 Tonnen zu 1 Dollar pro Barrel, das bedeutet einen Einkaufspreis von 175 000 Dollar. Erwartbarer Gewinn: 175 000 Dollar mindestens, abzüglich der Kosten. Mit einer einzigen Transaktion. So viel Gewinn, wie CoTrade mit Chrom in einem ganzen Jahr macht. Zuschlagen.

Achtundvierzig Stunden Wahnsinn. Zuerst das Geld auftreiben. CoTrade, die beruhigende Riesenfirma, ist nicht ins

Geschäft involviert, also keine Unterstützung seitens der Banken. Abgesehen davon, dass unter diesen Umständen keine Bank mitziehen würde. Er arbeitet seit zwei Jahren mit einem Marseiller Reeder, Maxime Pieri, den er als vertrauenswürdig einschätzt und dessen Flexibilität und Reaktionsschnelligkeit ihn immer beeindruckt haben. Natürlich gibt es Gerüchte: Das Geld der French sei nicht weit weg. Genau das, was er braucht. Wer sonst geht das Risiko ein und verfügt über die liquiden Mittel? Er ruft Maxime Pieri an.

»175 000 Dollar in bar sofort und für einen Monat, zwanzig Prozent Zinsen.«

Die Antwort entspricht seinen Erwartungen: »Ich habe Ihre Arbeitsweise immer geschätzt. Ich bin bereit, für Sie den Vermittler zu spielen. Aber Ihnen ist bewusst, dass sich bei Geschäften in dieser Größenordnung und in dieser Form Ihre Lebenserwartung verkürzen kann?«

»Dessen bin ich mir bewusst.«

»Sind Sie in Mailand?«

»Ja.«

»Rühren Sie sich nicht vom Fleck und geben Sie mir zwölf Stunden.«

Als Nächstes der Kunde. Man muss sich sorgfältig aus dem Radar der großen Ölgesellschaften heraushalten, der berühmten Sieben Schwestern, die überall ihre Spitzel haben und nie mit Geld geizen, um ihr Monopol durchzusetzen. Man muss also auf ein erdölkonsumierendes Land zielen, nicht zu weit entfernt von Tunis, mehr oder weniger integriert in die großen internationalen Handelskreisläufe, mit unabhängigen und archaischen Raffinerien und Distributionsfirmen, denen die großen Ölgesellschaften ihr Rohöl zum Höchstpreis verkaufen, 4 Dollar pro Barrel, zuzüglich Transportkosten. Francos Spanien. Frickx ist der Trader für beinahe die gesamte spanische Bergbauproduktion. Der Industrieminister ist sein persönlicher Freund. Er ruft ihn an.

»25 000 Tonnen Rohöl zum Preis von 3 Dollar das Barrel, Zahlung bei Lieferung, sind Sie interessiert?«

Eine Stunde später hat er einen Kunden in Valencia.

Das Leben, wie er es liebt.

Ein sehr hübsches Geschäft, von dem Jos niemals etwas erfahren wird.

Binnen sechs Monaten realisieren Frickx und Pieri zusammen fünf Operationen im gleichen Stil mit geschmuggeltem Erdöl. Eine Einarbeitungsphase. Sie teilen sich die Aufgaben auf. Frickx ist zuständig für Erdölkauf und -verkauf, den Markt. Pieri für den Transport, die Logistik. Beide vervollkommnen ihre Kenntnis des Kreislaufs, erleben täglich den unstillbaren Durst nach Öl in den Ländern nördlich des Mittelmeers, die tastenden Versuche der Länder des Südens, Algerien, Syrien inmitten einer Revolution, und die Verblendung der großen Erdölgesellschaften, die krampfhaft an einem vom Untergang bedrohten Monopol festhalten. Es ist an der Zeit, vom Schmuggel zum regulären Handel überzugehen.

Die zwei Männer erarbeiten einen ganzen Apparat ineinander verschachtelter undurchsichtiger Unternehmen. Frickx gründet eine Tradingfirma, die Fimex, zu deren Absicherung sich Jos bereit erklärt, wobei man sie aus der Bilanz der CoTrade heraushält, damit die Aktionäre nichts von ihr erfahren, unter der Bedingung, dass die Geschäfte einen eng gesteckten Rahmen nicht überschreiten. Selbstverständlich, antwortet ihm Frickx. Pieri baut eine Tochterfirma der Somar auf, die Mival, die dem Augenschein nach die Bewegungen der Öltanker dirigiert – von Malta aus, abseits aller Blicke. Das Ganze unter der Ägide der Misma, an der Frickx und Pieri zu gleichen Teilen beteiligt sind, eine Holding-Personengesellschaft, Eignerin der Schiffe mit Sitz in Curaçao. Die Maschinerie läuft wie geschmiert, die Profite sind ansehnlich. Pieri ist ein zuverlässiger und realistischer Partner. Er drückt bei den Provisionen, die Frickx für sich abzweigt, beide Augen zu, solange sie in einem vernünftigen Rahmen bleiben, weil er weiß, dass Frickx als treibende Kraft des Apparats unersetzlich ist, der Mann mit den Netzwerken, die den Zugang zum Markt eröffnen. Im Großen und Ganzen reinvestiert Pieri alles, was er beim Heroin gelernt hat, erfolgreich ins Ölgeschäft.

Im Juni 1970 macht Frickx in einem Club in Johannesburg scheinbar zufällig die Bekanntschaft eines jungen Leutnants der israelischen Armee, den er hochsympathisch findet, und sie trinken bis tief in die Nacht, ehe der Leutnant das Thema Erdöl anschneidet. Israel möchte so diskret wie möglich Erdöl in Richtung Mittelmeer in Umlauf bringen. Konstante Qualität, unbestimmte Herkunft und nie abreißender Nachschub. Die Leute, mit denen der Offizier zusammenarbeitet, wissen, dass Israel auf Frickx zählen kann. Sie wissen auch, dass er mit der Vermarktung von Erdöl bereits Erfahrung und eine kleine Kundschaft von Raffineuren hat, die nur zu gern florieren wollen. Alles in allem wissen sie eine Menge. Ist er bei diesem neuen Abenteuer dabei? Wieder sehr wenig Zeit, sich zu entscheiden. Die Antwort lautet ja, keine Überraschung. Pieri wird konsultiert, er verlässt sich auf ihn und zieht mit.

1972 dann tun sich mit Israel grandiose Entwicklungsperspektiven auf. Es geht nicht länger um einen begrenzten, wenn auch regelmäßigen Handel, es geht darum, einer der größten Akteure auf einem expandierenden freien Weltmarkt zu werden. Aber Frickx' Partner lassen ihn wissen: Um in die Zukunft einzusteigen, muss er Garantien mitbringen, er muss in ihren Augen und denen ihres Verbündeten hundertprozentig verlässlich sein. Und die zweifelhafte Vergangenheit loswerden. Frickx rechnet sich aus: Wenn er es richtig deichselt, kann er sich bei dieser Liquidierung das Gesamtkapital der Misma aneignen, das zur Hälfte Pieri gehört. Was es ihm wiederum erleichtert, seine persönliche Kapitaleinlage für die neue Firma aufzubringen. Also sagt er zu.

Er ist in der Rue du Rhône angekommen, vor der Tür der Anwaltskanzlei Charbonnier et Fils. Die Vergangenheit loswerden, genau das wird er jetzt tun.

Er wird erwartet und Maître Charbonnier empfängt ihn unverzüglich. Er ist ein Mann mittleren Alters, mittlerer Größe, dick und grau mit beginnender Glatze. Man darf nichts auf Äußerlichkeiten geben, Jean Charbonnier ist ein Abenteurer im Unternehmensrecht, der Geist stets wach, auf der Lauer nach einer Lücke, einem Trick, einem Argument, die die Rechtsprechung verändern könnten. Seine juristischen Montagen sind kleine Schmuckstücke. Der Anwalt und sein Klient sind sich ähnlich und schätzen einander. Ohne sich mit unnötigen Ausführungen aufzuhalten, holt Frickx die Ausgabe der französischen Tageszeitung *Le Monde* vom Vortag aus seinem Lederaktenkoffer und schlägt sie auf der Seite »Vermischtes« auf.

»Falls Sie sie benötigen, haben Sie hier die Bestätigung dessen, was ich Ihnen vorgestern am Telefon sagte. Ich habe keinen Totenschein von Maxime Pieri, aber ich denke, Sie können ihn sich schnell beschaffen. Haben Sie die Schriftstücke vorbereitet, über die wir sprachen?«

»Ja, ich glaube, es ist alles da. Stark beschleunigtes Verfahren, das wird teuer.«

»Ich weiß, und ich bin bereit, die Mehrkosten zu zahlen.«

»Hier haben Sie die Urkunde über die Übertragung der Vermögenswerte der Misma, der von Ihnen zusammen mit Monsieur Maxime Pieri gegründeten Gesellschaft, die Eignerin von zwei Tankern ist. Wie Sie wissen, sehen die einmütig aufgesetzten Statuten vor, dass bei Ausfall eines der beiden Eigentümer die Gesamtheit des Vermögens auf den Überlebenden übergeht. Aber da Sie nicht mit eigenem Namen im Gründungsvertrag der Gesellschaft auftauchen und die Kanzlei Sie vertritt, müssen zwei unterschiedliche Dokumentensätze unterzeichnet werden.«

Frickx erledigt es schweigend. »Das wär's.«

»Der Kanzlei liegt ein Angebot für die beiden Tanker vor, die soeben in Ihren Besitz übergegangen sind. Ein Angebot in Höhe von einer Million Dollar seitens der Maritim Overseas Ltd. mit Firmensitz New York. Wollen Sie den Vorschlag prüfen?«

»Nein, wie ich Ihnen schon am Telefon sagte, arbeite ich regelmäßig mit dieser Gesellschaft zusammen, ich bin mit dem Angebot einverstanden.«

»Gut, unterschreiben Sie dieses Papier, um uns das Mandat für den Verkaufsgegenstand zu erteilen. Ich kümmere mich um die anderen Dokumente. Die Verkaufssumme läuft natürlich über die Kanzlei.«

»Das versteht sich von selbst. Sie überweisen sie so schnell wie möglich auf das Konto der neuen Gesellschaft Frickx & Co. Sie haben die Statuten doch aufgesetzt?«

»Ja. Schon vor zwei Tagen. Sie haben alle Unterlagen in dieser Mappe.«

»Ich brauche die Million Dollar vor dem 21. März.«

»Kein Problem. Ich habe vorgesehen, alle Papiere, die die Tanker betreffen, morgen abzuholen. Maritim Overseas wartet darauf. Ich stehe mit deren Bankier hier in Genf in Kontakt. Übermorgen haben die Tanker einen neuen Namen, einen neuen Eigentümer und eine neue Zulassungsnummer. Ich denke, Sie können spätestens am 19. März über die Summe verfügen.«

Frickx steht wieder auf der Rue du Rhône. Die Liquidierung seiner Vergangenheit ist auf einem guten Weg. Er macht sich auf zur Banque Parillaud, der Genfer Filiale der französischen Bank, die sich ein Stückchen weiter in derselben Straße befindet und wo Pélissier, sein Bankier, ihn erwartet, die Schlüssel zur Zukunft in der Hand.

Pélissier hat es sich in dem üblichen kleinen Arbeitszimmer im siebten Stock bequem gemacht, runder Tisch, ein paar Stühle und zwei tiefe Sessel vor der großen Fensterfront mit Aussicht auf den See, die berühmte Fontäne, die die Touristen anlockt, und den Mont-Blanc dahinter, die Postkartenschweiz, eine Landschaft, auf die sie beide keinen einzigen Blick verschwenden. Antoine Pélissier liegt halbwegs in einem der Sessel, ein strahlendes Lächeln auf den Lippen. Frickx setzt sich neben ihn. Die beiden Männer haben viel gemeinsam. Sportliche Vierziger mit einem wilden Hunger nach Geld und einer maßlosen Freude am Spiel, sie arbeiten synergetisch zusammen und sind befreundet.

»Gute Neuigkeiten, Michael.« Er deutet auf zwei Kaffeetassen auf dem niedrigen Tisch. »Bedien dich, er ist noch warm. Apropos, ich habe gestern die französische Presse gelesen …«

Frickx nimmt seine Tasse, beugt sich mit strahlendem Lächeln zu Pélissier hin und sagt in vertraulichem Ton: »Du weißt doch, ich lese niemals Zeitung.«

Pélissier lächelt ebenfalls. »Stimmt, wo habe ich nur meinen Kopf? Sprechen wir also übers Geschäft. Da ist zum einen deine neue Tradingfirma, Frickx & Co. Dein Anwalt hat mir die Statuten zukommen lassen. Ein Einzelunternehmen, keine Aktionäre, kein Verwaltungsrat, also keine Kontrollen und keine Offenlegungspflicht. Alles klar so weit. Sprechen wir jetzt über das Startkapital. Bis dato hast du auf das Firmenkonto eine Million Dollar transferiert, das gesamte Guthaben von einem deiner privaten Konten bei Parillaud, auf das du seit vier Jahren regelmäßig eingezahlt hast. Richtig?«

»Ja. Die Kanzlei Charbonnier wird in den nächsten drei Tagen noch eine weitere Million Dollar auf dieses Konto überweisen.«

Pélissiers Blick flüchtet sich zu den Bergen in der Ferne. Unbekannter Ursprung. Bloß nicht nachfragen.

»Sehr gut. Sobald die Summe auf dem Konto von Frickx & Co. eingegangen ist, eröffnet die Bank der Firma als Willkommensgeschenk einen Kredit in Höhe von zwei Millionen Dollar. Genug, um Räume anzumieten und den Betrieb langsam zum Laufen zu bringen, vor dem großen Geschäft im kommenden Herbst.«

»Spann mich nicht auf die Folter … Du weißt genau, dass der springende Punkt woanders liegt.«

»Dazu komme ich gerade. Unser Problem: Ein erdölproduzierendes Land bietet dir an, regelmäßig und auf mittlere Sicht die Hälfte seiner Produktion an den Markt zu bringen. Du brauchst also gigantische Summen, um über Ladungen von Supertankern zu verhandeln. Wir reden hier über eine Größenordnung von einer Million Dollar pro einzelnem Deal und von mehreren Hundertmillionen Dollar im Jahr. Haben wir so weit Konsens?«

»Ja, klar.«

»Und im Unterschied zu den großen Ölgesellschaften oder zu CoTrade, die sich auf ein solches Abenteuer niemals einlassen würden, legst du keine finanziellen Sicherheiten in Höhe der Summen vor, die im Spiel sind. Wie willst du einen Kreditgeber finden, der solide genug ist für einen solchen Einsatz? Wir sind uns immer noch einig über die Problemstellung?«

»Ja. Mit einer Einschränkung: Jos hat noch nicht abgelehnt, und ich bin es mir schuldig, ihm das Geschäft anzubieten.«

»Ich weiß nicht, warum du dich darauf versteifst, du ziehst dein Geschäft durch, ohne es ihm zu sagen, und damit hat sich's.«

»Nein, glaub mir. Um bei gewissen Kunden meinen Ruf zu wahren, muss ich Jos rücksichtsvoll behandeln, zumindest dem Anschein nach.«

»Er wird auf jeden Fall ablehnen, ich arbeite ausschließlich auf dieser Basis.«

»Er kann nicht zusagen, er ist Gefangener seines Verwaltungsrats. Genau deshalb will ich keinen haben.«

»Ich fahre fort. Ich habe meinen Direktoren eine Lösung vorgeschlagen. Dabei habe ich mich von den Handelspraktiken des Mittelalters inspirieren lassen. Wir leihen dir das Geld, dir, dem Händler, aber wir sichern uns über den Raffineur ab, den Warenempfänger. Sollte auch der jemals ausfallen, sichern wir uns über die Erdölladung selbst ab, deren vorübergehender Besitzer wir werden.«

»Das klingt einfach.«

»Ist es aber nicht. Bei heutigen Standardoperationen sichert sich die Bank über das Vermögen des Kreditnehmers ab, das ist der Grund, warum sie nur an Reiche Geld verleiht. Bei der Operation, die ich vorschlage, übernimmt die Bank die Risiken, die ein physisches Erzeugnis mit sich bringt – Preisschwankungen, Beschädigung oder Verlust des Produkts – und die die Bank bei den üblichen Finanzkrediten stets dem Kreditnehmer überlässt. Sie ist sogar bereit, in ihren Liquiditätsbilanzen gegebenenfalls physische Erzeugnisse aufzuführen, im vorliegenden Fall Erdöl, mit dem Risiko von Preisschwankungen, was es in unserer Geschäftspraxis seit über hundert Jahren nicht gegeben hat. Dir mag das einfach vorkommen, aber tatsächlich ist es eine kleine Revolution.«

»Warum haben sie sich darauf eingelassen?«

»Weil sie deinen Analysen zustimmen, was den globalen Öl-hunger und die Folgen der Dollarabwertung betrifft. Wenn der Dollar schwankt, schwanken auch die Ölpreise, das ist eine Tatsache, und die großen Gesellschaften werden den Produktionsländern nicht länger einen Fixpreis aufzwingen können. Das System wird kollabieren, die Preise werden ex-plodieren, der Ölhandel wird sich in ein regelrechtes Casino verwandeln, und wir wollen als Erste am Spieltisch sitzen. Ich habe sie überzeugt, dass du der Spieler bist, auf den man wet-ten muss.«

»Ich kann also mit Parillaud rechnen …« Frickx lächelt, klopfendes Herz, gerötetes Gesicht. »Du hast das Entschei-dende geschafft, Antoine.«

»Nein, ich habe nur das Nötigste getan, ich habe dir einen eröffnenden Pass zugespielt. Das Entscheidende musst jetzt du unter Dach und Fach bringen, die Erdölverträge. Wann geht es weiter? Du weißt, dass wir eine Deadline haben: das nächste Treffen der erdölproduzierenden Länder, die OPEC-Konferenz am 22. März in Wien … Du musst dir den Ver-trag vor diesem Datum sichern, sonst schnappt ihn sich ein anderer.«

»Ich bin am Samstag in St. Moritz, ich habe dort übermor-gen eine Verabredung.«

»Und wir sehen uns hier am 21. März wieder, spätestens, um das Verhältnis zu Jos Appelbaum und CoTrade zu klären.«

7

Freitag, 16. März 1973

Freitagmorgen, Marseille

Daquin und Grimbert haben sich auf einer Caféterrasse auf der Canebière niedergelassen und trinken einen kleinen Schwarzen, während sie den Eingang zum Palais de la Bourse im Auge behalten, der Handelskammer auf der anderen Straßenseite. Maïté hat Pieris Trauerfeier im Foyer organisiert, das für die Gelegenheit hergerichtet wurde. An- und Abfahrt von Wagen mit Chauffeur, vor dem Eingang bilden sich kleine Gruppen aus Anzugträgern, die Gespräche sind lebhaft, in der Menge ist eine gewisse Hektik spürbar, dagegen recht wenig Andacht oder Kummer. Auch die Regionalpresse ist da, Journalisten und Fotografen.

»Wir müssen lesen, was sie morgen erzählen.«

»Sofern sie darüber berichten …«

Grimbert hat am Vorabend die Räumlichkeiten erkundet und entschieden, dass sie mit den Letzten hineingehen, um sich auf die Stufen einer Treppe zu stellen und einen guten Überblick über die Versammlung zu haben.

»Es ist so weit.«

Die beiden Männer überqueren die Canebière.

»Ich zähle auf Sie, Grimbert, lassen Sie mich nicht im Stich. Ohne Ihre Augen und Ihre Ohren bin ich in diesem Großstadtdschungel blind und taub.«

»Keine Sorge, ich will mir von diesem Schauspiel nichts entgehen lassen.«

Als sie eintreten, ist die Halle bereits proppenvoll. Sie schieben sich zu ihren Plätzen. Auf einem Podium ihnen gegenüber kein Sarg, sondern ein zwei mal zwei Meter großes Porträt von Pieri. Ein Studiofoto, ausgefeilte Beleuchtung, scharfe Gesichtszüge und klare Schwarz-Weiß-Kontraste. Der Mann hat ein breites, kantiges, leicht fleischiges Gesicht, hohe Stirn, schwarze Haare, mit Pomade nach hinten gekämmt, große braune Augen, die weder nervös noch aggressiv in die Kamera blicken, verbeulte Nase wie ein Boxer im Ruhestand, schmaler Mund mit der Andeutung eines Lächelns und ein schönes Grübchen am Kinn. Der vom Fotografen gewählte Ausschnitt ist ein Büstenporträt, breite Schultern, dunkler Anzug, weißes Hemd, Krawatte in melierten Grautönen. Die gesamte Person verströmt Präsenz und Herzlichkeit.

»Woher kommt dieses Foto?«

Grimbert grinst. »Nicht aus unserem Haus, wenn Sie mich fragen.«

»In dieser Stadt lassen sich die Gangster von Promifotografen ablichten?«

»In dieser Stadt gehören gewisse Gangster zu den Promis. Die Familie Guérini wohnt in der Rue Paradis, der bürgerlichsten Adresse in Marseille. Und sie sind nicht die Einzigen. Auch Pieri besaß eine Wohnung in der Rue Paradis. Daran müssen Sie sich gewöhnen.«

Auf einem niedrigen Tisch neben dem Porträt, mit Nadeln auf einem granatroten, mit goldenen Bändern verbrämten Kissen befestigt, das Kriegsverdienstkreuz. Und ein Meer von Kränzen aus Blumen und Zweigen. Am vorderen Rand des Podiums eine kleine Tribüne mit einem Mikrofon, an dem die Redner sich abwechseln werden.

Daquin lässt den Blick über die Halle schweifen, eine breiige Masse, für ihn unlesbar.

»Warum all diese Menschen? Was steht auf dem Spiel?«, fragt Daquin.

»Gute Frage. Nicht leicht zu beantworten. Es ist Maïté Antoniotti, Pieris engste Mitarbeiterin, die diese Feier gewünscht und organisiert hat. Sehen Sie dort links, in den vordersten Reihen, diese geschlossene Gruppe aus schwarzgekleideten Frauen, Schulter an Schulter, reglos, schweigend, das sind die Vertreterinnen des Guérini-Clans, was davon übrig ist. Sie haben keine Macht mehr, aber vielleicht, nein, mit Sicherheit, ein Vermögen und die Möglichkeit zu schaden. Maïté sitzt bei ihnen, in der ersten Reihe, und ihre Positionierung in dieser Gruppe ist ein Manifest. Pieri und sie haben den Clan nie verleugnet.«

Daquin betrachtet sie neugierig. Eine ältere Frau, über sechzig, eine durchschnittliche und strenge Erscheinung. Graue Dauerwelle, gewöhnliches, leicht klobiges Gesicht, ungeschminkt, ganz schlichtes schwarzes Kleid, schwarzes Tuch um die Schultern, flache Schuhe. Sie hält sich sehr gerade, der starre Blick verliert sich im Nichts. Was ist ihre Geschichte? Wie ihre Beziehung zu Pieri? Was weiß sie?

Grimbert fährt fort: »Ihre Positionierung an dieser Stelle sagt allen hier Anwesenden klipp und klar, dass diese Feier zu Ehren Pieris auch eine Feier zu Ehren des Clans ist, vielleicht die letzte öffentliche Zurschaustellung seiner einstigen Stärke.«

Direkt neben Maïté scheint ein Mann um die vierzig mit rasiertem Schädel auf ihre kleinsten Bewegungen zu achten, rückt ihr Tuch zurecht, wenn es verrutscht, lehnt sich dann und wann zu ihr hinüber, scheint ihr etwas zuzuflüstern.

»Kennen Sie den?«, fragt Daquin.

»Sein Gesicht sagt mir was, aber ich kann ihn gerade nicht einordnen.«

»Können Sie einen Ihrer Fotografenfreunde bitten, ihn für uns abzulichten?«

»Ich erledige das sofort.«

Als Grimbert zurück ist, nimmt Daquin den Faden wieder auf. »Der Guérini-Clan leuchtet ein, aber all die anderen, warum sind die hier?«

»Ich denke, sie wollen wissen, was aus Pieris Erbe wird, das letztlich das der Guérinis ist: Geld und Geheimnisse. Sie denken, dass Maïté zumindest über einen Teil davon verfügt. Sie sind vorsichtig, sie wollen sie nicht kränken, ihr Erscheinen hier ist eine Art Versicherung. Nehmen Sie die andere Raumseite, vorne rechts, die graue Masse aus Anzugträgern, die sich begrüßen und mit gedämpfter Stimme über ihre kleinen Geschäfte unterhalten, das sind die Herren von der Handelskammer und vom Hafen, die Vertreter der Wirtschaftselite der Stadt, der Marseiller Kaufmannsadel.«

»Hatten sie Pieri in ihre Gremien aufgenommen?«

»Ja, zwangsläufig, aber sie haben ihn immer verachtet, ihn nie bei sich zu Hause empfangen, und sie sind hocherfreut, dass er tot ist. Jetzt würden sie sich zu gern Pieris Schiffe unter den Nagel reißen, vor allem aber sein riesiges und innovatives Kundennetz. Nach dem, was ich gelesen und gehört habe, hat er mit Tradern aus aller Herren Länder zusammengearbeitet. Seine Jagdgründe waren das Schwarze Meer und das westliche Mittelmeer, mit Kontakten, die den Marseillern helfen könnten, nach dem Kolonialreich ein neues Kapitel aufzuschlagen. Das wird sich bei der Hausdurchsuchung zeigen. Aber viele von ihnen wollen vor allem verhindern, dass einer der anderen die Geschäftsbücher der Somar in die Finger bekommt und all die dubiosen Geschäfte, die damit zusammenhängen und in die sie mit Sicherheit verwickelt sind. Sie sind hier, um sich gegenseitig zu überwachen. Unter ihnen zwei prominente

Würdenträger der Grande Loge nationale de France, die beim Marseiller Unternehmertum dominierende Loge, da drüben, dritte Reihe an der Seite. Etwas aufrechter, etwas steifer, sie beteiligen sich nicht an den Tuscheleien. In der Öffentlichkeit Zurückhaltung üben. Erkennen Sie sie?«

»Ja. War Pieri Freimaurer?«

»Nein, ich denke nicht. Er hatte seine eigenen Netzwerke und teilte nicht gern. Aber sie haben ihn umworben, und durch ihr Hiersein schüren sie den Zweifel, ob er nicht doch Mitglied war. An der ganzen Côte führt am Freimaurertum kein Weg vorbei, aber die Logen liegen ständig im Zwist miteinander. Kompliziert. Dort in der Mitte haben Sie die Angestellten der Somar, die mit Eltern und Kindern gekommen sind. Und ein paar Leute vom Schiffspersonal. Das ist die korsische Sippe. Ich glaube, da ist die Sache einfacher, Pieri wurde wirklich geliebt. Er führte seine Belegschaft als ›guter Familienvater‹. Aber es gibt dort nicht nur Trauer, sondern auch große Sorge. Sie sind überzeugt, dass die Firma den Tod des Chefs nicht überleben wird und dass sie ihren Job verlieren.«

»Und Sie, was denken Sie?«

»Ich denke, sie haben recht. Niemand wird das Risiko übernehmen. Jetzt weiter, den hinteren Teil des Raums bevölkern die Herren vom Rathaus und alle, die dazugehören. Abgeordnete, Verwaltungsangestellte, Amtsleiter, haufenweise Beamte, Gewerkschaftsvertreter der Force Ouvrière. Ich sehe weder Marseiller Richter oder Staatsanwälte noch Polizisten, abgesehen von uns beiden natürlich, aber wir sind im Dienst. Es hat sicher entsprechende Anweisungen gegeben und sie wurden befolgt. Dort in der Mitte der Gruppe mein Kumpel Micchelozzi, ein Steuerinspektor, der auf die Handhabung undurchsichtiger Geschäftsvorgänge spezialisiert ist, um ihn herum wahrscheinlich Kollegen. Verkrampft, die Jungs vom Finanzamt. Ich könnte wetten, dass sie zahllose Unregelmäßigkeiten in den Somar-Akten großzügig gedeckt haben und jetzt sterben vor Angst. Nach der Hausdurchsuchung wissen wir mehr. Schauen Sie, wie Micchelozzi agiert: Er ist im Zentrum des Netzwerks. Tuschelei mit dem einen, dann einem anderen, die sich ihrerseits ihren Nachbarn zuwenden, und die Fragen und Meinungen kehren anschließend auf dem gleichen Weg zurück. Das Auf und Ab der Welle. Beeindruckend. Er muss wissen, dass es eine Durchsuchung geben wird, und bringt die Information und Vorsichtsmaßregeln in Umlauf.«

»Der Beschluss ist nicht öffentlich, soviel ich weiß.«

»In diesem Teil des Raums verlaufen die Informationswege über die Freimaurerlogen, aber die dominierende ist die Loge Grand Orient. Sie sind kein Mitglied?«

»Natürlich nicht.«

»Dann bekommen Sie Ihre Informationen nach ihnen. Es sei denn, Sie haben sich Ihre eigenen Netzwerke aufgebaut, aber das braucht Zeit, und man muss Bündnisse schließen. So, hinter der Gruppe um Micchelozzi zwei Reihen Geschäftsleute, die mit der Stadtverwaltung zusammenarbeiten, vor allem bei öffentlichen Ausschreibungen im Hoch- und Tiefbau. Auch sie eng verbunden mit der Gruppe Micchelozzi. Sehen Sie den Mann dort, der mit gesenktem Kopf in der letzten Reihe sitzt? Das ist Nick Venturi, Pieris Freund aus Kindertagen, sein Kamerad in allen Kriegen, ein ehemaliger Soldat der Guérinis und persönlicher Freund des Bürgermeisters. Der Stadtverwaltung sei Dank, hat er ein Vermögen im Immobiliengeschäft gemacht, und wie Pieri wird er dem Fotografen der Marseiller feinen Gesellschaft Porträt gesessen haben. Er für seinen Teil muss sich fragen, warum

Pieri erschossen wurde und ob die Ermordung seines Kumpels eine gründliche Untersuchung von Pieris Geschäften und Methoden nach sich ziehen wird. Er fürchtet vor allem die Ansteckungsgefahr. Wenn eine Ermittlung beginnt, weiß man nicht immer, wo sie endet.

Ein bedeutender Abwesender, der Bürgermeister. Er war so klug, nicht persönlich zu kommen, aber er hat zu Ehren des Veteranen der Befreiung von Marseille auf seinen Namen einen Kranz niederlegen lassen, schauen Sie, Maïté hat ihn gut sichtbar auf dem Podium platziert, direkt vor seinem Porträt. Und er hat ein paar Stellvertreter geschickt, die nicht wissen, welche Haltung sie einnehmen sollen, und versuchen, in der Menge nicht aufzufallen.«

»Da drüben am Türpfosten lehnt Bonino, unser Kollege aus Nizza. Wer ist der Mann neben ihm?«

»Inspecteur Principal Leccia. Er leitet unter der Hand das Niçoiser Zentralkommissariat. Er bekleidet einen hohen Rang in der Grande Loge nationale de France, die in Nizza das Sagen hat, was ihn zum mächtigsten Polizisten der Stadt macht und ihm erlaubt, großen Einfluss auf Richter- und Staatsanwaltschaft auszuüben. Ein lokaler Potentat. In Nizza kann niemand pinkeln, ohne ihn um Erlaubnis zu fragen. Ich bin erstaunt, ihn hier zu sehen. Ich dachte, diese lästige Pflicht überlässt er Bonino. Er bewegt sich nie ohne Grund aus Nizza weg. Was uns zwangsläufig zu der Frage bringt: Was sucht er hier?«

Ein erster Redner steigt auf die Tribüne. Es wird still im Saal. Der Vertreter der Handelskammer. Er gibt den Ton vor. Langweilige Rede, vorhersehbarer Inhalt: Pieri, der dynamische Unternehmer, ein Pionier, er hat neue Handelsverbindungen erschlossen, er war eine Säule der wirtschaftlichen Erneuerung Marseilles. Die Vertreter des Autonomen Hafens Fos und der Stadt Marseille folgen ihm auf dem Fuß, alle halten sich kurz, wiederholen dasselbe mit denselben Worten. Niemand erwähnt Pieris Vergangenheit, das versteht sich von selbst, oder seinen gewaltsamen Tod. In Geschäftskreisen glaubt man nur zu gern, dass das, worüber man nicht spricht, auch nicht existiert. Nach und nach setzt das Gemurmel wieder ein. Zwei musikalische Pausen, zwei korsische Chöre, das ließ sich nicht umgehen. Daquin langweilt sich, er sucht die Versammlung mit Blicken ab, um den Mann oder die Frau zu finden, deren Anwesenheit eine dissonante Note hereinbringen könnte. Und schließlich findet er ihn: Auf der linken Seite des Raums, gleich neben dem Guérini-Clan, ein einzelner, aufrecht sitzender Mann, er wirkt tief bewegt, traurig, versunken in die Betrachtung von Pieris Porträt, so geistesabwesend, dass er nichts wahrnimmt von dem, was um ihn herum vorgeht.

Daquin beugt sich zu Grimbert hinüber, zeigt auf die Gestalt und fragt: »Kennen Sie den?«

Grimbert mustert ihn einen Moment. »Nein, absolut nicht.«

»Sein Gesicht sagt Ihnen nichts?«

»Nein, nichts. Wenn Sie mich fragen, ist er nicht von hier.«

»Warum? Kennen Sie etwa jedes Gesicht in Marseille?«

»Nein. Sehen Sie ihn sich an, er hat sich neben die schwarzgekleideten Frauen gesetzt, aber er hat keinerlei Kontakt zu ihnen. Jeder Marseiller wüsste, dass er sich versehentlich in den Einflussbereich des Guérini-Clans gesetzt hat, und würde höflich den Platz wechseln, um nicht zu stören. Er bleibt dort sitzen, ohne das Geringste zu merken. Also ist er nicht aus Marseille.«

Ohne den Mann aus den Augen zu lassen, spricht Daquin weiter: »Sobald die Vorstellung vorüber ist, werde ich mir diesen Unbekannten vornehmen, ich will wissen, was er hier macht. Wenn ich es schaffe, mit ihm ins Gespräch zu kommen, lade ich ihn zum Mittagessen ein. Ich kenne die hiesigen

Restaurants nicht, können Sie mir eins nennen, gutes Essen, Meerblick, nicht marktschreierisch, nicht zu weit weg?«

Grimbert überlegt ein paar Sekunden, dann: »*L'Épuisette*, im Hafen Vallon des Auffes.«

»Noch etwas, können Sie unseren Niçoiser Kollegen eine Nachricht übermitteln? Ich werde nicht die Zeit haben, Bonino zu begrüßen. Sonntagnachmittag treffe ich mich mit einem Mann von den mobilen Einsatzkommandos vor dem Palais de la Méditerranée, ein Kontakt, den mir der Direktor vermittelt hat, wie Sie geraten haben. Unnötig, den Niçoisern davon zu erzählen. Aber ich will meinen Abstecher nach Nizza auch dazu nutzen, am Montagmorgen Emily Frickx zu besuchen. Ich möchte sie kennenlernen, und in Anbetracht dessen, was wir inzwischen über die Verbindungen zwischen ihrem Ehemann und den Morden wissen, will ich ihr ein paar Fragen stellen. Es wird nur eine Stippvisite, reine Neugier meinerseits, ich will sehen, wie eine Erbin südafrikanischer Minen aussieht, aber ich denke, es ist besser, Bonino über meinen Besuch zu unterrichten.«

»Verlassen Sie sich auf mich.«

»Wir treffen uns nachher am späten Nachmittag im Évêché.«

Maïté betritt die Rednertribüne, um die Zeremonie abzuschließen. Schlagartig herrscht Stille.

»Unglaublich«, flüstert Daquin. »Sehen Sie sich an, wie aufmerksam plötzlich alle sind. Sie sind nur gekommen, um zu hören, was sie zu sagen hat, sie hat sie über eine Stunde schmoren lassen, schöne Inszenierung.«

In einer leidenschaftlichen und bewegten Rede würdigt sie den Mann, dem sie »nach dem Krieg« begegnet ist.

Grimbert lehnt sich zu Daquin hinüber. »Das ist eine Provokation. Sie spricht nicht vom Krieg der Vierzigerjahre, sondern vom Krieg um das Schmuggelschiff *Combinatie* in den Fünfzigern. Ein Partner von Guérini im Zigarettenschmuggel fand seine Gewinne unzureichend und wollte sie erhöhen. Er hat eine Art feindliche Übernahme gestartet, um das Unternehmen unter seine Kontrolle zu bringen. Die feindliche Übernahme hat schnell die Form eines Krieges angenommen. Dreißig Tote später war die Übernahme gescheitert und das Unternehmen blieb in der Hand der Guérinis.«

»Könnte Pieris Verletzung aus diesem Krieg stammen?«

»Brillante Idee.«

»Ich habe Pieri fünfzehn Jahre lang bei seiner Arbeit begleitet«, sagt Maïté, ehe sie endet: »Die Somar, das war er. Er spielte eine zentrale Rolle, er war unersetzlich. Er wird nicht ersetzt werden.« Maïté bricht die Stimme.

»Da haben Sie die Information, wegen der all diese Leute gekommen sind: Es wird keinen Erben geben«, flüstert Grimbert. »Die Erleichterung ist spürbar. Aber wir wissen immer noch nicht, worin das Erbe besteht. Geduld.«

Maïté spricht weiter: »Maxime Pieri hatte in Marseille keine nahen Angehörigen mehr, es wird daher keine Beileidsbezeigungen geben. Am Ende der Feier liegen Kondolenzbücher aus, in die Sie sich eintragen können.« Damit begibt sie sich zurück zu den Frauen in Schwarz.

Sobald sich der Raum zu leeren beginnt, verabschiedet sich Daquin von Grimbert und heftet sich an die Fersen des Unbekannten, der als einer der Letzten das Foyer verlässt, als würde es ihm widerstreben. Daquin folgt ihm. Der Mann ist groß, in den Vierzigern, sportliche Erscheinung, Bluejeans, Lacoste-Hemd, Lederjacke, schönes Leder und guter Schnitt. Leitender Angestellter oder Freiberufler. Als er die Straße betritt, bleibt er stehen, zögert, schaut auf seine Uhr. Muss er einen Zug erreichen? Ihn bloß nicht entwischen lassen.

Daquin spricht ihn an. »Guten Tag. Ich bin Commissaire Daquin. Ich ermittle im Mordfall Maxime Pieri und ich möchte, dass Sie mir ein wenig von Ihrer Zeit schenken, damit wir in aller Offenheit sprechen können.«

Der Mann ist überrascht. »Aber warum mit mir?«

»Weil Sie nicht aus Marseille sind, weil Sie ein einsamer Mann sind und Pieri das auch war, weil sein Tod Sie sehr berührt hat und Sie vielleicht sogar Lust haben, über ihn zu reden, die Erinnerung an ihn heraufzubeschwören. Unter all diesen Menschen bin ich wahrscheinlich Ihr einziger möglicher Gesprächspartner.«

Der Mann betrachtet Daquin, fragt sich, was das zu bedeuten hat, entschließt sich dann. »Warum nicht?«

»Mein Wagen steht nicht weit von hier. In unserer französischen Tradition gibt es nach einer Beerdigung immer ein Bankett. Ich lade Sie zum Mittagessen ein. Ins *Épuisette* im Vallon des Auffes.«

Der Mann erstarrt, lächelt dann. »Ein Restaurant, das Sie zufällig ausgewählt haben?«

»Ich bin erst seit kurzem hier, ich kenne noch nicht viele Lokale, aber derzeit ist es mein Favorit.«

Im Wagen reden sie wenig. Der Mann heißt Pascal Thiébaut. Er stellt sich als freier Journalist der Pariser Wirtschaftspresse vor, außerdem Chefredakteur eines für einen kleinen Kreis bestimmten Rundbriefs, auf der Mitte zwischen Wirtschaftsanalyse und Industriespionage, Zielgruppe sind reiche Akteure im Unternehmenssektor, die bereit sind, ihn zum Prohibitivpreis zu abonnieren.

»Ich weiß«, sagt Daquin, »ich habe einen Ihrer Artikel in *Info Éco Avenir* gelesen.«

Dann wechselt er das Thema und erzählt seinem sprachlosen Mitfahrer von seinem Jahr im Libanon.

Kaum erreichen sie die Route de la Corniche, ist das Meer da, endlich, jedes Mal wieder ein Knalleffekt. Daquin hat das Gefühl, freier zu atmen. Im Restaurant steigen sie hoch in die erste Etage, setzen sich an einen kleinen Tisch auf dem Balkon, der über die Felsen der Calanque hinauszuragen scheint, Logenplätze aufs Meer. Auch das ist Marseille, diese kleinen Fluchten in eine andere Welt, zwei Schritte entfernt vom brütenden Stadtzentrum. Thiébaut, tief bewegt, betrachtet die Hafenmole, das Château d'If, eine Festung im offenen Meer, die Frioul-Inseln, mineralisch, öde, grau und weiß, eingebettet in ein sehr ruhiges, sehr blaues Meer, durchzogen von einer in der Sonne glitzernden Strömung. Hinter ihnen, im Schutz des kleinen Tals, der Fischerhafen Port des Auffes, winzig wie ein Spielzeug. Daquin wartet: Etwas geht in ihm vor, ich weiß nicht, was, nichts überstürzen.

Plötzlich Thiébaut: »Dies war Maximes Lieblingsrestaurant. Er war verliebt in diese Calanque.«

Daquin kostet das aus – ein guter Bulle ist ein vom Glück geküsster Bulle, danke, Grimbert – und schweigt weiter.

Thiébaut spricht mit leiser Stimme. »Er sagte, in diesem Restaurant, festgewachsen zwischen dem winzigen Hafen auf der einen Seite und den Felsen, den Inseln, dem Meer und dem Horizont auf der anderen, fühle er sich am richtigen Platz, glücklich.«

Ein Kellner kommt mit den Menükarten. Ohne sich zu rühren, fährt Thiébaut fort: »Um im Register der Erinnerung zu bleiben, nehme ich eine Bouillabaisse.«

»Und was pflegten Sie zu Ihrer Bouillabaisse zu trinken?«

»Einen Blanc de Cassis.«

»Sehr gut. Also zweimal Bouillabaisse und eine Flasche Blanc de Cassis.«

Als der Kellner sich entfernt, sieht Thiébaut Daquin endlich an. »Sie sind ein erstaunlicher Mann für einen Commissaire. Wenn Sie sagen, Sie sind so ungefähr der Einzige in Marseille, mit dem ich über Pieri sprechen kann, was wollen Sie damit andeuten?«

»Genau das, was Sie denken.«

»Wie haben Sie es angestellt, mich aus dieser Versammlung herauszupicken, zu erkennen, was mich und Maxime verbunden hat, ich verstehe das nicht.«

»Ich nehme mir Zeit, ich schaue hin, ich bin aufmerksam und ich kann eins und eins zusammenzählen. Reine Übungssache. Und es ist mein Beruf. Außerdem kam mir das kleine Foto zu Hilfe, das in einer Ausgabe der *Info Éco Avenir* von 1964 in dem Artikel über Pieri und die Somar neben Ihrer Autorensignatur abgedruckt war.«

Der Kellner unterbricht sie, er kommt mit dem Wein, kündigt einen Domaine de la Ferme Blanche Jahrgang 1968 an und lässt Daquin probieren, der ihm einzuschenken bedeutet.

Als sie wieder allein sind: »Wie sind Pieri und Sie sich begegnet?«

»1964 stellte ich anlässlich des Artikels, den Sie gelesen haben, etwas ausführlichere Recherchen über die Marseiller Wirtschaft an. Unsere Abonnenten interessierten sich dafür, wie der Hafen nach dem Ende der Kolonialwirtschaft seine Umstrukturierung anging. Die Antwort habe ich schnell gefunden: Die Umstrukturierung fand nicht statt. Und dann stolperte ich beim Blättern in den Akten der Handelskammer über ein junges Unternehmen, das sehr dynamisch wirkte, ich bat den Chef um ein Gespräch und er gewährte es mir. Das war Pieri. Wir haben uns den Großteil des Nachmittags unterhalten.«

»Schockiert es Sie, wenn ich sage, dass der Abschnitt über die Somar in diesem Artikel eher in die Rubrik Liebe auf den ersten Blick fällt als in die der Wirtschaftsanalyse?«

Thiébaut lacht auf. »Nein, es schockiert mich nicht. Sie haben das gut erkannt. Gegenseitige Liebe auf den ersten Blick. Pieri erzählte mir, was ich hören wollte, dann lud er mich hier zum Abendessen ein, und nach dem Essen schlug er mir vor, mit ihm zu schlafen.«

Daquin lächelt. »Was ich nicht tun werde.«

Thiébaut entspannt sich, lacht aus vollem Hals. »Das will ich hoffen!« Er atmet einen Moment durch. »So war das, ganz einfach.«

»Nein, einfach kann es nicht gewesen sein.«

»Nein, Sie haben recht, das war es nicht. Maxime wusste, in seinem Milieu hängt alles von den Kräfteverhältnissen zwischen den Individuen ab, von Charisma, Respekt, und er war überzeugt, dass seine Vertrauten eine Schwuchtel nicht respektieren könnten. Also bestand er auf strikte Heimlichkeit. Aber im Bett war er weder unerfahren noch verklemmt.«

Der Kellner bringt die Fischsuppe mit Croûtons und Rouille. Dann präsentiert er die einzelnen Fische. Heute: Chapon, Seeteufel, Petermännchen, Galinette und Saint-Pierre, auf einem großen Holzbrett in Szene gesetzt, ein herrliches Stillleben in leuchtenden Farben. Er richtet sie auf einem Tisch in der Mitte des Speisezimmers an, eine größte Sorgfalt erfordernde Arbeit, ausgeführt mit Sinn fürs Spektakel.

Die Suppe ist schmackhaft, Daquin, der kein Bouillabaisse-Fan ist, fügt nur eine Messerspitze Rouille hinzu.

»Erzählen Sie mir von ihm. Was an ihm hat Sie verführt?«

»Zunächst seine körperliche Präsenz. Wenn ich in seiner Nähe war, wenn ich ihn anfassen konnte, fühlte ich mich gut. Und seine Intelligenz. Er war bemerkenswert intelligent, es war die Intelligenz eines Autodidakten, konkret, geschmeidig, immer in Bewegung. Er hatte die Fähigkeit, den Leuten zuzusehen und zuzuhören, im Grunde ein bisschen wie Sie. Und dann hatte er ein echtes Erzähltalent.«

»Schon überraschender bei einem Banditen.«

»Er hatte viele Konflikte erlebt, war vielen ungewöhnlichen Menschen begegnet, er schmückte Unterhaltungen mit Anekdoten aus, ohne Daten, ohne Orte, mit Porträts, ohne Namen zu nennen, er war lebhaft, witzig. Er war sehr beredt, ohne je zu verraten, wer er war oder was er tat. Hier betrachtete er das Meer und erzählte Geschichten von Schmugglern, nächtlichen Landungen an unbekannten Inseln, von Stürmen, Schiffbrüchen, Schießereien, von Verstecken in ausgehöhlten Felsen, die man nie wiederfand. Ich habe nicht versucht zu unterscheiden, was Phantasie war und was Realität, ich lachte einfach mit ihm.«

Die Suppe ist gegessen, die Fische werden auf die Teller gelegt. Thiébaut greift mit Appetit zu. Die zungelösende Wirkung einer Mahlzeit. Daquin weiß, dass er die Partie gewonnen hat. Nicht mehr nötig, Thiébaut ein Stichwort zu geben.

»Maxime sah sich nicht als Bandit, eher als Unterhändler, ein Mittelsmann zwischen zwei Welten. Als ich ihn kennenlernte, reiste er sehr oft in die Vereinigten Staaten, mehrmals im Jahr, vor allem nach New York. Nach einem längeren Aufenthalt in den Fünfzigerjahren hatte er dort noch viele Freunde. Er tätigte wahrscheinlich Geschäfte für die Familie Guérini, nicht für die Somar, die nur das Mittelmeer abdeckte. Mir scheint, nach dem Tod von Antoine Guérini hat er das Reisen eingestellt. Seither widmete er seine Zeit und Energie im Wesentlichen der Somar. Aber er ist vergangenes Jahr, 1972, zweimal in die USA zurückgekehrt, um alte Freunde wiederzusehen, wie er mir sagte. Er hatte seit Anfang der Sechziger auf die Zusammenarbeit mit den großen Rohstoffhandelsfirmen gesetzt, weit außerhalb des Betätigungsfelds der Marseiller Unternehmer, und seit Jahren war er vom Erdöl besessen. Er sagte mir ständig: ›Du als jemand, der sich für Wirtschaft interessiert, behalte den Ölmarkt im Auge, der Ölmarkt verändert sich, also wird die Welt sich verändern.‹ Die Formulierung hat mich aufhorchen lassen. Aber er war im Hinblick auf die Somar ebenso verschwiegen wie bei allem anderen. Genaueres kann ich Ihnen nicht sagen.«

»Ich habe trotzdem etwas Mühe zu verstehen, dass ein Pariser Journalist eine Langzeitbeziehung mit einem Marseiller Gangster unterhält. Denn Sie wussten, dass Pieri ein Gangster und ein Mörder war, so naiv sind Sie nicht. Eine seiner Schmugglergeschichten, die Sie vorhin mit einem starken Beigeschmack von Pfadfinderlager erwähnten, endete in einem Bandenkrieg, der an die dreißig Tote gekostet hat und bei dem der Soldat Pieri schwer verwundet wurde.«

»Ich habe von Pieri niemals Rechenschaft verlangt, weder was seine Narben noch was seine Vergangenheit betrifft, so wie er mich nie nach meiner ausgefragt hat. Ich habe heute Morgen entdeckt, dass er mit dem Kriegsverdienstkreuz ausgezeichnet wurde, davon hat er mir nie erzählt. Aber der Mann, den ich zehn Jahre lang kannte, war kein Mörder, jedenfalls nicht mehr. Gangster vielleicht, Mörder nein.« Thiébaut überlegt ein paar Sekunden. »Sie müssen verstehen, dass wir bei der Art Journalismus, die ich betreibe, so genau wie möglich zu beschreiben versuchen, wie die Dinge laufen. Wir fragen nicht nach dem Warum und wir urteilen nicht, niemals. Es wäre auch gar nicht möglich. In der Unternehmenswelt gibt es nur ein einziges unumstößliches Gesetz: Geld zu verdienen. Die durch die Gesetzgebung gezogenen Grenzen sind sehr viel vager. Sie variieren je nach Land, je nachdem, welche Mehrheit an der Macht ist. Das Risiko, das man bei ihrer Übertretung eingeht, wird kalkuliert wie jedes andere Geschäftsrisiko, nicht mehr und nicht weniger. Und die Entscheidung, sie zu übertreten oder nicht, hängt von dieser Kalkulation ab, nicht von moralischen Prinzipien. Dabei kann man sich vertun, aber das ist dann ein Rechenfehler, keine moralische Verfehlung. Bei den Guérinis war die Risikobereitschaft wahrscheinlich größer und die Methoden zur Berechnung des Risikos waren andere als bei einem Unternehmen, das weltweit Verträge mit Staaten oder Behörden abschließt, aber gar nicht mal so viel anders. Wir bewegten uns in zwei Universen, die sich wesentlich ähnlicher sind, als Sie zu denken scheinen.«

Freitagnachmittag, Marseille

Kaum zurück in seinem Büro, erhält Daquin einen Anruf von Vincent.

»Ich gehe heute Abend auf der Canebière ins Theater, ganz in deiner Nähe. Kann ich nach der Vorstellung bei dir vorbeikommen oder schläfst du dann schon?«

»Ich warte auf dich bis ans Ende der Nacht. Spaß beiseite, würde dir eine Zwiebelsuppe zusagen?«

»Nach dem Theater ist das geradezu ein Muss.«

»Bis später also.«

Dann setzt er sich vors Fenster, die Füße auf dem Sims, und betrachtet ein Stück tiefblauen Himmel über dem Gebäude, ohne es zu sehen, vernimmt die Geräusche aus dem Hof und den Fluren, ohne sie zu hören. Pieri, was für eine Figur. Wuchtig, komplex, wie er sie liebt. Ich bekomme ihn noch nicht zu fassen, aber ich nähere mich. Nicht voranpreschen. Den

Geist für jegliche Überraschung offen halten, es wird noch einige geben.

Grimbert, der auf der Terrasse der Bar-Tabac herumgesessen hat, kommt sich die Neuigkeiten abholen.

»Ich habe schon auf Sie gewartet.«

»Ich bin nach der Feier heute Morgen wie verabredet zu Bonino gegangen. Wir haben zusammen zu Mittag gegessen, von wegen Beziehungspflege. Ein anständiger Kerl, aber etwas verklemmt. Sie machen ihm Angst.«

»Ach was! Warum?«

»Wer weiß … Mir machen Sie manchmal auch Angst … Aber egal. Er hat mir gesagt, dass Pieri und Simon nicht mit derselben Waffe getötet wurden. Wir haben das schon vermutet, die Mörder sind Profis. Er schickt uns den Ballistikbericht zu.«

»Jetzt ich. Pieri und Thiébaut, der Unbekannte von heute Morgen, waren seit zehn Jahren Geliebte.«

Verblüffung bei Grimbert. »Pieri ein Homo, ein Mann wie er … Ich kann das nicht glauben … Sind Sie sicher?«

Daquin fährt fort, ohne ihm Zeit zu lassen, sich weiter darüber auszubreiten. »Er hat Pieris zahlreiche Reisen in die Vereinigten Staaten bestätigt. Zunächst hat er dort Ende der Fünfzigerjahre längere Zeit verbracht, wahrscheinlich als er hier für tot erklärt war. Man kann ein mögliches Szenario skizzieren: Er wurde im Krieg um die *Combinatie* schwer verwundet und war zur Behandlung oder Rekonvaleszenz in den Staaten, er baut dort dauerhafte Beziehungen auf, und nach seiner Rückkehr gewährleistet er die Sechziger hindurch die Geschäftsverbindung zwischen den New Yorker Familien, die innerhalb der French den Vertrieb organisieren, und Antoine, dem Lieferanten.«

»Schon möglich, das ist lange her …«

»Es kann trotzdem wichtig sein, Grimbert. Solange wir nicht wissen, was wichtig ist und was nicht, müssen wir alles berücksichtigen. Ich fahre fort. Seit der Ermordung von Antoine reiste er nicht mehr in die USA, aber letztes Jahr ist er zweimal dort gewesen. Um Freunde zu besuchen, das hat er jedenfalls zu Thiébaut gesagt. Letztes Jahr ist nicht so lange her, das dürfen wir doch in unsere Überlegungen einbeziehen?« Grimbert schmunzelt. »Die Somar hatte schon lange regelmäßig mit internationalen Rohstoffhändlern zu tun, Pieri kann also durchaus mit Frickx zusammengearbeitet haben. Und schließlich interessierte er sich in jüngster Zeit für den Erdölmarkt. Diesen Fakt hat Thiébaut besonders betont.«

»In den Unterlagen der Handelskammer steht, dass sich Pieri mit dem Chartern von Öltankern befasst, ohne weitere Einzelheiten. Und Micchelozzi, mein Ansprechpartner beim Finanzamt, hat mir suggeriert, ich soll mich in Fos umsehen, dem neuen Ölhafen, was ich noch nicht getan habe.«

»Wir müssen in Erfahrung bringen, ob Frickx auch mit Erdöl handelt. Ich werde versuchen, mich über das Ölgeschäft zu informieren, bisher kenne ich mich da überhaupt nicht aus. Das erweitert noch einmal das Feld der möglichen Motive für seine Ermordung.«

Grimbert spielt mit einem Bleistift, ohne etwas zu sagen. Daquin kocht und serviert zwei Espresso, die sie mit den Füßen auf den Schreibtischen trinken, dann ringt sich Grimbert zu einer Frage durch.

»Pieri-Thiébaut, können Sie mir erklären, wie Sie das gemacht haben?«

»Sehr einfach. Pieri ist alleinstehend, von Frauenbekanntschaften ist weit und breit nicht die Rede. Bis auf Maïté, aber die zählt nicht. Bei der Totenfeier ein einzelner Mann etwa in Pieris Alter und in tiefer Trauer, der nicht gekommen ist, um gesehen zu werden, denn er stammt nicht aus Marseille, Sie selbst haben mich darauf aufmerksam gemacht. Es musste gute Gründe dafür geben, dass er eine Träne im Auge hatte. Er hätte ein Angehöriger sein können, aber Pieri hat keine Familie. Er weckt also mein Interesse, ich frage mich, was er dort macht. Je länger ich ihn anschaue, desto bekannter kommt er mir vor.« Daquin nimmt die Akte, holt den Artikel aus *Info Éco Avenir* hervor, zeigt auf das Bildchen. »Der Artikel, den Sie selbst in die Akte gelegt haben. Es war keine sichere Sache, denn das Foto ist nicht gut …«

»Ich bin gar nicht auf den Gedanken gekommen, mir dieses Foto anzusehen.«

»… aber es lohnte einen Versuch. Wären Sie auf den Gedanken gekommen, hätten Sie es genauso gemacht.«

»Nein, das glaube ich nicht.«

Daquin sieht Grimbert an. Nein, er hat recht, er hätte es nicht genauso machen können. Er sagt nichts.

Als Grimbert gegangen ist, die Büros leeren sich allmählich, macht Daquin ein paar Notizen über seine Unterhaltung mit Thiébaut, um sie der Akte hinzuzufügen. In zwei Stunden Vincent, seine Wärme, seine Haut, sein Nacken. Seine dunkelgrauen Augen, die heller werden, wenn er sich über sie beugt. Ein Wind kündigt den Sonnenuntergang an, er liebt diesen Moment der Stille und Kühle.

Er will gerade gehen, als es zweimal an der Tür klopft und Leccia eintritt. Er stellt sich vor, ausgestreckte Hand: »Inspecteur Leccia vom Zentralkommissariat der Sécurité Publique Nizza.« Daquin drückt ihm die Hand, ohne etwas zu sagen. »Ich glaube, wir haben uns heute Morgen bei der Trauerfeier für Pieri flüchtig gesehen.«

»Möglich, ich war tatsächlich dort. Was kann ich für Sie tun?«

Leccia setzt sich, Daquin tut es ihm etwas verspätet nach.

»In Nizza wird viel über Sie gesprochen …« Daquin zeigt keine Reaktion. »So jung, erst ein paar Tage in unserer Gegend und schon mit einer so heiklen Ermittlung betraut, das führt zwangsläufig zu Klatsch und Tratsch.«

Daquins Gesicht wird undurchdringlich, erstarrte Rohmasse. »Ich mache meine Arbeit unter der Regie von Staatsanwalt Coulon in Nizza und in Abstimmung mit Inspecteur Bonino in der Niçoiser Dienststelle des SRPJ. Punkt. Sie sprechen vom Zentralkommissariat der Sécurité Publique, richtig? Ich verstehe nicht, was es mit unserem Fall zu tun hat.«

»Ich bin rein privat hier. Ich habe meinen Aufenthalt in Marseille genutzt, um ein paar Kollegen hier im Évêché zu besuchen. Man sagte mir, dass Sie um diese Zeit noch bei der Arbeit sind. Ich dachte, das ist eine Gelegenheit, Sie kennenzulernen. Ich bin alles in allem als Nachbar gekommen.«

»Sehr schön, Herr Nachbar. Und was wollten Sie mir sagen?«

»Ich habe mich gefragt, ob Sie in unserer Region gut klarkommen. Das Gewicht der Familien, der Dörfer, der Clans, der Solidaritätsnetze. Die sind hier von Bedeutung, und es ist nicht leicht, sich darin zurechtzufinden. Ich kann ein Lied davon singen, ich bin Korse, und trotz allem erlebe ich jeden Tag, wie schwierig es ist, in meiner eigenen Stadt die Beziehungen zwischen Korsen und Pieds-Noirs in den Griff zu bekommen. Ich weiß nicht, ob Sie das Phänomen bereits ermessen können?«

Daquin nickt.

Leccia fährt fort. »Man kann leicht in die Isolation geraten. Und in unserer Kultur ist ein isoliertes Individuum praktisch verloren, wenn es nicht schafft, sich Freunde zu machen. Es wird zur idealen Zielscheibe für jede Sorte Geschwätz und üble Nachrede.«

Daquin sagt immer noch nichts.

»In Nizza kursieren übrigens bereits Gerüchte. Ein bisschen bin ich auch hier, um Sie zu warnen.«

»Was soll ich dagegen unternehmen?«

»Ein Ruf ist schnell zerstört und man erholt sich nicht mehr davon. Suchen Sie sich Rückhalt, Freunde. Und seien Sie vorsichtig, sichern Sie sich ab, machen Sie sich keine Feinde, das ist der Rat, den ich Ihnen gebe. Denken Sie nach, ehe Sie blindlings alle Knallkörper anzünden, die auf Ihrem Weg liegen. Bei dem Spiel sind Sie derjenige, der hochgeht.«

»Haben Sie eine konkrete Vorstellung, welchen Knallkörper ich nicht anzünden soll?«

»Sie sind vielleicht gut ... Ich bin nur ein alter Einheimischer, der einem jungen Pariser einen allgemeinen Rat gibt. Und ich füge hinzu, dass Sie immer auf mich zählen können, wenn Sie meinen, einen Rat zu brauchen ...«

Daquin steht auf. Leccia folgt der Bewegung.

»Ich danke Ihnen für Ihren Besuch. Seien Sie versichert, dass der junge Pariser guten Gebrauch von Ihren Mahnungen machen wird. Tut mir leid, es ist spät und ich werde erwartet.« Daquin geht zur Tür, hält sie Leccia feierlich auf und schüttelt ihm die Hand.

Als er weg ist, schließt Daquin sein Büro ab und geht.

Mit großen wütenden Schritten läuft er sehr schnell durch die krummen, kaum erleuchteten Gassen. Die Abendessenszeit rückt näher, fast niemand unterwegs. Er hört Leccia: »Gerüchte kursieren ... ideale Zielscheibe ...« Er hat das Gefühl, hinter den heruntergelassenen Rollos lauern ihm Dutzende Augenpaare auf. Er verlangsamt seinen Schritt. Nicht sofort reagieren, sich setzen lassen, ich denke morgen darüber nach.

Sobald er zu Hause ist, geht er in die Küche. Gratinierte Zwiebelsuppe. Die ersten Handgriffe, Zwiebeln schälen und in dünne Scheiben schneiden, sind mechanisch, beruhigen die Nerven. Als Nächstes die Zwiebeln in Butter anbraten, weder zu stark noch zu schwach, genau die richtige Färbung, bräunen ohne zu verbrennen, dann die Zwiebeln mit Mehl bestäuben, noch ein paarmal umrühren, stopp, perfekt. Die Abfolge und Sorgfalt der Handgriffe brauchen viel Aufmerksamkeit und leeren den Kopf. Kochendes Wasser über die Zwiebeln gießen, die in der Pfanne sieden, und schmoren lassen. Gerade Zeit für eine Dusche, sehr heiß, dann sehr kalt, er zieht einen Bademantel über. Warten, dass Vincent eintrifft, ein Gericht, das er für ihn gekocht hat, Sämigkeit und Finesse. Er kehrt zurück in die Küche, schneidet Brotscheiben in eine Suppenschüssel, bedeckt sie mit geriebenem Gruyère. Wenn Vincent da ist, wird er die Zwiebelbrühe pürieren, sie in die Suppenschüssel gießen, noch mehr geriebenen Gruyère hinzufügen, und dann ab in den Ofen damit. Kurz vor dem Servieren wird er ein rohes Ei mit Madeira verquirlen und zur Suppe geben. Und den Geschmack von Zwiebel gemischt mit Madeira auf Vincents Lippen wiederfinden.

Daquin streckt sich mit einem Glas Cognac in einem Liegestuhl auf der Loggia aus, um auf ihn zu warten. Erzähle ich ihm von Leccias Besuch oder nicht? Er kennt den Mann. Vielleicht nützlich. Ein Schluck Cognac und ein Aufwallen von Wut. Ich sollte voll und ganz damit beschäftigt sein, von Vincents Körper zu träumen, seinem Blut, das unter meinen Lippen pulsiert, seinem Geschlecht, voller Leben in meiner Hand, und ich denke an diesen Arsch von Leccia. Zweiter Schluck Cognac.

Die Eingangstür war nicht verschlossen, Vincent kommt zu ihm auf die Loggia. Daquin reicht ihm sein Cognacglas, er nimmt einen kräftigen Schluck und setzt sich.

»Gute Vorstellung?«

»Nein, ich habe mich gelangweilt und war ungeduldig. Kurz gesagt, es war eher ein Vorwand, um dich zu besuchen.«

»Du brauchst keinen Vorwand, Vincent. Ich für mein Teil hatte das Privileg einer Heimvorstellung kurz vor Feierabend in meinem Büro, und ich habe mich nicht gelangweilt. Leccia hat mich aufgesucht.«

»Der Leccia aus Nizza?«

»Genau der, höchstpersönlich.«

»Was wollte er denn?«

»Große Rede im Mafiastil: ›Freunde … es wird gemunkelt …‹ Die Italiener haben eine sehr schöne, elegantere Formulierung: *si dice*, man sagt … Ich habe nicht genau verstanden, ob er mir drohen oder mich prüfen wollte.«

»Dir womit drohen?«

»Meinen Ruf zu ruinieren.«

»Weiß er, dass du schwul bist?«

»Er hat sich zu meinem Lebenswandel nicht näher geäußert.«

»Wenn man in Marseille den Ruf eines Bullen ruinieren will, erzählt man nicht, dass er korrupt ist oder unfähig, das ist zu gewöhnlich, die Marseiller sind blasiert, man sagt, er ist eine Schwuchtel. Und ob es stimmt oder nicht, der fragliche Bulle ist erledigt. Ich garantiere dir, Leccia kennt alle Tricks und alle Kniffe und er weiß sie auch anzuwenden. Er ist gefährlich. Es wäre ein Fehler, ihn auf die leichte Schulter zu nehmen.«

»Was soll ich deiner Meinung nach tun? Aufhören zu vögeln?«

Vincent lacht. »Gib nicht an, dazu bist du gar nicht fähig. Aber bei deinen Liebschaften mit mir oder anderen wahre nicht etwa Diskretion, Diskretion existiert in dieser Stadt nicht, sondern Geheimhaltung …«

Daquin hört Thiébaut: Pieri sorgte für »strikte Heimlichkeit«. Pieri kannte seine Stadt. Ein Vorbild?

»Ich weigere mich, unter dem Zwang der Heimlichtuerei zu leben. Wie ich jede Zurschaustellung ablehne. Ich habe Lust, mit dir zu vögeln. Bist du einverstanden, tu ich es. Ich muss das weder verstecken noch zur Schau stellen. Was wir zusammen tun, geht nur dich und mich etwas an.«

»Wir sind nicht mehr an der Uni in Paris, getragen von der Post-68er-Welle. Wir sind in Marseille. Hier kann ein Mann schwul sein, wenn er reich und mächtig ist. Das geht dann als nette Marotte durch und niemand spricht darüber. Aber wenn er arm ist oder Berufsanfänger, ist es abartig und ein Skandal. Du bist Berufsanfänger, Théo, und ich bin es übrigens auch. Du musst berücksichtigen, was ich dir sage, ob es dich nervt oder nicht.« Vincent betrachtet Daquins Gesicht, glatt, hermetisch. »Wirst du es berücksichtigen?«

»In einem gewissen Maße, ja.«

»Etwas anderes, Leccia betreffend. Ich habe viel über ihn gehört und bin ihm sogar ein-, zweimal begegnet. Ehrlich, ob ich schwul bin oder nicht, kümmert ihn einen Dreck, der ist das Gegenteil eines Moralisten, in dieser Frage wie in jeder anderen. Aber er macht nie etwas ohne Grund. Die Ermittlung, an der du arbeitest, stellt sie für ihn eine Bedrohung dar?«

»Keine Ahnung. Ich habe bisher sehr wenige Beweise. Aber *er* wird es wahrscheinlich wissen.«

»Wenn du schnell vorankommst, wenn du Druckmittel oder Tauschmittel findest, zögere nicht, es ihn wissen zu lassen, er wird das in sein Kalkül einbeziehen. Das ist ein Pragmatiker, kein Kreuzritter.«

»Du klingst wie einer meiner Ermittler. Bulle oder Anwalt, in erster Linie Marseiller.«

»Leccia ist Niçoiser. Gehen wir die Zwiebelsuppe an?«

Daquin lächelt. »Vor oder nach dem Sex?«

Delmas und Catherine, die junge Witwe, die er unter seine Fittiche genommen hat, haben sich auf dem ganzen Flug nach Istanbul viel unterhalten. Delmas hat von seinem Drang erzählt, die tiefe Provinz, in der er geboren ist, zu verlassen, von seinem Gefühl, in Marseille – zu groß, zu hart – verloren zu sein, von seiner Bewunderung für Grimbert, seinem Unbehagen gegenüber Daquin, seiner Begeisterung, zum ersten Mal im Leben zu fliegen und nach Istanbul zu reisen, zu den Türken. Sie findet ihn rührend in seiner Ehrlichkeit, vertraut ihm ihre täglichen Enttäuschungen an, ihre Freude, Marseille hinter sich zu lassen. Um die Leiche ihres Ehemanns abzuholen. Traurig, klar. Er hätte nicht trinken dürfen.

»Er trank nicht oft, aber wenn es dazu kam, verlor er regelrecht den Boden unter den Füßen. Er war früher heroinsüchtig. Die Entziehungskuren und die Medikamente hatten ihre Spuren hinterlassen.«

Delmas überrascht sich bei dem Gedanken, dass es absurd wäre, sich seine Chancen zu verbauen, indem er ihr von den Zweifeln seines Teams an den Umständen von Nicolas' Tod erzählt, ein alkoholabhängiger Ehemann hinterlässt vielleicht weniger Trauer als ein ermordeter Ehemann.

»Weißt du, alle Seeleute trinken mehr oder weniger.«

»Und die Polizisten?«

Keine Antwort.

Der Anblick der Küste beim Anflug auf Istanbul zieht sie in ihren Bann und bringt sie zum Schweigen.

Am Flughafen wartet ein Attaché auf sie und ein Wagen des französischen Konsulats. »Alles ist bereits in die Wege geleitet, seien Sie unbesorgt, es wird keine Probleme geben.«

Mit aufgerissenen Augen durchqueren sie einen großen Teil der Stadt. Im Leichenschauhaus Identifikation der Leiche, Catherine vergießt ein paar Tränen. Polizeirevier, der Attaché übersetzt hin und wieder, mehrfaches Unterschreiben. Dann Bestattungsinstitut, Überführung des Leichnams, das Konsulat gewährt eine finanzielle Unterstützung. Das war's für heute. Der Wagen des Konsulats bringt sie ins Taksim-Viertel und setzt sie vor einem anständigen Hotel ab, in dem Zimmer für sie reserviert sind. Auf der Dachterrasse trinken sie einen Whisky und betrachten großäugig die Silhouetten der Moscheen, Kuppeln und Minarette, die sich auf der anderen Seite des Goldenen Horns vor einem Sonnenuntergangshimmel abzeichnen, den Topkapi-Palast, der sich vom Hügel bis hinunter zum Meer erstreckt, die dunkle Masse der Altstadt, die in einer lichtlosen Nacht versinkt. Die Rufe zum Gebet kommen im Wechsel von allen Seiten. Catherine weint, ohne zu wissen, warum, Delmas nimmt ihre Hand, legt dann den Arm um sie. Sie schlafen auf den Liegestühlen ein, ihr Kopf an seiner Schulter.

8

Samstag, 17. März 1973

Samstagmorgen, Marseille

Am frühen Morgen leiten drei Teams vom SRPJ gleichzeitig drei Hausdurchsuchungen ein. Ein Commissaire der Kriminalpolizei hat Pieris Privatwohnung übernommen, Grimbert »erledigt« die von Simon, Daquin hat sich die Büros der Somar vorbehalten.

Kurz nach acht Uhr morgens, wenn die Büros normalerweise öffnen, versammelt sich ein Dutzend Polizisten des SRPJ vor der Tür zum Gebäude der Somar. Die Polizisten drücken einander die Hand. Überraschung, ein Unbekannter stößt zu der Gruppe und stellt sich vor:

»Inspecteur Principal Tricot, Drogenfahndung Marseille.«

»Wer hat Sie aufgefordert herzukommen?«

»Offensichtlich haben sich unsere beiden Chefs vom Drogendezernat und vom SRPJ darauf geeinigt, und ich habe gestern Abend den entsprechenden Befehl erhalten.«

»Wie hat die Drogenfahndung von der Hausdurchsuchung erfahren?«

»Keine Ahnung. Sicher über Ihren Chef.«

»Woran sind Sie interessiert?«

»Alles, was mit Drogengeschäften mit den Vereinigten Staaten zu tun haben könnte. Unseren Akten zufolge ist Pieri letztes Jahr zweimal dort gewesen und hat sich mit Drogenhändlern getroffen, die zu dem Ring gehörten, den wir gerade zerschlagen haben und gegen den demnächst der Prozess eröffnet wird.«

Daquin steckt den Schlag ein. Von den beiden Reisen in die Vereinigten Staaten habe ich gestern durch Thiébaut erfahren, Zufall, Glück. Nichts in unseren Akten. Und die Drogenfahndung, von wem wissen die es, wie, seit wann? Ich bewege mich hier in einer Welt mehr oder minder geheimer persönlicher Verbindungen und Machtnetzwerke, Grimbert erzählt mir davon und andere kennen sich viel besser damit aus als ich. Unbehagen. Gefahr?

»Wir sind uns doch einig, die Brigade Criminelle des SRPJ leitet diese Durchsuchung. Sie sind als blinder Passagier dabei, der Staatsanwalt ist über die Beteiligung der Drogenfahndung wahrscheinlich nicht mal informiert, sorgen Sie dafür, dass es dabei bleibt und er nicht die Gelegenheit nutzt, um das Ganze für juristisch unverwertbar zu erklären. Sie fassen nichts an, Sie nehmen keinen einzigen Ordner mit. Sollten bestimmte Akten Sie interessieren, melden Sie es mir, und Sie können später in unserer Dienststelle Einsicht nehmen.«

Tricot stimmt zu. So scheint es.

Die Gruppe steigt vollzählig in die dritte Etage. Eine Angestellte öffnet, schnell hilflos. Unter den Anwesenden werden die beiden ältesten als Zeugen verpflichtet, dann erteilt Daquin den Männern der Kriminalpolizei Anweisungen.

»Uns interessieren sämtliche Buchhaltungsunterlagen und alle Informationen über die Schiffe, Lieferanten, Kunden, Besatzungen, Routen. Vor allem mit Bezug zur *Santa Lucia*. Das wird nicht einfach, denn die großen Gemeinschaftsbüros der Somar sind chaotisch. Wir müssen alles öffnen, hineinschauen, sortieren, ordnen, auswählen, in Kartons packen, was wir mitnehmen. Und bis zum Ende des Tages fertig sein. Los geht's.«

Daquin streunt von einem Büro zum anderen. Er findet schließlich die kleine Pummelige, von denen seine Inspektoren erzählt haben, die Telefonhörer abnimmt und an Türen lauscht. Enttäuschung. Aus ihr ist nicht mehr herauszuholen, sie ist erst seit kurzem da, als Zeitarbeiterin, um eine langfristig krankgeschriebene Angestellte zu vertreten, und scheint von der Arbeitsweise der Firma keine Ahnung zu haben.

Um zehn Uhr taucht plötzlich Maïté Antoniotti auf. Beim Anblick der allgegenwärtigen Polizeipräsenz in den Büros, der Kartons, die sich zum Abtransport bereit im Eingang stapeln, erleidet sie einen Schwächeanfall. Daquin stützt sie, setzt sie in einen Sessel, den er in die Küche geschleppt hat, bringt ihr ein Glas Wasser und ein feuchtes Handtuch. Er lässt sie nicht aus den Augen, während sie sich mit dem Handtuch das Gesicht abwischt. Immer noch dieselbe Frau, hart. Einzige Veränderung: Ein graues Kleid hat das schwarze vom Vortag ersetzt.

»Was macht die Polizei hier in unseren Räumlichkeiten?«

»Eine Hausdurchsuchung, Madame.«

»Und was genau hoffen Sie zu finden? Leichen im Kühlschrank? Diese Firma ist astrein.«

»Die Nummer eins und die Nummer zwei bei der Somar wurden ermordet. Auf der *Santa Lucia* kommt Kapitän Serreri auf verdächtige Weise ums Leben …«

Bei Serreris Namen steigen Maïté Tränen in die Augen. Sie verbirgt das Gesicht in den Händen und bleibt so für einen langen Moment, ohne sich zu rühren. Zutiefst verletzt. Daquin gibt ihr Zeit, sich zu erholen.

»Möchten Sie einen Kaffee, einen Tee, noch ein Glas Wasser?«

»Nein, nichts. Danke.« Sie nimmt die Hände vom Gesicht, die Tränen laufen nicht mehr, sie hat ihre Beherrschung wiedergewonnen.

Daquin macht weiter. »Sie verstehen doch, dass diese Aneinanderreihung von Todesfällen unser Interesse an der Somar geweckt hat und diese Durchsuchung rechtfertigt.«

»Wo ist der Leichnam von Nicolas? Wer kümmert sich darum?«

»Seine Frau Catherine ist gestern nach Istanbul geflogen, um ihn zu überführen, einer meiner Inspektoren begleitet sie. Ich habe eine Frage an Sie: Wussten Sie, dass Pieri ein Verhältnis mit einem Mann hatte, Pascal Thiébaut?«

Sie zuckt nicht mit der Wimper. Ein Fels. »Was denken Sie denn? Natürlich war ich auf dem Laufenden. Aber ich kenne diesen Thiébaut nicht und ich habe mich nie darum bemüht, ihn kennenzulernen. Das war Maxime Pieris Privatleben. Und auch Sie sollten es respektieren.« Kaum ein Zögern, dann fährt sie fort: »Ich mag Ihre Vorgehensweise nicht. Sie haben sich das Recht genommen, meine und seine Wohnung zu durchsuchen, außerhalb jedes gesetzlichen Rahmens.«

»Moment mal. Die Wohnung von Maxime Pieri wird in diesem Augenblick durchsucht, gleichzeitig mit der Somar. Sprechen Sie davon?«

»Ganz und gar nicht. Am Tag von Maximes Ermordung habe ich hier gearbeitet, wie immer. Wir wurden übrigens sehr spät benachrichtigt, erst gegen Ende des Vormittags. Vielleicht um den Besuchern von seiner und meiner Wohnung Zeit für ihre Aktion zu geben. Ich habe das Büro verlassen, sobald ich von Maximes Tod erfuhr, ich ging nach Hause, und dort stellte ich fest, dass jemand eingedrungen war. Fachmännische Arbeit übrigens, keinerlei Unordnung, aber ich habe mich nicht täuschen lassen. Ich ging zu Maximes Wohnung, um nachzusehen: das Gleiche. Das ist eine inakzeptable Verletzung unserer Privatsphäre.«

»Madame, kein Polizist aus meiner Dienststelle ist am 13. März in Ihre beiden Wohnungen eingedrungen. Wir haben von Maxime Pieris Tod erst am Ende des Vormittags erfahren, offenbar zur gleichen Zeit wie Sie, als der SRPJ Nizza die Information an den SRPJ Marseille weitergeleitet hat.«

Sie zögert noch einen Moment, dann: »Gut. Ich nehme das zur Kenntnis.«

»Haben Sie Anzeige erstattet oder werden Sie es tun?«

Maïté starrt Daquin ein paar Sekunden schweigend an und sagt schlicht: »Nein.«

»Das bedaure ich. Aber es ist natürlich Ihre Entscheidung. Jetzt müssen Sie uns die Schubladen Ihres Schreibtischs aufschließen, Madame, und die von Pieris, andernfalls sind wir genötigt, sie aufzubrechen. Und ich ersuche Sie, in meinem Büro im Évêché vorbeizukommen, um die Fragen zu beantworten, die wir Ihnen stellen müssen.«

»Ich werde Ihnen diese Schubladen aufschließen. Ich sage Ihnen noch einmal, wir haben nichts zu verbergen. Im Anschluss gehe ich nach Hause. Lassen Sie mich in Ruhe, bis ich von Maximes Beerdigung zurück bin, aus seinem Dorf auf Korsika.«

»Calenzana?«

»Genau. Gut unterrichtet für einen Pariser … Ich komme in einer Woche nach Marseille zurück. Wenn Sie mich dann einbestellen, werde ich in den Évêché kommen, ich werde alle Ihre Fragen beantworten, wenn Sie welche haben und wenn ich die Antworten kenne. Sie haben meine Adresse, Sie wissen, wo Sie mich finden.«

»Schön. Dann folgen Sie mir.«

Sie steht auf, kaum eine Spur von der Steifheit des Alters, folgt ihm mit energischem Schritt ins erste Büro, gräbt in den Taschen ihrer Strickjacke, holt ein paar flache, nicht sonderlich komplizierte Schlüssel heraus, öffnet alle Schubladen und Schränke, wiederholt dann die gleichen Handlungen im zweiten Zimmer. Tricot, auf der Türschwelle, beobachtet, hört zu.

Daquin fährt fort: »Bevor Sie aufbrechen, noch eine Frage. War Pieri Ihres Wissens neuerlich in einen Heroinhandel verwickelt, was seine Ermordung vielleicht erklären könnte?«

»Nein, Commissaire, ich sage es klipp und klar, das hatte er weit hinter sich gelassen. Kurz vor seiner Festnahme im letzten Jahr sagte Jo Cesari …« Sie unterbricht sich. »Jo Cesari, einer der berühmtesten Chemiker von Marseille, der sich im Gefängnis umgebracht hat, Sie als Pariser, kennen Sie den?«

»Ja, Madame, ich kenne den Fall Jo Cesari.«

»Nun, Jo war ein Freund von mir, und einige Zeit vor seiner Festnahme sagte er zu mir: ›Das Heroin hat ausgedient, es ist bald vorbei damit. Ich werde nach Südamerika gehen. Ich habe dort einen fetten Vertrag, in Kolumbien. Die Zukunft gehört dem Kokain.‹ Als ich Maxime davon erzählte, sagte er zu mir: ›Er irrt. Die Zukunft gehört weder dem Heroin noch dem Kokain, sie gehört dem Erdöl.‹ Sie sehen also …«

Ein Fels. Brauchte Pieri einen Fels an seiner Seite?

»Glauben Sie, was Madame Ihnen sagt?«, fragt Tricot.

»Ja, und ich habe gute Gründe dafür.«

Die Durchsuchung von Maïtés Büro und des gemeinsamen von Pieri und Simon geht schnell vonstatten, beide Räume sind peinlich aufgeräumt. Alle Akten stecken in Mappen, etikettiert, geordnet.

»Nicht wie in den Zimmern nebenan«, knurrt ein Polizist. »Das hier ist ein wahres Vergnügen.«

Auf dem Schreibtisch kein einziges Papier, eine Schreibunterlage, rechtwinklig zur Schreibtischkante ausgerichtet, ein gläserner Stifthalter mit zwei Kugelschreibern und ein paar

Bleistiften. Danach geht es an die Durchsuchung von Maïtés Büro, die Daquin aufmerksam verfolgt. Dieselbe manische Ordnung. In der mittleren Schublade des Schreibtischs ein Block mit weißem Papier, eine Mappe mit Durchschlag-papier, sorgsam gestapelte Umschläge, zwei Briefmarkenheft-chen, Reservekugelschreiber in einer Plastikhülle und, auf der Mappe mit dem Durchschlagpapier, ein altes Kreuzworträt-selbuch mit abgestoßenen Ecken und vollständig ausgefüllt. Daquin nimmt es amüsiert zur Hand, blättert darin. Er hört, wie Maïté aus dem Flur zu ihm sagt: »Sie brauchen mich hier nicht mehr.«

Und damit geht sie. Er muss lächeln. Die Felsenfrau ist ent-larvt, sie löste Kreuzworträtsel während der Arbeitszeit. Die Schublade wird geschlossen, Inhalt uninteressant, und die Durchsuchung ist kurz darauf beendet.

Von einem benachbarten Bistro aus überwacht Maïté den Abzug der kompletten Polizeitruppe. Dann geht sie zurück zur Somar, überprüft den Inhalt ihres Schreibtischs, vollstän-dig, das Rätselbuch ist noch da, alles ist gut, sie stürzt zum Telefon. Sie braucht über eine Stunde, um sich eine Nummer auf Malta zu beschaffen, während sie ungeduldig von einem Fuß auf den anderen tritt. Gut, ich habe vier Tage in der Hölle verbracht, aber ich hätte früher daran denken müssen, denn das schlagende Herz unseres Systems befindet sich nicht hier, es ist dort, auf Malta. Unsere Tochterunternehmen, die Mival für die Tanker, die Serval für die Finanzkreisläufe, solange die in Sicherheit sind, können die Bullen noch so lange suchen. Hier werden sie nichts finden. Zum Glück sind sie nicht die Hellsten. Schließlich erreicht sie einen gewissen Baldocchino, den Geschäftsführer der Mival. Sie ist nie auf Malta gewesen, hat ihn nie getroffen, ihn aber ein paarmal am Telefon gehabt, zwischen ihnen funkt es absolut nicht. Sein chaotisches Französisch, seine lange Leitung treiben sie zur Verzweiflung. Sie könnte schwören, dass er geweint hat, als sie ihn vor zwei Tagen von Pieris Tod benachrichtigte, und sie war neidisch darauf.

»Die Polizei hat gerade eine Hausdurchsuchung bei der Somar beendet. Es besteht die Gefahr, dass sie auch zu Ihnen kommen, man kann nicht vorsichtig genug sein, Sie müssen alle Unterlagen der Serval und der Mival vernichten. Haben Sie mich verstanden?«

»Ja.«

»Alle Unterlagen. Sie verwahren ausschließlich die Dokumente, die die Zulassung und die Eigentumsverhältnisse der Tanker betreffen. Die bringen Sie in Sicherheit, außerhalb des Zugriffs der Bullen, und Sie lösen das Büro auf. Klar?«

»Klar.«

»In nächster Zeit, sobald hier in Marseille wieder Ruhe eingekehrt ist, komme ich zu Ihnen und wir regeln alles, Gehälter, Abfindungen. Klar?«

»Klar.«

Sie legt auf.

Samstagvormittag, Malta

Auf Malta steckt Baldocchino, ein Mann weit in den Sechzigern, den Schlag ein. Es war klar, dass Pieris Ermordung jede Menge Chaos auslösen würde. Und er weiß sehr gut, dass er unfähig ist, dessen Herr zu werden. Zupackend und zuverlässig, aber nicht schlau. Er fährt daher los, um Theuma zu holen, den Mann beim Schwesterunternehmen Serval, der sich mit seiner Familie gerade zum Mittagessen setzen will, und schleppt ihn ins Büro in der Rue Triq Zekka, das sich

148

Mival und Serval teilen, unnötig, die Kosten in die Höhe zu treiben.

»Setz dich, ich muss mit dir reden, gibt vielleicht einen Notfall. Die Maïté hat angerufen, die Bullen sind bei der Somar, sie will, dass wir alle Unterlagen vernichten.«

»Du hast ihr nichts von dem Genfer Anwalt erzählt, der gestern bei dir war?«

»Eben nicht. Ich mag diese Frau nicht, ich misstraue ihr.«

»Einverstanden, aber eines Tages musst du ihr doch sagen, dass du die Tanker nicht mehr hast, sie wurden verkauft.«

»Ich sitz in der Scheiße. Dieser Anwalt, ich glaube, er hat mich verwirrt. Kreuzt hier auf mit seinem Anzug, seiner Ledertasche, diesen ganzen Papieren mit dem Briefkopf Charbonnier et Fils, Anwälte, Genf. Das sah seriös aus. Du warst nicht da, du bist an so was gewöhnt. Ich bin in Panik geraten. Ich habe nichts kapiert von dem, was er mir erzählt hat. Und jetzt frage ich mich: Was, wenn das alles falsche Papiere waren? Und er ein falscher Anwalt? Was weiß ich denn schon? Verstehst du mein Unbehagen?«

»Moment, beruhige dich.« Theuma öffnet eine Akte, die auf dem Tisch herumliegt, nimmt das erste Blatt und schiebt es Baldocchino hin. »Die Tanker waren Eigentum der Misma, einer Gesellschaft mit Sitz in Curaçao.«

»Mag sein, aber Pieri hat uns nichts gesagt. Ich dachte, er wäre der Besitzer.«

»Pieri hat uns nie etwas gesagt, egal worüber. Ich versuche es zu verstehen.« Zweites Blatt in der Akte. »Die Misma wurde von zwei Personen gegründet und gehört ihnen fifty-fifty. Pieri, da hast du seine Unterschrift. Erkennst du sie?«

»Ja.«

»Und der andere, dessen Namen wir nicht kennen, er wird durch einen Handlungsbevollmächtigten vertreten, Anwalt

Charbonnier. Siehst du die Unterschrift hier und die Stempel? Das wirkt so weit ordnungsgemäß, sind wir uns da einig?«

»Ja. Aber wenn wir seinen Namen hätten, den von dem anderen Eigentümer, wäre mir wohler.«

Theuma übergeht den Einwand. Drittes Blatt.

»Dasselbe. Unterschriften, Stempel, die Kanzlei Charbonnier et Fils in Genf ist Depositär des Gesellschaftsstatuts der Misma, hier hast du es. Schau dir Artikel 6 an, er besagt im Großen und Ganzen, ich fasse zusammen, wenn einer der beiden Gründer ausfällt, gehen alle beweglichen Güter der Misma auf den anderen über. Pieri ist ausgefallen, richtig?« Baldocchino nickt, neuerlich Tränen in den Augen. »Der Anwalt treibt für seinen Klienten die beweglichen Güter ein. Die beweglichen Güter sind die zwei Tanker, schau, das wird in Artikel 1 ausgeführt.«

»Weißt du, die beiden Tanker verkörpern eine Menge Geld, fast eine Million Dollar. Der Typ sagte, er hätte sie schon verkauft, an ein Unternehmen auf Zypern. Stell dir das vor, nur drei Tage nach Pieris Tod.«

»Na schön, er ist kein Gefühlsmensch.«

»Das kannst du laut sagen.«

»Andererseits, was soll ein Genfer Anwalt mit Tankern anfangen? Er kann sie nur verkaufen. Das ist logisch.«

»Eine Sache stört mich. Pieri wird am 13. März ermordet, wir werden am 14. abends von Maïté benachrichtigt. Der Anwalt taucht hier am 16. auf, er kommt aus Genf, es gibt nicht viele Flüge zwischen Malta und Genf …«

»Vielleicht ist er mit einem kleinen Privatflugzeug gekommen?«

»Vielleicht. Er hat die Tanker schon verkauft. Zwei Tanker, das ist doch was anderes als ein Paar Schuhe. Wer hat ihn benachrichtigt? Nicht Maïté, nicht die Bullen, nicht wir.

Also wer? Und wann? Ich habe nicht gut reagiert, als er sagte, das wäre als Vorgehensweise ganz normal, er käme nur die Unterlagen abholen, nichts Gravierendes, im Grunde hätte ich, bevor ich sie ihm gebe, in Marseille anrufen müssen, bei der Somar.«

»Aber wen bei der Somar? Wir hatten immer nur mit Pieri Kontakt. Maïté? Die hat damit nichts zu tun. Der Eigentümer der Tanker war Pieri, schau doch hin, sein Name steht in den Unterlagen, nicht der der Somar. Die Somar ist nur ein Verbindungsglied. Die Leute von der Somar haben die Navigationsbefehle übermittelt, aber sie sind in den Papieren nirgends erwähnt. Und wenn Maïté hier auftaucht, um uns herumzukommandieren, antworten wir ihr, dass sie uns nichts zu sagen hat.«

»Ja, aber wenn wir, wie sie gesagt hat, alle Unterlagen der Mival vernichten, und die der Serval übrigens auch, riskieren wir, dass Leute herkommen und Rechenschaft von uns verlangen, wir können dann nicht Rede und Antwort stehen, wir riskieren einen Riesenärger. Riesenärger mit aller Welt.«

»Gut möglich, dass es Maïté in den Kram passt, wenn wir Ärger haben.«

»Wir haben immer nur getan, was Pieri uns gesagt hat.«

»Wenn wir die Unterlagen behalten und die französische Polizei auftaucht, bekommen wir auch Ärger.«

»Weißt du was? Wir werfen nichts weg, wir packen alles zusammen, verstauen es in Kartons, lösen das Büro auf, wie sie gesagt hat, und verstecken die Kartons woanders. Für den Fall des Falles …«

»Gute Idee. Das machen wir. Und zwar sofort. Fang an aufzuräumen, ich besorge Kartons.«

Daquin und Grimbert treffen sich am späten Nachmittag im Évêché, um eine kurze Bilanz der Hausdurchsuchungen zu ziehen. Grimbert fängt an.

»Simons Wohnung ähnelt eher einer Zweitwohnung als einem Hauptwohnsitz. Wenig Geschirr, Kleidung, persönliche Gegenstände, was Madame Simons Aussage untermauert. Eine andere Sache, die Ihnen nicht gefallen wird: Wir haben einen Mitgliedsausweis des SAC gefunden, Trikolore, Foto, ausgestellt auf Simons Namen. Kein Irrtum möglich. Wir haben den Ausweis und seine Terminkalender beschlagnahmt. Wenn nötig, werde ich sie kurz durchsehen.«

Daquin sackt in seinem Sessel zusammen. »Um hier in Marseille zu überleben, muss man einstecken können. Ich habe diese Geschichten nie genauer verfolgt, ich habe eine recht vage Vorstellung vom SAC. Der blinde Fleck des Gaullismus, eine Geheimagenten-Handlangertruppe des Generals, anfänglich gegen die Untergrundbewegung OAS, dann Umschulungszelle für Französisch-Algerien-Anhänger, entwickelte sich mit der Zeit zu einem äußerst handfesten Ordnungsdienst, Gangster, die der zerfallenden gaullistischen Partei als Männer fürs Grobe dienten, eine Art allzeit gewalttätige Miliz. Was ist der SAC hier in Marseille?«

»Wenn ich es undifferenziert ausdrücken darf: Der Marseiller SAC ist ein Machtnetzwerk, das nicht im Geheimen agiert, sondern unterirdisch …«

»Davon gibt es ja in Marseille noch ein paar andere, wenn ich recht verstanden habe.«

»Genau, und das ist auch der Grund, warum er an der Côte so gut gedeiht: Er entspricht der Lokalkultur. Beim SAC in Marseille finden sich mehrheitlich Angehörige der Sécurité

Publique, praktisch keine von der Kriminalpolizei, und ein paar Banditen. Was sie alle zusammenhält, ist wahrscheinlich ein alter Rest Französisch-Algerien, Verbindungen zur Françafrique, für einige die Gelegenheit, Geschäfte zu machen, von denen andere ein paar finanzielle Krumen zu erhaschen hoffen. Und vor allem reichlich Verbitterung, Frustrationen, enttäuschte Ambitionen. Ehrlich gesagt, Commissaire, als ich neulich in der *Garage* die Kollegen von der Sécurité Publique auf Simons Gedächtnis habe anstoßen sehen, habe ich den Geruch des SAC gewittert, aber ich konnte mich nicht entschließen, Sie darauf anzusprechen.«

»Ich versuche zu verstehen. Die Guérinis, und damit Pieri, interessieren sich für die Geheimdienste. Sie halten Absprachen und Informationsaustausch für unerlässlich, um den Drogenring zu leiten. Richtig?«

»Richtig.«

»In dieser Hinsicht ist Simons Anwesenheit bei der Somar gerechtfertigt, falls er den Geheimdiensten angehört und solange er ihnen angehört. Aber der SAC, dieser Haufen eher hirnloser Muskelprotze, kann den Guérinis schnurzegal sein, sie haben alles Nötige im Haus.«

»Immer noch richtig. Der Ausweis des SAC wird jährlich erneuert. Der von Simon ist von 1973, wir wissen nicht, seit wann er zum SAC gehört. Die Geheimdienste stecken derzeit in einer heftigen Krise, das weiß jeder. Als Pompidou General de Gaulle verdrängt und seinen Platz als Präsident der Republik eingenommen hat, hat er in den Geheimdiensten kräftig aufgeräumt. Die alten Gaullisten wurden allesamt geschasst und durch Pompidou-Getreue ersetzt. Ganz zu schweigen vom plötzlichen Richtungswechsel in der Drogenpolitik ab 1971. Vorher hieß es, sich einigen und teilen. Danach ist es der Krieg gegen die Drogen. Neuerliche Säuberung der

Geheimdienste, diesmal trifft es alle, die mit den Drogengeschäften zu tun hatten. Es kann durchaus sein, dass Simon bei einer dieser Säuberungen aus dem SDECE entfernt wurde und aus Groll dem SAC beigetreten ist. Eine Geschichte von Größe und Niedergang.«

»Er brachte nicht den Mut auf, es seiner Frau zu sagen. Und da Pieri sich in Freundschaft mit ihm verbunden hatte, bezahlte er ihn weiter.«

»Sie könnten Romane schreiben.«

»Ich bin noch ein bisschen jung, aber eines Tages im Ruhestand, wer weiß …«

»Prosaischer ausgedrückt, man könnte ihn unter Gehaltsfortzahlung aufs Abstellgleis geschoben haben. Jedenfalls verstärkt dieser SAC-Ausweis meine Vorbehalte dagegen, den SDECE in den Mittelpunkt unserer Ermittlung zu stellen. Es mögen ein paar ehemalige Angehörige des SDECE beim SAC sein, aber ich glaube nicht, dass sich unter den aktiven Offizieren des SDECE SAC-Mitglieder finden. Können Sie mir folgen?«

»Voll und ganz … Bevor ich Ihnen von der Durchsuchung bei der Somar erzähle, ein Wort über die in Pieris Wohnung. Das Protokoll klingt hohl, es hinterlässt bei mir den seltsamen Eindruck, dass Pieri nicht wirklich dort gewohnt hat. Das passt mir nicht. Ich werde sehen, was ich damit anstelle. Jetzt zur Somar: Wir haben viele Unterlagen beschlagnahmt, also liegt viel Arbeit vor uns. Keine besonderen Schwierigkeiten, aber zwei beunruhigende Details. Zum einen die Anwesenheit der Drogenfahndung, Inspecteur Principal Tricot. Kennen Sie ihn?«

»Nein. Bestimmt ein Pariser.«

»Wer sie in Kenntnis gesetzt hat, bleibt ein Rätsel. Worauf sie aus waren, hat Tricot mir nicht verraten. Zum anderen hat sich Maïté Antoniotti, die den ganzen Vormittag über anwesend war, über illegale Hausdurchsuchungen in ihrer und in Pieris Wohnung am Morgen des Mordes beschwert.«

Grimbert überlegt einen Moment. »Glaubwürdig, die Maïté?«

»Vielleicht. Wahrscheinlich. Wer weiß …«

»Wie denken Sie darüber?«

»Die Drogenfahndung oder die Amerikaner oder beide suchen etwas. Aber was?«

»Wir sind Lichtjahre von einer Abrechnung im Milieu entfernt. Das ist spannend.«

»Finden Sie? Ich fühle mich, als würde ich ein Gelände voller Treibsand durchqueren. Mit jedem Schritt sinke ich tiefer ein, ich warte auf die nächste Flut, die mich wieder nach oben spülen wird.«

»Solange Sie auf die Flut warten, schauen Sie sich das Foto von dem Mann an, der Maïté bei der Trauerfeier gestern begleitet hat. Ich habe immer noch das gleiche Gefühl – dass ich ihn vage kenne, aber nicht einordnen kann.«

»Ein Mann aus dem Guérini-Clan?«

»In Anbetracht seiner Platzierung im Saal ist das wahrscheinlich.«

»Sie könnten es Ihrem Freund Casanova zeigen, dem wandelnden Gedächtnis der Drogenfahndung. Er ist ihm vielleicht mal begegnet.«

»Daran habe ich auch schon gedacht.«

»Tun Sie es, danach sprechen wir noch mal darüber. So, die Kisten mit den Akten sind da, wir haben an Ort und Stelle vorsortiert. Ich übernehme alles, was mit den Routen der Frachter zu tun hat, und werde mich in erster Linie für die *Santa Lucia* interessieren, klar. Sie knöpfen sich die Buchhaltung vor, Delmas greift Ihnen unter die Arme, sobald er zurück ist.«

»Ich habe schon die Abteilung für Finanzdelikte kontaktiert, einer der beiden Ermittler, aus denen sie besteht, ist bereit,

mir zu helfen. Und ich okkupiere für ein paar Tage einen kleinen Besprechungsraum, um mich etwas mehr ausbreiten zu
können als in unserem Büro.«

»Perfekt. Das Material, über das wir verfügen, ist umfang-
reich. Das beschleunigte Verfahren lässt uns nur noch gut
zehn Tage. Laut seiner Ehefrau hat Frickx geschäftlich mit
Pieri zu tun. Simon wartet das Treffen mit ihm ab, ehe er den
Angestellten der Somar mitteilt, wie es mit der Firma weiter-
geht. Frickx verabredet mit Simon den Termin, bei dem Letz-
terer getötet wird, er hält sich in der Nähe des Tatorts auf und
verschwindet ins Ausland, bevor wir ihn befragen können. Ich
bin daher der Meinung, dass er zum Kern unserer Ermittlung
gehört und dass es für uns vorrangig ist, seine Spur im Archiv
der Somar zu suchen und zu finden. Geben wir uns ein bisschen Zeit und treffen uns Dienstagmorgen wieder.«

Samstag, Istanbul

Catherine beschließt, die Behördengänge hinter sich zu
bringen, immer in Begleitung des Konsulatsattachés, und
beauftragt Delmas, Nicolas' persönliche Habe auf der *Santa
Lucia* abzuholen. Sie will von diesem verfluchten Schiff lieber
nichts wissen, und dieses Arrangement kommt Delmas sehr
zupass. Er läuft zu Fuß hinunter zum Hafen von Salipazari,
dem Ufer des europäischen Viertels am Bosporus, und hat
die *Santa Lucia* ziemlich bald gefunden. Er geht an Bord,
wo ihn ein überaus freundlicher Polizist in Empfang nimmt,
der sich einigermaßen auf Französisch verständigen kann.
Delmas stellt sich vor, die beiden Männer tauschen einen
virilen Händedruck. Der Türke schildert, soweit er kann,
die Umstände des »bedauerlichen Unfalls«. Die Leiche, die

im Morgengrauen aus dem Wasser gefischt wurde, die leere Whiskyflasche in der Kajüte. Das einzig Ungewöhnliche, das es zu vermelden gibt: Zwei Matrosen, die vor zwei Monaten in Istanbul auf der *Santa Lucia* angeheuert hatten, sind nach dem Tod des Kapitäns verschwunden. Die Besatzung ist daher auf drei Matrosen geschrumpft, die bis zum Auslaufen des Schiffes im Schlafraum festgesetzt wurden. Aber keine Sorge, die Mannschaft ist groß genug, um den Frachter bis nach Marseille zu bringen.

»Für wann ist die Abfahrt geplant?«

»Morgen? Übermorgen? So schnell wie möglich.«

Delmas bittet, Einsicht ins Bordbuch nehmen zu dürfen. Auf den letzten Seiten entdeckt er:

13.03.73 10h25 GMT Funkkontakt Somar-Simon. Tod Pieri +. Zwischenstopp Istanbul bestätigt. Dann Kurs Marseille.

Delmas prägt es sich ein, blättert dann mit zerstreuter Miene ein paar Seiten um, stößt auf die Spur der Matrosen, die zwei Monate zuvor an Bord gekommen sind, keine weiteren Angaben. In dieser Hinsicht nichts zu holen. Er bittet darum, das Schiff besichtigen zu dürfen.

»Nein, nicht möglich. Es wird Tag und Nacht von der Polizei bewacht, kein Zutritt erlaubt.«

»Und die Kapitänskajüte, um seine persönlichen Sachen zu holen?«

»Ja, das ist vorgesehen, ich bringe Sie hin.«

Delmas stopft die Kleidung und die Toilettenartikel des Kapitäns in einen großen Seesack. Ein paar Bücher, Nicolas liebte Gedichte. Ein handgeschriebenes Heft. Delmas schlägt es auf, stößt auf die Huldigung an Pieri, schiebt das Heft in seine Tasche, schließt den Sack, schultert ihn, grüßt den türkischen Polizisten und kehrt zum Hotel zurück.

Am Abend sind alle Formalitäten erledigt, die Abreise von Catherine und Delmas ist für den folgenden Tag geplant. Der Attaché empfiehlt ihnen, in einem Restaurant zu Abend zu essen, das in einer der großen Zisternen eingerichtet wurde, die in der Antike die Versorgung von Byzanz mit Wasser sicherstellten. Es liegt nur ein paar Schritte von der Hagia Sophia entfernt im Herzen der antiken Stadt. Sie fahren mit dem Taxi hin, ohne zu wissen, was sie erwartet. Sie betreten einen riesigen, dunklen Raum, Kolonnaden aus kapitellgekrönten Säulen stützen endlose Reihen von Ziegelsteinkuppeln. Am Fuß jeder Säule ein Lichtstrahl, der sich zu den Kuppeln hin verliert. Eine dünne Schicht schwarzen Wassers am Boden reflektiert die Lichter und gräbt den Raum ins Unendliche. Catherine und Delmas klammern sich verstört aneinander. Ein Kellner nimmt sich ihrer an und führt sie zu einem erhöht liegenden Teil des Gebäudes, wo sehr schwach beleuchtete Tische aufgestellt sind. Raffinierte türkische Küche. Sie essen ohne ein Wort, im Zustand des Staunens, ihre Beine unter dem Tisch eng verschlungen. Als der Nachtisch kommt, ein ganzes Sortiment an Lokum und süßem Gebäck, taut Catherine auf, sie ist eine Naschkatze, sie spricht mit sehr leiser Stimme, um die unter den Gewölben schlafenden Dämonen nicht zu wecken.

»Nicolas war ein äußerst verschlossener Mann, mit Trinkanfällen und seltenen, aber manchmal sehr heftigen Wutausbrüchen. Nicht nur mir gegenüber. Es ging so weit, dass er sich mit Jo dem Armenier entzweit hat, dem Mann, den er als seinen Bruder betrachtete, sie hatten viele gemeinsame Erinnerungen. Nicolas verbrachte viel Zeit mit Jo, wenn er von seinen Reisen zurück war. Und urplötzlich letzten Herbst, am Ende eines Nachmittags, den sie gemeinsam zu Hause mit Trinken verbracht hatten, hat er ihn rausgeworfen und mir verboten, ihn je wieder ins Haus zu lassen, nicht mal in seiner Abwesenheit. Er hat ihn nie wiedergesehen. Ohne mir irgendeine Erklärung dafür zu geben.« Sie zögert, sagt schließlich: »Ich war nicht glücklich mit Nicolas.«

Dann wählt sie ein Lokum mit Rosenwasser.

Sie gehen zu Fuß zurück zum Hotel, Hand in Hand, ein langer Spaziergang durch die Nacht, Überquerung des Goldenen Horns. In der Empfangshalle des Hotels fängt Catherine wieder an zu weinen. Delmas begleitet sie bis zu ihrem Zimmer, küsst ihre Augen, leckt mit der Zungenspitze die Tränen von den runden Wangen, von den Lippen, das Verlangen schmeckt nach Salz, und er schläft mit ihr voller Mitgefühl.

9

Freitag, 16. und Samstag, 17. März 1973

Freitagnachmittag, St. Moritz

Der Privatjet landet auf dem Flughafen Samedan, eine einzige Landebahn, auf 1700 Metern Höhe zwischen Schneefeldern und granitenen Felsspitzen in eine Talsohle geklemmt. Ein großer Geländewagen hält vor der Gangway. Kaum hat sich die Flugzeugtür geöffnet, rennt Frickx die Treppen hinunter, steigt auf der Beifahrerseite in den Wagen, wirft seinen Koffer auf die Rückbank, kurze und herzliche Umarmung mit dem Fahrer, Parviz Malekeh, der iranische Freund.

Malekeh ist Besitzer von Chromminen im Iran. Frickx hat 1967 sofort nach seiner Ankunft in Mailand Kontakt zu ihm aufgenommen. Er hat seiner Produktion neue Absatzmärkte erschlossen, hat Kreditgeber gefunden, um die schrittweise Modernisierung seiner Anlagen zu ermöglichen, und dem explosionsartigen Anstieg seiner Gewinne Beifall gespendet. Die beiden Männer sind Freunde geworden, sie haben dieselben Interessen, dieselben Vorlieben, dieselben Gelüste.

Die Investition zahlt sich aus. Malekeh ist ein persönlicher Freund des Schahs, er hat mit ihm einige Jahre seiner Jugend in einem Schweizer Internat verbracht. Logisch, dass er als dynamischer Unternehmer einer seiner Wirtschaftsberater wird. Die iranische Wirtschaft, das ist Erdöl. Er ist der glühendste Fürsprecher des Geschäfts, in dem Frickx heute unterwegs ist.

»Keine zehn Kilometer bis St. Moritz. Bist du auch nicht zu erschöpft?«

»Nein. Alles fügt sich reibungslos aneinander, kein Grund, erschöpft zu sein. Und wie läuft es hier?«

»Eher gut. Dein Treffen mit dem Schah wurde vor einer Woche vereinbart. Die Bestätigung hat auf sich warten lassen. Ich habe mir schon Sorgen gemacht, aber gestern ist sie schließlich gekommen.«

Frickx muss lächeln. »Gestern war Donnerstag … Nein, kein Grund, sich Sorgen zu machen. Ich habe erst gestern die letzten Details meines Dossiers unter Dach und Fach gebracht. Der Schah ist vorsichtig und sehr gut informiert, mehr nicht.«

Sie treffen vor dem Palace Hotel ein, einem Koloss.

»Der Sekretär des Schahs hat ein Zimmer für dich reserviert, man wird dich zuvorkommend empfangen. Du musst morgen in Form sein, ruh dich aus.« Malekeh holt ein goldenes Etui aus der Innentasche seines Blousons und hält es Frickx hin. »Nach Hotelsauna und -schwimmbad ein paar Zigaretten mit einer besonderen libanesischen Grasmischung, die ich dir selbst zusammengestellt habe, du rauchst das hübsch im Warmen auf deinem Zimmer, und Seligkeit ist garantiert. Denn ich warne dich, St. Moritz ist ein winziges Dorf, nichts bleibt verborgen, du verzichtest besser auf St. Moritz by night, der Schah ist sehr streng, wenn er mit Familie reist.«

Frickx steckt das Etui mit einem Lächeln ein. »Danke für die Warnung.«

»Gut. Du triffst den Schah morgen um sechzehn Uhr dreißig in der Villa Suvreta. Nach seinem Skitag. Auf einen Tee oder eine heiße Schokolade, vermute ich. Der Flieger bringt dich Sonntagmorgen nach Mailand zurück. Nachts starten keine Flugzeuge in Samedan, die Berge sind zu dicht. Morgen treffen wir uns hier um vierzehn Uhr wieder, ich werde deine Notizen mit dir durchgehen. Ich spiele mit großem Einsatz bei diesem Geschäft, Michael.«

»Ich auch, Parviz. Sei nicht so nervös. Bis morgen, und danke für die Zigaretten. Eine feinsinnige Aufmerksamkeit.«

Frickx nimmt seinen Koffer und verschwindet im Hotel. Farbiger Marmor und wertvolle Hölzer, wo immer man sie unterbringen konnte, Kassettendecken, Wandteppiche, reich verzierte Möbel, es ist wahrhaftig ein Palast. Frickx zeigt kein Interesse an diesem Dekor. Er befolgt Malekehs Ratschläge, Sauna, dann Schwimmbad, dann Abendessen auf seinem Zimmer, Käseomelette und Strudel. Eine Sportlermahlzeit. Im Bademantel streckt er sich auf dem übergroßen Bett aus, ertrinkt halb in einem Federbett, plötzlicher Druckabfall, die nervöse Anspannung löst sich mit einem Schlag auf. Sechs Tage Dauerlauf, Schlag auf Schlag, alles im Griff haben: das Vorgesehene, das Unvorhergesehene, den Tod, keine Ruhepause. Unmöglich innezuhalten, ehe er den Vertrag mit dem Iran in der Tasche hat. Vielleicht selbst danach unmöglich innezuhalten. Plötzlich taucht Pieri auf, Emily an seinem Arm, oben auf den Stufen des Casinos … Stopp. Frickx streckt die Hand zum Nachttisch aus, greift das Etui mit den Zigaretten, steckt die erste an, der Geschmack ist gleichzeitig herb und süß. Nach den ersten Zügen hebt er ab. Sicher die Müdigkeit. Er lacht. Die Toten zu vergessen ist leicht.

Samstagmorgen, Cap Ferrat

Emily wacht langsam auf. Wohlgefühl. Keine Spur mehr von den Schlafmitteln, Tranquilizern und sonstigen Schweinereien, die sie die letzten Tage in sich hineingeschüttet hat. David, seine Arme, die sie ins Badezimmer tragen, das laufende Wasser, seine zärtlichen Gesten, um ihre Haare zu trocknen. Sie lächelt, reckt sich. Rückkehr des Schattens von

Pieri. Tot. Stechender Kummer im Bauch. Lass dich nicht gehen. Du schaffst es ohne ihn. Sie steht auf, geht zum Fenster, schiebt die Vorhänge zur Seite. Blauer Himmel, blaues Meer, wie immer. Auf der Terrasse unter dem Fenster ist der Frühstückstisch gedeckt. Zwei Tassen aus kostbarem Porzellan, die David aus den Tiefen des Geschirrschranks ausgegraben haben muss, zwei Teller, Gläser, Besteck, ein Strauß weißer Blumen. Er hat für unsere Begegnung ein Bühnenbild geschaffen. Ein Krug Obstsaft, Milchbrötchen, Butter, Marmelade, ein Korb mit Früchten. Ich habe Hunger. David döst ausgestreckt auf einem Liegestuhl, das Gesicht der Sonne zugekehrt. Hunger auf deine Lippen. Sie zieht ein langes T-Shirt über und geht nach unten, auf nackten Füßen, geräuschlos. Sie stellt sich neben seinen Liegestuhl, betrachtet David, beugt sich dann hinunter, ihr Mund auf seinem, folgt mit der Zungenspitze der Kontur seiner Lippen, kostet sie, beide Hände auf seine Schultern gestützt. David fährt aus dem Schlaf hoch. Sie richtet sich lächelnd auf.

»Davon habe ich heute Nacht geträumt. Bleib sitzen, ich gehe Tee kochen.«

Als sie mit der Teekanne zurückkommt, sitzt David am Tisch, aufrecht in einem Sessel, um sein Gleichgewicht wiederzufinden.

»Leicht, wie immer?« Sie stellt die Kanne ab und küsst seinen Nacken, ehe sie sich setzt. Sie spürt, wie er erschauert. »Wir frühstücken und danach gehen wir schwimmen.«

»Hast du das auch mit Pieri gemacht?«

Sie sieht ihn an, sprachlos. »Bist du vollkommen verrückt?« Ein Zögern. »Außerdem kannte ich Pieri kaum.«

Der Satz klingt falsch, sagt sich David.

Kaum hat sie das letzte Stück Brötchen mit Bitterorangenmarmelade heruntergeschluckt und die letzte Tasse Tee getrunken, steht Emily auf, David tut es ihr nach. Sie gehen auf einem sehr steilen Pfad hinunter zum Meer. In der ersten Morgenwärme duftet die Luft nach Pinien. Emily nimmt Davids Hand, der sich losmacht, stehen bleibt, ihr ins Gesicht sieht.

»Weißt du wirklich, was du da tust?«

»Ja. Ich weiß es sehr genau.«

»Es ist keine gute Idee.«

Mit einer einzigen Bewegung zieht Emily ihr T-Shirt aus. »Von welcher Idee redest du?«

Da ist sie, steht vollkommen nackt vor ihm, strahlend, wie er es sich immer erträumt hat, wie er sie nie gesehen hat, die Sonnen- und Schattenflecken meißeln ihren Körper, ihren Hals, ihre Schultern, ihre Brüste in der richtigen Größe für seine Männerhände, die braunen Höfe, das fast schwarze, dichte Schamhaar, die langen, etwas schweren Schenkel, eine im Boden verankerte Frau. Er ringt nach Luft, um ihr zu sagen, dass sie das nicht darf, dass es gefährlich ist, aber er hat keine Stimme und dann versucht er es nicht mehr. Er beugt sich vor, hebt sie in seine Arme, läuft fast rennend den Pfad zum Meer hinunter, legt sie auf eine der Strandmatten, die zwischen den Felsen herumliegen, wirft sich auf sie, küsst ihren Hals, ihre Wangen, ihre Lippen, beißt stöhnend hinein. Sie lacht.

»Kein schneller Sex, mein schöner Cousin. Lass mich dich ansehen.«

Sie zieht ihm das Hemd aus, zeichnet mit dem Fingernagel die Linien seiner harten Muskeln nach, sucht nach den Spuren des Jugendlichen, den sie gekannt hat, hält bei den aufgerichteten Brustwarzen inne. Unter der linken Brust das längliche Mal einer oberflächlichen Brandwunde, sie fährt mit dem Finger darüber, die Haut ist an einigen Stellen rissig, sie küsst sie. Sie legt ihre Hände an die Schläfen des Mannes, nimmt seinen Kopf und führt ihn zu ihren Brüsten, ihrem Geschlecht. Sie spürt das Blut in ihren Handflächen pulsieren.

Samstagnachmittag, St. Moritz

Malekeh ist wie verabredet gekommen, und die beiden Männer sitzen an einem Tisch auf der Hotelterrasse und trinken im Angesicht der Berge einen Espresso. Frickx ist weit entspannter als Malekeh.

»Wovor hast du Angst? Ich verstehe das nicht.«

»Vor einem groben Schnitzer, der Seine Majestät verärgert und die ganze Sache ins Wanken bringt.«

»Vertraust du mir nicht?«

»Das ist nicht die Frage. Die Situation ist dermaßen kompliziert, dass du jederzeit in eine Falle tappen kannst.«

»Na los, halt mir deinen Vortrag, du brennst doch darauf.«

»Wir Iraner führen eine Schlacht an zwei Fronten. Mindestens zwei. Wir gehören zur vereinigten Front aller erdölexportierenden Länder, die sich ab 1960 in der OPEC zusammengeschlossen haben, um gegen die Diktatur der großen Ölgesellschaften zu kämpfen, gegen ihr Monopol auf die Förderung und den Verkauf unseres Erdöls. Wir verlangen, dass sie unsere Interessen berücksichtigen und uns korrekt bezahlen.«

»Ich bin darüber im Bilde.«

»An dieser Front haben wir die erste Schlacht gewonnen, wir haben die Ölgesellschaften gezwungen, die OPEC anzuerkennen und mit ihr zu verhandeln statt mit jedem Staat einzeln. Und das war nicht einfach.«

»Ich weiß.«

»Wir haben die nächste Schlacht eröffnet: eine allgemeine Erhöhung der Preise.«

»Da erzählst du mir nichts Neues.«

»Aber es gibt noch eine zweite Front, innerhalb der OPEC, der Kampf eines jeden um die Hegemonie in der Organisation. Wir Iraner befinden uns im Krieg gegen alle Araber. Auf der einen Seite Saudi-Arabien, Beduinen, die an den Rockschößen der Amerikaner hängen. Und auf der anderen Seite die mehr oder minder nasseristischen revolutionären Neuankömmlinge, Gaddafi, Boumedienne. Die wollen die Erdölförderung verstaatlichen, wir fürchten sie wie die Pest. Diese Schlacht wird von dem gewonnen, der den bestmöglichen Kompromiss mit den Ölgesellschaften aushandelt.«

»Auch das weiß ich, es ist allseits bekannt.«

»Unser Projekt wurde konzipiert, um einen dritten Weg zwischen den beiden Blöcken zu finden, den Pro-Amerikanern auf der einen Seite und den Nasseristen auf der anderen. Von den Ölgesellschaften mehr und Besseres zu bekommen als unsere Nachbarn, würde uns in der OPEC mehr Gewicht verleihen. Die Gesellschaften geben einen Teil des Öls, das sie produzieren, an die Länder zurück, in denen sie es produzieren. Wir haben gekämpft, um eine Fifty-fifty-Aufteilung zu erreichen und inzwischen eine von 55 Prozent für uns und 45 Prozent für sie. Das ist geschafft. Aber diese Aufteilung ist derzeit reine Theorie, denn von unseren 55 Prozent bekommen wir nichts zu sehen. Dieses Erdöl wird weiterhin von den Ölgesellschaften verkauft, zu Preisen, die sie geheim halten, im Anschluss überweisen sie uns unseren Anteil, wobei sie uns schamlos betrügen, denn wir haben keinerlei Kontrolle.

Daher unsere Idee: Diese 55 Prozent, die uns gehören, werden wir selbst verkaufen. Unser Slogan lautet: ›Wir vertrauen dem Markt.‹ Die amerikanische Regierung ist wütend, aber sie hält den Mund. Die Ölgesellschaften ihrerseits drohen damit, unser Erdöl zu boykottieren. Sie sind überzeugt, dass sie uns daran hindern können, es zu verkaufen, wenn sie es beschließen. Wir nehmen die Drohung ernst, denn sie haben das schon einmal getan und uns in die Knie gezwungen ...«

»Das war 1951, Parviz, als Mossadegh Premierminister war, der Schah auf der Flucht und die CIA am Drücker. Der Ölmarkt war begrenzt. Die heutige Situation ist ganz und gar eine andere. Es herrscht weltweit ein Durst nach Erdöl ...«

»Möglich, aber wir sind trotzdem traumatisiert. Damit du das verstehst: Alle Verantwortlichen bei der NIOC, unserer staatlichen Ölgesellschaft, haben im Büro ein Porträt von Seiner Majestät dem Schah an der Wand. Und in ihren Schränken ein Porträt von Mossadegh. Wir haben nicht vergessen.«

»Ich werde euer Erdöl für euch verkaufen, das garantiere ich dir. Wenn die Ölgesellschaften sich an einem Boykott versuchen, werden sie eine Bauchlandung machen.«

»Ich rufe dir das alles in Erinnerung, weil der Schah manchmal, oft, argwöhnisch ist. Er kann dir durchaus Fallen stellen, indem er dich auf Saudi-Arabien, die Amerikaner und sogar Mossadegh anspricht.«

»Gehen wir los, Parviz?«

Der Schah empfängt sie in Après-Ski-Freizeitkleidung im Jagdzimmer. Tiefe Kissen vor einem Kamin, in dem ein richtiges Holzfeuer brennt. An der Wand Geweihe von Damwild, Rehen, Rothirschen in industriellen Mengen. Frickx behält sich im Auge, er darf sich erst setzen, nachdem er dazu aufgefordert wurde, und nur das Wort ergreifen, wenn Seine Majestät es ihm erteilt hat …

Der Schah wirkt düster, besorgt, und eröffnet das Gespräch auf unerwartete Weise. »Warum haben Sie dieses Metier gewählt, Monsieur Frickx? Den Handel …«

Frickx lächelt, ein ungezwungenes Lächeln, der eingeübte Gesichtsausdruck eines Mannes, der sein Herz ausschüttet. »Durch Zufall, Euer Majestät. Ich bin mit zehn Jahren nach New York gekommen, und ich war Waise. Meine Tante, die einzige Familienangehörige, die ich noch hatte, kannte einen Angestellten bei CoTrade. Mit dreizehn habe ich dort angefangen, in der Postabteilung, ich hatte es eilig, mein eigenes Geld zu verdienen. Es ergaben sich einige günstige Gelegenheiten. Ich bin immer noch dort.«

»Sind Sie verheiratet?«

»Ja, Euer Majestät, seit 1966. Ich habe Emily Weinstein geheiratet, die Enkelin von Nat Weinstein.«

»Die südafrikanischen Minen?«

»Sehr richtig, Euer Majestät.«

Der Schah wendet sich an Malekeh. »Nat Weinstein war vor zwei Jahren unser Gast in Persepolis, anlässlich der 2500-Jahr-Feier der Iranischen Monarchie. Ein charmanter Mann. Die Diamanten im Diadem der Schahbanu stammen aus seinen Minen. Sehen Sie ihn oft, Monsieur Frickx?«

»Mindestens einmal im Monat, Euer Majestät. Er hat mich mit dem Verkauf der Gesamtproduktion der Südafrikanischen Minengesellschaft betraut, mit Ausnahme der Diamanten, die einen Markt für sich darstellen.«

Der Schah erhebt sich, die beiden anderen tun es ihm nach. Der Schah wendet sich Malekeh zu. »Gute Wahl, mein lieber Parviz. Ich denke, Monsieur Frickx ist der geeignete Mann.«

168

Auf dem Rückweg ist Malekeh schweigsam, hocherfreut über den Ausgang des Treffens, aber wütend über den Verlauf.

Frickx amüsiert sich. »Nun, mein Lieber, strategische Großdebatte? Ausgeklügelte Fallen, um meine Kenntnisse auf dem Gebiet der Erdölpolitik zu prüfen?«

Keine Antwort.

»Es genügt, Weinsteins Schwiegersohn zu sein. Da war ich mir sicher. Wenn du mich fragst, wusste der Schah es schon vor unserer Begegnung und die Frage war reine Formalität. Ihr habt doch nicht den SAVAK, eine der effizientesten politischen Polizeien der Welt, um den Flug der Schmetterlinge zu beobachten.«

Malekeh bekommt die Zähne nicht auseinander. Er setzt Frickx vor seinem Hotel ab und sagt nur: »Morgen um neun Uhr hier.«

Nach einem frugalen Abendessen, man muss in Form bleiben, der Dauerlauf ist noch nicht zu Ende, geht Frickx auf sein Zimmer und schaut auf die Uhr. Eine vertretbare Uhrzeit, um David und Emily anzurufen. David nimmt ab.

»Hallo, David, was gibt es Neues?«

»Emily geht es gut. Sehr gut sogar. Sie ist heute viel geschwommen, sie war müde und ist schon ins Bett gegangen.«

»Hast du dich erkältet?«

»Nein, wieso?«

»Du klingst für mich heiser.«

»Ich bin nicht sicher, ob meine Anwesenheit hier eine gute Idee ist.«

»Natürlich ist sie das. Und die Polizisten?«

»Deine Abreise hat sie überrascht, aber sie sind nicht wieder aufgetaucht.«

»Na, bestens. Hat Emily dir erzählt, was sie mit Pieri zu schaffen hatte?«

»Sie spricht von einer zufälligen Begegnung in einer Kunstgalerie in Villefranche.«

»Kannst du dir Pieri in einer Kunstgalerie vorstellen? Das ist Blödsinn.«

»Die Polizei hat es überprüft und scheint es zu glauben. Auf jeden Fall ist Emily mir gegenüber nicht gesprächig. Ich bin immer noch der Überzeugung, dass das zwischen ihr und Pieri ein mehr oder weniger ausgewachsener Flirt war.«

»Vergiss diese Idee, ich sagte es dir bereits, Emily ist an Sex nicht interessiert.«

10

Sonntag, 18. und Montag, 19. März 1973

Sonntag, Marseille

Bevor er in den Évêché geht, um in die Akten der Somar einzutauchen, ruft Grimbert bei Casanova zu Hause an.

»Ich nehme in der Bar unten bei dir einen schnellen Espresso und lade dich ein. Ich muss dir ein Foto zeigen.«

Der Form halber motzt Casanova ein wenig, aber die Verabredung steht.

Die beiden Männer setzen sich ganz hinten in den Raum, abseits der zu stark frequentierten Terrasse. Grimbert bestellt zwei Espresso.

»Mit einem Tropfen Grappa?«

»Da sag ich nicht nein.«

Dann legt er das Foto auf den Tisch. Es zeigt einen Mann mit rasiertem Schädel, der neben der schwarzgekleideten Maïté steht. Casa versteift sich unmerklich, ohne etwas zu sagen. Grimbert registriert es.

»Dieses Foto wurde während Pieris Trauerfeier aufgenommen. Das Gesicht von dem Kerl sagt mir irgendwie etwas, aber ich weiß nicht, was. Kennst du ihn?«

»Warum fragst du das gerade mich?«

»Weil der Bursche ganz offensichtlich ein Bekannter von Maïté ist. Trauerfeier für Pieri, wahrscheinlich kannte er ihn ebenfalls. Maïté, Pieri, der Guérini-Clan, da ist das Heroin vielleicht nicht fern, und in diesem Fall besteht eine große Chance, dass du ihn kennst.«

Casa lässt sich Zeit, trinkt seinen Espresso mit Schuss in winzigen Schlucken. Er kennt ihn, denkt Grimbert, und die Antwort stürzt ihn in ein Dilemma.

»Ja, ich bin dem Armenier vor einigen Jahren begegnet. Er war sehr jung von zu Hause ausgerissen und wahrscheinlich ins Ausland gegangen. Er kehrte in unsere Breiten zurück, als Pieri wieder auf der Bildfläche erschien, 1959–60. Der hatte Jo im Gepäck und hat ihm einen Job in der Verwaltung der Guérini-Bars und -Bordelle beschafft. Ich weiß nicht mehr, ob er gefixt hat. Pieri hat ihn eine Weile unter seine Fittiche genommen, er sah sich gern in der Rolle des Adoptivvaters.«

Grimbert fragt sich, ob die Rolle des Adoptivvaters bedeutete, dass Pieri mit dem Armenier schlief, aber er behält diese Überlegung für sich.

Casa fährt fort. »Aber ich glaube, sie haben sich dann aus den Augen verloren. Der Armenier gehörte zu den niederen Chargen. Pieri war in der Hierarchie sehr viel weiter oben angesiedelt, Antoine hat ihn fast wie seinesgleichen behandelt.«

»Bars, Bordelle, ich muss dem Kerl mal begegnet sein, als ich noch bei der Streife war.«

»Du erkennst ihn nicht, weil er damals massenhaft schwarze Haare und Koteletten hatte.«

»Ganz genau. Jetzt weiß ich wieder.«

»Was wollt ihr von ihm, von Jo?«

»Nichts. Wir wollten lediglich den Mann identifizieren, der auf dem Foto an Maïtés Seite steht. Das haben wir jetzt, danke, Casa.«

Die Zeit ist knapp, nur nicht trödeln. Daquin geht sehr früh ins Büro und stürzt sich auf die Akten, die die Routen der Frachter betreffen. Er hat von der Somar ein paar Umrisskarten des Mittelmeers mitgenommen. Mit der *Santa Lucia* fängt er an. Der Frachter bleibt auf das östliche Mittelmeer beschränkt, verkehrt zwischen dem Libanon, Zypern und der Türkei. Alle zwei Monate fährt er hoch ins Schwarze Meer, macht Zwischenstopp in Constanţa in Rumänien, mitten in der sowjetischen Einflusszone, löscht dort türkischen Weizen mit Herkunftsort Istanbul und lädt Werkzeugmaschinen mit Bestimmungsort Zypern. Genehmigungen, zahlreiche Ladelisten, übersät mit den vorschriftsmäßigen Stempeln und Unterschriften, alles scheint einwandfrei. Daquin zeichnet die diversen Routen der *Santa Lucia* in Rot auf der Umrisskarte ein, verfolgt dann die von zwei anderen Frachtern: Sie verkehren im ganzen Mittelmeer, machen regelmäßig Zwischenstopp in Marseille und dringen nie in die sowjetische Zone vor. Gänzlich andere Strecken. Er trägt sie in Gelb und Blau auf seiner Karte ein. Man müsste mit allen zehn Frachtern der Somar auf diese Weise verfahren. Das braucht Zeit. Er muss sich in erster Linie auf die *Santa Lucia* konzentrieren. Rumänien, Zypern, mit der Zollbehörde sprechen, aber stark nach Erdöl riecht das nicht. Daquin pinnt seine Mittelmeerkarten an die Wand gegenüber seinem Schreibtisch und nimmt in der *Bar des 13 coins* ein eiliges Mittagessen zu sich. Um sechzehn Uhr Treffen mit Hervé Bontems, dem Inspektor von den mobilen Einsatzkommandos, vor dem Palais de la Méditerranée in Nizza. Undenkbar, dass er zu spät kommt.

Sonntagnachmittag, Nizza

Hervé Bontems kommt auf einem rassigen Motorrad, einer schweren englischen Maschine, die er lässig zwischen zwei Palmen auf der Promenade des Anglais abstellt. Kaugummi kauend betrachtet er die monumentale Fassade des Palais. Daquin geht zu ihm, die beiden Männer begrüßen sich und Bontems merkt an: »Ihre Mörder haben nicht mit der Dekoration gegeizt.«

»Jeder nach seinem Geschmack.«

»Na dann los, erzählen Sie.«

»Um drei Uhr morgens kommt ein Mann aus dem Casino, eine Frau an seinem Arm, im selben Augenblick fährt ein Motorrad mit zwei Männern vor. Zehn Kugeln Kaliber 11.43, alle ins Ziel, die Frau bekommt nichts ab, keine einzige kaputte Scheibe, Dauer der Operation: laut einem Polizeibericht zwanzig oder dreißig Sekunden.«

»Was wollen Sie wissen?«

Daquin lächelt. »Wer ist der Mörder?«

Der andere lächelt zurück. »Damit sollten Sie nicht allzu sehr rechnen. Gibt es Zeugen? Wo befand sich das Opfer?«

Daquin zeigt ihm die Stelle, wo das Paar stand, auf dem nagelneuen roten Teppich, der bis zu der Straße hinunterreicht, auf der das Motorrad sich genähert hat.

»Fuhr das Motorrad? Saß der Schütze auf dem Motorrad?«

»Nach Aussage von Zeugen hielt das Motorrad an, genau hier, wo wir stehen, der Schütze stieg auf der linken Seite ab und schoss auch von dieser Seite.«

»Gut. Stellen Sie sich dahin, wo das Paar stand, und bleiben Sie dort stehen.«

Nachdem er ein paar Worte mit den Portiers des Casinos gewechselt hat, geht Daquin an seinen Platz auf dem Teppich, auf Höhe eines grauen Flecks im weißen Marmor. Das Blut ist in den Stein eingedrungen. Bontems entfernt sich in Richtung Stadtzentrum, kommt auf der Spur des Motorrads zurück, vorbei an den Blumenkübeln, bleibt Daquin gegenüber stehen. Fixiert ihn. Blick konzentriert, Sichtfeld verengt, das

Kaugummi zwischen die Kiefer geklemmt, die Lippen murmeln vor sich hin, leicht angedeutete Bewegungen der Schultern, Arme, Hände, zwanzig Sekunden lang, eine Ewigkeit, denkt Daquin hypnotisiert. Dann entspannt sich der Körper, das Blickfeld wird weiter. Bontems geht auf sein Ziel zu, zählt die Schritte, inspiziert den Raum zwischen den Arkaden, geht weiter bis zur Eingangstür, späht ins Innere des Casinos. Er dreht sich um, nimmt Daquin am Arm und zieht ihn mit sich auf die Promenade.

»Ich fasse zusammen. Das Ziel etwas weniger als zehn Meter entfernt, schwierige Beleuchtung, grell unter den Arkaden, aber gedämpft im Casino, dunkler Hintergrund also, und der Mann trug wahrscheinlich einen grauen oder schwarzen Anzug. Ziel in Bewegung, die erste Kugel muss ihn bereits zu Fall gebracht haben. Schnell aufeinanderfolgende Schüsse, zehn in fünfzehn bis maximal zwanzig Sekunden, mit einem großen Kaliber, alles Treffer. Sie haben es mit einem ausgezeichneten, sehr selbstsicheren Schützen zu tun, das steht fest. Der ganze Rest bleibt eher unwägbar. Die Inszenierung ist überraschend. Die Wahl des Ortes vor allem. Dieses Casino. Die Blumenkübel entlang der Fassade schirmen den Raum unter den Arkaden ab, was die Annäherung an das Ziel per Motorrad schwierig macht und viel zu riskant. Hätte das Motorrad versucht, näher heranzukommen, hätte es sich in den Blumenkübeln verfangen können, das Schießen aus kürzester oder kurzer Distanz war als Option also zu gefährlich. Da die Mördertrupps aus dem Milieu besser Auto fahren als schießen, arbeiten sie gewöhnlich aus kürzester Distanz oder ballern in einem geschlossenen Raum mit einer Automatikwaffe herum. Aus welchen Gründen können die Mörder beschlossen haben, jemanden hier zu exekutieren?«

»Staatsanwalt Coulon sprach von einer Art Warnung an die Guérini-Erben, die mit der Kontrolle über die Niçoiser Casinos zu tun haben.«

»Das ist Ihr Job, nicht meiner. Ich sage Ihnen, dass ein guter Schütze nicht improvisiert, er trainiert viel, wiederholt dieselben Gesten, pflegt seine Waffen, justiert sie. Man trifft diese Männer mit weit größerer Sicherheit unter Militärs oder spezialisierten Polizeikräften an als unter Banditen, auch wenn immer noch vorstellbar ist, dass man auf einen Künstler stößt, der allein arbeitet.«

»Warum zehn Kugeln? Das waren acht zu viel.«

»Das ist die Anzahl der Patronen im Magazin mancher Pistolen, von denen eine im Lauf steckt. Er hat sein Magazin leergeschossen. Es gibt darauf keine sichere Antwort. Der Mörder kann von persönlichem Hass auf den Mann geleitet sein, den er erschießt, einem Rachegefühl, etwas in der Art. Aber man hat auch schon ›zwanghafte‹ Eliteschützen erlebt, will sagen, Schützen, die beim Eröffnen des Feuers Lust empfinden. Wenn sie die Gewalt spüren, die in ihren Händen zuckt, ihre Todesmacht, können sie nicht mehr aufhören, sie werden von ihrer Waffe mitgerissen, bis alle Kugeln verbraucht sind.«

»Ist auch vorstellbar, dass er kopieren wollte, wie Antoine Guérini erschossen wurde?«

»Alles ist vorstellbar, aber Antoine wurde aus nächster Nähe erschossen, in seinem Wagen, den man angehalten hatte, und sein Sohn, der neben ihm saß, wurde verletzt, Metzgersarbeit. Kein Vergleich hiermit, dies ist das Werk eines Künstlers.«

»Letzte Frage: Neigt ein Mörder dazu, immer auf die gleiche Weise vorzugehen?«

»Als Tendenz, ja, das ist möglich, sogar wahrscheinlich. Es gibt eine Art Signatur. Aber er kann sich auch an unterschiedlichste Umstände anpassen. In dieser Frage existiert keine absolute Regel.«

Die beiden Männer verabschieden sich mit Handschlag.

Daquin hat keine Eile, er ist erst am späten Nachmittag am Flughafen von Nizza verabredet, die Sonne weckt in ihm die Lust zu flanieren. Er überquert die Straße, um zum Meer zu gelangen, wirft im Vorbeigehen einen Blick auf einen schwarzen Renault, der ein Stück entfernt im Schatten der Palmen im Parkverbot steht, zwei Männer auf den Vordersitzen. Auf dem Rückweg von seinem Spaziergang sind das Auto und seine Insassen immer noch da. Bullen, die in ihrem Wagen auf der Lauer liegen. Nicht wirklich diskret, die Niçoiser Kollegen.

Am Flughafen stellt Daquin sein Auto im Parkhaus ab, geht langsam zwischen den Wagenreihen hindurch, bückt sich, richtet sich wieder auf, blickt sich aufmerksam um. Der Mord wurde bei Tage verübt, an einem Ort, wo viele Leute vorbeikommen. Es muss unbedingt schnell gehen. Das Motorrad kann sich wohl unbemerkt nähern, darf aber nicht das Risiko eingehen anzuhalten. Der Schütze schießt drei Mal, er kann sich auf keinen Fall die Zeit nehmen, sein Magazin leerzuschießen. Also keine Gewissheit, es kann sich um denselben Schützen handeln, der sich an die Umstände anpasst, oder um einen anderen, der auch nicht ungeschickt ist. Frickx trifft die Verabredung. Er hält sich während des Mordes am Flughafen auf. Zwei Gewissheiten. Ist er während des Mordes zugegen? Nichts weist darauf hin. In der Stunde, die er am Flughafen verbringt, zwischen seiner Landung und dem gemeldeten Eintreffen bei der Autovermietung, kann er genauso gut in der Halle auf Simon gewartet haben. Ich komme keinen Schritt voran …

Es ist Zeit für seine Verabredung. Daquin begibt sich zur Ankunftshalle. Er betritt sie in dem Moment, als die Lautsprecher die Landung des Flugs aus Beirut verkünden. Beirut. Er ist seit kaum einem Monat von dort weg. Erinnerungen, in Wellen. Beirut hat einen Geruch, eine Mischung aus Meer, Gewürzen, Schweiß, Staub, Fäulnis, Schießpulver, zwischen Wollust und Ekel. Aber Beirut rückt unaufhaltsam in die Ferne. Auf der anderen Seite der Glaswand die so vertraute gedrungene Gestalt. Beirut, das ist auch er, dieser Mann knapp unter fünfzig mit dem grau melierten Wuschelkopf, der ihm zuwinkt. Daquin schließt die Augen. Er sieht ihn, wie er in den Salons der Botschaft durch eine kleine lärmende Schar auf ihn zukommt, zwei Champagnergläser in den Händen.

»Ich darf mich vorstellen, Paul Sawiri. Wir haben einen gemeinsamen Freund, Lenglet. Ich bin sein ›Berater in Sachen Erdöl‹, halboffiziell natürlich. Und ich weiß, dass Sie Champagner lieben, er hat es mir verraten. Willkommen in Beirut.«

Damit begann er ihm diskret und aufmerksam den Hof zu machen. Ziemlich bald schlief Daquin mit ihm, ohne recht zu wissen, warum. Wahrscheinlich weil er dachte, mit ›einem Freund von Lenglet‹ zu schlafen hätte keine Konsequenzen, und bei der Ankunft in Beirut mit einem Libanesen zu vögeln, der den Wunsch dazu äußert, sei eine Form von Höflichkeit. Und wider jede Erwartung hatte es ihm intensives Vergnügen bereitet. Nach Jahren schneller Nummern in Serie mit anonymen schönen Jungs, schlichte Objekte sexueller Spiele, durchlebt voller Frohsinn und mit vorprogrammiertem Vergessen, hatte Paul ihm eine andere Welt eröffnet, die Komplizität der Lust zu zweit, der Schauder des sich einhellig steigernden Begehrens angesichts eines Stücks in Licht getauchter Haut, einer Geste, eines Tonfalls, einer Berührung, eines Lachens, einer Anspielung. Der Orgasmus, der sich Zeit lässt, versöhnlich und zärtlich. Ihre Beziehung hatte ein Jahr gehalten, eine Ewigkeit.

Eine Hand legt sich auf seinen Arm. Daquin öffnet die Augen. Der Mann steht neben ihm, einen großen Lederbeutel über der Schulter, er mustert ihn mit scharfem Blick.

»Du bist immer noch genauso schön …« Die tiefe Stimme verweilt einen Moment auf dem letzten Wort.

Schiefes Lächeln. »Wann reist du nach Wien weiter?«

»Morgen. Ich muss ein paar Leute treffen, um die OPEC-Konferenz am 22. März vorzubereiten.«

»Wann geht dein Flieger?«

»Um zehn Uhr dreißig.«

»Perfekt. Mein Wagen steht im Parkhaus, ich führe dich in Nizza zum Essen aus. Ich habe einen Tisch in einem Restaurant reserviert, das dir gefallen wird.«

»Und hinterher?«

Daquin hört nicht, er ist bereits losgegangen.

Als er das Parkhaus betritt, wirft er einen letzten Rundblick auf den »Tatort« von Simons Ermordung. Und stößt auf den schwarzen Renault mit seinen beiden Insassen, in zweiter Reihe in einem Gang neben dem, wo sein Wagen parkt. Wutanfall. Er taucht ab, verschwindet im Slalom zwischen den Autos. Die beiden Bullen im Renault verlieren ihn aus den Augen. Der Beifahrer öffnet seine Tür, steigt aus, steigt auf die Stoßstange, hält nach ihm Ausschau. Daquin taucht hinter dem Renault wieder auf, beugt sich durch die offene Tür zum Fahrer hinein.

»Tag, Kollege. Ich habe einen Freund abgeholt, wir gehen zum Abendessen ins *Coco Beach*, ich übernachte heute hier in Nizza, aber ich weiß noch nicht, wo, und morgen …«

Der Fahrer ist zunächst wie gelähmt, dann fängt er sich und fährt an, dass der Split unter den Reifen knirscht.

Daquin brüllt: »Schönen Gruß an Inspecteur Leccia …«

Der Beifahrer holt den Wagen rennend ein, springt hinein, die Tür schlägt zu, der Renault verschwindet. Daquin geht zu Paul, der im Mittelgang steht und auf ihn wartet, ein Lächeln in den Augen.

Daquin fährt schweigend, achtet etwas mehr auf den Verkehr als nötig. Im Rückspiegel überwacht er die Wagen hinter sich. Nichts Auffälliges. Paul, in seinem Sitz versunken, hält den Blick unverwandt auf Daquins Gesicht gerichtet.

»Du fehlst mir. Komm zurück nach Beirut.«

»Hast du die ganze Reise nur gemacht, um mir das zu sagen?«

»Ich kann mich weiterentwickeln, wenn du willst. Ich kann ohne dich nicht sein, ohne das Gewicht deines Körpers in meinem Leben und in meinem Bett, deine siedende Gewalt unter meinen Händen, immer da, immer unterdrückt. Ohne den Kontakt deiner Haut an meiner und ihren bitteren Geschmack nach der Liebe.«

Das Wort zittert, fast wie ein Schluchzer. Daquin schweigt einen Moment, lange genug, dass Pauls Ergriffenheit sich legt, beugt sich dann zu ihm hin.

»Die Libanesen sind Dichter.«

»Ich bin Syrer.«

»Stimmt. Sagen wir es also schlichter. Ich habe Beirut verlassen, weil ich zu ersticken drohte. Ich musste weg. Das habe ich dir bereits gesagt. Ich komme nicht zurück, und du weißt das.«

»Ich habe gedacht, ich habe gehofft, nach ein paar Monaten in Marseille würdest du deine Meinung ändern. Du bist für die Polizeiroutine nicht geschaffen, die Schläge unter die Gürtellinie, den Krieg zwischen den Apparaten. Genauso wenig wie fürs Alleinsein.«

Daquin lacht auf. Nicht schlecht erkannt. Ja, die Erinnerung an unsere aufeinander eingestimmten Körper verfolgt mich, ja, ich leide unter der Trennung und dem Entzug. Das Unausgesprochene, die Netzwerke, die Rivalitäten, die Fallen, die Intrigen, die Geheimnisse, ja, mein Bedarf ist gedeckt, aber es ist die Welt, die ich mir ausgesucht habe, ich bin dir keine Rechenschaft schuldig, es ist mein Leben. Er parkt den Wagen in der Nähe des *Coco Beach*, das über der Bucht von Nizza thront. Eine Treppe führt hinunter zum Meer, ein in den Felsen gegrabener Pfad, die beiden Männer betreten den Speisesaal. Der Oberkellner führt sie zu dem von Daquin reservierten Tisch, sie setzen sich über dem Nichts mit Blick aufs Meer. Nizza, im Vordergrund der Hafen und seine Mole, dahinter die Bucht und am Horizont schließlich die Halbinsel Cap d'Antibes. Zu ihren Füßen weiße Kalkfelsen, versetzt mit Palmen und Sukkulenten, und das Meer so nah, dass man es murmeln hört, es zittern sieht, das unendliche Meer. Daquin bestellt einen Pouilly Fumé vom Weingut Ladoucette, den sie schweigend trinken. Er überlegt, dass das Schicksal ihrer Verbindung von den ersten Stunden an besiegelt war. Paul war der Meister, er war der Verliebtere und wusste seinen Vorteil daraus zu ziehen, selbstsicher, was seine Kämpfe anging, seinen Platz in der Gesellschaft, ich war der Schüler, ich suchte noch nach meinem Weg in der Liebe und in einer Umgebung, die ich nicht durchschaute. Er genoss es, der Pilot zu sein, aber ich habe es nicht lange ertragen, gelenkt zu werden. Es stand mir frei, mich zu trennen, ich musste es tun, ich habe es getan. Es ist nicht leicht. Ich bin stolz darauf. Die Sonne geht unter, die kräftigen Farben verblassen zu Grau, der Farbton der gelinderten Wehmut, ideal für ein Abschiedsessen. Daquin erkennt den fahlen Kubus des Palais de la Méditerranée. Er schenkt sich nach. Er liebt diesen Pouilly Fumé. Vielleicht kein großer Wein, aber er liebt ihn. Er macht dem Oberkellner ein Zeichen.

»Zweimal Foie Gras, danach zweimal auf Holzkohle gegrillte Languste und noch eine Flasche Wein.« Dann wendet er sich Paul zu. »Also, wie geht es der OPEC, Herr Berater in Sachen Erdöl?«

Paul setzt sich auf, trinkt seinen Wein aus, stützt die Ellbogen auf den Tisch und sagt feierlich: »Théo, die arabischen Völker stehen am Wendepunkt ihrer Geschichte, und ich befinde mich im Herzen der Schlacht.«

»Du bist immer noch ein Meister der lyrischen Höhenflüge. Kannst du dich konkreter ausdrücken?«

»Interessierst du dich jetzt für Erdöl? Das ist neu.«

»Als wir noch miteinander geschlafen haben, wollte ich nicht in dein Terrain eindringen.«

Paul zieht eine Grimasse. »Ich mag diese Vergangenheitsformen nicht.«

Daquin sagt darauf nichts.

Paul konzentriert sich auf die Foie gras, die, wie er zugeben muss, hervorragend ist. Und dann Erdöl, damit kennt er sich aus, und er spricht liebend gern darüber … Er beschließt fortzufahren. »Alles ist in Bewegung, überall kracht es. Das Kartell der großen Ölgesellschaften, die wir poetisch die Sieben Schwestern nennen, beherrscht uns, erdrückt uns seit 1928. Das ist vorbei. Algerien, der Irak ebnen den Weg für Verstaatlichungen, Libyen diktiert seine Preisbedingungen, es gibt immer mehr kleine Ölgesellschaften, die sich über das Diktat der Sieben Schwestern hinwegsetzen, wir stützen uns manchmal auf sie, und die Macht des Kartells bekommt überall Risse. Du musst verstehen, Théo …«

Paul packt Daquins Handgelenk, eine Geste, die ihm vertraut ist, den eigenen Enthusiasmus durch eine körperliche

Berührung mitteilen. Früher ließ diese Berührung Daquin erschauern und sie amüsierte ihn. Heutige Feststellung: kein Schauer, nur Erinnerungen.

»Die Geschichte schreitet voran, sie marschiert auf die arabischen Staaten zu, und wir werden uns dieser Begegnung stellen. Unsere Wege und Mittel sind unterschiedlich, aber das Ziel ist dasselbe. Ein Jahrhundert lang hat man uns beraubt, mit Füßen getreten. Wir wollen unsere Revanche. Obendrein hat Nixon, als er den Dollar vom Goldpreis abkoppelte, den Verfall der Erdölpreise ausgelöst und das Signal zum großen Umbruch gegeben. Die Ölkonzerne wollen uns nur die Kosten für die Dollarkrise zuschieben, wir werden ohne sie auskommen, die Kontrolle über unsere Naturschätze zurückgewinnen, unser Erdöl zu unseren Preisen produzieren und verkaufen, zum Wohl unserer Völker.«

»Andere haben das vor dir gesagt, und zwar in Liedform: ›Ein Nichts zu sein, tragt es nicht länger … Alles zu werden, strömt zuhauf!‹«

»Lach du nur. Ich gehe jede Wette ein. Und ich nenne dir sogar eine Frist: weniger als ein Jahr. Hörst du mich?« Er hält Daquin die offene Hand hin. »Schlag ein. Wenn ich gewinne, kommst du zurück nach Beirut.«

»Ich wette nicht. Aber gesetzt den Fall: Bist du sicher, dass eure Emire und unsere zwielichtigen Händler sich nicht den ganzen Batzen einverleiben werden?«

»Nein, so wird das nicht laufen. Die Zeiten haben sich geändert, Théo. Wir erleben, wie eine neue Generation von arabischen Führern an die Macht kommt, Saddam Hussein, Boumedienne, Gaddafi, allesamt Nasser-Adepten, besorgt um die Zukunft ihrer Völker. Laizistisch, arbeitsam, progressiv, sehr viel tugendhafter, ich setze darauf, dass sie Saudi-Arabien und die Emire, das amerikanische Lager und seine

Verbündeten ins Abseits drängen. Ich vertraue auf sie. Aber die Geschichte ist natürlich noch nicht geschrieben, wir sind dabei, sie zu machen. Das ist erhebend, weißt du.«

Daquin befreit sein Handgelenk aus Pauls Griff, trinkt einen Schluck Pouilly. Er denkt, dass er diese Klarheit des Denkens geliebt hat, diese Gewissheiten, die einer verworrenen Welt einen Sinn gaben. Heute stellt er mit leichter Verärgerung fest, dass sein Ex-Liebhaber nie in der Lage war, einen Schritt zurückzutreten, die Fakten zu analysieren, sein Denken durch den leisesten Zweifel zu differenzieren. Kurz, Paul hat keinerlei Sinn für Humor.

»Wie kannst du so inbrünstig daran glauben, wo sich vor unseren Augen drei arabische Länder, Saudi-Arabien, Syrien und Libyen, nicht mal darauf einigen können, eine schlichte Pipeline zwischen den Ölfeldern Arabiens und den libyschen Häfen vernünftig zum Funktionieren zu bringen, was ihrem Erdöl Zugang zum Mittelmeer und zur europäischen Kundschaft verschaffen würde? Noch schlimmer, die Syrer, dann die Palästinenser haben Teile dieser Pipeline in die Luft gesprengt, was sie damit bezwecken, fällt mir schwer zu verstehen, und ihnen selbst wahrscheinlich auch. Unterdessen stellt Ägypten, fasziniert von der eigenen Stärke, den Verlust des Suez-Kanals als Gewinn dar. Wo bitte ist da das Voranschreiten der Geschichte?«

»Du wirst schon sehen, meine Einschätzung wird sich als zutreffend erweisen, und zwar schneller, als du glaubst.«

»Wenn du mit mir darüber sprichst, bedeutet das, es ist für niemanden mehr ein Geheimnis, und ich kann mir vorstellen, dass bei den Ölkonzernen ziemliche Unruhe herrscht.«

»Das stimmt. Es ist eine Zeit großer Verwirrung, wie immer in Umbruchperioden. Die Sieben Schwestern erleben, wie ihr Monopol zerbröckelt, und wissen nicht, wie sie es retten sollen.

Sie schwanken seit drei Jahren zwischen Boykottbeschlüssen gegen Libyen und den Irak, die durchzusetzen sie nicht mehr in der Lage sind, und Verhandlungsversuchen mit der OPEC, die sie hassen und schon erfolglos zu zerstören versucht haben. Sie sind aufgeschmissen. Und wie üblich spielt die amerikanische Regierung ein doppeltes oder dreifaches Spiel.«

»Ein Mann, der mich derzeit sehr beschäftigt, pflegte zu sagen: ›Der Ölmarkt verändert sich, also wird die Welt sich verändern‹. Apropos, kennst du CoTrade?«

»Ja, das ist der Weltmarktführer im Erzhandel.«

»Machen sie in Erdöl?«

»Nicht dass ich wüsste. Interessierst du dich neuerdings für Trader?«

»Ich interessiere mich für Gauner.«

»Die fallen kaum ins Gewicht. Ich knüpfe daran an, was der Mann sagte, der dich derzeit so sehr beschäftigt …«

»Ich schlafe nicht mit ihm, ich ermittle zu seiner Ermordung.«

»… du machst, was du willst, ich knüpfe an das an, was er dir sagte, aber andersrum: Die Welt verändert sich, der Kolonialismus geht unter, und die Sieben Schwestern gleich mit. Folge: Der Ölmarkt gerät in Bewegung. Im Moment schwirren im ganzen Mittelmeer Schiffe mit libyschem und irakischem Öl herum, vielleicht auch iranischem – es ist die Rede davon, aber es gibt keine Gewissheiten mehr –, das von kleinen Gesellschaften in den Handel gebracht wird, mehr oder weniger Schmuggelgeschäfte. Unabhängige Raffinerien in Europa versorgen sich auf diesem ›grauen‹ Markt. Und die Trader, die unabhängigen Händler, die Vermittler aller Art, die derzeit quasi bedeutungslos sind, versuchen das zu nutzen, um sich in dem, was sie für die neuen Spielregeln halten, einen Platz zu sichern. Wir wissen das alles. Es ist unvermeidlich, aber es fällt nicht ins Gewicht, es ist zum Scheitern verurteilt. Diese Leute folgen nicht der wahren Bestimmung der Geschichte. Die arabischen Völker werden die Akteure sein, die den Ölmarkt organisieren, und sie werden vernünftig damit umgehen.«

Die Bestimmung der Geschichte. Das dritte Mal an einem Abend, dass Paul sie erwähnt, sie beschwört. Zu viel ist zu viel. Daquin sagt sich, dass er gut daran getan hat, aus Beirut zu flüchten.

Auf dem Holzfeuer gegrillte Languste, übergossen mit zerlassener Butter, ein Geschmack, um Kopf und Kragen dafür zu riskieren. Es ist Nacht geworden, die Lichter der Stadt beschreiben zart die Küste, die Berghänge. Daquin entspannt sich. Befriedigung über die Trennung, offenkundig und ruhig wie die Nacht über der Baie des Anges. Ein neues Leben. Anders. Vincents Gesicht: »Vor oder nach dem Apéritif?« Ein Windhauch kommt vom Meer und riecht nach Freiheit.

Paul legt wieder die Hand auf seine. »Schenk mir noch eine Nacht. Eine Abschiedsnacht. Diese Nacht.«

Daquin sieht ihn an, rätselnd. »Ein gefährliches Spiel.«

»Ich wusste gar nicht, dass du die Gefahr fürchtest.«

Daquin widmet sich den letzten Krümeln seiner Languste, trinkt seinen Wein aus. Ich bin mir meiner sicher, frei. Ich fühle mich nicht in Gefahr. Dein Körper so nah, seine Wärme so vertraut, verlockend, Begierde. Warum dich nicht nehmen, als wärst du mir unbekannt? Mit einem Beigeschmack von Revanche als Dreingabe? Heute Nacht endlich Meister des Spiels?

»Gefährlich für dich, nicht für mich.« Ein Moment Schweigen. »Möchtest du Nachtisch?«

»Nein.«

»Also dann, gehen wir.«

Ein paar Umwege durch die verlassenen Gassen der Halbinsel, wie eine Konzession an Vincent und seine Warnungen, Quasigewissheit, dass er nicht verfolgt wird.

Montagmorgen, Cap Ferrat

Am nächsten Morgen frühstücken Daquin und Paul Sawiri mit Meerblick auf der Terrasse des Hôtel Royal Riviera in Saint-Jean-Cap-Ferrat. Daquin lümmelt sich auf seinem Stuhl, streckt die Beine aus, nippt an seinem Espresso, weniger schlecht als sonst, intensives körperliches Wohlgefühl. Paul isst und trinkt schweigend.

Daquin schaut auf seine Uhr. »Ich bringe dich zum Flughafen, wir müssen jetzt los. Ich will nicht, dass du deinen Flieger und deine Begegnung mit der Geschichte verpasst.«

An der Rezeption holt sich Paul zusammen mit seinem Lederbeutel einen Stapel Zeitungen, setzt sich ins Auto und beginnt darin zu blättern. Er hat kein Wort gesagt, seit sie das Hotelzimmer verlassen haben.

Während der gesamten Fahrt blickt Paul nicht von seinen Zeitungen auf, hält sein Schweigen durch. Er kostet seinen Liebeskummer in kleinen Schlucken aus und beginnt sich abzufinden. Daquin ist bereits woanders.

Sobald er Paul am Flughafen abgesetzt hat, fährt Daquin nach Cap Ferrat zurück, findet Emilys Villa, biegt in einen engen Hof ein, dessen Tor offen steht, schaltet den Motor ab. Rechts eine unter Bäumen versteckte Garage, das Kipptor ist geöffnet, zwei Wagen nebeneinander, ein Renault und ein Citroën, mittelgroß, sehr durchschnittlich, französische Kennzeichen. Wo ist das Auto des Cousins, dessen Hauptbeschäftigung darin besteht, das Geld der Familie zu verballern? Vor ihm die Rückseite des Hauses, ein moderner Bau, niedrig, eingeschossig, zugewuchert mit Bougainvilleen.

Er klingelt an der Eingangstür. Eine große junge Frau öffnet ihm. Zerzauste braune Mähne, ungeschminkt, in einem bis zur Hälfte der Schenkel reichenden T-Shirt, lange nackte Beine, glatt und sonnengebräunt, bloße Füße. Ein strahlender Körper, lustgesättigt, wie ein Echo seines eigenen. Unmittelbares Einverständnis, sie lächeln sich an.

»Sie sind Emily Frickx?«

»Scheint so. Und wer sind Sie?«

»Commissaire Daquin, ich ermittle beim SRPJ Marseille im Mordfall Pieri, ich war gerade in der Gegend und dachte, das ist die Gelegenheit, Sie kennenzulernen, mich nach Ihrem Befinden zu erkundigen. Und Ihnen ein paar Fragen zu stellen, wenn Sie einverstanden sind.«

Sie führt ihn auf die Terrasse mit Meerblick. Ein Mann steht auf, sie stellt ihn vor. »David Hammersfeld, mein Cousin.«

Er trägt ein T-Shirt, Shorts, seine Füße ebenfalls nackt, Reste des Frühstücks stehen noch auf dem Tisch, der Liebhaber, kein Zweifel möglich, ein aus seiner Intimität aufgestörtes Paar. Sie wechseln einen Händedruck. David starrt ihn an, harter Blick, scharf, professionell. Er sammelt das Geschirr ein, verschwindet Richtung Küche. »Ich lasse Sie allein.«

Ein Sohn, der das Familienerbe verballert? Nicht für eine Sekunde glaubhaft. Daquin versucht das Gefühl, das er beim Anblick des Cousins empfunden hat, in Worte zu fassen. Sein Blick, seine Art, sich zu bewegen, zu gehen, der Abstand, den er zwischen sich und dem Besucher wahrt … Als lebte er in einer Kampfzone. Seltsames Pärchen.

Emily hat sich an den Tisch gesetzt. »Kann ich Ihnen einen Orangensaft anbieten?«

»Nein danke, Madame. Ich habe eben erst gefrühstückt.«

»Also dann, ich höre.«

»Nach dem Mord haben Sie meinen Niçoiser Kollegen gesagt, dass Pieri ein Geschäftspartner Ihres Mannes war und dass Sie ihn in Mailand zufällig kennengelernt haben. Können Sie mir genau schildern, wie diese Begegnung ablief?«

»Ja, natürlich. An das genaue Datum erinnere ich mich nicht. Etwa vor zwei Jahren? Ich war in der Mailänder Innenstadt einkaufen, in der Nähe des Büros von meinem Mann. Ich ging also bei ihm vorbei, aus irgendeinem Grund, wahrscheinlich brauchte ich ein bisschen Geld, wie es so ist, wenn eine Frau einkaufen geht ... Monsieur Pieri war da, mein Mann und er hatten gerade ihre Arbeitsbesprechung beendet. Ich wechselte ein paar Worte auf Französisch mit ihm, ich erzählte ihm von Nizza, von dieser Villa, die wir seit unserem Umzug nach Mailand mieten. Und am Ende haben wir zusammen zu Mittag gegessen. Mein Mann hat uns nicht begleitet, er hatte keine Zeit, er hat nie Zeit. Per Zufall bin ich Monsieur Pieri am Tag seines Todes wiederbegegnet.« Ihre Stimme wird heiser, sie schweigt.

»Und er hat Sie im Casino zum Abendessen eingeladen?«

»Ja, natürlich ...«

»Warum?«

»Ich weiß nicht, ich nehme an, meine Gesellschaft war ihm angenehm.«

»Welche Sorte Geschäfte machte er mit Ihrem Mann? Schiffscharter, Transport von Rohstoffen, Getreide, Erzen, Erdöl, irgendwas anderem ...«

»Ich habe nicht die leiseste Ahnung. Mein Mann spricht mit mir niemals über seine Geschäfte. Und Monsieur Pieri hat kaum Zeit gehabt, es zu tun.«

»Und Sie, haben Sie besondere Gründe dafür, so oft hier zu wohnen?«

»Ja. Ich spreche Französisch, kein Italienisch. Ich finde, Mailand ist eine hässliche und trostlose Stadt, ich kenne dort niemanden, ich langweile mich dort. In Nizza und Umgebung gibt es viele Maler, Künstler, mit denen ich befreundet bin und seit langem mit großem Vergnügen verkehre.«

»Künstler, mit denen auch Pieri verkehrte?«

»Keine Ahnung. Ich glaube nicht.«

»Waren Sie nicht überrascht, ihn am Tag seines Todes in einer Kunstgalerie zu treffen?«

»Warum? Hätte ich überrascht sein müssen? Die Kunst gehört allen, die Galerien sind für alle zugänglich.«

»Worüber haben Sie an dem Abend gesprochen?«

»Eben über Kunst. Ich habe ihm ein paar Anekdoten über meine Künstlerfreunde erzählt, über diese Gruppe, die man gemeinhin Schule von Nizza nennt. Es war offensichtlich, dass Monsieur Pieri sich sehr gern Geschichten erzählen ließ.«

Als Daquin sich verabschiedet, ist er voller Zweifel. Aufrichtige Frau oder nicht? Nützlicher Besuch oder nicht? Sie hat die einstudierte Redeweise einer leichtfertigen und verschwenderischen Frau, an die ich keine Sekunde glaube, warum, weiß ich nicht genau. Es ist etwas Körperliches, sie ist fest, nicht locker. Und Pieri hatte keinen Grund, eine gedankenlose junge Frau zum Abendessen einzuladen. Sie klingt aufrichtig, wenn sie über ihre Niçoiser Freunde spricht. Erinnerung an das Polizeiprotokoll von der Zerstörung des Klaviers auf der Promenade des Anglais, eine Geschichte, die sie Pieri vielleicht erzählt hat. Diese Späße gealterter Jugendlicher haben ihn zum Lachen gebracht und er muss sich sehr weise gefühlt haben, kurz bevor er starb. Die beiden Rollen, die Emily spielt, sind nicht mühelos unter einen Hut zu bekommen. Und dieser Liebhaber-Cousin …

Auf dem Hof bleibt er lange genug stehen, um sich die Nummernschilder der beiden Autos in der Garage einzuprägen, dann setzt er sich ans Steuer seines eigenen und macht sich auf die Rückfahrt nach Marseille.

David ist auf die Terrasse zurückgekommen und hat sich neben Emily in einen Liegestuhl gelegt. »Die Bullen lassen nicht locker, ich frage mich, warum. Findest du es nicht seltsam, wie dieser Marseiller Commissaire zu dir sagt: Ich kam gerade vorbei, ich wollte Sie kennenlernen?«

»Nein, ich finde das nicht wirklich seltsam. Es hat einen Mord gegeben, oder sogar zwei, wenn man den Zeitungen glaubt. Er macht seinen Job, nicht?«

David scheint zu zögern. Dann: »Sie wagen es nicht, dich offen zu bedrängen, aber sie müssen sich fragen, was die junge Ehefrau eines reichen Traders mit einem alten Gangster im Casino wollte. Und diese Kunstliebhabergeschichten sind nicht glaubwürdig, Emily. Für diesen Bullen nicht mehr als für mich.«

»Die Niçoiser Polizisten glauben sie. Sie haben es mir selbst gesagt.«

David, plötzlich ernst: »Du würdest es mir doch erzählen, wenn es das geringste Problem gäbe?«

»Was für ein Problem?«

»Ich weiß nicht …«

»Ich weiß, was du vermutest. Lass mich in Frieden mit deiner idiotischen Eifersucht. Zwischen mir und Pieri hat es nie eine Liebes- oder Sexbeziehung gegeben. Verdirb nicht die wundervollen Momente, die wir derzeit miteinander erleben.«

11

Montag, 19. und Dienstag, 20. März 1973

Montagnachmittag, Marseille

Wieder eine Tour Nizza–Marseille. Zeit, um zu grübeln. Mit dieser Nacht in einem Nobelhotel an der Côte, zwei Schritte von Nizza und Leccia entfernt, selbst wenn ich nicht verfolgt wurde, selbst wenn wir zwei Zimmer genommen haben, habe ich mich nicht an Vincents und Pieris Sicherheitsmaßregeln gehalten. Und ich bringe es nicht fertig, das zu bereuen. Kapitel abgeschlossen. Die Beschattung: schon komplizierter. Die beiden Trottel haben mich am Palais de la Méditerranée erwartet. Wer hat ihnen den Tipp gegeben? Der Chef? Bontems, der Mann von den Einsatzkommandos? Grimbert? Was hat diese Beschattung zu bedeuten? Kriegerische Handlung oder lokaler Brauch? In beiden Fällen habe ich wie ein Vollidiot reagiert. Ich hätte sie in aller Ruhe abhängen können, stattdessen provoziere ich sie. Welchen Sinn hat solch ein aggressiver Auftritt, wenn man nicht die Mittel hat, um Krieg zu führen? Grimbert über Leccias Besuch informieren. Darum komme ich nicht mehr herum, und es eilt. Stellt sich sofort die Frage: In welchem Maße kann ich ihm vertrauen? Nein, die Frage ist falsch gestellt. Wenn ich ihm nicht vertraue, kein Team mehr, keine Ermittlung mehr, ebenso gut könnte man gleich aufhören. Die einzige Wahl, die mir bleibt: ihm vertrauen oder so tun, als ob.

Im Évêché angekommen, geht Daquin hoch in sein Büro. Er findet eine gekritzelte Nachricht von Grimbert vor: »Delmas ist heil zurück, wir arbeiten beide an den Somar-Akten, hier im Haus in der zweiten Etage. Sie erreichen uns unter 902, Hausleitung.« Daquin klingelt durch: Grimbert kommt am späten Nachmittag zu ihm.

Er macht sich an die Arbeit. Er telefoniert mit Paris, um die Kfz-Zentralkartei zu konsultieren. Er muss warten, seine Anfrage wird bearbeitet, man ruft ihn zurück.

Dann nimmt er sich wieder seine Karte mit den Strecken vor, die die Frachter der Somar zurückgelegt haben, geht daran, sie zu komplettieren. Es bestätigt sich, die *Santa Lucia* stellt tatsächlich eine Ausnahme dar, kein anderer Frachter der Somar befährt diese Routen, läuft diese Häfen an. Gefühl, der Sache näher zu kommen, aber welcher Sache?

Keine Zeit für eine Kaffeepause, die Zentralkartei ruft zurück. Der Renault gehört Monsieur und Madame Frickx, vor vier Jahren gebraucht gekauft, sie lassen ihn wahrscheinlich das ganze Jahr über bei der Villa, damit Emily während ihrer Aufenthalte in Cap Ferrat mobil ist. Nicht gerade protzig, die Enkeltochter eines südafrikanischen Milliardärs. Der Citroën Ami 8 ist interessanter. Ein Leihwagen der Firma Eurauto. Ein paar Anrufe später hat Daquin schließlich einen Ansprechpartner in der Zentrale am Apparat und erfährt, dass die letzte bekannte Anmietung dieses Wagens bei der Eurauto-Niederlassung Marseille-Bahnhof Saint-Charles stattgefunden hat, der größten der Region. Die Akte ist noch nicht wieder in der Zentrale gelandet, was bedeutet, dass die Vermietung noch läuft. Er ruft in der Niederlassung an, bekommt die Leiterin ans Telefon. Eine reizende Stimme.

»Selbstverständlich, Commissaire. Kommen Sie gleich vorbei, wenn Sie wollen. Ich bin bis zwanzig Uhr hier.«

Daquin verlässt den Évêché und macht sich auf in Richtung Bahnhof und Autovermietung. Zu Fuß, um sich Zeit zum Durchatmen zu geben. Er durchquert das Panier-Viertel, das alte Marseille. Enge Gassen zwischen hohen, von Armut zerfressenen Fassaden, die durch die Perspektive um die Passanten zusammenrücken wie die Backen eines Schraubstocks. Hoch oben, sehr fern, ein winziger Streifen Himmel. Ein Viertel, das sich hinter seiner Folklore und seinen Mafianetzwerken verschanzt. Pieri–Simon, ein verhedderter Knoten. Simon: der Schatten eines Unbekannten, der scheint's im Zwielicht der Unterwelt gedieh. Pieri: eine überwältigende Präsenz, aber ein Mensch, über den ich nach wie vor nichts weiß. Die *Santa Lucia*: ein aufziehendes Gewitter. Im Hintergrund ein oder mehrere Eliteschützen. Und das rätselhafte Paar, das Emily und ihr Cousin abgeben. Frickx, der große Abwesende. Und dieses beklemmende, gewiss der Eigentümlichkeit des Viertels geschuldete Gefühl, dass das Schlimmste noch bevorsteht und der Schraubstock der leprösen Mauern in den Straßen des Panier ihn zu guter Letzt zerquetschen wird. Noch ein paar Schritte, die Straßen werden breiter. Bäume. Weiter vorn der Bahnhof. Daquin atmet leichter. Die Papiere der Somar eine Verheißung, noch eine Kraftanstrengung und er wird den Knotenpunkt finden, mit dem alles verbunden ist. Dieser Punkt existiert, zwangsläufig. Auf diesem Komplexitätsniveau gibt es keinen Zufall. An die Arbeit.

Daquin betritt den Eingangsbereich der Autovermietung, in dem zwei Angestellte hinter einem Tresen die Kunden empfangen. Er fragt nach der Niederlassungsleiterin, die ihn sofort in ein helles kleines Büro bittet, sehr aufgeräumt und voller Blumen. Sie ist bezaubernd, blond und äußerst bestrebt, die Vertreter der Ordnungsmacht in jeder Hinsicht zufrieden zu stellen. Ein Citroën, Kennzeichen 630 GT 51, vor zehn Tagen in unserer Niederlassung? Mit wenigen Handgriffen findet sie die Akte und schiebt sie Daquin mit einem kleinen Lächeln zu – sehen Sie nur, wie kompetent ich bin. Der Wagen wurde am 10. März angemietet, für den Zeitraum von vierzehn Tagen, eventuell verlängerbar. Fotokopie des Führerscheins des Fahrers: Leo Siebert, amerikanischer Führerschein. Das Foto lässt keinen Zweifel, es handelt sich in der Tat um David Hammersfeld. Daquin bittet um eine Kopie des Dokuments und erhält sie ohne Probleme.

Zurück zum Évêché. Ausgezeichnete Aktion. Der Mann hat mehrere Identitäten und Qualitätspapiere. Er war zum Zeitpunkt der Morde in der Gegend. Alles andere als unbedeutend. Er ist ab sofort ein Teil des Puzzles.

Als er ankommt, geht Daquin noch bei der Fahndungshilfe vorbei, legt die Kopie von Leo Sieberts Führerschein vor und fragt, ob es möglich ist, das Foto so zu bearbeiten, dass das Gesicht der Person deutlicher herauskommt. Das ist möglich. Er hat das Ergebnis morgen Vormittag auf seinem Tisch.

Grimbert wartet auf ihn, wobei er Pastis trinkt und die Karten an der Wand betrachtet, die sich vermehrt haben. »Wirklich interessant.«

»Ja, bestimmt, wir besprechen das morgen bei unserem Teamtreffen. Ich wollte mit Ihnen über etwas anderes reden. Leccia hat mich besucht, hier in meinem Büro, ziemlich spät am vergangenen Freitag, in der Abteilung war nicht mehr viel los.«

»Was wollte er?«

»Keine Ahnung. Er hat mir eine Rede im Mafiastil gehalten. Da ich fremd bin in dieser Stadt, ist mein Ruf fragil. Kein offener Angriff, keine deutliche Forderung, ein paar Pseudo-Mahnungen, vorsichtig zu sein. Und vielleicht, mehr oder weniger, das Angebot ›freundschaftlicher Unterstützung‹.«

»Was haben Sie geantwortet?«

»Nichts, oder so wenig wie möglich, und im gleichen Stil. Ich habe nicht verstanden, worauf er aus war.«

»Erinnern Sie sich, bei Pieris Trauerfeier habe ich mich gefragt, warum Leccia den Weg auf sich genommen hat. Jetzt haben wir die Antwort: um Sie zu sehen. Unsere Ermittlung bereitet ihm Unbehagen. Es gibt mehrere Hypothesen. Er wird von Bonino erfahren haben, dass wir die SDECE in Erwägung gezogen haben, aber das scheint mir nicht der Punkt zu sein. Wenn er über Simons SAC-Ausweis im Bilde ist …«

»Das muss er wissen.«

»Ich denke auch. Das ist ein glaubwürdigeres Motiv.« Neuerlicher Blick auf die Karte der *Santa Lucia*. »Für mich ist die wahrscheinlichste Hypothese, dass er weiß, was sich in diesem Schiff befindet. Und er versucht sich abzusichern.«

»Sie meinen, was sich in diesem Schiff befand, bevor die türkische Polizei es in Sicherheit gebracht hat.« Daquin steht auf. »Espresso?«

»Nein, nicht um diese Uhrzeit. Zu einem Gelben würde ich nicht nein sagen.«

Daquin setzt einen Espresso auf, holt Wasser und Eis aus dem Etagenkühlschrank, stellt das Pastisglas vor Grimbert hin, die Espressotasse vor sich, fügt einen Tropfen Cognac hinzu und fährt fort. »Gestern ist etwas noch Rätselhafteres passiert. Am Palais de la Méditerranée lagen zwei Niçoiser Bullen auf der Lauer. Sie sind mir bis zum Flughafen gefolgt, wo ich einen Freund abgeholt habe. Dort habe ich ihrem Spielchen ein Ende gemacht, zugegebenermaßen auf allzu brutale Weise. Sind solche Sitten bei Ihnen hier üblich?«

»Üblich, nein, das kann ich so nicht sagen. Leccia unternimmt einiges, um Sie einzuschüchtern. Wir müssen uns dringend Gewissheit darüber verschaffen, warum. Die beiden Niçoiser haben Sie am Palais de la Méditerranée erwartet?«

»Ja.«

»Wer hat sie über das Treffen mit dem Mann von den Einsatzkommandos informiert?«

Daquin macht eine beidhändige Geste: keine Ahnung.

»Sie fragen sich, ob ich dahinterstecken könnte?«

»Nein. Ich habe mich entschieden, Ihnen diese Frage nicht zu stellen.«

»Das weiß ich zu schätzen.« Ein Moment des Nachdenkens. »Man muss diese Machenschaften ernst nehmen. Nicht tragisch, aber ernst. Geben Sie mir ein paar Tage, ich werde meine Freunde befragen.«

»Was meinen Sie, soll ich den Direktor darauf ansprechen?«

»Nein. Nicht sofort. Nicht bevor ich weiß, worum es geht. Außerdem haben Sie wenig Chancen, ihn anzutreffen.«

»Warum? Ist er in Urlaub?«

»Wissen Sie das Neueste noch nicht? Heute wurde die Leiche eines ermordeten Engländers gefunden, John Cartland, in der Garrigue bei Pélissanne. Sein Sohn wurde verletzt und ihr Wohnwagen brannte. Mit der Ermittlung wurde die Dienststelle des SRPJ in Aix betraut, der Chef ist hingerast, um den Fall nach Marseille zu holen.«

»Ist das wichtig?«

»Sehr. Sie haben sicher von der Affäre Dominici gehört. Obwohl, vielleicht auch nicht. Das ist zwanzig Jahren her, da waren Sie noch keine zehn. In der Garrigue wurde eine englische Urlauberfamilie ermordet, die auf dem Land der Dominicis zeltete, das waren dortige Bauern. Der Fall hat hier Spuren hinterlassen. Die Ermittlungspannen, das Polizei- und

Justizdesaster verfolgen die Polizisten der Gegend bis heute. Wenn also bei uns auf dem Land wieder englische Touristen umkommen, wächst sich das sofort zu einem Albtraum aus.«

»Ausgezeichnet. Solange wird niemand daran denken, von uns Rechenschaft über unsere Ermittlung zu verlangen.«

»Ein letztes Glas für den Heimweg, Commissaire.«

»Da sage ich nicht nein.«

Daquin schaut Grimbert zu, wie er die Getränke serviert. Pastis und Cognac. Wie würde er wohl reagieren, wenn Leccia ihm sagte: »Dein Commissaire ist eine Schwuchtel?« Ich kenne die Antwort nicht. Und ich werde ihm die Frage nicht stellen. Warum? Sicher, ich mag es nicht, mein Privatleben zur Schau zu stellen, aber das reicht als Erklärung nicht aus. Ich weiß nicht, wie ich mit Grimberts und Delmas' Reaktionen umgehen soll. Habe ich Angst davor?

Dienstag, Marseille

Als Daquin in den Évêché kommt, liegt die Post auf seinem Schreibtisch. Er sichtet sie vor dem Teamtreffen, das für zehn Uhr anberaumt ist. Erster Umschlag: Das Labor hat ihm ein vergrößertes und retuschiertes Foto von David gebracht. Schöne Arbeit. Er legt es gut sichtbar auf die Fallakte Pieri. Dann ein dickerer Umschlag, Absender: das französische Konsulat in New York. Er macht ihn auf.

Mitteilung an Commissaire Daquin

CoTrade ist ein im Erzhandel tätiges Großunternehmen, vielleicht der Weltmarktführer, mit Hauptsitz in New York, wo es einen sehr guten Ruf genießt. Frickx gilt als der geistige

Sohn des derzeitigen Generaldirektors Appelbaum und wird höchstwahrscheinlich sein Nachfolger werden. Das Unternehmen und seine Mitarbeiter halten sich sorgfältig abseits des New Yorker Jetsets, ihre Kommunikationspolitik beschränkt sich darauf, auf keinen Fall zu kommunizieren, egal worüber. Wir wissen daher nicht viel über sie.

Daquin seufzt, macht sich einen Espresso, liest weiter.

Ich habe eine einzige Ausnahme ausfindig gemacht: die Hochzeit von Michael Frickx und Emily Weinstein, Enkelin des Inhabers der Südafrikanischen Minengesellschaft, die 1966 in der Synagoge auf der Fifth Avenue mit großem Pomp und in Gegenwart der gesamten Boulevardpresse gefeiert wurde. Am Abend haben Appelbaum und Weinstein im Waldorf Astoria ein Dinner mit 500 Gedecken gegeben. Es ging darum, viel Lärm um die Allianz zweier Giganten im Abbau und Handel von Bergbauprodukten zu machen, weniger um die beiden Eheleute, die gleich am Morgen nach ihrer Hochzeitsnacht aus den Klatschspalten verschwunden sind.

Ich füge dieser Notiz Presseausschnitte bei, die diese Hochzeit betreffen. Die Ausbeute ist leider mager, ich wünsche Waidmannsheil.

Commissaire Raoul Dupuis

Daquin blättert die Zeitungsseiten und ein paar Fotos durch, zerstreut zuerst, dann plötzlich aufmerksamer. Auf dem Foto, das er in den Händen hält, steigt die Braut, das Gesicht hinter dem Schleier verborgen, vor dem Synagogeneingang aus einer Limousine, sie stützt sich auf den Arm eines jungen Mannes in Militäruniform, der ihr den Wagenschlag aufhält. David.

Daquin schaut ein zweites Mal hin. Irrtum ausgeschlossen, es ist David. Er sieht ihn wieder auf der Terrasse in Cap Ferrat, den harten Blick, dieses eigenartige Gefühl, einem Krieger gegenüberzustehen. Interessant, sehr interessant. Aber welche Armee? Er verstaut das Foto in seiner Schreibtischschublade.

Als die drei Männer eine Stunde später zusammenkommen, um Bilanz zu ziehen, ist Delmas glücklich wie ein Kind über seine Eskapade. Daquin erteilt ihm das Wort.

»Die Witwe wird sich schnell trösten und schwört, dass sie nie wieder einen Seemann heiraten will …«

»Das ist uns schnurz«, sagt Grimbert düster.

»Überspringen Sie Ihre Glanzleistungen als Verführer, Delmas, und liefern Sie uns einen zusammenfassenden Kommentar zur Ausbeute Ihrer Reise.«

»Das Schiff war rund um die Uhr von der türkischen Polizei bewacht, eine Besichtigung wurde mir nicht gestattet. Gestattet war mir ein kurzer Einblick ins Bordbuch mit dem Eintrag der Funkverbindung zu Simon und der Anweisung, nach Marseille zurückzufahren. Das ist im Gange, auch wenn die Mannschaft nicht vollzählig ist. Zwei Matrosen haben sich am Tag oder vielmehr in der Nacht des Unfalls abgesetzt.«

Daquin hebt den Kopf. »Sieh an … Was weiß man über sie?«

»So gut wie nichts. Ich habe im Bordbuch gesucht. Sie haben offenbar zwei Monate vorher in Istanbul angeheuert. Aber das Bordbuch enthält praktisch keine einzige Information über sie. Einer soll die pakistanische Staatsangehörigkeit haben …«

»Unsere Verdächtigen?«

»Sieht danach aus. Die drei zypriotischen Matrosen, die an Bord festgehalten wurden, übernehmen die Rückführung des Schiffes.«

»Wann kommt die *Santa Lucia* zurück?«

»Sie müsste vorgestern in Istanbul abgefahren sein. Die türkischen Polizisten, die ich getroffen habe, schienen es eilig zu haben, sie loszuwerden.«

Und ein Überraschungsgeschenk: Nicolas' Gedichtheft, das Delmas aus seiner Tasche holt und Daquin hinhält, aufgeschlagen auf der Seite mit dem Gebet für Pieri. Daquin liest die letzten Zeilen laut vor:

Du hast mich aufgesammelt, beherbergt, gepflegt. Du hast mir eine Arbeit in der Handelsmarine gegeben. Du hast mir eins deiner Schiffe anvertraut, das geheimste, das gefährlichste. Ich habe es zu schützen gewusst. Ich bin stolz auf dein Vertrauen. Ich bin stolz darauf, dich nie enttäuscht zu haben. Ruhe in Frieden. Ich bewahre dein Andenken.

14. März 1973, Istanbul
Kapitän Nicolas Serreri

»Eine wohlgesetzte Hommage. Ihr Kommentar, Delmas?«

»Wir haben Ihre Karte, Commissaire, und die Anspielung auf die geheimen Geschäfte in Nicolas' Hommage an Pieri, schließlich die Ermordung des Kapitäns. Zypern. In der Zeitung habe ich vor ein paar Tagen gelesen, dass ein zypriotischer Frachter randvoll mit Waffen auf offener See vor Irland aufgebracht wurde. Man denkt zwangsläufig an Waffenhandel.«

Daquin wirft Grimbert einen fragenden Blick zu, der antwortet: »Wir denken alle drei dasselbe. Zypern ist der größte Marktplatz für den Verkauf geschmuggelter Waffen an terroristische Bewegungen, darunter die Palästinenser, die IRA in Irland und die ETA im Baskenland.«

»Gute Arbeit, Delmas.« Daquin denkt einen Augenblick nach, spricht dann weiter. »Für alle Fälle schlage ich vor, dieses Heft nicht als Beweisstück aufzunehmen. Wir behalten es in der Hinterhand, um Maïté zu knacken, falls sich die Gelegenheit bietet. Sie hat diesen Nicolas sehr geliebt. Man könnte sagen: wie den Sohn, den sie mit Pieri nicht hatte.« Er schlägt das Heft zu. »Sagt der Bericht von Delmas Ihnen zu, Grimbert, oder haben Sie immer noch etwas zu meckern?«

Grimbert lächelt. »Er passt mir sehr gut. Aber bevor wir zum Wesentlichen kommen, den Unterlagen der Somar, noch zwei Worte: Ich habe am Sonntagmorgen Casanova getroffen, er hat den Typen auf dem Foto neben Maïté identifiziert, ein gewisser Jo der Armenier.«

Delmas unterbricht ihn: »Jo der Armenier. Catherine Serreri hat von ihm erzählt. Nicolas betrachtete ihn als einen Bruder. Dann haben sich Nicolas und er Ende letzten Jahres heftig gestritten und Nicolas hat ihn rausgeworfen.«

»Interessant. Nicolas' Bruder, Maïtés treuer Begleiter, Jo gehört zur Familie. Während des gesamten Gesprächs wirkte Casa unbehaglich auf mich, als würde er die ganze Zeit abwägen, was er mir sagen kann und was er mir nicht sagen darf …«

»Haben wir keine Akte über Jo den Armenier?«

»Nein, das habe ich geprüft, aber wenn wir seine Personalien hätten …«

»Ich kann Catherine fragen.«

»Tun Sie das, Delmas, tun Sie das. Kommen wir jetzt zur Somar.«

»Wir haben also zu dritt gearbeitet, mein Kollege von der Abteilung für Finanzdelikte, Delmas, als er mit Witwentrösten fertig war, und ich. Wir konnten noch nicht alles genau untersuchen. Aber was die Somar betrifft, haben wir ihre Funktionsweise im Wesentlichen verstanden. Erster Punkt: Der

Schiffsbetrieb erwirtschaftet sehr hohe Gewinne, sehr viel höhere als die Konkurrenz. Wie ist das möglich? Ein Teil der Kosten dieser Branche –Vorräte, Diesel, Löhne – ist eindeutig unterfakturiert. Wir haben die üblichen Preise dieser Posten mit denen verglichen, die auf den Rechnungen auftauchen. Die Somar bezahlt Preise, die nur zehn Prozent der üblichen betragen. Wir haben möglicherweise die gleiche Diskrepanz bei den Preisen der transportierten Waren, aber wir hatten noch keine Zeit, die in diesem Fall sehr viel komplexeren Vergleiche anzustellen. Wie ist eine solche Abweichung zwischen üblichen und fakturierten Preisen möglich? Eine Gewissheit: Ein Großteil der Einkäufe wird ohne Rechnung mit Bargeld bezahlt, von dem wir in der Buchhaltung der Somar keine Spur finden. Unsere Hypothese: Es handelt sich um Schwarzgeld, das aus diversen Bestechungen und krummen Geschäften stammt. Können Sie mir folgen?«

»Bis hierher geht's.«

»Da ihr die Ausgaben nicht in Rechnung gestellt werden, sind die Gewinne, die die Somar ausweist, künstlich aufgebläht. Immer noch klar?«

»Immer noch.«

»Zweiter Punkt: Die Somar hat ein Tochterunternehmen auf Malta ...«

Daquin hebt die Nase von den Notizen, die er sich gerade macht, sieht Grimbert an, der kurz innehält, dann fortfährt:

»... die Serval, die ihr diverse Dienstleistungen von der Sorte Werbung, PR oder, noch besser, Beratung zu astronomischen Preisen in Rechnung stellt. Die Somar macht weder Werbung noch PR und hat ganz sicher keinen Beratungsbedarf, aber sie zahlt. Auf diese Weise fließen erkleckliche Summen nach Malta, wo sie den Blicken von Fiskus und Polizei fortan entzogen sind. Unsere Hypothese: Es gibt eine Gruppe Leute, die der Somar im Vorfeld schwarzes Bargeld geliehen haben und es bei einer maltesischen oder Schweizer oder luxemburgischen Bank – die Auswahl ist riesig – reingewaschen und sauber wieder abholen können, gegen Zahlung einer bescheidenen Provision in Höhe von zwanzig Prozent, Grundtarif bei derlei Transaktionen, sagt mein Kollege von den Finanzdelikten. Die Somar ist das, was man eine Geldwaschmaschine nennt, und ein Unternehmen zur Steuerhinterziehung. Erinnern wir uns, dass Pieri sie zu einer Zeit gegründet hat, als die French auf Hochtouren lief. Meine Hypothese lautet, dass er die Somar aufgezogen hat, um das Geld des Guérini-Clans zu waschen und anzulegen, das außerhalb Frankreichs sicherer war. Dann hat die Firma sich verselbständigt. Aber Geld wäscht sie immer noch.«

»Wessen Geld?«

»Die Antwort liegt wahrscheinlich auf Malta. Jedenfalls findet sie sich nicht in den Buchführungsunterlagen, die wir beschlagnahmt haben. Über die maltesische Tochterfirma haben wir nichts außer dem Namen und der Adresse auf den Rechnungen.«

»Ist es denkbar, dass der Name des Mörders auf der Kundenliste der Geldwaschmaschine steht?«

»Da habe ich meine Zweifel. Seine Kunden fühlten sich bei Pieri sicher, der die Geldwaschmaschine jahrelang reibungslos und ohne Indiskretionen betrieben hat. Gefahr für sie besteht eher jetzt nach seiner Ermordung.«

»Wir werden in dieser Sache klar sehen, wenn wir die Begünstigten ausgemacht haben. Vielleicht gab es mit einem von ihnen Streit ums Geld und die Morde hängen damit zusammen.«

»Das ist möglich, aber meines Erachtens nicht wahrscheinlich.«

»Wir brauchen diese Listen. Sie würden unserer Ermittlung irrsinnige Schlagkraft verleihen.« Daquin wechselt das Thema: »Warum hat das Finanzamt nichts gemerkt?«

»Es existieren Rechnungen für alle getätigten Geschäfte. Wenn man sich damit begnügt, Addition und Subtraktion durchzuführen, ohne sich darum zu kümmern, was diese Rechnungen beinhalten, stimmen die Konten. Weiter hat das Finanzamt nicht geschaut.«

»Nicht weiter schauen können oder wollen?«

»Im Moment unmöglich zu sagen. Das ist noch nicht alles. Die Somar hat ein zweites Tochterunternehmen auf Malta, die Mival, die zwei unter maltesischer Flagge fahrende Öltanker betreibt oder zu betreiben scheint.«

»Da ist endlich das Erdöl, von dem Thiébaut gesprochen hat …«

»Aber wir hatten keine Zeit, die Buchführung zu entwirren, die außergewöhnlich kompliziert ist. Die Tanker gehören nicht der Somar, sondern einer Gesellschaft mit Sitz in Curaçao, die Somar gibt die Direktiven, und als Betreiberin ist die Mival eingesetzt. Ein echtes Kuddelmuddel. Aber nach dem, was mein Kollege sagte, scheint das in dem Sektor total üblich zu sein.«

Grimbert schweigt. Daquin überlegt laut: »Warum Malta? Das steht nicht auf der Liste der Steuerparadiese. Warum nicht Panama oder Jersey? Sie selbst stammen aus Malta, Pieri siedelt sich dort an, ich würde das gern verstehen, ist das ein Zufallseffekt oder ist Malta der Mittelpunkt der Welt?«

»Das ist kein reiner Zufall. Die Verbindungen zwischen Marseille und Malta sind alt. Nach dem Krieg sind bettelarme Malteser nach Marseille gekommen, um ihr Glück zu versuchen, und zwar genauer gesagt als Seeleute im Zigarettenschmuggel, der von Tanger aus betrieben wurde, ein von Marseillern geführtes Unternehmen von beträchtlichem Umfang, das hunderte Menschen beschäftigte. Die Guérinis waren mit von der Partie. Pieri hat dort Erfahrungen gesammelt, und er muss mit Maltesern zusammengearbeitet haben. Sie kennen allmählich Pieris Familiensinn, ich stelle mir vor, dass er sich in dem Moment, als er abseits der Blicke des französischen Fiskus Firmen gründete, an seine alten Waffengefährten erinnert hat. Jedem seine Netzwerke.« Grimbert holt tief Luft, zögert, dann: »Was mich betrifft, ist die Verbindung zwischen Malta und Marseille ebenfalls kein reiner Zufall. Nach dem Krieg ertrug mein Vater sein Elend nicht mehr und wollte Geld verdienen. Als er seine Familie nach Marseille brachte, hatte er unseren Landepunkt nicht wahllos ausgesucht, er hatte eine Idee im Kopf, man sprach auf unserer Insel viel vom Zigarettenschmuggel, er hat uns ziemlich bald sitzen lassen, meine Mutter und mich, und Gerüchten zufolge in Tanger sein Glück gesucht, zusammen mit seinen korsischen Nachbarn in Teams, die ausschließlich aus Marseillern bestanden. Wir haben nie wieder von ihm gehört. Ich schlage daher vor, dass wir nicht von Zufall sprechen, sondern eher von einem Zusammentreffen von Umständen.«

»Ich werd's mir merken.«

»Und wenn Malta noch nicht auf der Liste der Steuerparadiese steht, wird es nicht mehr lange dauern. Die britische Militärbasis, die sie durch Infusionen am Leben erhalten hat, zieht schrittweise ab, seit die Insel unabhängig geworden ist. Sie besitzt keine Bodenschätze, sie ist dicht besiedelt, und die Malteser sind erfahrene Seeleute und Händler, als Zugabe bringen sie in Geschäftsdingen ein solides Erbe an englischem Liberalismus mit, amoralisch und effizient, und eine ideale geografische Lage im Herzen des Mittelmeers. Pieri hat das

Land der unbegrenzten Möglichkeiten gewittert, nur zwei Schritte von seiner Haustür entfernt. Vielleicht errichtet man ihm als dem Pionier des neuen maltesischen Wohlstands auf der Insel demnächst eine Statue.«

Daquin ächzt. »Dann stecken wir also fest.«

»Nicht unbedingt. Als ich in den Polizeidienst getreten bin, ist meine Mutter, beruhigt über mein Schicksal, nach Malta zurückgegangen, sie hat es nie geschafft, korrekt Französisch zu sprechen. Sie lebt immer noch dort, mit ihrer ganzen Familie. Ich fahre mit meiner Frau und meinen Kindern einmal im Jahr in den Ferien hin.«

»Ich sehe, worauf Sie hinauswollen, Grimbert. Mein Interesse ist geweckt.«

»Ich kenne die Sitten der Insel gut, Valletta ist eine sehr kleine Stadt, fünftausend Einwohner, eigentlich ein Dorf, jeder kennt jeden, ich habe Freunde und Verwandte dort. Ich denke, mit ihrer Hilfe kann ich die Leute finden, die die Serval und die Mival leiten, sie aufsuchen und Informationen herausholen. Die Angelegenheit auf Marseiller Art regeln. Oder auf maltesische Art, wenn Ihnen das lieber ist. Es kommt in etwa aufs Gleiche raus.«

»Gekauft. Und mehr will ich darüber nicht wissen. Ich meinerseits habe zwei Informationen weiterzugeben. Die informelle Rekonstruktion des Mordes an Pieri mit dem Spezialisten von den Einsatzkommandos lässt nicht wirklich Spielraum für Zweifel. Die Abrechnung im Milieu scheint ihm sehr unwahrscheinlich. Wir können Ihre Hypothese als gesichert betrachten, Grimbert, dass es sich um die Inszenierung eines Mordes nach Art einer Abrechnung im Milieu handelt, um die Ermittler in die Irre zu führen. Oder ihnen eine praktische Ausgangstür anzubieten.«

Ein Moment Stille, dann fährt Daquin fort.

»Der andere Punkt: Ich habe David Hammersfeld getroffen, Emilys Cousin. Gut aussehender Kerl. Hier ist sein Foto. Er hat am 10. März in Marseille einen Wagen gemietet, unter dem Namen Leo Siebert und mit Papieren von ausgezeichneter Qualität, Fotokopie liegt in der Akte. Er trifft erst am 15. März bei seiner Cousine ein, ist also während der zwei Morde in der Gegend. An seiner Person führt bei unserer Ermittlung kein Weg mehr vorbei. Wir werden uns damit befassen, während Sie Ihre Familie besuchen. Noch Anmerkungen? Die Sitzung ist hiermit beendet und wir gehen Ihre paar Urlaubstage im Anbau begießen.«

Die Bar-Tabac, der Anbau, ist rappelvoll, eine bunte Mischung aus Bullen der Kriminalpolizei und Journalisten, die sich um die Bar drängen. Der Pastis fließt in Strömen, allgemeine Diskussion, sehr lautstark, einziges Gesprächsthema: die Affäre Cartland. Die Journalisten fischen wie üblich nach Tipps, aber es gibt noch keine und so wird herumgewitzelt. Auf Kosten des Chefs der Kriminalpolizei. Er kämpft darum, sich den Fall unter den Nagel zu reißen, er hat nicht verstanden, dass Engländer in der Gegend Unglück bringen, eine sichere Katastrophe, die Bullen der Kriminalpolizei werden wieder als Nichtsnutze dastehen. Ein Journalist nimmt Wetten entgegen, die er in ein schwarzes Heftchen einträgt: zehn zu eins für ein Polizei- und Justizfiasko.

Daquin, Delmas und Grimbert setzen sich wie immer in die Sonne auf die Terrasse, bestellen einen Cognac und zwei Ricard, stoßen an. Grimbert schätzt diesen Moment der Dekompression vor dem, was ein Sprung ins Ungewisse ist, da kann er sagen, was er will.

In einer Ecke des Schankraums steigt plötzlich der Lärmpegel, eine beginnende Prügelei, es hagelt Beleidigungen.

»Was hast du hier zu suchen? Dreckiger Scheißkerl …«

»Verdammter Wichser …«

»Hau ab und verkauf deine vermurksten Tipps an die Amis.«

Zwei Inspektoren rempeln einen Mann an, der es mit der Angst zu tun bekommt, sie packen ihn am Kragen, zerren, stoßen ihn Richtung Terrasse, während sie auf ihn einprügeln.

Der Trupp kommt am Tisch von Daquin und seinem Team vorbei, die gerade Zeit haben, einen rasierten Schädel zu erkennen, ein braunhäutiges, verängstigtes Gesicht, verdrehte Augen, der Mann schützt seinen Kopf zwischen seinen Armen.

»Wir rühren uns nicht«, murmelt Daquin.

Am Ende der Terrasse packen die Inspektoren jeder einen Arm und ein Bein und werfen den Mann rücksichtslos aufs Pflaster des Platzes.

»Lass dich nie wieder hier blicken, ich mein's ernst.«

Er landet auf dem Bauch, kommt taumelnd auf die Beine und flüchtet, ohne sich noch einmal umzusehen.

Einer der Inspektoren geht auf Grimbert zu, während er seine Kleider richtet. Er bleibt in seiner Nähe stehen. »Hast du ihn erkannt?«

»Nein.«

»Jo der Armenier, eine kleine Nummer in der Bande der Guérinis. Er hat es immer mehr oder weniger mit allen getrieben. Seit einiger Zeit gibt er den Spitzel für die Amis. Und wenn ich Amis sage, meine ich direkt das Konsulat. Eine verdammte Scheiße. Er hat eben versucht, sich Tipps über die Pieri-Ermittlung zu verschaffen, seid auf der Hut, Jungs.«

»Danke für die Info, Dicker, wir werden dran denken.«

Der Inspektor entfernt sich. Grimbert wendet sich an Daquin.

»Er heißt Noël Legras. Deshalb nennen wir ihn Weihnachtsmann oder Dicker. Jo der Armenier gewinnt an Bedeutung, könnte man meinen.«

»Könnte man meinen.«

»Vor meinem Urlaubsantritt könnten wir drei bei Étienne zusammen Mittag essen, das würde mich freuen. Kennen Sie das Lokal?«

»Nein.«

»Es wird Ihnen gefallen. Es ist nicht weit, man isst schnell und gut, frittierten Tintenfisch mit Knoblauch und Petersilie, Fleischbällchen mit Spaghetti, Pizza mit Käse oder Anchovis.«

Daquin steht auf. »Wir folgen Ihnen.«

Die zwei Gasträume des Restaurants sind gerammelt voll. Viele Bullen in Zivil und Militärs im Kampfanzug beziehungsweise ganz oder halb in Uniform, in völlig entspannter Atmosphäre.

»Die meisten sind Jungs aus der Fremdenlegion«, erläutert Grimbert, »hauptsächlich einfache Soldaten oder untere Dienstgrade, die im Erholungszentrum der Legion beim Vallon des Auffes auf Urlaub sind.«

Und ein paar Marseiller, die weder zur einen noch zur anderen Gruppe gehören. Die Stimmung ist herzlich und geräuschvoll. Man redet laut, man ist ausgelassen, man lacht, Schulter an Schulter, Rückenklopfen, man fühlt sich wohl, zu Hause. Étienne findet sehr schnell eine Tischecke, kommt gar nicht in Frage, Grimbert warten zu lassen, einen Stammgast. Die drei Männer setzen sich und passen sich an ihre Nachbarn an, man redet nicht über die Arbeit, vergisst für die Zeit einer Pizza und eines Krugs Rotwein den Treibsand und die steigende Flut.

Am Ende der Mahlzeit drücken Delmas und Daquin Grimbert die Hand, »Lassen Sie von sich hören, sobald Sie können«, und kehren zurück in den Évêché.

Daquin ruft im Autonomen Hafen an: Die *Santa Lucia* wird für übermorgen am Vormittag erwartet.

Und Delmas zieht sich zurück, um Catherine anzurufen.

Als er wiederkommt, ist Daquin in die Fallakte vertieft, blättert, legt bestimmte Unterlagen ab, nimmt andere heraus, dann wendet er sich Delmas zu. »Also, Jo der Armenier …«

»… heißt Joseph Stepanian. Das ist alles, was Catherine weiß.«

»Während Grimbert Ferien macht, werden wir unsere Pflicht tun. Ich habe ein volles und nicht sehr glamouröses Programm für Sie.« Er schiebt ihm eine Akte hin. »Sie werden sich für David interessieren, den Cousin von Emily Frickx. Ich habe Ihnen alle Informationen zusammengestellt, über die wir verfügen. Er ist unter zwei Identitäten bekannt. Emily stellt ihn als David Hammersfeld vor, Südafrikaner. Er besitzt einen Führerschein auf den Namen Leo Siebert, amerikanischer Staatsbürger. Ich habe Ihnen die Kopie dazugelegt. Der Führerschein ist entweder echt oder eine ausgezeichnete Fälschung. Wir haben ein gutes Foto von dem Mann, hier, ich übergebe es Ihnen zu treuen Händen. Schließlich und endlich hat er am 10. März einen weißen Citroën Ami 8 mit dem Kennzeichen 630 GT 51 als Leihwagen genommen, den er immer noch zu benutzen scheint, ich habe Ihnen eine Kopie der Vermietungsunterlagen beigelegt.

Ich will zweierlei wissen. Das Erste ist relativ einfach. Als das Krankenhaus Saint-Roch Emily nach dem Mord nach Hause entlassen hat, hat man sie einer Krankenpflegerin anvertraut. Mit etwas Glück hat diese Frau die Ankunft von David und Michael Frickx miterlebt. Finden Sie raus, wer sie ist, treiben Sie sie auf, befragen Sie sie, niemand hat das bisher getan, bestehen Sie darauf, einen möglichst kompletten Bericht zu erhalten. Da wir nicht wissen, wonach wir suchen, kann sich das kleinste Detail als wichtig erweisen.

Das Zweite ist schon komplizierter. David ist spätestens seit dem 10. März in der Gegend, dem Tag der Autoanmietung. Er ist offenbar erst am 14. oder 15. März bei seiner Cousine eingetroffen, das genaue Datum ist noch zu klären. Wo steckt er in der Zwischenzeit, was treibt er? Zerbrechen Sie sich den Kopf und geben Sie Ihr Bestes. Ich für meinen Teil werde den Direktor aufsuchen, falls ich ihn erwische, und ich kümmere mich darum, in Zusammenarbeit mit dem Zoll den Empfang der *Santa Lucia* vorzubereiten. Das Gleiche wie bei Grimbert: Lassen Sie von sich hören. Und kommen Sie mit Antworten auf meine Fragen wieder.«

Dann setzt sich Daquin an einen kurzen Überblicksbericht für den Chef der Kriminalpolizei.

Er bekommt erst am späten Nachmittag einen Termin für eine Unterredung.

»Wie geht es Ihrem Team und Ihrer Ermittlung, Daquin?«

»Interessante Arbeit und ausgezeichnetes Team, Herr Direktor. Ich habe Ihnen eine kleine Notiz vorbereitet, hier ist sie. Nach den Hausdurchsuchungen weitet sich die Ermittlung aus. Wir sind dabei, die Unterlagen zu sichten, die wir bei der Somar beschlagnahmt haben. Eine langwierige Arbeit. Die Buchhaltung ist in Ordnung, aber nur dem Anschein nach. Die Somar ist eine Geldwaschmaschine, Herr Direktor.«

»Hier in Marseille hat das jeder mehr oder weniger vermutet.«

Daquin, ausdrucksloses Gesicht, hört Staatsanwalt Coulon sagen: Wir dürfen das Bild einer dynamischen Marseiller Firma nicht beflecken.

»Sie waren am vergangenen Freitag bei der Trauerfeier für Pieri in der Handelskammer, nehme ich an?«

»Ja, Herr Direktor.«

»Nach dem, was man mir sagte, waren viele dubiose Kunden der Somar anwesend. Sie sehen die Komplexität der Sache. Gut, sonst nichts zu vermelden?«

»Inspecteur Grimbert hat ein Problem in der Familie und macht eine kurze Reise nach Malta.«

»Wünschen Sie eine Vertretung?«

»Nein, Herr Direktor. Es geht allenfalls um ein oder zwei Tage, Delmas und ich sind ausreichend.«

»Umso besser. Wir haben einen Riesenfall am Hals, ich nehme an, Sie sind auf dem Laufenden, ich habe das Dossier Cartland nach Hause geholt. Ab jetzt ist es unser Fall. Das bindet einen Großteil unserer Kräfte … Sie werden das alles morgen in der Presse lesen.«

»Inspecteur Principal Leccia vom Zentralkommissariat Nizza hat mich neulich Abend besucht.«

»Der schon wieder!«

»Ich habe nicht recht verstanden, was er wollte.«

»Ich mag es nicht, dass sich diese Person im Évêché in den Abteilungen der Kriminalpolizei herumtreibt. Sollte er noch mal wiederkommen, komplimentieren Sie ihn hinaus, aber in aller Höflichkeit. Gut, lassen Sie mir Ihre Notiz hier, ich lese sie, sobald ich Zeit dazu habe.«

12

Mittwoch, 21. März 1973

Mittwoch, Nizza, Saint-Tropez

Delmas fährt früh in Marseille los und trifft im Laufe des Vormittags in Nizza ein. Er ist sehr guter Laune, mindestens zwei Tage fern des Évêché, immer noch besser als nichts. Danach läuft alles wie am Schnürchen. Von der Notaufnahme im Krankenhaus Saint-Roch zur Arbeitsvermittlung für Gesundheitsberufe, dann von der Arbeitsvermittlung zum Domizil von Madame Dupâquier, eine große Wohnung aus der Jahrhundertwende in der Altstadt von Nizza – Sophie Clout, die Pflegerin, die an Emilys Krankenbett gearbeitet hat, ist schnell aufgespürt. Sie ist sofort bereit, ihm ihren achtundvierzigstündigen Aufenthalt bei Familie Frickx zu schildern, ohne sich groß darum zu scheren, ob es mit der Schweigepflicht der medizinischen Zunft vereinbar ist, der Polizei die kleinen Geheimnisse ihrer Kranken weiterzuerzählen. Da Madame Dupâquier nach der Morgentoilette fest eingeschlafen ist, nimmt Sophie Delmas mit in die Küche und macht ihm einen Kaffee. Sie setzen sich gemütlich an den großen alten Eichentisch, und froh, dass sich endlich jemand für ihr Tun und Treiben interessiert, stürzt sich Sophie in einen umständlichen Bericht. Ununterbrochener Wortstrom, Delmas schenkt ihm selektive Aufmerksamkeit. Er speichert en passant, dass Emily wirklich sehr mitgenommen war, kein Theater, und konzentriert sich auf die Schilderung der letzten Stunden. Frickx trifft am späten

Abend ein, gegen zweiundzwanzig Uhr dreißig. Noch in der Nacht teilt er ihr mit, dass er am nächsten Morgen früh wieder aufbrechen und ein Cousin von Emily kommen wird, um ihr Gesellschaft zu leisten.

»Ein Mann, den Emily und er lange nicht mehr gesehen haben, weil er im Ausland lebt. Das ist der Satz, den er gesagt hat. Ich erinnere mich so genau daran, weil ich nicht verstanden habe, warum er diese Präzisierung für nötig hielt. Ich stand also früh auf, um Monsieur Frickx zu verabschieden. Ich war auf der Treppe, als dieser David eintraf. Monsieur Frickx ging auf ihn zu und sagte: ›Geht's? Hältst du durch?‹ Ich fand diese Art der Begrüßung von jemandem, den man angeblich lange nicht gesehen hat, wirklich eigenartig.«

»In welcher Sprache hat er das gesagt?«

»Auf Englisch.«

»Sie verstehen Englisch?«

»Aber ja. Wissen Sie, wenn man in Nizza Alte und Kranke versorgt, ist das fast unerlässlich bei all den Engländern, die wir hier haben. Die Arbeitsvermittlung hat mich zu Madame Frickx geschickt, weil sie Amerikanerin ist und ich die Sprache kann. Aber das war gar nicht nötig, sie spricht perfekt Französisch. Er spricht ebenfalls Französisch. Er wechselt mühelos zwischen den Sprachen hin und her. Mich hat er immer auf Französisch angeredet. Er wusste vielleicht nicht, dass ich ihn verstehe, wenn er Englisch spricht.«

»Was genau hat er gesagt?«

»Zuerst: *How are you?* Dann hat er nachgesetzt: *Are you holding on?* Hältst du durch? Der andere hat geantwortet, indem er den Charme von Saint-Tropez erwähnte, an den genauen Wortlaut erinnere ich mich nicht mehr. Aber warum hat Monsieur Frickx mir gegenüber von einem Mann gesprochen, der im Ausland lebt? So weit ist Saint-Tropez nicht weg …

Wenn Sie mich fragen, wirkten diese beiden, als hätten sie sich am Vorabend nach einem zünftigen Gelage getrennt und wollten nicht, dass das rauskommt.«

Delmas geht in der nächstgelegenen Brasserie ein Omelette essen und einen Espresso trinken und verfasst eine Notiz über sein Treffen mit Sophie Clout. »Hältst du durch?« wenige Stunden nach Simons Ermordung, vielversprechend?

Als Nächstes: Davids Aufenthaltsort zwischen dem 10. und 15. März ausfindig machen. Zerbrechen Sie sich den Kopf ... Finden Sie Antworten ... Der Charme von Saint-Tropez ... Saint-Tropez, ob ich es damit versuche? Warum nicht? Keine andere Idee. Speziell Hotels mit zwei, maximal drei Sternen anvisieren. Er hat sich einen Citroën Ami 8 ausgesucht, so ein Wagen würde in den Luxusherbergen zu sehr auffallen. Kaum hat er den letzten Bissen heruntergeschluckt, macht Delmas sich wieder auf den Weg.

In Saint-Tropez geht er zum Fremdenverkehrsverein, besorgt sich eine Aufstellung der Zwei- und Dreisternehotels in der Stadt und im Umland, eine Liste mit knapp fünfzig Namen, von der er nicht sicher ist, dass sie vollständig ist. Er wappnet sich mit einer guten Straßenkarte und nimmt, im Stadtzentrum beginnend, die Liste in Angriff. Polizeiarbeit, stumpfsinnig. Er zeigt als Erstes das Foto von David, nennt dann seine zwei bekannten Namen, die möglichen Daten seines Aufenthalts, die Angaben der Autovermietung über seinen Wagen. Ein Ansprechpartner, manchmal zwei oder drei. Eine Viertelstunde pro Hotel. Um acht Uhr abends hat Delmas knapp ein Dutzend Unterkünfte aufgesucht, ohne Ergebnis. Er ruft Daquin im Évêché an. Nicht da. Er hinterlässt eine Nachricht in der Telefonzentrale, in der er seine Rückkehr für den morgigen Nachmittag ankündigt, und verbringt im Hotel *Vagues Bleues* einen einsamen Abend und eine einsame Nacht mit Blick aufs Meer.

Mittwoch, Marseille

Der Autonome Hafen hat gemeldet, dass die *Santa Lucia* morgen, den 22. März, am Vormittag erwartet wird. Daquin hat sich mit Jaland, dem Leiter der Zollbehörde, in dessen Büro am Boulevard des Dames verabredet. Keine zehn Minuten Fußweg vom Évêché entfernt.

Die beiden Männer schütteln sich die Hand, ohne Wärme. Der Zollbeamte ist auf der Hut: Seit Ausbruch des »Kriegs gegen die Drogen« bestehen starke Rivalitäten zwischen Zoll und Drogendezernat und die zwischenmenschlichen Beziehungen haben sich deutlich verschlechtert. Wo positioniert sich Daquin? Auf Seiten der Pariser und der Amerikaner vom Drogendezernat? Oder auf Seiten der Marseiller vom Évêché, was wenig wahrscheinlich ist, schließlich ist er aus Paris.

Er fordert ihn auf, sich zu setzen, dann: »Sie wollten mich treffen?«

»Ich benötige Ihre Hilfe. Es geht um die Somar. Wir haben ihre Büros durchsucht.«

»Davon habe ich gehört.«

»Und jetzt habe ich eine verzwickte Geschichte am Wickel. Einer der Frachter der Somar, die *Santa Lucia*, kommt morgen nach La Joliette zurück, und ich hätte gern Ihre Einschätzung, was die regelmäßigen Routen dieses Frachters betrifft.«

»Die *Santa Lucia*, der Frachter, dessen Kapitän tot aufgefunden wurde? Ertrunken im Hafen von Istanbul?«

»Genau der.«

»Nach der Ermordung von Pieri und Simon ein weiterer unglückseliger Schicksalsschlag?«

»Das würde ich nicht sagen, nein.« Lächeln. »Aber wir besitzen keine Handhabe, die Version der türkischen Polizei in Frage zu stellen, die auf Unfalltod infolge übermäßigen Alkoholkonsums geschlossen hat. Würden Sie bitte mal einen Blick auf diese Karte werfen?« Daquin schiebt dem Zollbeamten die Karte mit den von der *Santa Lucia* im Mittelmeer befahrenen Strecken hin, Jaland betrachtet sie schweigend. »Was denken Sie?«

»Und Sie, wonach suchen Sie?«

»Waffenschmuggel auf der Strecke Constanţa–Zypern?«

»Haben Sie Indizien dafür?«

»Kein einziges. Nur Fragen.«

»Es ist denkbar. Bulgarische Firmen stellen für den sowjetischen Inlandsbedarf viele leichte und mittelschwere Waffen her. Es ist nicht völlig abwegig, dass sie auch Zugang zum westlichen Markt suchen. Schwarzmarkt wahrscheinlich. Zumal mit den Palästinensern, der IRA in Irland und der baskischen ETA eine starke inoffizielle Nachfrage nach diesem Waffentyp besteht, der sich gut verkauft. Da bei ihnen der Export verboten oder jedenfalls streng kontrolliert ist, nutzen die Bulgaren häufig die rumänischen Häfen. Und Zypern ist eine sehr aktive Drehscheibe in Richtung der genannten Organisationen. Was wollen Sie sonst noch von mir wissen?«

»Weiter nichts, aber ich brauche Ihre Hilfe. Wir wissen, dass Simon, die Nummer zwei bei der Somar, am Tag vor seiner Ermordung Funkkontakt mit der *Santa Lucia* hatte. Wir wissen auch, dass die *Santa Lucia*, von Constanţa kommend, Richtung Zypern unterwegs war, mit einem Zwischenstopp in Istanbul. Genau die Strecke, die uns interessiert. Simon hat angeordnet, dass sie nach dem Zwischenstopp in Istanbul auf direktem Weg nach Marseille zurückfährt, ohne Zypern anzulaufen, was der Frachter gerade auch tut. Wenn die *Santa Lucia* in Constanța Waffen abholt, wovon wir vielleicht ausgehen können, besteht dann die Aussicht, dass sie bei ihrer Ankunft hier noch an Bord sind?«

»Nach einem Zwischenstopp und einem Mord in Istanbul?«

»Das Schiff stand nach dem Tod des Kapitäns rund um die Uhr unter Bewachung durch türkische Polizisten.«

Jaland lächelt und entblößt dabei alle Zähne. »Humor oder Naivität?«

Daquin lächelt ebenfalls. »Weder das eine noch das andere. Bei mir siegt bisweilen der Optimismus des Willens über den Pessimismus der Vernunft.«

»Hübsche Formulierung. Warum nehmen Sie keine Durchsuchung vor, als Verlängerung derjenigen bei der Somar? Das wäre logisch.«

»Aus einem sehr wichtigen Grund. Ich will diskret vorgehen. Ich sage mir, es besteht eine kleine Chance, dass bei Ankunft der *Santa Lucia* jemand die Ware in Empfang nehmen kommt, und ich kann meine Vorkehrungen treffen, um ihn zu orten. Wenn ich die Durchsuchung selber vornehme, weiß das Büro des Staatsanwalts von Nizza Bescheid, ebenso der Évêché und anschließend ganz Marseille. Und niemand wird die *Santa Lucia* erwarten. Wenn Sie dagegen eine gewöhnliche Kontrolle durchführen ...«

»Eine Routinekontrolle. Das ist der Begriff, den wir verwenden.«

»... richtig, eine Routinekontrolle, ohne die Suche nach Waffen bekannt zu geben, behalte ich meine Chance.«

»Viel Wenn und Aber.«

»Sicher.«

»Aber warum nicht? Sie sind sehr direkt, ich schätze das. Die Beziehungen sind nicht immer einfach zwischen uns von der Zollbehörde und den Polizisten in gewissen Abteilungen im Évêché.«

»Ich weiß, man hat mir ein paar Worte dazu gesagt.«

»Wir könnten eine Routinekontrolle des Zolls erwägen auf einem Schiff, das aus Istanbul kommt und bisher noch nie kontrolliert wurde. In dieser Zeit massiver Anti-Drogen-Maßnahmen scheint mir das vollkommen gerechtfertigt. Es könnte sogar sein, dass wir welche finden, Drogen meine ich.«

»Alles kann passieren.«

»Sie sorgen für die Bereitstellung eines leichten Polizeiaufgebots zur Beobachtung, ob die Kunden auftauchen?«

»Exakt.«

»Geben Sie mir Bescheid, wir koordinieren uns.«

Handschlag, Lächeln.

»Es freut mich sehr, Sie kennengelernt zu haben, ich gehe sofort zurück ins Büro, um mit dem, was vom SRPJ übrig ist, ein kleines Empfangskomitee auf die Beine zu stellen.«

»Was vom SRPJ übrig ist … Wurde der aufgelöst und man hat mich nicht informiert?«

»Das nicht. Aber im Mordfall Cartland wurde die Generalmobilmachung ausgerufen. Offenbar eine Nachwirkung des Albtraums der Affäre Dominici. Ich halte Sie auf dem Laufenden.«

Als Daquin die Zollbehörde verlässt, ist Mittagessenszeit. Er hat die Mahlzeit vom Vortag bei Étienne in guter Erinnerung und weiß, dass er dort das gleiche Publikum aus Militärs und Legionären antreffen wird. Er läuft durchs Panier-Viertel zurück, betritt das Lokal und erspäht drei Tischrunden mit Männern in Kampfanzügen. Er geht hin, stellt sich vor, holt die Zeitungsseite mit dem Foto heraus, das die Braut Emily am Arm ihres uniformierten Cousins zeigt, reicht das Bild herum und fragt, ob jemand ihm sagen kann, in welcher Armee dieser schöne Soldat wohl dient. Ein paar der Gäste wissen es nicht und geben es zu. Die anderen sind sich einig: Uniform eines Oberleutnants der israelischen Armee. Daquin gibt allen drei Tischen einen Apéritif aus und setzt sich zum Essen dazu. Auf dem Menü: Spaghetti mit Fleischbällchen. Bei Étienne herrscht Verbrüderungsstimmung.

Zurück im Évêché macht sich Daquin auf die Suche und findet schließlich vier Inspektoren der Kriminalpolizei für die Überwachung der Ankunft der *Santa Lucia*, ohne ihnen allzu viele Informationen über Ziel und Ablauf der Aktion zu geben.

Jetzt heißt es die Einfahrt des Frachters abwarten. Diese Wartezeiten sind unumgänglich und zermürbend. David, Oberleutnant der israelischen Armee, zwei Identitäten, zwei Staatsangehörigkeiten, sehr gute falsche Papiere, zum Zeitpunkt der zwei Morde möglicherweise in der Gegend. Das ist viel und das ist nichts. Ich benötige mehr und weiß nicht, wo ich es finden soll. Schalt ab, Kerl, du hast es nötig.

Vincents Gesicht, blau getönte Reflexe von fließendem Wasser in seinen Augen, wenn sie sich verdrehen, unsere Beziehung geheim halten, »strikte Heimlichkeit«, sagte Thiébaut, und schon ist er wieder bei Pieri. Noch nicht lebensecht genug. Drang, sich ihm nah zu fühlen, ihn zu fassen zu kriegen. Ich wollte seine Wohnung besichtigen. Grimbert und Delmas sind nicht da, Maïté weilt noch auf Korsika, jetzt oder nie.

Pieri wohnte in der Rue Paradis, eine der schönsten Adressen von Marseille, hat Grimbert gesagt, eine eher schlichte Straße, findet Daquin. Ein Gebäude von Anfang des Jahrhunderts. Daquin stößt die schwere Portaltür auf, keine Concierge in Sicht. Die Wohnung befindet sich in der vierten und letzten Etage, rechte Tür, steht im Durchsuchungsprotokoll. Er steigt die Treppe nach oben, um sich Zeit zu nehmen, die Atmosphäre des Gebäudes zu erfühlen. Sehr still an diesem frühen Nachmittag, ohne tot zu sein, Geräusche zeugen von einem Leben in Zeitlupe hinter den Türen auf dem Treppenabsatz. Vierte Etage, mit dem einfachen Schloss wird Daquin schnell fertig. Keine besonderen Sicherheitsmaßnahmen. Er öffnet die Tür, ein Schock. Im Licht, das vom Flur hereinfällt, sieht er vor sich eine undeutliche Gestalt, wie ein immaterieller Rückstand von Pieri. Er zögert verwirrt, schließt hinter sich die Tür, schaltet das Licht an. Ein großer, an der Wand gegenüber der Tür angebrachter Ganzkörperspiegel zeigt ihm sein eigenes Bild, massig, robust, tadellos zentriert. Dieser Spiegel an dieser Stelle: Pieri, auf sein Aussehen bedacht, dürfte vor dem Weggehen ein letztes Mal seine Kleidung überprüft haben. Gleiche Schulterbreite wie er? Ihm wird klar, dass er nie andere Fotos von Pieri gesehen hat als das Porträt bei der Trauerfeier. Unzureichend.

Die Diele ist klein, funktional. Rechts ein niedriger Tisch, um Schlüssel und Post abzulegen, neben dem Spiegel ein Bistrokleiderständer aus dunklem Holz. Er betritt ein großes Wohnzimmer. Schönes helles Parkett. Vor ihm drei Fenstertüren. Die Jalousien sind heruntergelassen, das Zimmer liegt im Halbdunkel, die Luft ist drückend, unbewegt. Daquin geht näher heran, erkennt durch die Lamellen einen Zementbalkon, ein gusseisernes Geländer, weder Blumen noch Möbel, ein toter Raum. Jenseits davon ein Garten mit üppiger Vegetation, einige vor Gesundheit strotzende Palmen und eine prächtige Bananenstaude, selten in der Region. Absolute Stille. Er dreht sich um. Rechts der Essbereich, an der Wand eine große, sehr detaillierte schwarz-weiße Karte des Malta-Archipels, davor ein weißer Marmortisch mit sechs Knoll-Stühlen, links die Salonecke, ein Sofa, Sessel aus falbem Leder, ein Couchtisch vor einem weißen Steinkamin. Eindruck von schickem und aseptischem Komfort: Pieri hat einen Innenausstatter beauftragt und sich um nichts gekümmert. Keinerlei Unordnung, keine persönliche Note, bis auf die Karte von Malta.

Daquin geht ins Schlafzimmer. Ein kleinerer Raum, nur eine Fenstertür, die auf den Balkon führt. Ein Louis-Philippe-Bett aus Mahagoni, weißer Baumwollüberwurf, dunkelroter Perserteppich, wunderschön, Nachttisch aus Mahagoni, eine kupferne Nachttischlampe. Gegenüber dem Bett eine große Schwarz-Weiß-Karte der Calanques von Marseille bis Cassis, wie ein Echo der Landkarte im Esszimmer. Malta im öffentlichen Leben, Marseille im privaten, erstaunlich. In diesem intimen Bereich dieselbe manische Ordnung. Trotz des gewaltsamen Todes des Besitzers, einer illegalen und einer offiziellen Hausdurchsuchung liegt nirgends etwas herum.

Ein Buch auf dem Nachttisch, *Zur Soziologie der künstlerischen Schöpfung* von Jean Duvignaud. Sofort Emilys Bild: »Die Kunst gehört allen«. Quatsch, und sie weiß das auch … Er nimmt das Buch. Lesezeichen auf Seite 72. Emily–Pieri, das passt nicht zusammen, schwarzes Loch. Er legt das Buch zurück. Er öffnet die Nachttischschublade, säuberlich aufgereihte Medikamentenpackungen, Schmerzstillen links, Atembeschwerden rechts, die Spätfolgen des Kriegs um die *Combinatie*, logisch, nichts Neues. Eine Erinnerung steigt plötzlich hoch: diese manische Ordnung, die beiden Büros von Maïté und Pieri bei der Somar. Maïté, die sicher ist, einen diskreten Besuch von Profis bei Pieri und bei ihr zu Hause erkennen zu können. Er schließt die Schublade wieder. Es liegt auf der Hand: Die Ordnung, hier wie bei der Somar, das ist sie. Maïté war hier, um nach dem Durchrauschen der Bullen die Wohnung aufzuräumen. Aus Respekt und Zuneigung zu Pieri. Und weil sie es so gewöhnt ist.

Er setzt sich aufs Bett, Breite ein Meter, ein Meter zehn, komfortabel für eine Person. Aber nur eine. »Er war weder unerfahren noch verklemmt«, sagte Thiébaut. Unmöglich, sich vorzustellen, wie die beiden, diese zwei Brecher, in einem Bett dieser Größe ungeniert drauflosvögeln. Plötzlich eine Gewissheit: Thiébaut ist nie hier gewesen. »Pieri bestand bei seinen Liebesbeziehungen auf strikte Heimlichkeit«, aus Notwendigkeit, sicherlich, Daquin hat das inzwischen sehr wohl begriffen, vielleicht aber auch zum Vergnügen und aus Gewohnheit. Das Abgrenzungsprinzip. Maïté kannte Thiébaut nicht und respektierte Pieris Privatleben, zwangsläufig, er ließ ihr keine Wahl. Es existiert irgendwo ein anderer Ort, wo Pieri sehr viel intensiver lebte als hier. Ich werde ihn aufspüren.

Daquin steht auf. Er hat gefunden, wofür er gekommen ist, eine Spur, eine Präsenz, eine Abwesenheit, er kommt diesem Mann näher. Ende der Besichtigung.

Später Nachmittag im Évêché, Daquin sucht in diversen Polizeikarteien nach Spuren von Joseph Stepanian, genannt Jo der Armenier, und wird fündig.

1954 melden die Eltern Stepanian das Verschwinden des damals neunzehnjährigen Joseph. Er ist das dritte von fünf Geschwistern, seine Eltern sind christlich-orthodoxe Armenier, die sehr jung aus Armenien geflohen sind, während des Genozids von 1915, und sich in Marseille niedergelassen haben. Der Vater gründete 1945 eine Lieferfirma für Heizöl und Wein. Joseph scheint ab seinem fünfzehnten Lebensjahr in dem Familienunternehmen gearbeitet zu haben, während seine Brüder und Schwestern studierten, dann verschwindet er.

In den Sechzigerjahren taucht er in der Kartei der Sécurité Publique wieder auf. Mehrfach wird er bei Razzien im Opernviertel festgenommen. Er arbeitet damals in verschiedenen Etablissements der Brüder Guérini. Er wird kein einziges Mal verurteilt. Es wird erwähnt, dass er 1969, nach dem Tod seines Vaters, mit Zustimmung seiner Geschwister die familieneigene Lieferfirma für Heizöl und Wein übernimmt. Damit verschwindet er aus der Kartei der Sécurité Publique.

Nach der Pubertätskrise also die Marseiller Version eines Bougnat, eines Pariser Kohlenhändlers, ein ganz kleines Licht. Und doch ist er ein enger Freund von Maïté. Und doch betrachtete Nicolas ihn als seinen Bruder. Und doch redet Casanova nur widerstrebend über ihn. Und doch fischt er nach Tipps im Fall Pieri. Daquin sieht das schreckverzerrte Gesicht vor sich, den in den Armen vergrabenen Kopf, eine beinahe kindliche Geste. Schlussfolgerung: Die Karteien der Polizei sind lückenhaft.

13

Mittwoch, 21. und Donnerstag, 22. März 1973

Mittwochvormittag, Cap Ferrat

Emily steigt durch den Pinienwald zum Haus hinauf, halb Schatten, halb Sonne, Hitze, Duft von Trägheit. Ein mit Baden verbrachter Morgen, dazwischen Dösen, ein Buch in der Hand. David dagegen ist mehrere Kilometer geschwommen, um in Form zu bleiben, sagt er, um sich wehzutun, denkt sie, und schläft jetzt auf einem Felsenplateau dicht am Wasser.

Der Abhang ist steil. Emily vergrößert jede ihrer Bewegungen, spielt mit ihrem Körper, findet einen Rhythmus, jubelt. Als sie die Terrasse erreicht, kommt die Erinnerung an Commissaire Daquin in ihr hoch, mit einer Spur Beunruhigung. Wonach sucht er? Stört ihn etwas an Pieris Tod? Das fluchtartige Verschwinden von Frickx? Die Anwesenheit von David? Natürlich stört ihn das alles. Sie wird wohl irgendwann darüber nachdenken müssen. Nicht heute.

Sie betritt die Küche, macht zwei Sandwiches, legt sie mit einer Packung Keksen und einer Flasche Wasser in einen Korb. Durchs Fenster sieht sie den Postboten, der ihr ein freundschaftliches Zeichen macht, einen Umschlag in den Briefkasten steckt und wieder geht. Sie überquert den Hof, nimmt ihn heraus. Südafrikanische Briefmarke. Ihr Herz hämmert. Sie macht den Brief auf, überfliegt ihn schnell, stößt einen Schrei aus, deutet ein paar Tanzschritte an und rennt in die Küche. Sie packt eine Flasche Champagner in den Korb, zwei

Sektflöten dazu, und klettert mit dem Korb über dem Arm summend hinunter zum Strand.

David schläft immer noch, ausgestreckt auf dem Rücken, den Kopf zur Seite geneigt. Schön. Ein Geschenk der Götter. Sie lässt den Korken knallen, beugt sich über den gelöst daliegenden Körper und gießt ein Rinnsal Champagner auf die halb geöffneten Lippen. Er wacht lächelnd auf.

»So, Monsieur Motzig, nicht glaubhaft, diese Kunstliebhabergeschichten? Das sagtest du doch, oder? Na, ich habe meinen ersten Verkauf abgeschlossen.« Sie wedelt mit dem Brief aus Südafrika wie mit einem Fächer. »Du kannst dir nicht vorstellen, wie glücklich ich bin. Champagner.«

David fährt, Emily erzählt. Ein toller Künstler, sie liebt, was er macht, sie glaubt daran. Und er ist ein Freund. Als er in einer der besten Galerien von Nizza ausstellte, hat sie Fotos gemacht und sie einigen Leuten in Joburg und am Kap zugeschickt, Freunden der Familie, von denen sie annahm, es könnte sie interessieren.

»Und es hat funktioniert.« Sie schwenkt den Brief. »Weissmann kauft.«

»Teuer?«

»Nein, nicht teuer. Dreitausend Dollar.« David zuckt zusammen. »Aber ich habe ihm garantiert, dass sich der Wert des Kunstwerks in den nächsten fünf Jahren verdoppelt, mindestens.« Sie schielt zu David hinüber. »Ich hatte Weissmann im Visier, weil seine Frau Amerikanerin ist.«

»Ja und?«

»Er will in ihren Augen nicht wie ein Bauer erscheinen. Und sie wiederum ist empfänglich für den versprochenen Wertzuwachs. Halt hier an, wir sind da.«

Im Erdgeschoss eines bürgerlichen Gebäudes mitten im Zentrum von Nizza ein diskreter Eingang. David begleitet Emily. In der Vorhalle sitzt eine hübsche junge Frau hinter einem Schreibtisch und empfängt die Besucher. Sie steht auf, geht Emily entgegen, umarmt sie, zeigt auf die Tür hinter sich. »Augusto erwartet dich.«

»Eine Minute noch. Das ist David, mein Cousin. Ich möchte ihm das Werk zeigen.«

Sie zieht ihn in eine Flucht geräumiger Zimmer, sehr weiß, hell erleuchtet, in der Mitte und an den Wänden ein paar Skulpturen, präsentiert wie Gemälde, Werke, die einzuordnen David Mühe hat. Hier eine Art Glaskasten, gefüllt mit abgenutzten Bauarbeiterhandschuhen. Dort ein schwarz angemaltes Brett, auf dem in Weiß in einer runden und sorgfältigen Handschrift steht:

Ben bezweifelt alles

Schön. Und jetzt?

Im zweiten Raum bleibt Emily vor einem aus grell gefärbten Flicken zusammengesetzten Stück Stoff stehen, das von der Decke bis zum Boden hängt und in dem David einen Patchwork-Bettüberwurf zu erkennen glaubt.

»Wunderschön, oder?«

»Das Ding hast du für dreitausend Dollar verkauft?«

»Ja. Das Ding, wie du es nennst, heißt *Fragments* und ist ein Werk von Alocco. Schau«, sie zeigt mit dem Finger auf einzelne Punkte des Kunstwerks, »der Stoff wird an manchen Stellen angemalt, zerrissen und dann durch Stricken, hier, und Nähen, da und da, wieder zusammengefügt. Er spielt mit dem Kontinuum–Diskontinuum, der Verbindung des Nicht-Gleichen, mit der Malerei und dem Material, ist das nicht wunderschön?«

David ist stumm. »Ich lasse dich für fünf, zehn Minuten allein, nicht länger. Ich habe Augusto benachrichtigt, er ist auf dem Laufenden und hat alle Papiere vorbereitet, wir müssen nur noch unterschreiben. Hier wirst du dich nicht langweilen.«

Sobald Emily verschwunden ist, lässt David sich zu Boden sinken, lehnt sich mit dem Rücken an die Wand, schließt die Augen. Die Enkelin eines südafrikanischen Milliardärs spielt mit einem alten Waffenschmuggler im Casino, vergewaltigt ihren Cousin, der ein Krieger ist und sich zu verteidigen wissen sollte, und verkauft einen zerrissenen Bettüberwurf für dreitausend Dollar an einen Freund der Familie. Ich komme da nicht mit.

Mittwochnachmittag, Genf

Michael Frickx und sein Bankier Antoine Pélissier stehen Seite an Seite in ihrem üblichen kleinen Besprechungszimmer im siebten Stock des Gebäudes der Banque Parillaud in Genf.

Frickx raucht eine Zigarette nach der anderen, Pélissier schaut auf seine Uhr.

»Ruf Jos an, in New York ist es jetzt acht Uhr, das ist eine annehmbare Uhrzeit. Und wir müssen seine Antwort haben, bevor Malekeh eintrifft.«

»Wie verabredet sage ich nichts über unsere Verträge mit Israel?«

»Nein, nichts, solange Jos nicht gesagt hat, ob er in das große Spiel einsteigt oder nicht. So haben wir es mit unseren Partnern vereinbart.«

Frickx setzt sich, drückt seine Zigarette aus, nimmt die Haltung eines ruhigen, selbstsicheren Geschäftsmanns an, atmet zweimal tief durch, räuspert sich, es ist wichtig, Atmung und

Stimme im Griff zu haben, nimmt dann den Hörer ab und wählt Jos' Durchwahl im Sitz von CoTrade in New York. Beim zweiten Klingeln hat er ihn am Apparat.

»Guten Tag, Jos. Ich rufe an, um Ihnen ein neues Erdölgeschäft vorzuschlagen.« Jos grunzt. »Ein großes.« Neuerliches Grunzen. »Das Geschäft des Jahrhunderts …«

»Das Geschäft des Jahrhunderts … Ich mag das gar nicht, aber ganz und gar nicht …«

»Die staatliche iranische Erdölgesellschaft, die NIOC, bietet an, uns eine Jahresproduktion zu verkaufen …«

»Die Antwort lautet nein.«

»… mit dem expliziten Einverständnis des Schahs …«

Jos schreit: »Der Schah ist mir scheißegal, das Einverständnis des Schahs ist mir scheißegal. Ich sage es noch einmal: Die Antwort lautet nein. Wie soll man es Ihnen denn noch sagen?«

»Ich schätze diese Produktion auf zweihunderttausend Barrel pro Tag …«

Jos am anderen Ende der Leitung gibt einen heiseren Ton von sich, ein Röcheln, er hat einen Fausthieb in den Magen bekommen.

Frickx fährt fort: »… und ich schlage vor, sie zu fünf Dollar das Barrel zu kaufen, Vertrag für ein Jahr ab Oktober.«

»Zwei Dollar über dem von den Ölgesellschaften festgesetzten Preis. Warum nicht gleich zehn oder fünfzehn Dollar, wo Sie schon dabei sind? Sind Sie fertig mit Ihrem Schwachsinn? Ihr Metier ist das Erz.«

»Jos, hören Sie mir zu, ich bitte Sie. Nixon hat den Dollarkurs freigegeben, der Dollar ist in der Krise, die Europäer stützen ihn mit Ach und Krach, und die Währungen auf der ganzen Welt schwanken frei. Ob sie es wollen oder nicht, wie sollen die Ölgesellschaften bei frei schwankenden Wechselkursen auf Dauer feste Preise aufrechterhalten? Die einzige

Lösung wird ein freier Markt sein, auf dem sich die Preise bilden. Da die Nachfrage überall steigt, werden die Preise explodieren, und wir werden dabei sein mit unserem iranischen Vertrag zu fünf Dollar, weit unter dem Preis, den Erdöl im kommenden Herbst erreichen wird …«

»Schweigen Sie. Hier bin immer noch ich der Chef, soweit ich weiß. Das Erdöl überlassen Sie den großen Konzernen, Schuster, bleib bei deinem Leisten. Wir stehen für Erz, wir sind seit den Fünfzigerjahren damit verheiratet. Wir kennen uns damit aus. Ich würde es auch nicht mögen, wenn die Ölkonzerne sich in meine Erzgeschäfte einmischen, also lassen Sie sie in Frieden, ist das klar? Von Erdöl haben wir keine Ahnung, es ist zu teuer, zu kompliziert, zu riskant, unser Verwaltungsrat will nichts davon hören.«

»Seit zwei Jahren, seit Sie mir erlaubt haben, die Fimex zu gründen, habe ich ein Dutzend Erdölkäufe und -verkäufe getätigt, ich habe Sie kein einziges Mal Geld gekostet, sondern Ihnen viel Geld eingebracht.«

»Aber Sie haben nie Geschäfte dieser Größenordnung gemacht. Und zu zwei Dollar über dem Preis der Ölgesellschaften! Sie bieten mir einen Kunden an, einen einzigen Kunden, zu einer Million Dollar pro Tag, 365 Millionen Dollar im Jahr, Sie verlieren den Kopf.«

»Um viel Geld zu verdienen, muss man viel Geld einsetzen. Wir werden irrsinnig viel Geld verdienen. Erdöl ist die Energie der neuen Gesellschaft, alle Welt hat Bedarf dafür, der Ölhunger ist ein globales Phänomen, ich wette mit Ihnen, dass die Preise auf dem Spotmarkt nicht aufhören zu steigen, und nächstes Jahr noch sehr viel höher als diese vermaledeiten fünf Dollar.«

»Sie wetten darauf, aber wir sind ein Handelsunternehmen, kein Casino.«

»Unsere Kontakte bei der OPEC …«

Jos stößt einen wütenden Schrei aus: »Bei der OPEC! Großer Gott! Ich verbiete Ihnen auch nur den geringsten Kontakt zu den Leuten von der OPEC. Hören Sie mir gut zu, Mike, dies ist ein Befehl. Setzen Sie dieser Geschichte umgehend ein Ende und ich bin bereit, dieses Gespräch unter Irren zu vergessen.«

»Jos, Sie hören mir jetzt zu. Die Art, wie Sie mich behandeln, wie einen übergeschnappten Laufburschen, Sie hören sich nicht mal an, welche Informationen ich Ihnen geben will, Ihr mangelndes Vertrauen verletzt mich. Ich finde das inakzeptabel, Sie haben es nicht anders gewollt, ich verlasse CoTrade.«

»Sie reden Unsinn, Michael. Das können Sie nicht tun. Kriegen Sie sich ein. Sie sind wie ein Sohn für mich, Sie werden eines Tages mein Nachfolger …«

»Ich übernehme den iranischen Vertrag auf eigene Kosten, und Sie werden bereuen, dass Sie mich abgewiesen haben.«

»Mike, ich lege jetzt auf, rufen Sie mich wieder an, wenn Ihr Anfall törichten Wahns vorbei ist.«

Die Leitung ist tot. Frickx schmettert das Telefon gegen die Kante des Tischs aus Glas und Stahl, der Apparat zerbirst, er fährt herum zur Fensterfront, macht Boxhiebe ins Leere und tritt zweimal gegen die Heizung.

Pélissier sammelt die Überreste des Telefons auf, verlässt das Zimmer, um Kaffee, eine Auswahl Pralinen und einen neuen Telefonapparat zu bestellen. Als er zurückkommt, dreht sich Frickx zu ihm um, sein Gesicht ist weiß, verzerrt.

»Ich wusste, dass er so reagieren würde. Wie ein Angsthase und ein Vollidiot. Aber ich hatte gehofft, dass er mich zumindest anhören würde.«

»Michael, das ist nicht wahr. Seit zwei Jahren baust du dir

232

ein Kundennetz auf, ohne ihm etwas davon zu sagen. Wir haben beide auf den Bruch gehofft.«

»Kann sein, aber doch nicht so. Hast du ihn gehört? Ich werde ihm seine Verachtung, seine Überheblichkeit heimzahlen. Ich hasse ihn. Ich werde ihn töten, sein Herz aufessen.«

»Die Ermordung des Vaters durch den Sohn, ein Klassiker. Bevor es so weit ist, müssen wir unser Geschäft bis zum Ende durchziehen.«

Frickx wechselt seinen Gesichtsausdruck, zwingt sich, langsamer zu atmen. »Antoine, die Bahn ist frei, wir werden uns goldene Eier verdienen.«

»Dein Wort in Gottes Ohr.«

Der Kaffee kommt. Auszeit. Dann machen sich die beiden Männer an die Arbeit, indem sie das Dossier Punkt für Punkt durchgehen.

Die Firma Frickx & Co. hat gerade ihr Büro eröffnet, eine diskrete Etagenwohnung in einem Gebäude an der Rue du Rhône. Mietvertrag streng nach Vorschrift. Die Kanzlei Charbonnier et Fils hat wie vorgesehen die eine Million Dollar in bar überwiesen, deren Ursprung Pélissier nach wie vor nicht kennt und zu der er nach wie vor keine Fragen stellt. Der Zahlungsbeleg liegt in der Akte. Der von Parillaud zugesagte Kredit wurde eröffnet. Drei große potenzielle Kunden, Spanien, Italien, Rumänien, schreien nach Erdöl, und zwei Trader von CoTrade, die besten, warten nur auf ein Zeichen von Frickx, um sich Frickx & Co. anzuschließen. Alles ist vorbereitet. Man kann unverzüglich mit vorerst bescheidenen Mengen anfangen und vor dem Großvertrag mit dem Iran im Herbst die Maschine einfahren.

Bleibt nur noch, den dritten Mann zu empfangen, die Schlüsselfigur, den, der die Informationen besitzt.

Dezentes Klopfen an der Tür des Besprechungszimmers, es ist Parviz Malekeh, der Mann von der NIOC, der OPEC und vom Hofstaat des Schahs. Ohne ihn geht gar nichts. Die drei Männer umarmen sich.

»Es ist vollbracht«, sagt Malekeh. »Seine Majestät hat mir heute früh die Aufgabe übertragen, morgen auf dem OPEC-Treffen seine Entscheidung zu verkünden, sein Erdöl direkt zu verkaufen, ohne den Umweg über das Kartell der großen Ölgesellschaften, die Entscheidung wird morgen veröffentlicht und im kommenden Herbst wirksam. Die Verträge, die du mit der NIOC ausgehandelt hast, treten in Kraft.« Malekeh holt eine grüne Mappe aus seinem Lederaktenkoffer und legt sie auf den Tisch. »Ich bin offiziell beauftragt, dir ein Exemplar zu überreichen. Michael, bürgt CoTrade für dich oder handelst du allein?«

Frickx steht da, eine Hand flach auf den Vertragstext gestützt. 365 Millionen Dollar im kommenden Jahr. Er fühlt sie in seiner Handfläche zucken. Die Wut, die Verbitterung sind weit weg, was bleibt, ist reine Erregung, die in seiner Stimme bebt: »Ich habe Jos Appelbaum den Vertrag angeboten. Er hat abgelehnt. Ich handle allein.« Langes Schweigen. »Und Parillaud bürgt für mich.«

Malekeh wendet sich an Pélissier. »Die großen Chefs da oben sind immer noch einverstanden?«

»Immer noch. Immer mehr.«

»Gut gespielt, mein Freund, das war keine ausgemachte Sache.« An Frickx gerichtet: »Welchen Platz habe ich in deiner Konstruktion?«

»Einen wesentlichen. Hier ist mein Vorschlag. Ich besitze keinen Heller mehr. Alles, was ich besaß, habe ich in die Gründung von Frickx & Co. gesteckt, zwei Millionen Dollar, das heißt, die Hälfte des Startkapitals, der Rest ist ein persönlicher

Kredit bei Parillaud. Ich spreche also von einem Startkapital von vier Millionen Dollar. Ich trete dir ein Viertel des Kapitals von Frickx & Co. in Gestalt eines Darlehens ab, indem ich dir eine der zwei Millionen übertrage, die ich investiert habe. Wir gehen über mehrere Mittelsmänner, das ist unerlässlich, und du zahlst mir das Geld im Januar nächsten Jahres zurück. Ich wiederum überweise dir die Differenz zwischen der aktuellen Million und dem, was das Viertel meiner Tradingfirma dann wert sein wird. Viel, wenn der Ölpreis ansteigt, nicht viel, wenn wir uns verhauen haben. Alles in allem wettest du zusammen mit mir.«

Malekeh geht ohne großes Zögern darauf ein. Er sitzt im Zentrum der OPEC-internen Verhandlungen über den Ölpreis, er ist sicher, dass er steigen wird. Er kennt bereits ziemlich genau das Datum, an dem die Entscheidung veröffentlicht wird. In der ersten Zeit dürfte der Ölpreis sich vervierfachen. Und dann noch wesentlich höher klettern.

Pélissier wendet sich zum Fenster um, betrachtet die Gebirgskette der Alpen, ohne sie zu sehen. Wie gut, dass ich nach der Herkunft der Million in bar nicht gefragt habe. Hiermit ist sie gewaschen. Frickx ist ein Magier.

Jetzt wird die Maschinerie in Gang gesetzt. Va banque. Die Ansage: das von den allmächtigen großen Konzernen ausgeübte Verkaufsmonopol für Erdöl brechen und ihre Politik niedriger und stabiler Preise vermittels langfristiger Festpreis-Verträge unterminieren, Stillschweigen über die tatsächlich verlangten Preise wahren. Das Spiel: einen neuen Ölmarkt schaffen, öffentlich, frei, fluktuierend, mit einem Wort: spekulativ. Der Einsatz: viele Milliarden Dollar. Die Spieler: drei junge Männer von kaum vierzig Jahren, ein iranischer Großgrundbesitzer, ein amerikanischer Trader, ein französischer Bankier.

»Den Eintritt in diese neue Welt müssen wir gebührend feiern«, sagt Pélissier.

»Und die Eröffnung der großen Schatzjagd«, sagt Frickx. »Ich lade euch heute Abend in meiner Hotelsuite zum Essen ein, ich habe alles vorbereitet, Mädels zum Dessert.«

»Da bin ich dabei«, sagt Malekeh.

Mit fast brüderlichem Ernst legt Pélissier, dem die Bedeutung des Augenblicks bewusst ist, den anderen die Arme um die Schultern. So gehen sie aus dem Zimmer, Schulter an Schulter, Körper an Körper, durchqueren den Flur bis zum Aufzug. Pélissier, der Kultivierte, sagt lachend: »Die Verschwörung der Gleichen.«

Die zwei anderen nicken unter Gelächter, der Name klingt gut, der historische Bezug entgeht ihnen.

Michael übernachtet im *Palace* in Genf, in einer Suite, die aus einem Schlafzimmer und einem Salon besteht. Hier hat er für die neuen Weggefährten ein kleines Dîner organisiert. Eine leichte Mahlzeit, hat er angekündigt, man muss Kräfte für den Nachtisch aufsparen. Der Apéritif fängt gut an. Malekeh hat Iranischen Kaviar mitgebracht, Michael liefert den Wodka, die drei Männer trinken auf ex. Die Unterhaltung schweift ab zu den Intrigen am persischen Hof, es wird viel gelacht und sehr laut geredet. Dann leitet Malekeh auf die Bühne der OPEC-Konferenzen über. Versteckt hinter seinem Wodkaglas, prägt Frickx sich jedes Porträt ein, jede Anekdote. Man begibt sich zu Tisch. Zwei Oberkellner, düster und förmlich, servieren Seesaibling und dazu einen Chignin-Bergeron, beides schnell vernichtet. Käseplatte, die Tischrunde rührt sie nicht an, man hat es jetzt eilig, zum Dessert zu kommen. Während die Oberkellner in Windeseile abräumen, stellt Michael ein geöffnetes Goldkästchen auf den Couchtisch, randvoll mit

Kokain, dazu einen Spiegel und einen goldenen Strohhalm. Er benutzt den Deckel, um die erste Line zu ziehen, snieft, spürt, wie die Hitze seinen Kopf sprengt, und reicht den Strohhalm an Malekeh weiter, der ablehnt.

»Mein Ding ist die Opiumpfeife, wie du weißt, ich habe meine Utensilien dabei, aber später am Abend, nach dem Dessert.«

Pélissier für seinen Teil konsumiert keine dieser Substanzen.

Endlich der ersehnte Moment. Vier hinreißende junge Frauen bringen auf einer großen Tortenplatte einen Vacherin Glacé, der vor Sahne strotzt, und dazu einen Jeroboam Champagner. Sie balancieren auf akrobatischen Stilettos, an ihren endlosen Beinen schwarze Strümpfe, schwarze Strapse, um die Taille winzige rosafarbene Schürzen, große nackte Brüste, das Haar zum langen Zopf geflochten. Malekeh applaudiert dem sensationellen Auftritt des Desserts, während Pélissier »mal kosten« murmelt und sich einen Busen greift. Michael packt den Jeroboam, schüttelt ihn, lässt den Korken knallen, begießt seine ausgelassenen Partner großzügig mit Champagner. Er brüllt: »Auf das Wohl der Verschwörer!« Dann trinkt er einen Riesenschluck direkt aus der Flasche, die er mit beiden Händen hält, verschluckt sich, wischt sich mit dem Ärmelaufschlag über den Mund, setzt die Flasche ab, schwankt, klammert sich an die Taille eines der Mädchen, zerreißt ihre rosa Schürze und wälzt sich mit ihr am Boden. Gerade noch Zeit, den Hosenschlitz zu öffnen, nach dem Geschlecht des Mädchens zu tasten, schon spritzt er mit einem Triumphschrei ab. »Ich bin ganz oben!« Zwei Mädchen sind dabei, Malekeh auszuziehen, der es wie ein Baby geschehen lässt. Er hat den Oberkörper einer der beiden mit reichlich Sahne eingeschmiert, reibt mit ekstatischem Lächeln sein Gesicht zwischen ihren Brüsten und grunzt vor

Lust, während er Pélissier beobachtet, der auf dem Sofa liegt, die Arme hinter dem Kopf verschränkt, und sich von einem Mädchen reiten lässt. Sie trägt immer noch ihre rosa Schürze und ihr Zopf wippt im Takt.

Sex, Risiko, Geld, die Welt gehört ihnen. Die Nacht fängt gerade erst an.

Donnerstagmorgen, Cap Ferrat

Heute ist das Wetter kalt und regnerisch. Emily und David frühstücken im Stehen in der Küche, picken hier von einem Kuchen, dort von etwas Obst oder Joghurt, trinken literweise Tee. Sie streifen sich, ohne miteinander zu reden. Seit dem Galeriebesuch herrscht zwischen ihnen Befangenheit. Ohne darüber zu sprechen, wissen beide, dass der Zauber verflogen ist, und suchen einen Ausgang. Telefonklingeln. Emily nimmt ab.

»Emily, meine Liebe …« Sie erstarrt. Michaels Stimme. »Ich habe dich doch nicht geweckt?«

»Nein. Ich hatte dich bloß beinahe vergessen.«

»Ich dich nicht, mein Engel. Ich habe viel an dich gedacht …« Emily lacht auf. »… daran, was du durchgemacht hast. Wie geht es dir inzwischen?«

»Gut.«

»Immer noch unerschütterlich? Du bist eine wunderbare Frau, meine Frau. Du fehlst mir, wenn du wüsstest, wie sehr ich dich gerade brauche, um mich zu beruhigen, mich zu trösten. Ich war unterwegs und habe geschuftet wie ein Berserker. Ab heute kehre ich zu meinem alten Rhythmus zurück«, er gluckst, »achtzehn Stunden Arbeit am Tag, mehr nicht. Du weißt, wie es ist …«

Emily hört nicht mehr zu. Sie betrachtet David, reglos, im hinteren Teil der Küche erstarrt, zusammengepresste Kiefer, harter Blick. Feststellung: Der jugendliche Liebhaber ist verschwunden. Ich hatte ihn vielleicht bloß erfunden. So wie ich Frickx' Existenz vergessen hatte. Für ein paar Tage habe ich einen glücklichen Traum gelebt …

Eine laute Stimme, herrisch: »Emily, bist du noch da?«

Zurück im wirklichen Leben.

»Ja.«

»Emily, ich habe CoTrade verlassen …«

Ein Schrei: »Was?«

Die Bilder ihrer Hochzeit rasen an ihr vorbei, Jos, der Chef von CoTrade, sein gutmütiges Lächeln, er ähnelt meinem Großvater, er liebt mich wie seine Enkelin, die Wohnung ganz oben in einem Wolkenkratzer, der Ausblick auf New York, die Hoffnung, eines Tages dorthin zurückzukehren …

»Ich gründe meine eigene Tradingfirma.«

»Und mir hast du kein Wort davon gesagt?«

»Ich will dich nicht langweilen mit meinen Geschichten über Geld, Büros, Schiffe. Du verdienst Besseres als das.«

»Wie ungemein aufmerksam von dir.«

»Wir ziehen nach Genf.«

»Wir, wer wir?«

»Das Büro von Frickx & Co., du und ich.«

Mit einem Mal erträgt sie diese Stimme nicht mehr, erträgt dieses Leben nicht mehr. Schluss machen damit.

»Ich gebe dir David.«

Sie hält ihm den Hörer hin, David nimmt ihn, dreht ihr den Rücken zu, spricht leise.

Sie geht hinaus auf die Terrasse. Ich gebe ihm das Telefon, ich weiß nicht einmal, warum, einfach um Michael loszuwerden, und er nimmt es und fängt an zu sprechen, als wäre

239

das selbstverständlich. David kennt Michael besser, als er mir gesagt hat. Sie machen gemeinsame Sache, auf die eine oder andere Weise. Ist er hier, um mich zu überwachen? Genf, niemals. Maxime, du fehlst mir. Ruhig, denk nach. Genf bedeutet Krieg. Ich bin nicht in einer Position der Stärke. Zu früh, nicht bereit? Keine Wahl. Darf es nicht verpatzen. Ich habe es kommen sehen. Die Zeit für den Bruch ist da.

David fühlt sich freier, sobald Emily den Raum verlassen hat. »Froh, dich zu hören. Du hättest öfter anrufen können.«

»Ich hatte zu viel zu tun. In solchen Momenten hat man weder die Zeit noch die Möglichkeit, an etwas anderes zu denken, du kennst das. Wie ist die Lage in Nizza?«

»Im Großen und Ganzen gut, aber die Polizei fragt regelmäßig nach dir. Und einmal habe ich gehört, dass die Rede von Erdöl war.«

»Meine Rückkehr nach Frankreich?«

»Nicht zu empfehlen.«

»Emily?«

»In Topform.«

»Ihre Verbindung zu Pieri?«

»Ich habe nachgebohrt. Mir scheint, etwas anderes, als sie der Polizei gesagt hat, ist da nicht. Jedenfalls ist das, was sie erzählt, einleuchtend. Ich konnte überprüfen, dass sie etliche Verbindungen in Kunsthändlerkreise hat.«

»Sie ja, schon möglich, warum nicht? Weiberkram. Aber Pieri, er muss den Kontakt zu ihr gesucht haben, worauf war er aus?«

»Jetzt im Moment wird Emily nichts dazu sagen, sie ist eher wütend auf mich, und ich verstehe das.«

»Ich auch. Versuch das in Ordnung zu bringen, es ist wichtig. Ich ziehe diese Woche wie geplant um, sie muss zu mir nach Genf kommen, sagen wir, nächste Woche. Ich melde mich morgen noch mal.«

Als David aufgelegt hat, dreht er sich um. Die Küche, die Terrasse sind leer, Emily ist nach oben in ihr Zimmer gegangen. Sie taucht binnen kurzem wieder auf, in Bluejeans, T-Shirt, Sandalen, eine Reisetasche über der Schulter.

»Ich bin den ganzen Tag unterwegs, drehe eine Runde durch die Galerien in Nizza. Ich glaube verstanden zu haben, dass dir das wenig Spaß macht. Kommst du am Abend nach und gehst mit mir essen? Salut, ich ruf dich an.«

David ist erleichtert. Ein Tag Ruhe, allein, ganz allein am Meer, ohne einen Gedanken an Michael oder Emily, der Kopf leer und der Körper in Frieden.

14

Donnerstag, 22. März 1973

Donnerstag, Malta

Der kleine Flugplatz auf dem Land ist der erste Kontakt mit der Insel. Gegen acht Uhr morgens steigt Grimbert aus einem einmotorigen Hüpfer, tritt hinaus in Sonne und Wind. Den ganzen gestrigen Tag ist er herumgeirrt auf der Suche nach Flügen Richtung Malta. Eine auf dem steinigen, wüstenartigen Plateau angelegte Piste, beinahe eingestellter Flugverkehr, noch stark an die Reste der britischen Militärpräsenz gebunden, und ein paar mehr oder weniger notdürftig ausgestattete Hangars, nichts hat sich verändert seit seinem letzten Besuch vor nicht mal einem Jahr. Aber jetzt weiß er, dass ein Teil des Geldes der French hier durchgeflossen ist. Was den Blick auf seine Heimatinsel verändert.

Wie am Telefon verabredet, steht sein Cousin am Ausgang in der Sonne und wartet auf ihn. Sehr mager, dunkelbraune Haut, schwarzes Haar, knapp achtzehn Jahre alt. Die beiden Männer umarmen sich.

Samy: »Wir sind uns immer noch einig, ich fahre dich ein oder zwei Tage herum, dafür beherbergst du mich im Sommer einen Monat lang in Marseille?« Ein Vergnügen, die maltesische Sprache wiederzuhören, die Sprache seiner Kindheit.

»Ist gebongt. Wir sind uns einig, du erzählst niemandem von meiner Anwesenheit hier, weder deiner Familie noch jemand anderem. Nicht mal meiner Mutter. Und wenn man dich fragt, hast du mich nicht gesehen.«

»In Ordnung.«

»Also los. Verlieren wir keine Zeit.«

Samy nimmt einen Motorroller, der an einem Steinpfosten lehnt, eine restaurierte und getunte Maschine von prähistorischem Aussehen, die beim ersten Versuch anspringt und rundläuft, ohne jede Fehlzündung. Grimbert steigt auf den Sozius, Abfahrt zur Altstadt von Valletta.

Der Motorroller verhält sich gut auf der beschädigten und steinigen Straße, die Wehrmauer der Altstadt ist schnell erreicht. Eine kleine Schwester des alten Marseille. Der gleiche Himmel, die gleiche Sonne, der gleiche Kalkstein, die gleichen engen geraden Straßen zwischen hohen Häusern mit schäbigen, manchmal armseligen Fassaden, aber das Leben hier pulsiert weniger stark, grenzt zuweilen gar ans Lethargische. Und dann der Hafen, das Meer, der Himmel am Ende einer jeden Straße. Und die Calanques sind niemals fern. Der Marseiller Pieri muss diesen Einklang zwischen den beiden Städten geliebt haben, so wie er, Grimbert, ihn liebt.

»Wir fahren als Erstes zur Triq Zekka, Hausnummer vier«, sagt er.

Eine Straße wie die anderen, gerade, verwittert und menschenleer, als sie vor Nummer 4 halten. Sie gehen hinein. Niemand. Im Hauseingang eine Reihe Metallbriefkästen. Auf einem von ihnen: Serval-Mival.

»Das ist das, was ich suche.«

Keine Etagenangabe, offensichtlich keine anderen Firmen im Gebäude.

»Wir drehen eine Runde durch die Stockwerke.«

In der ersten Etage zwei Türen. An einer davon eine Art Visitenkarte: *Baldocchino und Theuma – Geschäftsführer*.

Grimbert spürt, wie sich Samy an seiner Seite verkrampft. Kurzer Blick. Kein Zweifel, er schaut dumm aus der Wäsche, sagt aber nichts, weicht seinem Blick aus. Ein-, zwei-, drei-maliges Klingeln, das in der Leere hinter der Tür widerhallt, keine Reaktion. Grimbert untersucht gründlich das Schloss, ganz gewöhnlich. Normal, die Kohle ist sicher nicht hier. Er holt seinen Schlüsselbund aus der Tasche, bestückt mit zwei Dietrichen, Samy immer noch starr und stumm an seiner Seite. Nach drei oder vier Versuchen gibt das Schloss nach, Grimbert stößt die Tür auf, geht hinein. Samy zögert, folgt ihm mit gesenktem Kopf. Das Büro der Serval und der Mival. Bestandsaufnahme. Ein einziger Raum, kaum möbliert, dun-kel, die zwei Fenster gehen zum Hinterhof. In der Mitte ein großer Tisch, vier Stühle, zwei Telefone. An den Wänden eine embryonale Küche, Teller im Ausguss, Flaschen am Boden und ein paar Regale, leer. Samy entspannt sich. Grimbert streunt umher, öffnet eine Schublade, kein Papier mehr, kein Bleistift mehr, leer. Nimmt ein Telefon ab. Amtszeichen. Der Anschluss wurde noch nicht stillgelegt, die Säuberung ist noch ganz frisch.

Grimbert fragt: »Weißt du, wo ich Theuma oder Baldoc-chino finden kann?«

»Nein, ich kenne sie nicht.«

Sie verlassen die Räumlichkeiten, wobei sie so gut wie mög-lich hinter sich abschließen.

Im Hauseingang öffnet ein kleiner Alter gerade die Tür zu seiner Wohnung. Grimbert grüßt ihn. »Wir wollten zur Mival oder zur Serval, ich habe oben geklingelt, offenbar niemand im Büro. Wissen Sie, ob sie heute Nachmittag da sein werden?«

»Nein, die kommen nicht wieder, haben alles umgezogen, kistenweise Papier.«

»Ist das lange her?«

»Drei, vier Tage.«

»Wissen Sie, wo ich sie erreichen kann?«

»Haben keine Adresse hinterlassen.«

»Danke, Sie sind sehr freundlich.«

Auf der Straße bleibt Grimbert stehen. »Der Briefkasten. Wir müssen den Briefkasten öffnen. Kannst du mir den Alten vom Leib halten?«

»Für wie lange?«

»Ungefähr eine Minute.«

»Kein Problem.«

Die beiden Männer stimmen sich ab. Samy klopft an das Fenster, das geöffnet wird, Grimbert betritt den Hauseingang, Beginn der Verhandlungen mit dem Alten, um die Erlaubnis zu erhalten, den Motorroller im Hinterhof des Gebäudes abzustellen, Grimbert bricht den Briefkasten auf, findet darin einen zweimal gefalteten Zettel, gegen alle Erwartung erteilt der Alte die Erlaubnis und schließt sein Fenster, Grimbert hat eben noch Zeit, den Zettel einzustecken und wieder auf die Straße zu treten, während Samy den kostbaren Motorroller parkt.

Sie gehen hinunter zum Hafen, der belebteste Teil der Stadt, setzen sich in einer recht gut besuchten Bar ganz nach hinten. Zwei Kaffee. Grimbert legt den Zettel auseinandergefaltet auf den Tisch. Briefpapier der Bank des Archipels, mit einer Adresse in der Innenstadt und zwei Telefonnummern. Keine Überraschung, es ist die Bank, deren Name in den Unterlagen der Somar auftaucht, bei allen Überweisungen nach Malta. Ein Datum, eine Uhrzeit, handschriftlich in der oberen rechten Ecke: 20. März, 12 Uhr. Also nach dem Umzug, der Alte hat gesagt, »vor drei, vier Tagen«, und heute ist der 22. Nur eine von Hand geschriebene Zeile: »Cris, ich war hier, niemand da. Wir müssen uns sehen. Dringend.« Und eine Unterschrift: Jonni.

Nachdenken, schnell. Am 15. jedes Monats rechnet die Somar mit der Serval ab und tätigt die Überweisung an die Bank des Archipels. Die Zahlungsanweisungen gehen am 15. März in Marseille ab, kommen hier etwa drei Tage später an. Es ist möglich, wahrscheinlich, dass in der auf die Morde folgenden Panik die Anweisungen ein oder zwei Tage später losgeschickt wurden und hier am 19. oder 20. März eingetroffen sind. Zu diesem Zeitpunkt wissen Jonni von der Bank und die Serval, dass Pieri ermordet wurde. Jonni fragt sich, was er mit dem Geld machen soll, sucht Cris, um seine Meinung einzuholen. Was war Cris' Meinung?

Grimbert wendet sich an Samy. »Wer ist Cris?«

»Wahrscheinlich Theuma. Baldocchino heißt mit Vornamen Marco.«

Grimbert lächelt ihm zu. »Tatsächlich? Marco. Und du kennst ihn nicht? Ich habe mir gleich gesagt, wie kann es angehen, dass in einem Dorf wie Valletta Samy weder Theuma noch Baldocchino kennt. Ein so findiger und gut informierter Kerl … Gut, jetzt erzähl mir was über diesen Baldocchino.«

Samy weiß, dass er in der Bredouille ist. »Ja, ihn kenne ich. Das ist ein ekliger Alter. Er ist angesehen, weil er reich ist.«

»Reich? Richtig reich? Hast du sein schäbiges Büro gesehen?«

»Er hat zwei Schiffe, zwei Öltanker, hier ist das ein Vermögen.«

»Sie gehören ihm nicht.«

»Bist du sicher?«

»Hundertprozentig. Sie gehören einem Marseiller, der ihm ein bisschen Geld dafür zahlt, dass er ihm seinen Namen borgt. Da mein Marseiller vor kurzem gestorben ist, steht dein Baldocchino bald in Unterhosen da.«

»Das ist eine gute Nachricht.«

»Warum?«

»Weil dieser sechzigjährige Alte mit Lila zusammenlebt, die zwanzig ist, und sie wird ihn sitzenlassen, sobald er kein Geld mehr hat.«

»Und du meinst, du hast dann Chancen?«

»Schon möglich. Aber da werde ich nicht der Einzige sein. Lila macht die Hälfte der Jungs von Valletta verrückt.«

»Was denkst du, wie ist dein Baldocchino meinem Marseiller begegnet?«

»Keine Ahnung.«

»Mach nicht auf Volltrottel, Lila hat dir einiges erzählt.«

»Ich weiß nur, dass er auf Malta geboren wurde, sehr jung nach Italien gegangen ist, um Arbeit zu suchen, in Italien und Tanger gearbeitet hat. Ein sehr schönes Leben, nach dem, was er erzählte. Er hat Lila versprochen, sie dorthin mitzunehmen. 1969 ist er zurückgekommen, um die Mival zu gründen. Marseille kommt in der Geschichte nicht vor.«

Genau das, was ich vermutet habe. Dreißig während des Kriegs, vielleicht Faschist, mit Sicherheit mehr oder weniger Bandit, bei der Renucci-Bande und ihrem Zigarettenschmuggel in Tanger begegnet er Pieri. Der ihn später von dort geholt hat, um seine maltesischen Tochterunternehmen zu gründen. Theuma wahrscheinlich auch. Immer dieselben guten alten Gewohnheiten, man verlässt sich auf die Familie. Keine Anfänger im Finanzwesen, sondern zwei Banditen im Ruhestand. Ich habe eine Chance. Ich stürze mich drauf.

Das Telefon steht auf dem Tresen. Grimbert steckt ein Geldstück in die Jukebox gleich neben dem Apparat. Italienischer Schlager. Er ruft bei der Bank an, fragt nach Jonni. In dem Lärm spricht er sehr leise, schirmt die Sprechmuschel mit seiner Hand ab und atmet laut.

»Ich bin es, Cris. Es gibt Neuigkeiten, wir müssen uns treffen, sofort, bei der Serval.«

Und es klappt.

»Samy, wir gehen zurück zur Serval. Hol deinen Motorroller ab und beschäftige den Alten für eine Weile. Mindestens eine Stunde.«

»Ich hab ihm eine Fahrt auf dem Roller versprochen. Ich werde eine Tour mit ihm machen.«

»Danach treffen wir uns hier wieder, in der Hafenbar.«

Im Büro der Serval reißt Grimbert die Telefonkabel heraus, legt sie auf den Tisch, füllt eine Plastikflasche mit Wasser, stopft ein Geschirrtuch in seine Jeanstasche, setzt sich mit der Wasserflasche zu seinen Füßen so in die Nähe der Tür, dass er beim Öffnen dahinter verborgen ist, und wartet. Nicht lange. Schritte auf der Treppe, er steht auf, die Flasche in der Hand, jemand klingelt, stößt die Tür auf, macht einen Schritt vor, schaut argwöhnisch ins Zimmer, Grimbert schlägt ihn mit der Wasserflasche bewusstlos, nicht allzu fest, der Kerl wirkt nicht sonderlich robust. Er fängt ihn im Fallen auf, setzt ihn auf einen Stuhl, fesselt ihn mit den Telefonkabeln, stopft ihm ein Stück Geschirrtuch in den Mund, begießt ihn dann großzügig mit dem Wasser aus der Flasche, um mit der Unterhaltung beginnen zu können. Der Kerl kommt langsam zu sich, sieht Grimbert mit vor Entsetzen geweiteten Augen an.

»Reg dich nicht auf. Wenn alles gut läuft, tu ich dir nicht weh. Ich habe dich ruhiggestellt, damit du mir zuhörst, ohne zu schreien, es sind Leute im Haus.« Der Blick wird etwas ruhiger. »Pieri wurde ermordet. Weißt du das?«

Jonni nickt.

»Wir, seine Marseiller Freunde, suchen seinen Mörder.« Jonni grunzt. Grimbert macht einen Schritt auf ihn zu. Jede Anwandlung von Widerstand unterbinden. Er beugt sich vor, schraubt einen Finger in einen Punkt in Jonnis Solarplexus, erhöht den Druck, der Kerl stöhnt auf. »Ja, ich weiß, du bist nicht der Mörder, auch deine Kumpel nicht. Aber du hast ihn beklaut, und wenn ich das meinen Freunden in Marseille erzähle, wird es ihnen nicht gefallen. Also, wenn du willst, dass ich den Mund halte, gibst du mir die Liste der Zahlungsempfänger der Serval. Der Mörder steht auf der Liste.« Grimbert gibt Jonnis Solarplexus frei, legt ihm beide Hände um den Hals. Druck auf die Schlagader. »Kapierst du, wie leicht es für mich ist, dich zu erwürgen?«

Mit aufgerissenen Augen spürt, sieht Jonni, wie es in seinem Kopf schwarz wird. Grimbert lässt ihn los, richtet sich auf, nimmt die Wasserflasche, füllt sie neu.

»Ich ziehe jetzt das Geschirrtuch raus. Wenn du schreist, schlag ich dich nieder, lass dich auf dem Boden liegen, fahre auf direktem Weg zurück nach Marseille und erzähle meinen Freunden, dass du in die Kasse gegriffen hast. Da sie keine Spaßvögel sind, räume ich dir keine großen Chancen ein. Du tust gut daran, mir zuzuhören und mir zu gehorchen. Kapiert?«

Kopfnicken.

Grimbert entfernt das Geschirrtuch, Jonni krächzt: »Kann ich ein Glas Wasser haben?« Als er getrunken hat: »Ich war nicht allein. Ich habe mit Theuma geteilt.«

»Das überrascht mich nicht. Gib mir die Listen.«

»Auf den Listen werden Sie den Mörder nicht finden, es stehen keine Namen drauf.«

»Was soll das heißen, es stehen keine Namen drauf?«

»Nein, es stehen keine drauf. Im Übrigen sind Sie nicht der Erste, der danach fragt. Aber der andere war … sagen wir mal, höflicher, und er hat die Sache richtig verstanden.«

»Erzähl.«

»Er sprach weder Maltesisch noch Englisch, es war ein Franzose mit einem italienischen Namen. Er hat den Direktor aufgesucht, aber der Direktor spricht kein Französisch. Ich spreche es ein bisschen. Der Direktor hat mich kommen lassen.«

»Welcher Tag war das?«

»Der 15. März. Er hat seinen Ausweis als französischer Steuerinspektor vorgezeigt und angefangen, uns Angst zu machen. Er wollte, dass wir ihm die Listen geben. Ich habe ihm erklärt, dass wir keine Namen haben, nur Listen der Nummernkonten mit Name und Adresse der Bank und dem zu überweisenden Betrag. Ich habe ihm die Listen vom Februar gezeigt, und das genügte ihm. Er hat uns die Hand geschüttelt und ist gegangen.«

Grimbert sieht Micchelozzi auf Pieris Trauerfeier einen Tag später, am 16. März, wie er sich vorbeugt, flüstert, die Informationen unter den Umstehenden in Umlauf bringt. Er ist von der schnellen Truppe. Und er kannte die maltesische Tochterfirma lange vor der Kriminalpolizei. Er muss sich ein Lufttaxi gegönnt haben. Hin und zurück an einem Tag. Dreckskerl.

»Und als du die Zahlungsanweisungen bekommen hast, am 18. oder am 19. morgens, dachtest du dir, es muss doch einen Weg geben, sie zu unterschlagen, du Schlauberger. Hat Baldocchino das Gleiche mit den Tankern gemacht?«

Jonni fängt sich wieder, die körperliche Anspannung lässt nach, der Unbekannte weiß nicht alles, Baldocchino, ein Ausweg? Zwei Tanker, das ist viel mehr als eine Monatszahlung der Serval. Er lacht hämisch. »Kann gut sein. Er hat Theuma erzählt, dass am 16. März ein Anwalt bei ihm war, drei Tage nach Pieris Tod …«

»So schnell? Hier hat ja das reinste Gedränge geherrscht nach seinem Ableben.«

»Ja, Theuma meinte auch, um ein Haar wäre er noch vor Pieris Ermordung gekommen. Na jedenfalls, er hatte ordentliche Papiere dabei, Eigentümer war eine Gesellschaft in Costa Rica, oder war es Panama, irgendwo da. Und er hat alle Unterlagen über die Tanker mitgenommen. Das hat Baldocchino jedenfalls gesagt. Aber Theuma war ja nicht dabei, wer weiß, ob sie nicht gemeinsame Sache gemacht haben.«

»Sehr gut. Ich gehe Baldocchino später besuchen. Jetzt gibst du mir die Listen. Wenn du brav bist, darfst du die vom März behalten, und ich sage meinen Freunden in Marseille, dass die Zahlung nie eingegangen ist.«

Grimbert begleitet Jonni bis zur Bank, eine Hand um seinen Ellbogen geschweißt. Die Bank ist geschlossen, eine alte Frau putzt die Büros. Jonni lässt sich aufschließen.

»Ich habe eine Akte vergessen, ich muss heute Abend zu Hause arbeiten.«

Grimbert lässt ihn nicht los. Sie gehen gemeinsam hinter den Kassentresen, betreten einen winzigen fensterlosen Raum, Jonni zieht einen Schlüsselbund aus der Tasche, öffnet einen Metallschrank. Grimbert überwacht ihn. In den Ablagefächern alphabetisch sortierte Kartons. Jonni holt den Karton »Serval« heraus, entnimmt die Mappe 1972, räumt den Karton zurück, verschließt den Schrank wieder. Grimbert hat ihn nicht aus den Augen gelassen. Die alte Putzfrau steht im offenen Türrahmen und beobachtet ihr Treiben mit einer Mischung aus Argwohn und Grimm. Als sie aufbrechen, macht sie widerstrebend und unter Flüchen Platz, um sie vorbeizulassen.

Auf der Straße übergibt Jonni Grimbert die Mappe mit einer beinahe selbstverständlichen Geste. »Ich fürchte mich vor der Alten. Sie wird mir Schwierigkeiten einbrocken.«

»Dein Direktor hat sicher nebenbei dafür abkassiert, dass er dem anderen, dem Franzosen, Auskünfte gibt. Ihr seid einer so dreckig wie der andere. Du hast nichts zu befürchten.«

Jonni wird weiß vor Wut. Er holt tief Luft, schüttelt Grimberts Griff an seinem Arm ab, geht ein paar Schritte auf Abstand. »Ich bin nicht dreckig, ich bin Angestellter einer anständigen Bank. Die Drecksäcke seid ihr, die Marseiller. Das wirst du büßen, Sauhund, ich garantiere es dir.«

Grimbert schaut zu, wie Jonni davonrennt. Ihm ist bewusst, dass er im Eifer des Gefechts zu dick aufgetragen hat. Unbehaglich auch wegen des Auftritts der Putzfrau. Es dürfte ungesund sein, sich noch länger auf der Insel aufzuhalten. Er eilt zur Bar am Hafen. Samy ist dort und wartet auf ihn.

»Besorg mir für heute Abend eine Überfahrt nach Catania oder Syrakus. Ich muss hier weg.«

»Kein Problem, ich kümmere mich drum.«

15

Donnerstag, 22. März 1973

Donnerstag, Saint-Tropez

Delmas setzt gleich am Morgen seine Rundreise fort. Nach etwa zwanzig Misserfolgen, viel verlorener Zeit auf kleinen Straßen und einem schnellen Mittagessen trifft er an der Rezeption des Hôtel Materassi, uralter Stil, auf eine reizende alte Dame, die David auf dem Foto sofort wiedererkennt und sich bestens an ihn erinnert: ein Athlet, ein schöner Mann. Er ging jeden Morgen nach dem Aufstehen mindestens eine Stunde laufen, auf dem Land, Sie können sich also vorstellen, dass er beim Frühstück einen Mordshunger hatte. Sein Name? Sie sucht den sorgsam abgelegten Meldeschein heraus. Terry Sloane, britischer Staatsbürger. Er kam am 10. März nachmittags an und fuhr am 15. wieder ab. Sie ist einverstanden, Delmas den Meldeschein zu überlassen.

»Hat er Ausweispapiere vorgelegt?«

»Ja, einen britischen Pass.«

»Auf diesen Namen?«

»Selbstverständlich, junger Mann.«

»Hat er Ihres Wissens einzelne Nächte auswärts verbracht?«

»Unmöglich zu sagen. Bis auf das Frühstück nahm er im Hotel keine Mahlzeit ein. Er war viel unterwegs, im Wagen und zu Fuß. Was ganz normal ist, die Umgebung ist schön, es lohnt sich, sie zu erkunden, finden Sie nicht?«

»Aber wann kam er zurück?«

»Nachts ist das Hotel abgeschlossen, aber es gibt keinen Nachtportier, die Gäste haben einen Schlüssel. Am 15., als ich das Hotel morgens um halb sieben geöffnet habe, war er schon weg. Er hatte mir am Vortag Bescheid gesagt und seine Rechnung bezahlt.«

»Mit Scheck?«

»Bar. Es war keine Riesensumme, wissen Sie. Keine Extras.«

»Um wie viel Uhr hat er bezahlt?«

»Daran erinnere ich mich nicht genau. Ich war im Anrichteraum, habe das Geschirr wegsortiert. Vielleicht nach dem Abendessen. Oder früher, nach dem Mittagessen?«

Mehr kann die alte Dame nicht sagen. Hammersfeld hat sein Hotel klug gewählt. Außer der Bestätigung seiner ununterbrochenen Anwesenheit in der Region zwischen dem 10. und dem 15. März und einer dritten Identität samt passender dritter Nationalität nichts zu holen. Aber das ist schon nicht schlecht. Zeit, in den Schoß der Familie zurückzukehren.

Donnerstag, Marseille

Die *Santa Lucia* wird im Laufe des Vormittags erwartet. Das Empfangskomitee steht ab neun Uhr parat. Ein kleines Aufgebot: Daquin liegt in einem Büroraum der Hafenverwaltung auf der Lauer. Von da hat er einen erstklassigen Längsblick auf den Kai, an dem die *Santa Lucia* festmachen wird. An den beiden nächstgelegenen Ausfahrtstoren des Hafengeländes ist jeweils ein Wagen der Kriminalpolizei postiert. In jedem dieser Wagen lesen zwei Inspektoren die Regionalpresse, die auf der Titelseite mal wieder mit einer Schlagzeile über die »Pélissanne-Affäre« aufmacht. Sie sind eher froh, dem Fiasko, das alle in der Abteilung erwarten, für eine Weile zu entkommen. Eine Walkie-Talkie-Verbindung ist eingerichtet und nach Abschluss der Operation ein Treffen in Daquins Büro anberaumt. Bleibt nur noch, die Daumen zu drücken.

11 Uhr, zwei Männer in Hafenarbeiterkleidung, Blaumann, Neon-Westen, große Botten, Sicherheitshandschuhe unter den Gürtel geklemmt, Mützen auf dem Kopf, bleiben wenige Meter von Daquins Beobachtungsposten stehen. Sie kehren ihm den Rücken zu. 11:10 Uhr, die *Santa Lucia* kommt in Sicht. Die beiden Männer sind immer noch da. Daquin denkt, dass sie über die Ankunftszeit der *Santa Lucia* genauer informiert waren als er. 11:30 Uhr, die *Santa Lucia* hat festgemacht, eine Gruppe Zöllner auf dem Kai gibt den Matrosen ein Zeichen, eine Gangway wird installiert, die Zöllner gehen an Bord: Routinekontrolle. Ein Zollbeamter beginnt die diversen Papiere der Matrosen zu überprüfen, die das sehr überrascht. Die Verhandlung wird in einem mehr als groben Englisch geführt, gefärbt mit den unwahrscheinlichsten Akzenten. Die zwei Männer in Arbeitskleidung besprechen sich, nähern sich ein paar Schritte. Als sie den Großteil des Zöllneraufgebots in die Tiefen des Schiffes hinuntergehen sehen, setzen sie sich ab. Daquin verständigt die beiden Teams, die die Ausfahrten bewachen, und kehrt zurück in sein Büro, um auf Nachricht von den einen wie den anderen zu warten.

An Bord der *Santa Lucia* zieht das Tempo an. Ein Zöllnerteam stößt bei der Inspektion des Frachtraums auf etwa hundert Kisten mittlerer Größe, mehr verstaut als versteckt unter einer Plane, auf denen in großen schwarzen Lettern »Werkzeugmaschinen« steht. Eine Kiste wird auf die Brücke getragen, vor den Matrosen geöffnet. Sie enthält ein Dutzend Sturmgewehre, zerlegt, geölt, sorgsam verpackt in Stoff und Plastik.

Die Waffen werden eine neben der anderen in der Sonne auf der Brücke ausgelegt und wecken die Neugier der Zöllner. Nie gesehen, dieses Modell.

»Kalaschnikows«, sagt einer, der Waffenfan ist. »Ich habe Fotos davon gesehen.« Er geht zu einem der in Einzelteile zerlegten Gewehre, setzt es mit Leichtigkeit zusammen. »Was für eine schöne Waffe. Es ist das erste Mal, dass ich so eine in der Hand habe. Seht mal, wie schlicht sie ist, wie leicht. Angeblich nicht kaputtzukriegen. Diese Waffen werden in der Sowjetunion und in Bulgarien hergestellt. Hier müssen sie eine Stange Geld kosten.«

Die hundert Kisten werden geöffnet. Sie enthalten alle die gleichen Waffen.

Heller Aufruhr. Ein großartiger Fang. Die Zöllner benachrichtigen ihren Chef Jaland und machen sich an eine systematische Durchsuchung des Schiffes, die mehrere Stunden dauert. Sie finden nur fünf Platten gepresstes Pulver, wahrscheinlich Morphinbase, in Butterpackungen versteckt im Eisschrank. Lappalien.

Die zwei Männer in Arbeitskleidung gehen auf den nächstgelegenen Ausgang des Hafengeländes zu. Einer von ihnen entledigt sich der Neon-Weste und der Sicherheitshandschuhe, die der andere ihm abnimmt, und passiert das Tor. Beginn der Beschattung. Der Mann läuft zu Fuß in Richtung Vieux-Port, biegt an der Kathedrale ab, erreicht den Évêché, umrundet das Gebäude, bleibt vor der Tür zur *Garage* stehen, klingelt. Sofort öffnet sich die Tür, er geht hinein.

Die beiden Inspektoren, die ihn verfolgen, sehen sich an, ziehen eine Grimasse. Wortlos betreten sie den Évêché durch den Haupteingang, steigen in den dritten Stock. Daquin erwartet sie in seinem Büro.

»Und?«

»Ihr Mann wurde wohl tatsächlich erwartet.«

»Wo? Von wem?«

»Hier im Évêché. Er hat den Lieferanteneingang der *Garage* genommen, wo man ihm beim ersten Klingeln die Tür geöffnet hat.«

Daquin steckt den Schlag ein.

»Viel Glück«, wünschen ihm die beiden Inspektoren und gehen.

Was würde Grimbert sagen? Überrascht? Denken Sie an Simon, den Ausweis des SAC. Wen hat er kurz vor seinem Tod über eine Waffenlieferung informiert? Warum nicht andere SAC-Mitglieder, die in ihren Mußestunden Bullen sind? Logisch. Und er würde hinzufügen: Wir sind in Marseille.

Keine Zeit, deprimiert zu sein, das Telefon klingelt, Jaland ist dran.

»Sind Sie über das Ergebnis unserer Routinekontrolle auf dem Laufenden?«

»Nein.«

»Na, dann habe ich das Vergnügen, Ihnen mitzuteilen, dass wir auf der *Santa Lucia* etwa hundert Kisten mit Sturmgewehren beschlagnahmt haben. Meine Männer suchen weiter. Und Sie kommen her und nehmen Ihre Lieferung von drei zypriotischen Matrosen und Waffenschmugglern in Empfang. Zufrieden?«

»Das kann man so sagen. Ich bin gleich da.«

Am späten Nachmittag werden die Matrosen in den Évêché gebracht. Daquin sieht sie zu den Zellen im Untergeschoss gehen. Eröffnung der Jagd, Blutgeruch, für ein, zwei Stunden nicht an den SAC denken, ein Geschenk des Himmels. Zwei kräftige Männer um die vierzig, stämmig, braungebrannt, und ein jüngerer, in den Zwanzigern, mager, strubbelige, zu lange schwarze Haare, braune, zu glänzende Augen, als wäre er den Tränen nahe. »Lassen Sie sie eine Stunde schmoren«, sagt Daquin zum Zellenaufseher, »dann bringen Sie mir den Kleinen.«

Delmas kommt von seinen zwei Ermittlungstagen in Nizza und Saint-Tropez just in dem Moment zurück, als die Vernehmung des jungen Mannes beginnt, den ein Polizist ins Büro gebracht hat. Keine Zeit für einen Informationsaustausch, und das ist auch besser so. Daquin fühlt sich noch zu verunsichert, um die Situation zu meistern. Deshalb kommt er unverzüglich zur Sache.

»Verstehen Sie Englisch?«

»So wie alle französischen Gymnasiasten mit Englisch als erster Fremdsprache, also kein bisschen.«

»Sie werden versuchen, ein Protokoll aufzusetzen, tun Sie, was Sie können, den Rest sehen wir später.«

Daquin setzt den Jungen, immer noch in Handschellen, auf einen Stuhl ihm gegenüber, liest noch einmal in Ruhe die ersten Protokolle der Zollbeamten, während er ihn aus den Augenwinkeln beobachtet. Griechische Staatsangehörigkeit. Vorname Raphaël. Arme kinderreiche Familie, die auf Zypern lebt. Der Junge schlägt die Beine übereinander, stellt sie wieder nebeneinander, kratzt seine Hände, den Blick starr zu Boden gerichtet, manchmal verzerren sich seine Lippen wie unter Schmerzen.

Daquin fängt an. »Sprichst du Englisch?« Kopfnicken. »Was hast du auf diesem Schiff gemacht?«

»Ich habe gearbeitet, meinen Lebensunterhalt verdient.«

Sein Englisch erinnert Daquin an gewisse Szenen seines libanesischen Lebens.

»Ein Metier, das zu hart für dich ist, deshalb hast du es vorgezogen, Waffen zu stehlen.«

»Ich habe nicht gestohlen, ich habe nichts getan, Nicolas sagte, ich bin ein guter Matrose.« Hier und da bricht die Stimme und wird schrill.

»Nicolas?«

»Der Kapitän.«

»Aber seit seinem Tod haben die beiden anderen, Silas und Petridis, älter, wuchtiger, stärker, dir das Leben schwer gemacht.« Der Kleine sinkt noch etwas tiefer auf seinen Stuhl. Treffer. »Haben Sie dich gefickt?«

Er schreit: »Nein«, seine Hände umklammern sich krampfartig. Ja, nein, unmöglich, das zu entscheiden, Daquin pfeift darauf und macht weiter.

»Im Knast wird es noch schlimmer, du hast die Visage dafür. Und das für lange Zeit. Willst du das?«

»Nein.«

»Ich kann dich laufenlassen. Ist dir das klar?«

»Ja.«

»Du verrätst mir, wie diese Waffen auf das Schiff gekommen sind und welche Rolle Silas und Petridis, die zwei Rohlinge, dabei gespielt haben, oder aber du wanderst in den Knast. Mit ihnen. Du hast die Wahl. Also, redest du?«

»Ich will ja gern reden, aber ich weiß nichts.«

»Wir werden sehen. Ich stelle die Fragen und du antwortest, mehr nicht. Hat die *Santa Lucia* in Constanţa Kisten mit Waffen verladen?«

»Ja.«

»Wie viele pro Fahrt?«

»Zweihundert Zehnerkisten.«

»Warum sind nur noch hundert da?«

»Weil die türkischen Polizisten in Istanbul, die haben nach Nicolas' Tod gesagt, dass es nur gerecht ist zu teilen und dass es großzügig von ihnen ist, die Hälfte dazulassen. Petridis hat gesagt, okay. Die Polizisten wollten nicht, dass wir uns bei ihren Vorgesetzten beschweren, deshalb haben sie die Hälfte dagelassen, und Petridis meinte, wenn wir uns beschweren, holen sich die Vorgesetzten den Rest.«

»Wer hat euch gesagt, dass ihr nach Marseille zurückfahren sollt?«

»Nicolas. Er bekam eine Funknachricht, bevor wir in Istanbul angekommen sind. Er hat uns informiert: Wir würden nicht mehr nach Zypern fahren, sondern nach Marseille, er hat es ins Bordbuch eingetragen. Und er hat gesagt, dass uns in Marseille jemand erwartet. Als Nicolas tot war, hat Petridis entschieden, dass wir es so machen, wie er gesagt hat. Er hatte Angst, dass die Käufer in Zypern uns beschuldigen, wir hätten die Kisten gestohlen.«

»Wer waren diese Käufer?«

»Weiß nicht, ich habe sie nie gesehen.«

»Wenn ihr in Zypern ankamt, haben die Käufer die Ware nicht in Empfang genommen?«

»Nein, nie. Wir haben die Kisten ausgeladen und in einem kleinen Lagerhaus abgestellt.«

»Immer in demselben?«

»Ja. Immer leer.«

»War es frei zugänglich, das Lagerhaus?«

»Nein, es war abgeschlossen.«

»Wer hatte die Schlüssel?«

Schweigen. Raphaël zerbröselt auf seinem Stuhl. Daquin gibt nicht nach.

»Petridis?«

»Er wird mich umbringen.«

»Nicht doch. Er wird dich so schnell nicht wiedersehen.«

»Ja, Petridis. Er hatte die Schlüssel, hat auf- und abgeschlossen. Wir haben nie jemanden gesehen.«

Daquin sieht kurz zu Delmas hinüber, der nicht mehr folgen kann, lächelt ihm zu. Macht nichts.

»Und die Päckchen Morphinbase im Eisschrank?«

Raphaël setzt sich schlagartig auf, die Stimme plötzlich fest. »Ich weiß nichts. Ich habe sie nie gesehen.«

»Es fällt mir schwer, dir zu glauben.«

»Ich durfte mich der Küchenecke nicht nähern.«

»Lassen wir das mal so stehen. Es ist mir vollkommen schnurz. Noch eine andere Frage. Wer waren die beiden Matrosen, die die *Santa Lucia* in der Nacht von Nicolas' Tod verlassen haben?«

»Weiß nicht.«

»Zyprioten?«

»Nein, keine Zyprioten. Sie machten mir Angst. Sie machten sogar Petridis Angst.«

»In welcher Sprache habt ihr euch verständigt?«

»Auf Englisch. Ein bisschen. Schwer zu verstehen. Sie haben untereinander nicht Arabisch gesprochen.«

»Was haben sie gesprochen? Türkisch?«

»Nein. Ich kann etwas Türkisch.«

»Entscheide dich. Ich weiß, dass du es weißt. Du willst doch, dass ich dich freilasse?«

»Eine Nacht habe ich sie während einer Wache miteinander reden hören. Sie sprachen Farsi. Ich verstehe es nicht, aber ich habe es wiedererkannt, ich habe einen Freund in meinem Viertel, bei dem ich oft war, seine Eltern waren Iraner.«

Ende der Vernehmung. Daquin und Delmas setzen ein Protokoll auf, wobei sie Raphaëls Sprachkenntnisse in günstigem Licht darstellen. Der unterschreibt, ohne es zu lesen. Dann kehrt er zurück in seine Zelle, getrennt von den beiden anderen.

Daquin überlegt laut: »Zypern war vielleicht nur eine Zwischenstation, ein anderer Schmuggler kann Richtung Europa übernommen haben. Hat Simon möglicherweise versucht, ihn auf eigene Gefahr zu umgehen?«

Delmas sagt nichts.

Es ist spät geworden. Daquin will den Direktor des SRPJ noch vor Ende des Tages aufsuchen, die Inspektoren, die bei der Beschattung eingesetzt waren, werden ihren Bericht bereits abgeliefert haben, er wird beunruhigt sein, man darf ihn nicht warten lassen.

»Delmas, verfassen Sie eine kurze, aber präzise Notiz über Ihre zwei Ermittlungstage und hinterlassen Sie sie auf meinem Schreibtisch. Und morgen Vormittag machen Sie frei. Sie sind nicht auf dem Laufenden, weil Sie die letzten Tage auf Achse waren, aber unsere Chefs haben eine spektakuläre und unnütze Säuberungsaktion im Belle de Mai-Viertel angesetzt, bei der der gesamte Évêché mobil gemacht wird und die sie ›Operation Wasserstrahl‹ getauft haben. Unnötig, dass Sie Ihre Zeit damit vergeuden, ich werde unser Team vertreten. Erkundigen Sie sich nach dem Wohlergehen der Witwe, und wir treffen uns hier morgen Nachmittag wieder.«

Der Direktor empfängt Daquin mit einer gewissen Steifheit. Gleich zu Beginn bringt er seine Unzufriedenheit zum Ausdruck, dass der Zoll bei diesem Fall mitmischt.

»Unser Minister wird uns die Hammelbeine langziehen, wir sind nicht dazu da, Reklame für die Zollbehörde und den für sie zuständigen Finanzminister zu machen. Sie haben sie eingeschaltet, ohne mich zu Rate zu ziehen, wie rechtfertigen Sie diese Entscheidung?«

Vorhergesehener Angriff, vorgefertigte Antwort, gerade glaubwürdig genug. »Die Information über die Ankunftszeit der *Santa Lucia* hat mich sehr spät erreicht, mir blieb nicht viel Zeit zum Handeln, Sie waren im Fall Cartland unterwegs, ich konnte Sie nicht erreichen, der Weg über den Staatsanwalt von Nizza drohte zu langwierig zu werden. Der Zoll schien mir der einzige Ausweg, um legal und schnell zu handeln. Das Ergebnis ist nicht zu vernachlässigen.«

»Diese Person, die Sie bis zum Évêché haben verfolgen lassen …«

»Der Zoll weiß davon nichts. Ich bin gekommen, um eben darüber mit Ihnen zu sprechen. Wie gehe ich damit um?«

Der Chef ist beruhigt, genau das wollte er hören.

»Sie schreiben eine nur für mich bestimmte Notiz, die Sie nicht in der Fallakte ablegen. Und ich organisiere zusammen mit dem entsprechenden Spezialstab der Kriminalpolizei das weitere Vorgehen, was die vorläufigen Festnahmen und die Ermittlung zu dem Waffenschiebernetz betrifft. Das erlaubt es, die Angelegenheit zu unseren Gunsten zu verbuchen. Ich benachrichtige auch die Drogenfahndung, dass der Zoll ein paar Platten Morphinbase beschlagnahmt hat.«

Der Chef hält inne, zögert, Daquin wartet.

Er fährt fort: »Es genügt wohl, wenn ich sage, dass niemand hier in Marseille vermutet hat, dass Pieri sich mit derlei Geschäften befasste. Eine nicht ganz lupenreine Buchführung, Steuerhinterziehung, nun gut, das ist vielleicht nicht tolerierbar, aber es wird toleriert. Waffenschmuggel ist etwas anderes. Und das verstärkt natürlich die These, dass die Morde mit einer Abrechnung im Milieu zusammenhängen. Das ist auch Staatsanwalt Coulons Position. Sie und Ihr Team arbeiten doch in dieser Richtung, Daquin?«

»Es ist eine Fährte, die wir nicht vernachlässigen, Herr Direktor, aber nicht die einzige, an der wir dran sind, wie Sie der Notiz entnehmen können, die ich Ihnen gegeben habe.«

»Ich hatte noch keine Zeit, sie zu lesen. Verzetteln Sie sich nicht. Der Fall, der Presse und Öffentlichkeit derzeit interessiert, ist der Fall Pélissanne. Da sind wir verpflichtet, Ergebnisse zu liefern. Die Mörder von Pieri und Simon sind bereits vergessen. Was Staatsanwalt Coulon betrifft, scheint er vor allem jegliche Komplikation bei sich in Nizza vermeiden zu wollen. Ich kann doch morgen bei der Operation Wasserstrahl mit Ihnen rechnen, Daquin?«

»Selbstverständlich, Herr Direktor.«

Daquin geht zurück in sein Büro und macht sich einen Espresso. Er setzt sich vor das geöffnete Fenster, Füße auf dem Geländer. Die Nacht ist angebrochen, Kühle dringt ins Zimmer, die Stadt surrt. Er trinkt seinen Espresso. Ein Strom widersprüchlicher Gedanken. Die *Santa Lucia* und ihre Kalaschnikows, ein schöner Fang, trotz allem. Ein Puzzleteil mehr. Frickx und Pieri, Frickx und Simon, David und seine Alter Egos, schmutziges Geld, Erdöl und jetzt Waffen, der Schatten des SAC, die Verzweigungen bis hinein in den Évêché und vielleicht bis nach Nizza, das Ganze vor dem Hintergrund des Bandenkriegs, der um die Kontrolle an der Côte im Gang ist. Nur noch fünf Tage im Rahmen des beschleunigten Verfahrens, und alle diese Elemente türmen sich nach wie vor ungeordnet auf meinem Schreibtisch, ohne dass ich dahinterkomme, wie sie zusammenpassen. Und der Chef: »Pieri ist bereits vergessen.« Auf gut Französisch: Schließen Sie ab, egal wie. Das werde ich ganz sicher nicht tun. Weil ich spüre, dass ich Pieri ganz nah bin. Pélissanne, eine Chance für uns. Solange der Fall läuft, sind die oberen Etagen zu beschäftigt, um uns ernsthaft zur Rechenschaft zu ziehen. Nur noch fünf Tage …

Ich muss das reifen lassen, heute Abend bin ich zu müde. Eine gute Nacht ... Ein Körper, dessen Bewegungen ich zusehen, den ich streicheln kann ... Ich würde zu gern auf die Pirsch gehen, mich überraschen lassen, genießen und es auf der Stelle vergessen. Unmöglich, »man« überwacht dich vielleicht. Sei vernünftig. Er streckt die Hand zum Telefon aus.

16

Freitag, 23. März 1973

Freitagvormittag, Marseille

Beim Aufwachen betrachtet Daquin Vincent, der neben ihm schläft. Er steht geräuschlos auf, um ihn nicht zu wecken. Heiße, dann kalte Dusche. Ritual der Rasur, Moment der Wahrheit. Gestern Abend Lust zu jagen, jemanden aufzureißen, Lust auf fremde Männer, er hat Vincent angerufen, weil dies nicht sein Revier ist, weil er vorsichtig sein muss, weil Leccia … Eine wenig inspirierte Nacht. Er betrachtet sein glattes, sauberes Gesicht im Spiegel und sagt: »Diese Stadt macht dich noch impotent.«

Der Tag verheißt schwierig zu werden zwischen einer Ermittlung, die immer mehr einem Labyrinth ohne Ausweg ähnelt, und der Pflichtteilnahme an einer Polizeiaktion, von der er ahnt, dass sie eine Lachnummer wird. Er braucht Kleidung, die ihm hilft, seine Zuversicht zu bewahren, nicht die übliche Kombination aus Jeans und Blouson, zu formlos. Er wählt ein Jackett und eine Hose aus schimmerndem braunem Stoff, gut geschnitten, die breiten Schultern und die schmalen Hüften betonen, ein hellblaues Polohemd, wie ein Hauch von Leichtigkeit, und Ledermokassins. Vincent ist immer noch nicht wach. Oder stellt er sich nur schlafend? Er schlägt die Tür hinter sich zu, schlendert zu Fuß hoch zum Évêché und setzt sich zum Frühstücken auf die Terrasse der Bar-Tabac: Café crème, zwei Croissants und ein Sonnenstrahl.

Auf seinem Schreibtisch liegt seine Post.

Zuoberst eine lakonische Nachricht von Grimbert, notiert von der Telefonzentrale: Er hofft, am späten Nachmittag zurück zu sein. Er hält sich gewissenhaft an Daquins Anweisung, Diskretion zu wahren: der Gerüchteküche keine Nahrung geben durch allzu ausführliche Mitteilungen, die sich unpassenderweise im Haus verbreiten, ehe sie beim Empfänger ankommen.

Dann ein Telegramm von Paul: »Donnerschlag: Iran verkündet OPEC Entscheidung des Schahs, NIOC-Erdöl direkt zu vermarkten. Ende Monopol des Kartells. Du hast nicht gewettet, schade.«

Iran. Gestern die des Mordes am Kapitän der *Santa Lucia* verdächtigen Matrosen, wahrscheinlich Iraner. Heute der Schah von Persien, der den Ölmarkt revolutioniert. Den Ölmarkt, von dem Pieri besessen war. Eine Woche nach seiner Ermordung.

Schließlich liest er Delmas' zweiseitige Notiz. Ausgezeichnete Notiz. Hinter seiner Fassade eines naiven Stoffels hat der Kerl das Zeug zu einem echten Bullen. David und Frickx stehen sich also sehr nahe. Die Aussage der Krankenpflegerin ist entscheidend. Ihr Wiedersehen nicht, wie sie annimmt, das zwischen Saufkumpanen, sondern zwischen Komplizen bei Simons Ermordung? Wird David eine Hauptfigur in unserer Ermittlung?

Daquin dreht sich in seinem Sessel, stellt die Füße aufs Fenstergeländer, den Blick verloren im Blau seines Stückchens Himmel.

Dieser David, noch ein Teil des Puzzles, das seinen Platz nicht findet. Grimbert wird uns weitere mitbringen. Ich darf den Moment der Synthese nicht übereilen. Ich warte. Ich nehme einen einzelnen Puzzlestein und arbeite daran. David.

Ich habe ein paar bestätigte Fakten. Er steht in enger Verbindung mit Frickx, dessen Verwicklung in die Morde erwiesen ist. Er hält sich während der Morde in der Region auf. Er versucht diese Anwesenheit zu vertuschen. Noch keine Gewissheiten, aber ich kann ihn bereits als Teil des Gesamtbilds betrachten.

Doch mit ihm kommen vollkommen neue Elemente ins Spiel. Er besitzt einen Satz gefälschter Papiere, wie sie Geheimdienstprofis haben. Das ist nicht die Ausstattung eines Amateurs. Er ist ein Militär, Freiwilliger in der israelischen Armee, mit einem unteren Offiziersgrad. Ein Profil, das deutlich besser zu einem Eliteschützen passt als das eines Killers aus dem Milieu. Und schließlich sind die drei Opfer in ein Waffengeschäft verwickelt, dessen Zielpunkt Zypern ist, in der Nähe der palästinensischen Trainingslager, in einem internationalen Kontext extremer Spannungen. Nach einer Terrorwelle seitens der Palästinenser befinden wir uns mitten in einer israelischen Anti-Terror-Offensive. Seit dem Massaker an den israelischen Athleten während der Olympischen Spiele in München vergangenen September hat Israels Premierministerin Golda Meir eine Todesliste der verantwortlichen palästinensischen Politiker erstellt und sie dem Mossad übergeben, der da und dort in Europa einen nach dem anderen liquidiert. Vor ein paar Tagen hat die israelische Armee über der Sinai-Halbinsel irrtümlich eine Zivilmaschine mit über einhundert Passagieren abgeschossen und sich damit begnügt, vage Entschuldigungen abzugeben. Kurz, die Situation ist überhitzt, alles ist möglich. Inklusive der Exekution zweier Personen auf französischem Boden.

Schlussfolgerung: Wenn ich mich mit David befasse, scheint es mir unmöglich, den Schatten des Mossad außer Acht zu lassen. Und sogleich eine Frage: Kann zwischen

Mossad und Erdöl eine Verbindung bestehen? Die die Verbindung zwischen Frickx und David erklären würde? Zweite Frage: Bontems sprach von der »Signatur« eines Eliteschützen. Könnte ich bei den jüngsten Exekutionen des Mossad einen ähnlichen Modus Operandi finden?

Daquin wendet sich von seinem Fenster und seinem Eckchen blauen Himmels ab, hängt sich ans Telefon und erreicht schließlich Lenglet in Beirut.

»Du störst, Théo.«

»Tut mir leid. Aber ich brauche zu zwei Punkten präzise Antworten, die du mir sehr schnell geben kannst, dann lege ich gleich wieder auf.«

Resignierter Seufzer. »Schieß los.«

»Hat der Mossad irgendwas mit Erdölhandel zu tun?«

»Ich hoffe, du machst Witze? Für Israel, das selbst kein oder sehr wenig Erdöl besitzt und umgeben ist von feindlichen Ländern, die viel davon haben, ist Erdöl eine Frage von Leben und Tod. Nassers Blockade ihres Ölhafens Eilat, ohne dass die Amerikaner reagiert hätten, ist der Grund, warum Israel 1967 den Sechstagekrieg geführt hat. Und ihre Situation hat sich seither nicht gebessert. Je mehr die OPEC, in der die arabischen Länder den Ton angeben, an Macht gewinnt, desto mehr fühlt sich Israel bedroht. Und wenn Israel sich bedroht fühlt, ist der Mossad nie fern.«

»Wenn ich dir sage, Exekution mit einer Handfeuerwaffe aus einer Distanz von achtzehn Metern, zehn Kugeln, alles Treffer, keinerlei Kollateralschäden, fällt dir dazu etwas aus dem Umfeld des Mossad ein?«

»Natürlich. Oktober letzten Jahres, Rom, Abdel Wael Zwaiter, PLO-Repräsentant in Italien, erschossen in der Eingangshalle seines Wohnhauses, inmitten einer Gruppe von Freunden, zehn Kugeln, abgegeben von der Türschwelle des

Gebäudes. Der Mossad hat sich zu dem Attentat bekannt, Zwaiter stand auf Golda Meirs Liste.«

»Wurde der Mörder identifiziert?«

»Ein bisschen mehr Ernst, Théo …«

»Danke. Ich mache dann Schluss. Widme dich wieder deinen Liebschaften.«

Lenglet lacht. »Hört man mir das so sehr an? Scharfsinnig wie eh und je, Théo. Ich werde deinen Rat befolgen.« Damit legt er auf.

Die Mossad-Hypothese ist also, wiewohl noch nicht erwiesen, auch nicht völlig undenkbar. Und das Erdöl ist vielleicht nicht fern. Fragt sich nur, in welcher Form. Die Morde an Zwaiter und Pieri haben einen sehr ähnlichen Modus Operandi, aber da der Schütze von Rom nicht offiziell identifiziert wurde, bringt mich das nicht viel weiter. Die CIA dürfte ihn kennen, aber einem kleinen französischen Provinzbullen würden sie das niemals verraten.

Daquin macht sich einen Espresso mit Cognac, er hat das Gefühl, es hilft ihm beim Denken. Wenn David auf die eine oder andere Weise in Pieris Ermordung verwickelt ist, warum bleibt er dann in der Nähe? Frickx immerhin haut ab. Zwei Möglichkeiten: David wird gedeckt und macht sich keine Sorgen, oder er hat eine eigenwillige Art des Risikomanagements. In jedem Fall kann er die Örtlichkeiten selbst ausgekundschaftet haben, bevor er Pieri erschoss oder erschießen ließ, das ist sinnvoll und längst nicht so riskant, wie hinterher in der Gegend zu bleiben. Einen Versuch ist es wert, ich kann im Casino nachfragen, ob jemand sich an ihn erinnert.

Die Führungsspitzen von Sécurité Publique und Kriminalpolizei haben beschlossen, die öffentliche Meinung mit einem großen Coup zu beeindrucken. Das Image der Marseiller Polizei ist nicht berühmt. Die Fälle von bewaffnetem Raub häufen sich, mitunter erbärmlich, aber fast immer gewalttätig, Überfälle und Erpressungen aller Art grassieren, die »Korsen-Polizei« ist in den Augen der Einwohner unfähig und der Mauschelei verdächtig, zu vertraut mit den Banditen, die die Stadt bevölkern. Dagegen ist die Drogenfahndung der Pariser auf Erfolgskurs und gilt als vorbildlich. Die sind nicht mit den Banditen verbandelt. Die arbeiten hart und verhaften die großen Drogenbarone. Aber vor allem dankt die Bevölkerung es ihnen, dass sie die Luft ein bisschen atembarer gemacht haben, indem sie spektakuläre Großrazzien in den Bistros der Stadt und am Hafen durchführen, in denen Drogenabhängige und Kleindealer verkehren. Daher die Idee der Bonzen im Évêché, die Methoden der Drogenfahndung zu kopieren und mit einer großangelegten Durchkämmungsaktion möglichst viele Schurken aufzuspüren, um die Stärke der Polizei zu demonstrieren und die Rückeroberung der Herzen der Marseiller einzuleiten. Eine große Gemeinschaftsoperation von Kriminalpolizei und Sécurité Publique, um Zusammenhalt zu bekunden nach dem schönen Prinzip: Einigkeit macht stark. Die Führungsspitzen haben einen Namen gewählt, den sie vermutlich für ein gutes Bild hielten: »Operation Wasserstrahl«.

Alle Truppen des Évêché werden also um 16:30 Uhr im Hof einberufen. Daquin geht ohne Enthusiasmus hin und informiert seine Vorgesetzten über das Fehlen seiner beiden Inspektoren, »aktuell im Rahmen unserer Ermittlung unterwegs«. Die Truppen setzen sich um Punkt 16:45 Uhr in Bewegung. Der Ort, den die Führungsspitzen für ihre Demonstration der Stärke ausgewählt haben, ist das Viertel Belle de Mai, einst eine der Arbeiterhochburgen von Marseille, als der Hafen von La Joliette und die Reparaturwerften noch auf Hochtouren liefen, aber mit dem Ende der Kolonialära setzte der Niedergang ein, und der Schaden ist bereits ablesbar an den Fassaden der Häuser, den halbleeren Fabriken und an den Körpern und Blicken der Bewohner. Warum das Belle de Mai? Die jüngste blutige Abrechnung in Marseille fand hier statt, wer weiß das besser als Daquin, es war am Tag seiner Ankunft bei der Kriminalpolizei, seine Feuertaufe, ehe Richter Bonnefoy seinem Enthusiasmus eine kalte Dusche verpasste. Bilanz: zwei Tote, Täter bis heute nicht identifiziert. Auch die mehr oder minder gewalttätigen Raubüberfälle in diesem Viertel haben zugenommen, fünf in einem Monat plus Dunkelziffer, und die Presse schreibt: »Der Polizei wurde die Anwesenheit zahlreicher Vorbestrafter in der Gegend gemeldet.« Das Viertel ist jetzt von Gardiens de la paix abgeriegelt. Auf der Place Placide-Caffo, einem riesigen rechteckigen Platz, der an eine in Schließung begriffene Fabrik grenzt und im Zentrum der polizeilichen Maßnahmen steht, sind Zivilbeamte der Brigades Criminelles beider Polizeiorgane eingesetzt, um die Personalien der Passanten zu überprüfen. Alles unter dem wachsamen Schutz der neuen mobilen Einsatzkommandos, maskiert und mit automatischen Schnellfeuerwaffen gerüstet, die hier ihren ersten öffentlichen Auftritt haben. Die großen Chefs wandern mit konzentrierter Miene auf und ab. Hoffen sie, bei der Razzia die Täter der letzten Abrechnung zu finden, die zurückgekommen sind und sich mit Maschinenpistolen in der Hand am Tatort herumtreiben? Wenig wahrscheinlich … Aber die Regionalpresse ist da, und für sie wurde die

Operation schließlich inszeniert. Möge die Vorstellung beginnen! Die Passanten ziehen vorüber. Mit halber Aufmerksamkeit führt Daquin eine, zwei, drei Personenkontrollen durch. Eine bunte mittelmeerische Menge: Franzosen, Korsen, Italiener, Algerier, alle braungebrannt, sonnengegerbt, junge Männer in Jeans und Stoffblousons, die in ihren ausgetretenen Turnschuhen vorbeischlurfen, und müde alte Proleten, ein Mix aus Sprachen und Kulturen in einem Klima sorgenvoller Armut. Sie erdulden die Kontrolle und die Leibesvisitation mit verstohlenem Lächeln und spöttischer Miene, die Daquin wie eine Verbrennung empfindet. Ich werde mich an diese Blicke noch lange erinnern. Wie sagte Paul? »Du bist für die Polizeiroutine nicht geschaffen.« Wenn das die Polizeiroutine ist, hat er nicht unrecht.

Und dann ein kurzes Alarmsignal, ein Mann um die vierzig stolpert auf ihn zu. Als Daquin ihn nach seinem Ausweis fragt, zieht er eine Show ab, wühlt in seinen Taschen, motzt, blafft ihn an, lautstark und mit ausladenden Gesten: »Haben Sie nichts Besseres zu tun …«

Genau in diesem Moment geht ein Trupp Polizisten der Sécurité Publique hinter Daquin vorbei, rempelt ihn an. Ein Metallgegenstand erwischt ihn brutal in der Kreuzgegend, ein Schatten flüstert ihm ins Ohr: »Muck nicht auf, Schwuchtel …«, während der Mann, den er kontrolliert, zu entwischen und in der Menge unterzutauchen versucht. Ohne einen Blick hinter sich zu werfen, packt Daquin sein Handgelenk, verdreht ihm den Arm und stellt ihn damit ruhig. »Deine Papiere, los, oder du fährst ein.«

Murrend zieht der Mann einen abgenutzten Personalausweis aus der hinteren Hosentasche. Daquin notiert seinen Namen, seine Adresse und lässt ihn los. Keine Spur mehr von dem Trupp der Sécurité Publique oder dem Flüsterer. Die

Operation geht weiter. Eine Stunde später haben die Polizeiteams fünfundzwanzig Bars und dreihundertfünfzig Passanten überprüft. Nicht eine vorläufige Festnahme, nichts, gar nichts, null Resultat. Bewaffnete Räuber sind eben keine Kleindealer. Die Polizeikräfte werden abgezogen.

»›Wasserstrahl‹, von wegen, wir sind doch keine städtischen Straßenfeger, wir reinigen nicht die Bürgersteige«, mosert ein Polizist.

»Nächstes Mal machen wir auf modern, da säubern wir das Viertel mit dem Hochdruckreiniger«, witzelt ein Inspektor, »und ihr werdet sehen, danach ist alles proper.«

Einstweilen ist die Großputzaktion »Operation Wasserstrahl« zu einer Klamotte im Stil des *Begossenen Rasensprengers* mutiert.

Mies gelaunt und mit stechenden Schmerzen im Ischiasnerv kehrt Daquin in den Évêché zurück.

Freitagabend, Marseille

Im Hof des Évêché spalten sich die Truppen in zwei Gruppen auf. Die Sécurité Publique steigt hinab in die *Garage*, die Kriminalpolizei hoch in die oberen Etagen. Daquin kriecht in den dritten Stock, wobei er das Bein nachzieht. Er vermeidet so weit wie möglich jede Unterhaltung mit den »Kollegen« und trifft im Büro auf Grimbert und Delmas, die auf ihn warten und dabei die jüngsten Entwicklungen im Fall Cartland nachlesen, der hoffnungslos auf der Stelle tritt, aber immer noch die Titelseiten füllt. Abrupter Stimmungswechsel. Vergessen der katastrophale »Wasserstrahl«. Nach zwei Tagen mehr oder weniger einsamer Treibjagd ist der Moment gekommen, die Strecke zu legen, sie ist ergiebig, und keiner kommt ohne Fang zurück. Grimbert holt aus seiner Umhängetasche eine Flasche Marsala, die er am Flughafen von Palermo gekauft hat. Eine anstrengende Reise von sechsunddreißig Stunden, einmal Schiff, eine gewagte nächtliche Überfahrt, und zweimal Flugzeug, Malta liegt immer noch am Ende der Welt. Er serviert den Wein in Plastikbechern.

»Die Sizilianer nennen ihn Meditationswein.«

»Den kann ich gut brauchen«, brummt Daquin. »Sie wahrscheinlich auch.«

Das Büro ist eine geschützte Blase der Brüderlichkeit inmitten des chaotischen Getöses, das bei der Rückkehr von Operationen herrscht. Mit fortschreitender Uhrzeit verlassen die Bewohner nach und nach das Gebäude, und Stille kehrt ein. Daquin fühlt sich besser. Diese Routine hier, unter Männern, sagt ihm zu.

Während jeder genüsslich sein erstes Glas trinkt, spricht Grimbert über Pieri.

»Was für eine Persönlichkeit. In gewissem Sinn eine Speerspitze der Modernität. Geldwäsche, Steuerflucht, Erdöl, Billigflaggen, die Wirtschaft von morgen hat er voll und ganz verstanden. Und er vollbringt das alles mit einem Team aus abgetakelten alten Gangstern und Mitgliedern der korsischen Familie. Es hat was von der Tüftelei eines Genies mit den Mitteln, die eben zur Hand sind. Das hat eine Zeitlang funktioniert, wahrscheinlich bis er auf jemand Unerbittlicheren stößt. Einen, der das richtige Rüstzeug hat. Einen Profi, der ihn aus dem Weg räumt und die Oberhand gewinnt.«

Langer Informationsaustausch, viele Anekdoten, kein Druck, man lässt sich Zeit, während man den Meditationswein genießt. Daquin schildert kurz die Beschlagnahmung der Waffen auf der *Santa Lucia*, erwähnt die Möglichkeit eines zypriotischen Glieds in einem größeren Netzwerk, ergeht sich etwas genauer über den Pseudo-Hafenarbeiter, der im Évêché untergekrochen ist.

»Grimbert, das fällt in Ihr Fachgebiet. Der Chef hat gesagt, ich soll es vergessen. Was machen wir damit?«

»Angesichts von Simons Vorleben und dem Unterschlupf hier im Évêché ist die Beteiligung des SAC an dem Waffengeschäft für mich keine bloße Hypothese mehr, sondern Gewissheit. Davon ausgehend sind zwei Szenarien denkbar. Das Szenario mit niedriger Spannung: Simon kennt die Natur der Ladung der *Santa Lucia*, ohne wirklich an dem Schmuggel beteiligt zu sein. Als er von Pieris Tod erfährt, packt er die Gelegenheit beim Schopf, um das Schiff nach Marseille zurückzubeordern und sich ein paar Waffen für den SAC zu holen. Das ist eine Einmal-Operation. Das Hochspannungsszenario: Der SAC arbeitet bei einem regelmäßigen Geschäft mit geschmuggelten Waffen mit einem Marseiller Clan zusammen, wobei Zypern nur einen Abschnitt darstellt. Das ließe sich herausfinden, wenn man richtig ermitteln würde, aber das erscheint mir schwierig, und es ist kaum anzunehmen, dass man uns machen lässt. In beiden Fällen weiß der SAC seit dem 13. März, also lange vor uns, dass die *Santa Lucia* mit einer Ladung Waffen an Bord nach Marseille unterwegs ist. Ich denke, damit haben wir eine Erklärung für Leccias Versuche, Druck auszuüben. Mit dem, was wir jetzt wissen, untermauert von Zeugenaussagen und Beweisen, wenn wir es da nicht schaffen, unbehelligt zu arbeiten … dann bin ich wirklich unfähig.«

Draußen vor dem Fenster ist Nacht, zartlila eingefärbt durch die Lichter der Stadt.

»Na gut«, sagt Daquin. »Kommen wir jetzt zu den ernsten Dingen. Grimbert, Sie sind dran. Erzählen Sie uns den maltesischen Aspekt im Epos Ihres Marseiller Helden.«

276

»Vorläufig keine Chance, die Nutznießer der Machenschaften der Somar zu identifizieren, ich habe keine einzige Namensliste aufgetan.«

Grimbert erzählt in aller Kürze, wie die Somar, die Serval und die Bank des Archipels zusammenhingen, und von dem Besuch eines Franzosen, möglicherweise Micchelozzi, zwei Tage nach Pieris Ermordung. Die Kunden der Somar sind von der schnellen Truppe.

Auf Delmas' Frage, ob sie weiter nach den Namen suchen werden, antwortet Grimbert: »Ich denke, wir haben Besseres zu tun. Das Erdöl. Pieri war Miteigentümer von zwei Tankern. Was bestimmt einer hübschen Stange Geld entspricht. Sein Teilhaber, über den wir nichts wissen, der aber mit verblüffender Geschwindigkeit reagiert, löst die Teilhaberschaft auf und verkauft die beiden Tanker über einen Mittelsmann, einen Anwalt, binnen drei Tagen nach Pieris Ermordung. Was sagen Sie dazu, Commissaire?«

»Wir haben dazu nur Erklärungen eines Zeugen, der aus zweiter oder dritter Hand berichtet.«

»Stimmt. Aber die beiden maltesischen Geschäftsführer scheinen mir nicht imstande, einen großangelegten Finanzbetrug zu konzipieren und in die Tat umzusetzen.«

»Ziemlich überzeugend.«

»Wenn ich mich ganz weit rauslehne, würde ich sagen, der Teilhaber wusste, dass Pieri ermordet wird, bevor es passierte. Er ist der Auftraggeber, den wir suchen.«

»Im gleichen Moment löst der Iran eine Umwälzung auf dem Ölmarkt aus. Können wir versuchen, einen Zusammenhang herzustellen?«

»Viel zu gewagt. Wir reden hier lediglich von zwei Tankern mittlerer Größe. Kein Vergleich zu den Supertankern, die das iranische Öl verladen.«

»Der Mossad interessiert sich offenbar auch für Erdöl«, ergänzt Daquin und sorgt damit für Furore in dem kleinen Büro.

Er holt die Zeitungsseite hervor, die das französische Konsulat in New York ihm zugeschickt hat, teilt alle ihm verfügbaren Informationen und seine Fragen mit, dann: »Vergessen wir Frickx nicht. Er arbeitet mit Pieri zusammen, er ist unbestreitbar in den Mord an Simon verwickelt, der sich darauf verlassen hat, dass er die Zukunft der Somar regeln würde, er steht in enger Beziehung zu David. Warum soll er nicht der Teilhaber sein, den wir suchen?«

»Die Rohstoff-Trader machen nicht in Erdöl.«

»Bis jetzt nicht. Aber wenn der Markt sich bewegt, sind sie vielleicht schon dabei, sich anzupassen. Meine Herren, ich fasse zusammen. Frickx ist eine bemerkenswerte Figur. Erdöl, das ist ein Feld, von dem wir nicht die geringste Ahnung haben, es ist die Spielwiese der Supermächte, ihrer Geheimdienste und diverser Geschäftemacher, die ihr eigenes Süppchen kochen. Uns bleiben fünf Tage, und im Haus können wir auf keinerlei Unterstützung hoffen. Fazit?«

Grimbert lächelt. »Wir gehen auf diesem Weg weiter, Commissaire.«

Letzte Runde. Die Marsalaflasche ist leer und die Nacht tiefschwarz.

Delmas verlässt als Erster das Büro, Daquin steht am Fenster und träumt vor sich hin, Grimbert wirft die Becher weg, räumt auf. Als sie unter sich sind, dreht Daquin sich um.

»Darf ich Sie noch ein paar Minuten aufhalten?«

Grimbert setzt sich wieder hin. »Das soll wohl ein Witz sein, Commissaire.«

»Während der gefloppten Aktion im Belle de Mai-Viertel heute Nachmittag war ich gerade bei einer Personenkontrolle, als mich ein Trupp Polizisten der Sécurité Publique von hinten angerempelt hat. Ich habe einen Schlag ins Kreuz bekommen, nicht schlimm, aber die Absicht war, mir wehzutun, und im selben Moment flüsterte mir jemand ins Ohr: ›Muck nicht auf, Schwuchtel, sonst …‹«

Grimbert lässt die Fingergelenke krachen. »Wie haben Sie reagiert?«

»Ich habe mir den Kerl geschnappt, den ich vor mir hatte und der gerade abhauen wollte, ich hatte das Gefühl, dass er mit den Angreifern unter einer Decke steckt. Hier sind seine Personalien: Pierre Henri, geboren 1932 in Marseille, wohnhaft in der Rue Crudère Nummer elf, Angestellter bei Olympique Marseille. Natürlich konnte ich keinen der Angreifer identifizieren. Wie denken Sie über den Zwischenfall?«

»Eine brutale und primitive Einschüchterungsaktion im Stil des Marseiller SAC, deutlich anders als der Auftritt von Leccia. Wahrscheinlich im Zusammenhang mit der Waffengeschichte auf der *Santa Lucia*. Wir haben doch Simons Terminkalender und Adressbücher, die wir bei der Durchsuchung seiner Wohnung beschlagnahmt haben. Mal sehen, ob wir diesen Pierre Henri darin finden.«

Grimbert holt die Adressbücher aus einem der Schränke und legt sie auf seinen Schreibtisch, die beiden Männer beugen sich darüber. Die Namen sind nicht alphabetisch geordnet, sondern nach Aktionszellen.

Nach ein paar Minuten vermeldet Daquin: »Pierre Henri steht tatsächlich hier drin.« Er zeigt Grimbert die Liste der Namen, die in Henris Zelle aufgeführt sind. Der unterstreicht einen davon.

»Bartoli … den kenne ich gut. Das ist der eröffnende Pass, auf den ich gewartet habe. Ich kümmere mich darum. Und machen Sie sich nichts draus, dass man Sie als Schwuchtel bezeichnet hat, das ist hier ein geläufiges Schimpfwort.«

17

Samstag, 24. und Sonntag, 25. März 1973

Samstagmorgen, Cap Ferrat

Als gegen neun Uhr das Telefon klingelt, sind David und Emily wie am Vortag in der Küche und frühstücken. Emily erklärt mit breitem Grinsen: »Geh ran, David. Ich bin einkaufen gefahren.«

David zögert, hebt ab. Keine Überraschung, es ist Michael. »Ist Emily nicht da?«

»Nein. Sie ist einkaufen gefahren.«

»So früh?«

»Es ist Wochenende, da ist viel los, sie wollte die größte Stoßzeit vermeiden.«

Von der anderen Seite des Tisches stimmt Emily lachend zu.

Michael fährt fort: »Auch gut. Dann können wir frei reden. Du wirst ihr zwei Dinge sagen. Erstens, ich reise in wenigen Minuten nach Joburg und Pretoria ab. Ich werde ihren Großvater besuchen und ihn von ihr grüßen.«

»Alles klar. Was noch?«

»Genf. Unser neues Haus. Notierst du die Adresse? Route de Lausanne in Bellevue. Die Terrasse liegt zum See und zum Montblanc hin, eine Pracht. Ich bin am 29. zurück, sag ihr, sie soll an diesem Datum zu mir stoßen.«

»Ich notiere die Adresse. Aber du weißt, dass sie nicht kommen will.«

»Du musst sie überzeugen.«

»Ich weiß nicht, wie gut du deine Frau kennst.«

»Ich kenne sie sehr gut. Ich weiß, dass sie dazu fähig ist, in Nizza bleiben zu wollen. Aber ich habe den Mietvertrag für die Villa gekündigt. Sie muss sie zum 31. März geräumt haben. Sie mag Mailand nicht. Also wird sie nach Genf kommen. So einfach ist das. Gut, ich bin in Eile, du richtest ihr alle erdenklichen Liebenswürdigkeiten von mir aus. Wir sehen uns, wenn ich zurück bin.«

Michael hat bereits aufgelegt.

»Was hat er gesagt?«

»Er besucht unseren Großvater in Joburg.«

»Und noch?«

»Er erwartet dich ab dem 29. März in Genf.«

»Ich fahre nicht hin.«

»Er hat den Mietvertrag für die Villa zum 31. gekündigt.«

David ist auf Geschrei gefasst. Emily ist sehr ruhig. Sie kocht frischen Tee, schenkt zwei Tassen ein, öffnet eine neue Packung Kekse.

»Setzen wir uns und reden.«

David setzt sich.

»Wir haben ein paar Szenen aus unserer Jugend nachgespielt, in sehr viel schöner. Das war ein unerwartetes Intermezzo. Ich bin dir sehr dankbar dafür. Jetzt ist es vorbei, Rückkehr zur Realität. Ich bin eine schlecht verheiratete Frau. Und du, wer bist du?«

David braucht Zeit, um die Antwort zu finden. »Wenn ich nicht dein Cousin bin, bin ich ein Freund von Michael. Ich traf ihn eines Abends zufällig in einer Bar in Joburg, wir haben reichlich zusammen gebechert, dann bin ich ihm in den vergangenen Jahren mehrmals begegnet. Als Pieri ermordet wurde, waren wir zusammen in Südafrika. Er wusste, er würde dir nicht Gesellschaft leisten können, er hatte sehr wichtige Geschäfte am Laufen, die keinen Aufschub duldeten.

Er hat mich gebeten, herzukommen. Ich habe zugesagt. Ich bereue es nicht. Zwischen ihm und mir war nie von Genf die Rede, und ich habe nicht vor, dich zu entführen und an den Haaren dorthin zu schleifen.«

Emily denkt nach, während sie eine, zwei, drei Tassen Tee trinkt.

»Dank dir geht es mir gut, sehr gut. Du kannst fahren, wann immer du willst, aber du kannst hierbleiben, solange du willst, unter einer Bedingung: Du redest nicht mehr von Genf. Ich für meinen Teil packe meine Sachen und suche mir ein Möbellager und Arbeit in Nizza. Es wird sich schon finden. Ich werde von Fall zu Fall entscheiden. Mach nicht so ein Gesicht, David, ich bin in Schwierigkeiten, nicht du. Komm, wir gehen schwimmen. Wir können die letzten Tage genauso gut auskosten.«

Sonntagabend, Johannesburg

Am morgigen Montag hat Frickx in Pretoria einen Termin mit den für Erdölfragen zuständigen südafrikanischen Ministern. Aber vorher war ihm daran gelegen, Weinstein zu besuchen, der ihn gegen Abend zu sich nach Hause eingeladen hat, in einem der geschützten Wohnviertel der Stadt. Ihre erste Begegnung seit dem Bruch mit Jos. Schwer zu steuern. Jos und Weinstein sind eng verbunden. Zwei Männer derselben Generation, dieselbe Geschäftsauffassung: sich auf starke, etablierte Unternehmen stützen, auf ergebene Mitarbeiter, und sich vor Einzelgängern hüten. Aber Weinstein weiß auch, dass Frickx der Architekt war, der das afrikanische Handelsnetz der Südafrikanischen Minengesellschaft bis zur Sahara ausgebaut und die ersten Ansiedlungen der Gesellschaft außerhalb

Afrikas sowie eine ausgelagerte Regionaldirektion in Australien geschaffen hat. Ein schöner Erfolg in nicht einmal zehn Jahren. Weinstein ist nicht blind und steht Veränderungen aufgeschlossener gegenüber als Jos. Und außerdem ist Frickx der Ehemann seiner geliebten Enkelin. Die Partie ist noch offen. Er muss sie gewinnen. Er schluckt zwei rosa Pillen, als der Wagen auf Weinsteins Anwesen fährt.

Weinstein erwartet ihn in seinem Arbeitszimmer. Bibliothek aus dunklem Holz, randvoll mit Büchern, von denen viele gelesen sind, großer massiver Schreibtisch, Ledersessel und Ledersofa, dicker Teppich. Die Ausstattung eines Londoner Clubs. Der Alte hatte immer ein Faible für Englandbezüge. Ein schwarzer Diener in schwarzem Frack serviert Whisky. Frickx denkt, dass er England entschieden nicht mag.

»Danke, dass Sie mich so kurzfristig empfangen. Es war mir wichtig, mit Ihnen über meinen Weggang von CoTrade zu sprechen.«

»Das scheint mir das Mindeste zu sein. Wir beide haben sechs Jahre lang hervorragende Geschäfte miteinander gemacht, ich schätze Sie sehr, aber Jos ist mein Freund, und die Hand meiner Enkeltochter habe ich dem Mann gegeben, in dem er seinen Erben sah. Er war vor zwei Tagen hier. Er empfindet Ihren Weggang als Verrat. Ich habe ihn tief verletzt erlebt, bis ins Mark.«

»Ich habe ihn nicht verraten. In keinem Augenblick, kein einziges Mal. Seit 1969 habe ich mit Jos' Einverständnis geduldig Netzwerke auf dem Ölmarkt aufgebaut, im Rahmen einer CoTrade-Tochter, der Fimex, die ich 1970 gegründet habe, mit seinem Einverständnis und in aller Loyalität. Die Weltlage hat sich in den letzten vier Jahren weiterentwickelt. Der internationale Ölmarkt wird explodieren und sich dem Monopol der großen Konzerne entziehen, das ist für jeden offenkundig, der der aktuellen Situation ins Auge blickt. Man muss sich an diese Entwicklungen anpassen, man kann nicht weiterhin dieselben Methoden anwenden. Indem wir vor allen anderen zu Großakteuren auf dem freien Markt werden, haben wir heute die Gelegenheit, ein fantastisches Tradinggeschäft zu tätigen, mit kurzfristig hunderten Millionen Dollar in Aussicht und mittelfristig Milliarden. Milliarden, verstehen Sie mich? Das Netz, das ich mit CoTrade über die letzten Jahre aufgebaut habe, ist nicht stark genug, um das Geschäft allein zu stemmen, erlaubt aber, es einzufädeln. Was tue ich also? Ich rufe Jos an, um die Umsetzung mit ihm zu diskutieren. Er weigert sich – nicht nur das Geschäft zu tätigen, er weigert sich, mir zuzuhören, er legt einfach auf. Er weiß nichts von dem, was ich vorhabe, weil er nichts davon wissen wollte. Und mit seiner verächtlichen Haltung hat er mich gedemütigt.«

Es entsteht eine lange Pause, während die beiden Männer ein paar Schlucke Whisky trinken, die Blicke in ihre Gläser gesenkt. Dann wagt Frickx einen Vorstoß.

»Ich treffe morgen die verantwortlichen Minister in Pretoria. Ich weiß, dass ich Ihnen viel verdanke. Sie empfangen mich wohlwollend, weil ich in Ihre Familie eingeheiratet habe. Wären Sie einverstanden, dass ich Sie über den Inhalt der anstehenden Gespräche informiere?«

Der Alte räuspert sich, setzt sich in seinem Sessel zurecht. »Nur zu.«

Frickx hat einen Punkt gelandet. Keine Dummheiten jetzt, Zurückhaltung üben, die Hälfte des Weges ist geschafft, ich kenne ihn, er wird dem Gesang der Dollars nicht widerstehen. Er beugt sich zu seinem Aktenkoffer hinunter, nimmt eine dicke Akte heraus, die er mit Pélissier, seinem Bankier, sorgfältig vorbereitet hat. Er schiebt Weinstein eine Hülle zu.

»Die internationale Sachlage, die Punkte, die ich eben angesprochen habe, mit Zahlen untermauerte Studien. Soll ich weiter ausführen?«

»Nein. Lassen Sie mir die Papiere hier, ich werde einen Blick darauf werfen. Kommen Sie zum Wesentlichen, das heißt zu Frickx & Co., man erwartet uns zum Abendessen.«

Frickx beschreibt das Quasihandelsmonopol für iranisches Erdöl, das ihm sicher ist. Die Kundschaft aus unabhängigen, stark expandierenden Raffinerien in Europa, die er mit billigerem Öl versorgen kann, während er gleichzeitig einen höheren Gewinn erzielt, und zwar dank eines geheimen Kooperationsvertrages mit Israel, »über den zu sprechen ich nicht autorisiert bin«, wie er klarstellt. Und morgen die Unterzeichnung eines Beinahe-Exklusivvertrags mit der südafrikanischen Regierung.

»Welchen Nutzen zieht Südafrika daraus?«

»Die Regierung braucht Selbstbewusstsein und Stabilität. Sie hat die Entwicklung in den Vereinigten Staaten verfolgt, die Kämpfe der schwarzen Bevölkerung für gleiche Rechte. Sie weiß, dass ihre Apartheidspolitik international in der Kritik steht. Sie weiß zudem, dass sie unbedingt Erdöl braucht, insbesondere für ihre Armee. Auf dem Ölmarkt wird der Trader Frickx & Co. die Rolle eines Schutzschirms spielen und sie vor jeglichen Repressalien schützen. Mit einem guten Trader weiß niemand mehr, woher die Waren kommen und wohin sie gehen. Die Regierung weiß außerdem, dass ich mit dem Iran und Israel zusammenarbeite, zwei ihrer Verbündeten, für sie ist das ein Ausweis für Seriosität und für den Iran bedeutet es die Sicherung eines Absatzmarkts, den die großen Ölgesellschaften nicht werden boykottieren können.«

»Sie haben ein teuflisches Talent für den Aufbau effizienter Netzwerke. Aber Sie spielen mit hohem Einsatz, die Risiken sind enorm, wenn sich der Trend umkehrt.«

»Nein, ich gehe kein Risiko ein. Ich spiele risikofrei.«

»Halten Sie sich für einen größeren Schlaukopf oder Glückspilz als alle anderen?«

»Ganz und gar nicht. Ich bin lediglich besser informiert. Das ist der Schlüssel. Ich weiß, dass die OPEC den Ölpreis im kommenden Herbst erhöhen wird. Das ist keine Wette, sondern eine Information. Ich weiß nicht, ob der Grundpreis drei- oder viermal höher angesetzt wird als der aktuelle Preis, in jedem Fall wird er weit über dem Preis liegen, zu dem ich derzeit abschließe, ich werde den genauen Betrag vor allen anderen erfahren, noch vor den Ölkonzernen selbst. Ich habe vier Jahre in den Aufbau meiner Netzwerke gesteckt. Sie sind fertig installiert. Und wenn der Trend sich umkehrt, was eines Tages passieren wird, werde ich es wieder vor den anderen wissen, und setze auf fallende Preise. Sie sehen, das Spiel ist einfach. Ich kann außerdem ohne Prahlerei sagen, dass ich fleißiger bin als meine Konkurrenten. Sie wissen es, Sie haben mich sechs Jahre lang arbeiten sehen. Die Entscheidung des Iran ist seit drei Tagen bekannt, und ich habe bereits eine Rundreise zu meinen zukünftigen Kunden gemacht und mit Italien und Spanien große Verträge abgeschlossen. Und morgen, wie ich hoffe, mit Südafrika. Alles in fünf Tagen. Wenn die Konkurrenz aufwacht, wird es zu spät sein.«

»Können Sie mir diese Unterlagen hierlassen, damit ich sie mir in Ruhe ansehen kann?«

Frickx jubiliert. Weinstein ist am Haken. Er sträubt sich, ich lasse ihm noch etwas Leine, er ermüdet, ich ziehe ihn aus dem Wasser, hole die Leine ein. Der Gesang der Dollars. Er wird mich bitten, ihn als Kapitalgeber aufzunehmen. In aller Diskretion. Und wenn Jos davon erfährt, natürlich durch Zufall, wird es ihn umbringen.

»Gehen wir zu Tisch, meine Frau erwartet uns längst, es wird Schelte geben.«

Im Aufstehen fragt der Alte: »Wie geht es Emily?«

»Sehr gut. Ich hatte sie gestern am Telefon, sie wirkte, als hätte sie sich von diesem bedauerlichen Zwischenfall vollständig erholt. Ihr Cousin David ist bei ihr.«

Weinstein betrachtet Frickx aufmerksam, verzieht den Mund. »Ich habe das von meinem Sekretär erfahren. Dieses Tête-à-tête darf nicht zu lange dauern. Sie standen sich als Jugendliche sehr nahe. Nicht restlos gelöschte Feuer ... Ich weiß nicht, ob Sie Ihre Frau richtig kennen, Michael. Sie ist von meinem Blut, eine Frau, die zu allem fähig ist. Noch etwas anderes: Freunde erzählten mir, dass Emily ihnen was verkauft hat, was man heutzutage ein Kunstwerk nennt. Sie haben mir Fotos gezeigt ... Sind Sie im Bilde?«

Frickx zögert überrascht, entscheidet sich für Ehrlichkeit, weniger riskant. »Ganz und gar nicht.«

»Sie müssen das handhaben. Ich will nicht, dass sich meine Enkeltochter in diesen Spinnerkreisen herumtreibt. Ich weiß, Sie sind sehr beschäftigt, nehmen Sie sich trotzdem etwas Zeit, um mit ihr darüber zu sprechen, in Ordnung? Sagen Sie ihr, ich wünsche, dass sie diesen Unfug lässt, und halten Sie mich auf dem Laufenden.«

18

Samstag, 24. März 1973

Samstag, Marseille

Seit seinem »halboffiziellen« Besuch in dessen Wohnung denkt Daquin häufig an diesen anderen Ort, wo Pieri sein Privatleben und seine Liebschaften versteckt haben muss, Heimlichkeit verpflichtet. Er sagt sich, dass er dort vielleicht die Namenslisten der »Reingewaschenen« findet, die weder bei der Somar noch auf Malta sind, die aber irgendwo existieren, denn eine solche Maschine kann man nicht am Laufen halten, indem man sich allein auf sein Gedächtnis verlässt. Vor allem aber hat er Lust, hinter das Geheimnis zu kommen, den Ort aufzuspüren, sich dort umzusehen, die Möbel zu berühren, die Luft zu schnuppern, dem Toten möglichst nah zu sein. Und außerdem kann es immer Überraschungen geben.

Am gestrigen Abend hat er Thiébaut telefonisch zu erreichen versucht, ohne Erfolg. Er ruft deshalb am frühen Morgen bei ihm an und weckt ihn auf. Heisere Stimme, kratzig, vielleicht schläft er einen Rausch aus, Thiébaut ist in der Defensive. Nach einigen Höflichkeitsfloskeln kommt Daquin zur Sache.

»Wir machen Fortschritte. Aber ich brauche Sie unbedingt. Hier in Marseille.«

»Um was zu tun?«

»Lassen Sie uns Auge in Auge darüber sprechen. Kommen Sie her.«

Thiébaut knurrt, räuspert sich, hustet, murrt, aber er gibt nach. Journalisten sind per definitionem neugierige Menschen. Er möchte zu gern wissen, wie weit Daquin ist.

»Heute ist es unmöglich. Ich kann am Abend den Nachtzug nehmen.«

»Ich hole Sie morgen früh am Bahnhof ab.«

Nach Ankunft im Évêché geht Grimbert in ein leeres Büro der Kriminalpolizei und ruft einen befreundeten Journalisten an, der bei der großen Regionalzeitung arbeitet.

»Pierrot, du musst mir einen Gefallen tun. Du bist mir noch was schuldig.«

»Ich weiß, erspar mir deine kleinkrämerischen Rechnungen.«

»Ein Artikel über Mairand, den Commissaire von der Sitte, seinen Kumpel Bartoli und diese Nuttengeschichten.«

»So einen habe ich dir doch schon geschrieben.«

»Derzeit gibt es nichts Neues, noch nicht, aber ich brauche einen Warnschuss. Du kannst ausschmücken, was ich dir letztes Mal gegeben habe. Du hast nicht alles verwendet. Und natürlich erfährst du als Erster, wenn es Auswirkungen gibt.«

»Montag?«

»Perfekt. Ich werde mich revanchieren.«

Pierrot hat aufgelegt.

Daquin, Grimbert und Delmas finden sich in ihrem Büro zusammen. Grimbert hat die Abteilung für Finanzdelikte gebeten, ihnen ihren Erdölspezialisten zu schicken. Seit Eröffnung des Ölhafens im Industriegebiet von Fos vor rund zehn Jahren ist Inspecteur Costa damit betraut, die mit den Hafengeschäften verbundene Finanzkriminalität zu verfolgen, und Erdöl spielt dabei eine maßgebliche Rolle. Während sie auf ihn warten, lesen die drei Männer schweigend Zeitung, bevor sie an die Arbeit gehen. Zwei Themen beherrschen die Seiten mit den Tagesereignissen. Die bemerkenswerte »Operation Wasserstrahl«, überzeugende Demonstration der Einigkeit und Stärke der Marseiller Polizei. Die brandneuen Einsatzkommandos der Polizei in ihren Kampfanzügen haben besonderen Eindruck auf die Journalisten gemacht, sie singen Loblieder auf »diese geistigen Söhne von James Bond und Maigret«. Daquin beginnt abzuschweifen. Dieser Artikel hat keinerlei Realitätsbezug, aber das fällt nicht ins Gewicht, denn dafür ist er nicht gedacht. Er wurde sogar noch vor der »Operation Wasserstrahl« geschrieben. Die man im Übrigen einzig zu diesem Zweck anberaumt hat. Warum dann nicht gleich die Operation nur am Reißbrett planen, der Presse vorstellen und sich den Rest schenken? Die Wirkung wäre die gleiche und man hätte Zeit gespart. Die Seite gegenüber ist immer noch in Gänze der Tragödie von Pélissanne gewidmet, Variationen des Themas ›die Polizei kommt nicht weiter‹. Wie lange wollen die Journalisten eine Story warm halten, bei der sich gar nichts tut?

Solange der Direktor auf diesen Fall fixiert ist, bewahrt sich das Team ein wenig Freiheit.

Ein Mann kommt herein, weit in den Vierzigern, kleines Bäuchlein und beginnende Glatze, eher jovial. »Inspecteur Costa von den Finanzdelikten. Sie interessieren sich offenbar für Erdöl. Wenn Sie meinen, dass Sie mich brauchen können …«

Der Empfang ist herzlich.

Die Akten der Somar, die die Mival und Erdöl betreffen, wurden herausgesucht und ins Büro von Daquins Team gebracht. Die vier Männer zwängen sich an die drei kleinen Schreibtische, die freigeräumt wurden, Telefonapparate und Schreibmaschinen stehen in den Schränken oder in einer Ecke auf dem Boden, das Fenster ist weit geöffnet, damit man nicht erstickt.

»Wir müssen uns ranhalten«, erklärt Daquin gleich zu Beginn. »Der Chef wird am Montag Rechenschaft von uns verlangen, spätestens Dienstag, wenn das beschleunigte Verfahren ausläuft, zu diesem Zeitpunkt müssen wir in Sachen Erdöl etwas Konkretes vorzuweisen haben.«

Costa verteilt die Aufgaben. Drei Achsen: die Finanzstruktur und die Befehlskette der Erdölsparte (Costa, assistiert von Delmas), die konkreten Routen der zwei Tanker (Daquin), Kunden- und Lieferantenlisten (Grimbert).

Die vier Männer arbeiten den ganzen Vormittag schweigend. Gegen Mittag sind sie gut vorangekommen. Grimbert schlägt vor, eine Pause zu machen und gemeinsam bei Étienne zu Mittag zu essen. Einstimmig angenommen.

Immer noch die gleiche herzliche Atmosphäre. Entspannung. Man spricht vor allem nicht über den Job: Man muss die Arbeit des Vormittags ruhen, sie in ihrem Tempo reifen lassen.

Um dreizehn Uhr sitzen die vier Männer wieder zusammengedrängt in dem kleinen Büro. Zum Kern der Sache kommen, und zwar schnell. An die Arbeit.

Costa fasst zusammen: »Die Finanzstruktur ist klassisch für die Branche. Die Tanker gehören der Misma, eine offene Handelsgesellschaft mit Sitz in Curaçao. Gesellschafter sind Pieri und ein Unbekannter, vertreten durch Maître Jean Charbonnier, Anwalt in Genf, von der Kanzlei Charbonnier et Fils. Das ist bestimmt der Anwalt, der die Tanker im Auftrag seines Mandanten sichergestellt hat, noch bevor Pieri unter der Erde war. Die Gründungsstatuten der Gesellschaft berechtigen ihn dazu. Deren Depositär er wohlgemerkt war. Curaçao, Genf, es wird viel Zeit brauchen, Pieris Teilhaber zu identifizieren, und ohne Ergebnisgarantie.«

»Die Zeit haben wir nicht, lassen wir fallen.«

Costa fährt fort. »Die Misma verchartert die Tanker an die Somar, langfristiger Vertrag, fünfzehn Jahre Laufzeit, unterzeichnet 1970. Die Somar vermietet sie jahresweise an die Mival, die einzige Funktion dieser Untervermietung besteht darin, die Somar zu schützen und die Gewinne nach Malta auszulagern, das sich derzeit zu einem Finanzparadies und einer Billigflagge entwickelt. Die Routenblätter der Tanker werden von der Somar ausgearbeitet und an die Mival übermittelt, die sie lediglich an die Kapitäne der einzelnen Schiffe weiterleitet. Die Somar behält nur die Unterlagen des laufenden Geschäftsjahrs, der ganze Rest wird nach Malta geschickt. Ich halte fest: Übernahme und Verkauf der Tanker nach Pieris Ermordung waren nach den Statuten der Misma legal, man könnte sogar sagen, sie waren für diese Gelegenheit maßgeschneidert. Nicht so die einseitige Kündigung des Chartervertrags mit der Somar. Fazit: Der Teilhaber wusste, dass die Somar im Wesentlichen eine Geldwaschmaschine war, die Pieri nicht überleben würde. Er war also zumindest Komplize. Könnte die Übernahme der Tanker ein Motiv darstellen? Wir sprechen über eine Summe von etwa einer Million Dollar in Gemeinschaftseigentum. Also über einen Gewinn von etwa 500 000 Dollar für den überlebenden Teilhaber.«

»Eine hübsche Summe und ein mögliches Motiv.«

»Möglich, aber vielleicht nicht ausreichend. Drei Morde in zwei Tagen, kilometerweit voneinander entfernt, das erfordert eine Wahnsinnslogistik …«

Costa fährt fort. »Etwa 800 000 Dollar Jahresumsatz pro Tanker und kaum weniger als 200 000 Dollar Gewinn, ohne Abschreibungen, zu diesem Posten haben wir keine einzige Zahl gefunden. Das scheint besser zu sein als die Konkurrenz.«

»Die Somar ist immer besser als die Konkurrenz.«

Man geht zu den Routen der Tanker über. Daquin ergreift das Wort. »Zwei Tanker, *Niklos* und *Arkos* hießen sie im vergangenen halben Jahr, 35 bis 40 000 Tonnen, für das Mittelmeer eine durchschnittliche Größe. In den letzten zwei Monaten hat jeder Tanker sechs Hin-und-Rücktouren gemacht, das bedeutet durchschnittlich zehn Tage Abstand zwischen zwei Lieferungen. Sechs Lieferungen nach Sarroch auf Sardinien, drei nach Constanţa in Rumänien …«

Bei diesem Namen rufen Grimbert und Delmas gleichzeitig: »Wie die *Santa Lucia.*«

»… zwei nach Valencia in Spanien, eine nach Rijeka in Jugoslawien. Alle Kunden sind von den großen Ölgesellschaften unabhängige Raffinerien. Die Ladeplätze sind unbekannt.«

Costa, Delmas und Grimbert wie aus einem Mund: »Wie das, unbekannt?«

»Sie sind auf den Routenblättern mit den Buchstaben A und B angegeben. Zwei Orte, die sehr nah beieinanderliegen oder identisch sind, die Fahrzeit unterscheidet sich nicht. Es muss sich zwangsläufig um Mittelmeerhäfen handeln, wenn man die kurze Fahrtdauer bedenkt.«

»Könnte es sich um geschmuggeltes Erdöl handeln? Libyen? Algerien?«

Costa schaltet sich ein. »Derart regelmäßige Hin-und-Rücktouren, immer die gleichen Kunden, das erscheint mir sehr unwahrscheinlich, praktisch unmöglich. Die Herkunft des Erdöls ist ein Punkt, der dringend geklärt werden muss.«

»Eine Idee, wie wir das anpacken können?«

»Die Schiffe auftreiben, die Kapitäne, die wissen das natürlich … Aber da die Tanker verkauft sind und die Mannschaftsregister auf Malta, kann das einige Zeit dauern.«

»Wir haben keine Zeit.«

»Die Unternehmensarchive auf Malta sind ohnehin verschwunden«, merkt Grimbert an.

Costa übernimmt wieder. »Lloyd's hat Büros, die jedes Ein- und Auslaufen eines Schiffs in allen Häfen weltweit registrieren. Auch im Mittelmeer, das uns hier interessiert. Ich habe gute Beziehungen zu dem Lloyd's-Mitarbeiter, der für den Hafen von Marseille zuständig ist. Wir haben die Namen der Schiffe, Ort und Datum der Lieferungen … Ich kann ihn darauf ansprechen. Mit zwei, drei Anrufen sollte man das hinkriegen.«

»Wann?«

»Sobald ich hier raus bin.«

»Perfekt. Sie sind dran, Grimbert.«

»Ich habe zwei Punkte notiert. Erstens, das Erdöl, das die Somar transportiert, wird immer vom selben Trader gehandelt, der Fimex mit Sitz in Genf.«

Wieder Costa: »Genf ist nicht üblich für Erdölgeschäfte. Derzeit sitzen die Erdöltrader in Rotterdam. Sie sind alle mehr oder weniger Subunternehmer der großen Ölgesellschaften und handeln mit Kleinmengen, um Lieferengpässe auszugleichen. Hier sind wir von diesem Modell weit entfernt. Wir müssen herausfinden, wer hinter der Fimex steckt. Ich habe vielleicht eine Chance, indem ich ein paar außerdienstliche Freundschaftsanrufe bei Genfer Kollegen mache, die mit dem Handel mit landwirtschaftlichen Rohstoffen zu tun haben. Wenn die Tarnung nicht zu ausgefeilt ist, müssten sie es mir sagen können …«

»Was würden wir ohne Sie machen, Costa.«

»Ich tue nur meine Pflicht, Commissaire.«

»Zweiter Punkt: Die Unternehmensarchive, die die Mival und die Serval betreffen, verschwinden regelmäßig nach Malta. Aber wir haben in den Unterlagen, die wir bei der Durchsuchung eingesackt haben, den Kalender eines Buchhalters gefunden, der für die letzten vier Jahre ein Verzeichnis der Lieferanten und Kunden mitsamt ihren Adressen enthält. Nachlässigkeit oder persönliche Initiative, für uns ein Glücksfall. Keine Wundertüte, aber immerhin schon mal eine auffällige Leerstelle: Frickx, von dem Madame Frickx uns doch gesagt hat, dass er mit Pieri Geschäfte macht.«

Grimbert hält kurz inne. Daquin kommentiert: »Zwei Möglichkeiten. Entweder fehlt Frickx, weil er von zentraler Bedeutung ist und daher abgeschirmt wird, in diesem Fall könnte man sogar denken, er sei der mysteriöse Teilhaber der Gesellschaft in Curaçao, oder Madame Frickx lügt, um irgendwelche eigenen Interessen zu wahren, über die wir nichts wissen. Mit dem, was wir haben, kommen wir in dieser Frage nicht weiter.«

Grimbert fährt fort. »Dann taucht 1970 ein Kunde auf, ein gewisser Stepanian …«

Daquin, Delmas und Costa stoßen gleichzeitig einen überraschten Schrei aus: »Stepanian, nicht möglich!«

Darauf Grimbert zufrieden: »Ich war mir sicher, dass ich damit punkten würde.«

Daquin wendet sich an Costa. »Sie kennen Stepanian?«

»Beim SRPJ Finanzdelikte kennen wir nur ihn. Seit Monaten ermitteln wir in Folge einer Klage, die er 1971 gegen die in Fos tätigen Ölkonzerne erhoben hat. Klage wegen Missbrauchs einer marktbeherrschenden Stellung, Wettbewerbsbehinderung, Submissionsbetrug. Tausende vollgeschriebene Seiten, es wird bald ein erstes Urteil geben und die Sache wird sich noch Jahre hinziehen, ohne dass etwas dabei herauskommt.«

»Warum? Hat es einen Betrug gegeben, ja oder nein?«

»Ja, natürlich. Jeder weiß, dass die Ölkonzerne sich absprechen, die Märkte untereinander aufteilen, sich bei Ausschreibungen keine Konkurrenz machen und sich zusammentun, um Eindringlinge vom Typ Stepanian auszuschalten. Die Ölmagnaten und die Politiker halten das für notwendig in einer Branche, in der beträchtliche Summen investiert werden. Deshalb will niemand, dass das Verfahren mit der Verurteilung der Ölgesellschaften endet. Selbst wenn sie, wie im vorliegenden Fall, Stepanian tatsächlich gezwungen haben, Konkurs anzumelden, und danach über das Handelsgericht, das sie kontrollieren, selbst die Liquidation durchgeführt haben. Klassische Situation.«

»Wir dachten, dass Stepanian der Chef eines kleinen Familienunternehmens für den Vertrieb von Heizöl und Wein ist. Die Marseiller Ausgabe eines Bougnat.«

»Genau das ist er.«

»Eher unausgewogen, das Kräfteverhältnis. In einem Maße, dass das Ganze suspekt wirkt.«

»Sie sagen es. Wir sind überzeugt, dass er nicht das Ziel verfolgt, das Gerichtsverfahren bis zum Ende durchzuziehen, sondern im Tausch gegen eine finanzielle Entschädigung seitens der Ölgesellschaften die Klage zurückzuziehen. Eine Art Erpressung, er ist ein kleiner Ganove. Aber Sie, wieso kennen Sie Stepanian?«

»Er war ein enger Freund von Pieri und wir tun uns schwer damit, ihn einzuordnen.«

»Ich kann Ihnen unsere Fallakte zukommen lassen. Sie ist voluminös, aber es ist nicht sicher, dass sie Ihnen zu Antworten verhilft. Ich gehe dann mal und befasse mich mit der Fimex und Lloyd's.«

»Delmas kommt vorbei und holt die Akte ab. Wenn es etwas Neues gibt, bringen wir uns telefonisch auf den Stand. Sollte ich nicht da sein, hinterlassen Sie eine Nachricht bei der Zentrale, man leitet sie mir dann weiter. Wir treffen uns Montag wieder, hier im Büro.«

Die Fallakte Stepanian von der Abteilung für Finanzdelikte ist tatsächlich voluminös. In seinem Eifer, die Schuld der Ölgesellschaften an seinem Bankrott zu beweisen, hat Stepanian den Polizisten quasi sein gesamtes Firmenarchiv geliefert. Die drei Männer beginnen die Unterlagen zu überfliegen.

Joseph Stepanian übernimmt das Familienunternehmen also 1969, nach dem Tod seines Vaters. Er wandelt es in eine GmbH um, die Symax. Die Auseinandersetzung mit den in Fos präsenten großen Ölgesellschaften Esso und Shell zeichnet sich bereits 1969 ab, denn die Symax verkauft ihr Heizöl billiger als die Vertriebsunternehmen dieser Konzerne, die Protest einlegen. 1970 schaltet er einen Gang höher, er errichtet in Fos Öllager und engagiert sich im Verbund mit anderen kleinen Vertriebsunternehmen für das Projekt einer unabhängigen Raffinerie. Die großen Konzerne stellen daraufhin die Belieferung ein. In diesem Moment nimmt er Verbindung zu Pieri auf, der ihm Erdöl liefert, aber aus unbekannten Gründen nur ein einziges Mal. 1971 wird ein Konkursverfahren gegen die Firma eröffnet, der Zeitpunkt, zu dem Stepanian Anzeige erstattet.

»Bemerkungen?«

»Er taucht ausgerechnet dann im Erdölgeschäft auf, als Pieri sich dafür interessiert. Ist das Zufall?«

»Es gibt keinen Zufall.«

»Warum beliefert Pieri ihn nicht weiter?«

»Umso überraschender, als es starke emotionale Bande zu geben scheint. Nicolas spricht von einem Bruder, Casa sagt, Pieri liebte es, den Adoptivvater zu spielen …«

»Nicht zu vergessen die andere Seite, die Episode in der Bar-Tabac. Noël Legras sagte, Stepanian hat nach Informationen über die Ermittlung im Fall Pieri gefischt. Die Drogenfahndung gibt uns von Beginn an Rätsel auf. Sie sind bei der

Hausdurchsuchung der Somar dabei, sie wissen vor uns von Pieris Reisen in die Vereinigten Staaten 1972, und es ist sehr wahrscheinlich, dass die Wohnungen von Pieri und Maïté vor unserer Durchsuchung gefilzt wurden …«

»Mein Kumpel Casa windet sich, als ich ihn zu Jo Stepanian befrage. Warum? Er sucht nach Informationen über Pieri, und er weiß, dass Jo Pieri nahestand. Wenn er Stepanian auf die eine oder andere Weise in der Hand hat, kitzelt er die Informationen aus ihm heraus, und er will nicht, dass wir ihm dazwischenfunken …«

Einen Moment hängt das Team in der Luft. Daquin reagiert. »Zugegeben, das Ganze ist alles andere als klar, aber wir verfügen über immer mehr Elemente. Statt zu grübeln, müssen wir Stepanian aufspüren und herausfinden, was ihn umtreibt. Die Arbeit an den Akten ist nicht der aufregendste Part des Metiers, aber in diesem Fall muss sie sein. Pieri und der Armenier sind Vertraute. Man muss ihre Akten systematisch abgleichen. Personen, Schiffe, Firmen, alle möglichen Überschneidungspunkte. Das gibt uns Material an die Hand, um Stepanian zum Reden zu bringen. Dann müssen wir herausfinden, wo er steckt, damit wir keine Zeit verlieren, wenn wir beschließen, ihn festzunehmen. Hatten Sie für Ihren Samstagabend schon Pläne?«

Grimbert lächelt. »Meine Frau ist mit den Kindern zu ihren Eltern ins Wochenendhaus gefahren. Ich hatte mich gerade gefragt, was ich mit meinem Abend anfange.«

»Und ich hatte vor, Grimbert Gesellschaft zu leisten.«

»Perfekt.« Daquin steht auf. »Ich lasse Sie allein, ich habe zu tun. Rufen Sie mich morgen an, um mich auf den Stand zu bringen.«

Delmas und Grimbert sehen zu, wie er das Büro verlässt.

»Geht er ins Wochenende?«, brummt Delmas vor sich hin.

Grimbert geht nicht darauf ein. »Ich schlage vor, dass wir damit anfangen, Stepanian ausfindig zu machen. Ich habe irgendwie den Verdacht, dass er neulich bei uns im Anbau höllische Angst bekommen hat und möglicherweise umgezogen ist. Wir müssen ihn aufspüren. Danach haben wir die ganze Nacht Zeit, in aller Ruhe an den Akten zu arbeiten.«

Stepanian hat eine Adresse in Aubagne. Kurze Autofahrt, ein stilles, von einem Garten umgebenes Haus in einer ausgestorbenen Straße etwas außerhalb der Stadt. Und leer. Fensterläden geschlossen, kein Zeichen von Leben. Grimbert stößt das Gartentor auf, läuft einmal um das Haus herum, kein Zweifel, niemand da. Im Briefkasten weder Post noch Prospekte oder Zeitungen.

»Wir versuchen es beim Postamt, vielleicht hat er eine Nachsendeadresse hinterlassen. Du folgst mir. Wir müssen forsch auftreten, selbstsicher, denn es ist reine Improvisation.«

In der Post von Aubagne drängelt sich Grimbert autoritär und aggressiv an der Warteschlange vorbei, Delmas wie sein Schatten hinter ihm, zückt seinen blauweißroten Dienstausweis, wobei er sich leicht bedrohlich zu der jungen Schalterbeamtin vorbeugt, und bekommt unverzüglich die Adresse, an die Stepanian gebeten hat seine Post nachzuschicken.

Vitrolles. Grimbert rollt im Schritttempo an einem Haus vorüber, das dem ersten ähnelt, ein kleinerer Garten mit weniger Blumen, ein Mädchen fährt auf einem Dreirad, eine Frau geht in einem Zimmer im Erdgeschoss geschäftig hin und her. Kein Mann in Sicht, auch kein Auto in der Garage, deren Kipptor offen steht.

Grimbert fährt einmal um den Block und parkt fünfzig Meter vor dem Haus am Straßenrand.

»Er kommt bestimmt bald zum Abendessen heim. Wir überzeugen uns davon, dass er wirklich hier wohnt, und fahren dann zum Arbeiten zurück ins Büro.«

Delmas öffnet sein Fenster, zündet sich eine Zigarette an, Grimbert überwacht im Rückspiegel die Straße. Keine lange Wartezeit. Ein Auto kommt in Sicht. Grimbert folgt ihm mit dem Blick, erkennt deutlich die Gestalt eines einzelnen Insassen am Lenkrad, ein Mann mit rasiertem Schädel. Das Auto nähert sich mit geringer Geschwindigkeit, dann Vollbremsung, schlingernde Kehrtwende im Kies auf dem Seitenstreifen und es rast mit heulendem Motor in die entgegengesetzte Richtung davon. Grimbert, überrascht, verliert Zeit, fährt dann an, wendet, macht sich an die Verfolgung des Armeniers. Nach zwei akrobatischen Kurven gibt er auf, der Wagen ist verschwunden.

»Erklärst du mir, was das gerade war?«, fragt Delmas.

»Ich kann dir nur sagen, was ich mir vorstelle. Stepanian, das war er da eben in der Karre, kehrt getrost zu einem Haus zurück, in dem er glaubt sich mit Frau und Kindern in Sicherheit gebracht zu haben. Er sieht in der einsamen Straße einen Wagen parken, darin zwei Männer. Wir sind in Marseille. Was denkt er, deiner Meinung nach?«

»Er denkt, wir warten auf ihn, um ihn abzuknallen.«

»Ja, er hat uns für Mörder gehalten.«

»Wer ist ihm wohl auf den Fersen?«

Grimbert zuckt die Achseln. »Jedenfalls wird der Armenier nicht mehr hierher zurückkommen, wir haben ihn verloren. Ein schöner Mist ist das.«

Gegen sieben Uhr abends betritt Daquin das Casino im Palais de la Méditerranée. Monumentales Dekor von konventioneller und marktschreierischer Pracht, ein paar schöne Buntglasfenster aus den 1930ern, die die Banalität des Übrigen nicht wettmachen können. Mit Davids Foto in der Hand beginnt er das Personal abzuklappern. Bei den Kassiererinnen, den Pagen, den Garderobenfrauen weckt es keine Erinnerung. Der Türsteher am Eingang der Spielsalons erklärt zunächst, er wahre die Anonymität der Casinogäste. Dann räumt er ein, dass er ihn vielleicht mal gesehen hat, um schließlich zuzugeben, dass er ihn sehr wohl gesehen hat, vor etwa zehn Tagen, einen ganzen Abend lang, und dass sein Verhalten ihn überdies beunruhigte. Der junge Mann verbrachte mit dem Abschreiten von Eingang und Terrasse mehr Zeit als im Spielsalon, so als würde er auf jemanden warten. Der Türsteher hatte einen Moment sogar befürchtet, er könnte ein krummes Ding aushecken. »Steht das im Zusammenhang mit dem Mord ein paar Tage später?«

Daquin gibt eine ausweichende Antwort und dreht eine Runde durch die Spielsalons. Die Akte von David wird allmählich dicker, füllt sich mit Fakten. Falsche Papiere, Aufenthalt in der Region und jetzt noch der Casinobesuch im Palais de la Méditerranée in den Tagen vor dem Mord. Ein Türsteher gibt vor Gericht einen glaubwürdigen Zeugen ab.

Um die Roulette-, Baccara- und Boule-Tische drängen sich Leute, gewiss alles Leben, die gerade in Scherben gehen, aber in einer Atmosphäre steifen Anstands, das spezielle Markenzeichen dieses Casinos. Eine Frau, hübsche Vierzigerin, aufrecht, wohlgeformt in einem hochgeschlossenen strengen schwarzen Etuikleid, als einziger Schmuck ein riesiger

Diamantclip an der Schulter, geschminkt wie für eine letzte Vorstellung, hat zwei Schritte gemacht, um vom Roulettetisch wegzukommen. Sie steht reglos inmitten des Kommens und Gehens der Spieler und Schaulustigen, den Blick ins Leere gerichtet, ihr Make-up löst sich auf, von innen her verzehrt durch das Feuer der Katastrophe, rosa und braune Flecken auf den bleichen Wangen, die gräuliche Wimperntusche bis zu den Nasenflügeln verlaufen, der Lippenstift abgenagt. Ergreifender Anblick. Daquin sieht das Gespenst seiner Mutter vor fünfzehn Jahren. Meine Mutter, zermürbt von Medikamenten, Alkohol und dem Hass ihres Mannes, meines Vaters. Das gleiche Gesicht, der Tod, der gemessenen Schrittes unausweichlich näher kommt. Er verlässt den Spielsalon.

Abendessen im Casinorestaurant auf Pieris und Emilys Spuren. Ein sehr ordentlicher gegrillter Wolfsbarsch. Daquin kann nachvollziehen, dass Pieri Stammgast im Casino war. Aber es gelingt ihm weder, sich das Paar vor Augen zu rufen, noch das Essen zu genießen, der Flüsterer mit seinem »Muck nicht auf, Schwuchtel« geht ihm mehr nach, als ihm lieb ist, und verbindet sich unbegreiflicherweise mit dem Gespenst der Frau in Schwarz. Fundierte Drohung oder ein Schuss ins Blaue? Er verlässt das Restaurant, ohne seine Mahlzeit zu beenden. Das Gefühl von Treibsand und Erstickung kehrt zurück, stechend. Nach Hause fahren, schlafen. Wird nicht leicht werden. Zum Glück gibt es noch eine halbe Flasche Cognac hinten in einem Schrank.

19

Sonntag, 25. März 1973

Sonntag, Marseille

Bei Ankunft des Zuges ist Thiébaut wie verabredet da. Daquin führt ihn ins Bahnhofscafé, sie setzen sich etwas abseits an einen Tisch, bestellen zwei Milchkaffees und Croissants, und Daquin kommt sofort zur Sache.

»Wir haben mehrere mögliche Fährten.« Pause. »Was ehrlich gesagt bedeutet, dass wir keinerlei ernst zu nehmende Fährte haben. Jedes Mal, wenn wir in der einen oder anderen Richtung vorankommen, fehlen uns wesentliche Elemente. Die Durchsuchung bei der Somar hat nicht viel erbracht und die in Pieris offizieller Wohnung rein gar nichts. Ich bin überzeugt, dass es ein Refugium gibt, einen geschützten Ort, wo Sie sich getroffen und ungezwungen geliebt haben. Die fehlenden Elemente finden sich vielleicht dort. Sie müssen mich hinführen.«

Thiébaut versteinert, erstarrt. »Wie kommen Sie darauf, dass ein solcher Ort existiert?«

»Ich war in Pieris Wohnung. Eine Durchgangsbleibe. Ich könnte wetten, dass Sie sie nie betreten haben. Es gibt zwangsläufig eine Kehrseite dieser Medaille.«

»Falls so ein Ort existiert, warum dann nicht in Paris?«

»Pieri ist Korse und Marseiller, mein Gefühl sagt mir, dass er sich schlecht zum Verpflanzen eignete.«

»Das tat er auch nicht.« Schweigen. »Der Ort existiert, in Marseille. Seit Maximes Tod bin ich nicht mehr dort gewesen.

Ich hatte nicht vor, dorthin zurückzukehren, niemals. Seit Ihrem Anruf denke ich ununterbrochen daran.« Er steht auf, ohne Daquin anzusehen. »Gehen wir.«

Sie steigen in den Wagen, den Daquin zur Verfügung hat. Thiébaut lotst ihn in Richtung Calanques. Während der Fahrt fällt kein einziges Wort. Sie kommen oberhalb des Vallon des Auffes und des Restaurants *L'Épuisette* vorbei, Thiébaut zuckt nicht mit der Wimper, ist ganz woanders. Kurz darauf erreichen sie in Callelongue das Ende der Straße. Thiébaut macht Daquin ein Zeichen, den Wagen in einem Schuppen abzustellen. Sie verlassen ihn durch die rückwärtige Tür und folgen über etwa einhundert Meter einem unter Geröll begrabenen abschüssigen Pfad. Dann taucht hinter einem Felsriegel ein Häuschen auf, ein zarter Bau mit zwei Etagen. Die Eingangstür ist unter einer von blauen und violetten Winden überwucherten Veranda verborgen. Thiébaut bückt sich, holt unter einem Stein einen Schlüssel hervor, schließt die Tür auf. Sie treten direkt in einen Raum, der das ganze Erdgeschoss einnimmt, Holzfußboden, Holzwände, den Blick zieht es zur Frontseite, eine riesige Fenstertür, die sich zu einer auf den Felsen errichteten Holzterrasse öffnet. Die Aussicht dahinter ist prachtvoll. Zur Linken Felstürme aus strahlend weißem Kalkstein, ohne eine Spur Grün, ohne eine Spur Leben, einer davon stürzt senkrecht ab bis zur Felsküste, zerklüftete Zacken, die in ein paar kahlen Inseln auslaufen, umspült von einem Meer, dessen leuchtendes Blau sich in die Netzhaut brennt und am Horizont auf das blassere Blau des Himmels abzufärben scheint. Daquin steht einige Sekunden stumm, reglos, um den Anblick in sich aufzunehmen. Ein Durchbruch in eine andere Welt. Pieri war dieser Mann, der entschieden hat, hierherzukommen, um in dieser Landschaft zu leben, zu lieben, zu arbeiten. Erinnerung an die Karte der Calanques in seinem Schlafzimmer, Callelongue muss deren Mittelpunkt gewesen sein. Der Mittelpunkt seines Lebens.

Thiébaut hat die Augen geschlossen. Er atmet zweimal tief durch, deutet dann auf die Leitertreppe im Hintergrund des Raums. »Schlaf- und Arbeitszimmer sind oben. Ich gehe da nicht hoch. Nicht jetzt.«

Er öffnet die Fenstertür, tritt auf die Terrasse, kehrt dem Häuschen den Rücken zu und setzt sich in einen Sessel mit Blick auf die Felsen, das Meer.

Daquin steigt nach oben. Wie im Erdgeschoss ein einziger Raum, ganz hinten, abgetrennt durch eine Glaswand, ein Badezimmer mit Dusche – und ein riesiges Bett. Er lächelt, ich wusste es. An der Vorderseite drei kleine Fenster auf halber Höhe, direkt darunter nimmt eine auf Schubladenkästen liegende Schreibtischplatte die ganze Länge des Zimmers ein. Darauf eine Schreibmaschine, ein an zwei Boxen angeschlossener großer Radiorekorder, etwa dreißig Kugelschreiber und Bleistifte lose durcheinander, mehrere Schreibblöcke, ein paar gerahmte Fotos, alle von Thiébaut, kein einziges von Pieri, frustrierend. Und rechts auf dem Schreibtisch drei Mappen mit Akten, vermutlich die, an denen er in den letzten Tagen gearbeitet hat.

Auf der ersten Mappe in blauer Tinte ein Name: Emily. Daquin schlägt sie auf. Projektplan für den Kauf einer Galerie in New York. Ein Protokoll der in die Wege geleiteten Maßnahmen und ihres Fortschritts, dazu der Name des New Yorker Maklerbüros, das in der Sache beauftragt ist. Ein in SoHo entdecktes Ladenlokal, erste Kontakte, beginnende Preisverhandlungen, Einigung in Aussicht. Wer wird der Käufer sein? In der Akte, die Daquin vor sich hat, erscheint er unter dem Kürzel AB. Wie die Häfen, in denen die Tanker der Mival Ladung aufnehmen. Zufall? Mangelnde Phantasie? In jedem Fall verdichtet sich die Beziehung von Pieri und Emily auf unerwartete Weise. Ist Frickx auf dem Laufenden? Sind Frickx' Unternehmungen und die von Emily miteinander verbunden? Könnte sie in diesem Fall Komplizin des Mordes sein? War der Zweck von Pieris letzten Reisen nach New York der Kauf einer Kunstgalerie? Die Geschichte einer Zufallsbegegnung in Villefranche ist keine Sekunde länger glaubhaft, wenn sie es je war. Emily, ihr herzlicher Empfang, ihr vor Lust strahlender Körper, ihr Cousin, der Liebhaber und Krieger, ihr Mann, der Trader und womöglich Mörder, ihr Freund Pieri, der ermordete Gangster. Ich bin verwirrt, orientierungslos. Ich muss sie noch einmal treffen. Eine Begegnung, vor der er sich fürchtet. Frauen sind so undurchsichtig. Daquin legt die Mappe beiseite.

Zweite Akte: Nicolas. Informationsmaterial über die notwendigen Schritte, um Offizier der Handelsmarine auf großen Dampfern zu werden, Lehrgänge, auszufüllende Formulare. Pieri als guter Familienvater. Übergebe ich die Akte an Maïté? Unmöglich, ihre Reaktion vorauszusehen. Ich lasse sie hier.

Dritte Akte: Stepanian. Interessant, mal sehen. Er schlägt sie auf. Auf den ersten Blick wirkt der Inhalt enttäuschend, er besteht im Wesentlichen aus Zeitungsausrissen, am Rand mit Kommentaren versehen. Daquin überfliegt sie. Die ersten, die aus Fachzeitschriften zur Erdölbranche stammen, datieren von 1970 und beziehen sich auf die Gründung einer Raffinerie im Étang de Berre durch einen Zusammenschluss unabhängiger Vertriebsunternehmen, als deren führender Kopf Stepanian erscheint. Das Projekt sieht die Übernahme und Wiederinbetriebsetzung einer ersten Anlage vor, die Konkurs gemacht hat. Die Journalisten schreiben unisono von einem riskanten und schlecht durchgeführten Unterfangen. Einer der Artikel stellt die notwendigen Investitionen detailliert der Kapitaldecke der beteiligten Firmen gegenüber und schließt daraus auf den unrealistischen Charakter des Projekts. Die Zahlenaufstellung ist mit Rotstift eingekreist. Am Seitenrand eine Reihe nicht zu entziffernde handschriftliche Notizen. Zwei andere Artikel, 1971 im Rundbrief *Info Éco Avenir* veröffentlicht und von Pascal Thiébaut verfasst, haben den gleichen Tenor. Die folgenden, aus dem Jahr 1972, befassen sich mit der von Stepanian eingereichten Klage wegen Missbrauch einer marktbeherrschenden Stellung und sprechen mehr oder weniger explizit von einem Erpressungsversuch. Daquin legt die Akte beiseite.

Dann geht er zur Untersuchung der Schubladenkästen über. In den drei Schubladen rechts stapelweise Akten, einige sehr alt. Er schaut sie alle durch, eine nach der anderen. Das Häuschen wurde 1961 gekauft, vor der Begegnung mit Thiébaut. Pieri hat mehrere Mittelsmänner eingeschaltet, um nicht namentlich aufzutauchen. Die Entziehungskuren von Nicolas in Kliniken für Reiche. Der Kauf des Hauses für die Großmutter in Calenzana und, weniger lang her, eines Anwesens in Calvi, eingetragen auf Maïtés Namen. Ein Geschenk? Ein paar Fotos, traditionelles korsisches Haus, in die Höhe gebaut, herrlicher Blick auf Bucht und Hafen.

Keine Spur von Namenslisten mit Begünstigten der Geldwäschekonten der Somar.

In den Schubladen links Kassetten, zum Teil von Pieri selbst sorgfältig beschriftet und nach Genres sortiert. Gypsy-Jazz. Erstaunlicher: fast das Gesamtwerk von Purcell und Lalande. Ein Liebhaber der Haute-Contre-Stimmlage? In der nächsten Schublade französischer Chanson, Brassens, Brel und viele andere, die Klassiker, vor allem Männerstimmen, und zwischen Nougaro und Moustaki eine Kassette, deren Etikett leer ist. Daquin nimmt sie, steckt sie in den Rekorder, drückt auf Play.

Eine Männerstimme spricht Amerikanisch mit einem starken Akzent. »Ich freue mich, dich nach so langer Zeit wiederzusehen, Maxy. Der alte Tommy mochte dich sehr, er sagte immer, du wärst der Kluge und Tonio der Starke.«

»Ich war viel unterwegs seit dem Tod von Antoine …«

Daquin schaltet aus. Hitzewallung. Maxy, Maxime, Tonio, Antonio. Pieris Stimme! Kein Foto, aber eine Stimme. Dunkel. Von der anderen Seite des Todes. Daquin beugt sich aus dem Fenster. Thiébaut döst in seinem Sessel ausgestreckt in der Sonne. Er schaltet die Kassette wieder ein und dreht die Lautstärke herunter.

»… Ich bin Geschäftsmann.«

»Ja. Man sagte es mir. Warum wolltest du mich sehen?«

»In Marseille geht es heiß her. Unsere Verbindungsmänner wurden geschasst, die Bullen eröffnen den Krieg gegen das, was von der French noch übrig ist. Man sagt, die Befehle kämen von euch. Also komme ich zu dir, um dich zu fragen, ob du weißt, was da läuft, und ob ich mich in Sicherheit bringen muss.«

Pieri spricht fließend Amerikanisch, die Stimme ist ruhig, sie hat Präsenz, Tiefe.

»Du machst dir zu Recht Sorgen, Maxy. Die Zeiten haben sich auch hier in New York geändert. Die Feinde der Franzosen kommen von Trafficante.«

»Antoine hat nie mit ihm zusammengearbeitet.«

»Lass es mich erklären. Trafficante hat einen guten Freund, der ist sein Kumpel seit Kuba, vor der Zeit der Bartträger. Irgendwelche Geschichten von Wettschulden, ich weiß nichts

Genaues. Und dieser Freund ist Präsident der Vereinigten Staaten geworden, ein bisschen auch dank Trafficante, der sein Wahlkampfsponsor in Florida war.«

»Nixon?«

»Höchstselbst. Er hat enormen Geldbedarf, nicht nur für die CIA, sondern auch für seine persönlichen Handlanger. Er ist ein Irrer mit krankhafter Angst vor Spionen, ein teures Hobby.«

»Ja und? Ich sehe immer noch nicht, inwiefern uns das betrifft, uns Marseiller.«

»Trafficante ist dabei, einen Vertriebskanal für Kokain von Südamerika in die Staaten zu eröffnen, mit Zugang über Florida, sein Zuhause. Und er bietet Nixon an, ihm en passant eine Provision zu zahlen.«

»Nixon ein Narco?«

»Nein, einfach nur ein Politiker, der wie gesagt große Bedürfnisse hat. Woher soll er sein Geld denn nehmen, wenn nicht aus unserer Tasche? Das fällt weniger auf als anderswo.«

»Na gut. Und weiter?«

»Trafficante zahlt, aber unter einer Bedingung: dass Nixon ihm hilft, die Konkurrenz in Gestalt des französischen Heroins auszuschalten, um die Einführung des amerikanischen Kokains zu erleichtern. Kannst du mir folgen, Maxy?«

»Ich kann dir folgen, mach weiter.«

»Mit dem Einzug ins Weiße Haus fing unser Präsident an loszuwüten. Die Drogen, genauer das Heroin, vom Koks spricht er nicht, das Heroin also ist Staatsfeind Nummer eins, unsere Jugend ist in Lebensgefahr, er zieht alle Register. Und wer ist schuld? Die Franzosen. Die Labore und die Drogenbosse sind alle in Marseille. Heimat der Dealer. Er hat namentlich Tonio angeprangert, der seit drei Jahren tot war, der Boss der Bosse zu sein.«

»Ja, ich erinnere mich, hier und da Klatschgeschichten in der Zeitung darüber gelesen zu haben. Ich hielt sie für schlechte Drehbücher für amerikanische Filme.«

»Da lagst du falsch. Weil sie der Ansicht waren, dass eure Regierung und eure Bullen nicht schnell genug reagierten, haben die unseren eine ganze Geschichte erfunden, sie haben einen Drogenschmuggler verhaftet, der ein Mann des SDECE gewesen sein soll …«

»Das ist Unfug. So läuft das nicht.«

»Unwichtig. Bei uns hat es einen Riesenskandal ausgelöst. Euer Präsident war hier auf Staatsbesuch, etwa zwei Jahre ist das her. Er musste sich von der Meute beschimpfen lassen. Bei seiner Rückkehr hat er in Marseille einen Krieg angezettelt, Nixon hatte gewonnen. Und eure Polizei wird gute Ergebnisse erzielen. Weißt du, warum?«

»Ich kann es mir denken. Nichts Neues unter der Sonne. Trafficante ist am Werk.«

»Genau. Er verpfeift alle, die er kennt. Das hilft den Bullen.«

»Er kennt mich nicht.«

»Du musst das große Ganze betrachten. Wenn du dich schützen willst, brich die Verbindung ab zu allen, die Trafficante bei euch kannte, zu allen, die in Kuba oder Florida waren.«

»Verstanden. Danke. Und du, Victor, wie schützt du dich?«

»Ich selbst mache mir keine großen Sorgen. In letzter Zeit hat das NYPD weisungsgemäß x-mal so viele Kleindealer hochgenommen, und ich bin damit beauftragt, das beschlagnahmte Heroin aus der Asservatenkammer in der Stadt weiterzuverkaufen, eine lukrative und ruhige Arbeit. Mich decken zwei hohe Tiere vom FBI, die zwei, die du kanntest. Clark und Walter, erinnerst du dich? Solange sie unentbehrlich sind, bin ich unantastbar.«

Pieri gibt einen seltsamen Laut von sich und die Aufzeichnung bricht abrupt ab. Der Rest des Bandes ist leer. Daquin braucht ein paar Sekunden, um wieder Boden unter die Füße zu bekommen, die Stimme aus dem Jenseits hat ihn tief erschüttert. Er vergewissert sich: Thiébaut schläft noch immer. Er nimmt die Kassette aus dem Rekorder, legt sie vor sich auf den Schreibtisch. Pieris letzte Reisen in die Vereinigten Staaten dienten nicht bloß dem Kauf einer Kunstgalerie. Eine Dynamitstange oder ein Knallfrosch? Wer ist der Gesprächspartner? Dieser Vorname, Victor, in den allerletzten Sätzen fallen gelassen wie ein für mich gedachter Hinweis, für mich, den geheimen und schweigenden Komplizen … Die massiven Verhaftungen in Marseille sechs Monate nach dieser Aufzeichnung. Beunruhigend. Pieri versucht sich und wahrscheinlich auch Simon zu schützen. »Unsere Verbindungsmänner wurden geschasst …« Warum zeichnet er auf? Ist diese Kassette das Objekt, hinter dem die Drogenfahndung bei der Durchsuchung der Somar her war, ohne seine Gestalt zu kennen? Ich kann nicht genau bestimmen, wie dieses Band mit meiner Ermittlung zusammenhängt, und noch weniger weiß ich, was ich damit tun soll. Auf der anderen Seite des Atlantiks, zu weit weg, zu kompliziert. Ich darf mich nicht vom Treibsand in die Tiefe ziehen lassen. Eins nach dem anderen. Als Erstes diese Kassette in Sicherheit bringen. Pieri hat sie für mich aufgenommen, nicht für Thiébaut. Er lässt sie in die Innentasche seines Blousons gleiten, sammelt die Akten zu Emily und Stepanian ein, wirft einen letzten Blick auf das große Bett, »Pieri war weder unerfahren noch verklemmt«, sagte Thiébaut. Wahrscheinlich hatte er sogar ein Wahnsinnstalent. Ein Hauch Bedauern, ihn nicht gekannt zu haben? Natürlich. Mehr als ein Hauch. Er geht nach unten und zu Thiébaut auf die Terrasse.

Der erwacht, als Daquins Schatten auf sein Gesicht fällt. Er setzt sich auf. »Und?«

»Ich weiß nicht, ob ich gefunden habe, wonach ich gesucht habe. Ich muss mich noch mal in meine Notizen vertiefen. Ich habe zwei Akten mit heruntergebracht, die ich mit Ihrer Erlaubnis gern mitnehmen würde. Hier ist die erste.« Er reicht ihm die Mappe. »Sie betrifft die Geschäfte einer jungen Frau, der, die am Abend seines Todes an Pieris Seite war. Offensichtlich hat er ihr geholfen, in New York eine Kunstgalerie zu erwerben. Es steht nichts Persönliches darin. Ich bitte um Ihre Erlaubnis, sie ihr persönlich zu übergeben.«

Thiébaut geht die Akte Seite für Seite aufmerksam durch. Ein Funke Eifersucht? Gibt sie Daquin dann zurück. »Einverstanden.«

»Dies ist die zweite. Wissen Sie, warum sich Pieri für Stepanian interessierte?«

Thiébaut nimmt die Mappe, schlägt sie auf, sieht, dass sie aus Zeitungsartikeln besteht, liest sie schnell quer, stößt auf seine eigenen Texte. »Ich wusste gar nicht, dass Maxime meine Artikel las. Er hat mit mir nie über Stepanian gesprochen, aber ich habe über ihn mit Maxime gesprochen, daran erinnere ich mich sehr gut. Ich hatte über seinen Versuch einer unabhängigen Raffinerie berichtet, ein Projekt, das dem Zeitgeist entsprach, aber das Scheitern war vorprogrammiert. Erdöl ist ein Strom aus Gold und Dollars, aber es ist ein Industrieprodukt, kein Spielautomat. Stepanian hat das Gold gewittert, hatte aber die Mentalität eines Spielers im Casino. Um mit Erdöl Geld zu verdienen, muss man erst mal viel, viel Geld hineinstecken. Es ist eine Branche, in der mittelständische Unternehmen keinen Platz haben. Stepanian hatte nicht das Format dafür, keinerlei Unterstützung durch eine Bank, und seine Verbündeten waren Stümper wie er. Als

Nächstes muss man das Produkt kennen, seine unendliche Vielfalt, es ist nicht leicht zu transportieren, zu lagern, es verdunstet, entzündet sich. Es ist schwer zu verarbeiten, wenn man eine konstante Qualität herstellen will. Stepanian hatte keine Ahnung von diesem Prozess. Er dachte, Benzin produzieren wäre so ähnlich wie illegal Pastis herstellen, was er im Hinterhof seines Ladens gemacht haben muss. Zu guter Letzt braucht man stabile Beschaffungs- und Vertriebsnetze, was derzeit abseits der großen Konzerne immer noch schwierig, wenn nicht unmöglich ist. In diesem Punkt behauptete Stepanian, er hätte einen regelmäßigen Lieferanten, weit unter dem üblicherweise verlangten Preis. Aber offensichtlich hat es nicht funktioniert. Stepanian war ein Spieler und ein Betrüger, kein Geschäftsmann.«

»Die handschriftlichen Randbemerkungen stammen doch von Pieri?«

»Ja. Es scheint, ich habe ihn überzeugt. Als Erpresser dagegen, denke ich, weiß Stepanian, wie man's macht. Mit seinem Prozess wird er es schaffen, den großen Ölgesellschaften ein bisschen Geld abzupressen. Welche Verbindung besteht zwischen Stepanian und Maximes Ermordung?«

»Ich weiß es nicht, ich suche. Die beiden Männer kannten sich seit langem.«

»Das ist das erste Mal, dass ich davon höre. Behalten Sie die Akte für den Fall, dass sie Ihnen nützlich sein könnte.« Thiébaut steht auf, reckt sich. »Fahren Sie nach Marseille zurück?«

»Ja.«

»Fahren Sie ohne mich. Ich bleibe noch. Ich bin froh, hergekommen zu sein. Nur Ihretwegen. Danke.«

»Ich habe die Akte mit der Eigentumsurkunde für das Häuschen oben auf dem Schreibtisch gelassen.«

Daquin fährt nach Marseille zurück und träumt dabei von Pieri, seiner Stimme, seinem Bett, der Terrasse, von Callelongue. Und von der Kassette in seiner Blousontasche. Zu Hause findet er eine Nachricht in seinem Briefkasten:

»Sonntag, 10 Uhr. Ich muss Sie unbedingt erreichen. Ich rufe stündlich bei Ihnen an, immer zur vollen Stunde. Grimbert«

Daquin schaut auf die Uhr: 13:40. Gerade noch Zeit, um hoch in die Wohnung und in die Küche zu gehen, sich ein Brot mit Knoblauch, Olivenöl und Tomate zu machen, nach Barcelona-Art, es im Stehen auf der Loggia zu essen, Blick auf den Vieux-Port, und dazu ein Glas Saint-Amour zu trinken. Um Punkt zwei klingelt das Telefon, Grimberts Stimme:

»Endlich sind Sie da … Beim Abgleich der Akten Pieri und Stepanian sind wir auf einen Angestellten von Stepanian gestoßen, der Ende 1970 eine Fahrt auf einem von Pieris Tankern gemacht hat, der *Niklos*.«

»Bravo. Das ist klasse. Damit haben wir endlich eine Chance zu erfahren, woher das Erdöl kommt. Warum sind Sie nicht enthusiastischer?«

»Müde. Wir haben die ganze Nacht gearbeitet …«

»Und?«

»Wir haben Stepanian verloren.«

»Und Sie zählen auf mich, um ihn wiederzufinden?«

»So was in der Art.«

»Treffen in einer Viertelstunde im Büro.«

Daquin ist als Erster im Évêché. Er stellt den Espressokocher an, nimmt eine Nachricht von Costa von seinem Schreibtisch, aufgezeichnet von der Telefonzentrale: »Ich konnte in den Listen von Lloyd's keine Spur finden, was die Herkunft der Ladung von Pieris Tankern angeht. Vollkommenes Rätsel. Die Fimex: weniger schwierig. Ein heimlicher Ableger von

CoTrade, einem auf Erze spezialisierten Tradinggiganten, der im Erdölgeschäft namentlich nicht auftauchen will. Bis Montag.« Starke Hitzewallung. Die Fimex, das ist Frickx. Endlich …

Das Erdöl, endlich haben wir es am Wickel, alles wird sich zusammenfügen. Man kann anfangen, daran zu glauben. Die Kassette in seiner Blousontasche, zu groß, zu weit weg, jetzt nicht verzetteln.

Daquin ruft Lenglet in Beirut an. Es braucht sechs oder sieben Telefonate, bis er es schafft, ihn aufzutreiben. Er ist gar nicht in Beirut, sondern in Italien. Das erleichtert die Sache.

»Wir müssen uns sehen. Ich habe etwas für dich, das die Reise lohnt, und ich kann aus der Gegend nicht weg. Marseille oder Nizza, das ist mir egal. Aber schnell.«

»Ich rufe dich zurück.«

»In meinem Büro. Ich gebe dir nicht mehr als eine Viertelstunde. Sonst heute Abend bei mir zu Hause.«

Grimbert trifft ein. Sie stehen sich neben dem Espressokocher gegenüber. Grimbert beginnt mit einem Kurzbericht ihres Versuchs, Stepanian aufzutreiben, und wie sie ihn verloren haben. Daquin gibt keinerlei Kommentar dazu ab. Grimbert fühlt sich weniger müde und setzt sich. Daquin serviert den Espresso.

»Ein Tröpfchen Cognac?«

»Warum nicht?«

»Dann an die Arbeit.«

»Der Matrose, der auf der *Niklos* angeheuert hat, heißt Fancello. Er wohnt nicht mehr an der Adresse, die wir in Stepanians Unterlagen gefunden haben. Delmas sucht nach ihm.«

»Perfekt. Wir beide werden Stepanian wiederfinden.«

»Falls wir vor den Killern eintreffen, die ihm auf den Fersen sind.«

Daquin reicht Grimbert die Nachricht von Costa. Telefonklingeln, er geht ran und lässt Grimbert die Nachricht lesen. In der Leitung Lenglet. Treffen heute zum Abendessen bei einem Freund, in den Hügeln von Saint-Tropez. Daquin notiert den Namen Villa Serena, Telefonnummer und Wegbeschreibung. Er wird da sein, vielleicht etwas später. Dann kocht er neuen Espresso.

Er fügt wieder einen kräftigen Schuss Cognac hinzu, der Sprung nach vorn, den sie gerade machen, muss gefeiert werden.

»Ich fasse kurz zusammen, ehe wir auf die Jagd gehen. Der Erdölmarkt ist in Aufruhr. Auf diesem Markt ist Frickx Pieris Partner. Er beschließt, ihn loszuwerden, kassiert nebenbei ein oder zwei Tanker ein, was ihm bei seinen Projekten durchaus weiterhilft, aber meines Erachtens reicht das nicht als alleiniges Motiv, dafür ist der Einsatz zu hoch. David ist an der Ausführung beteiligt, wir wissen noch nicht, warum und wie. Jetzt zu Stepanian. Er zählt auf Pieri, um im Erdölgeschäft ein Vermögen zu verdienen, Pieri lässt ihn Ende 1970 oder Anfang 1971 fallen. Versetzen Sie sich an Stepanians Stelle, was tun Sie?«

»Keine Ahnung, ich tauge nicht zum Unternehmer.«

»Er genauso wenig. Er hat seine Grundausbildung bei den Guérinis gemacht. Er weiß nicht, wo Pieris Erdöl herstammt. Er kommt zu dem Schluss: aus Schmuggelgeschäften.«

»Das war auch unsere erste Reaktion.«

»Richtig. Also denkt er, wenn es aus Schmuggelgeschäften stammt, kann er Pieri erpressen, und wenn er Beweise hat, die Fortführung der Lieferungen durchsetzen.«

»Pieri erpressen, ein armer Wicht wie er …«

»Und er schickt seinen Angestellten los …«

»Fancello.«

»Genau, Fancello, um als Matrose auf der *Niklos* mitzufahren. Ich höre hier auf, er wird uns die Fortsetzung erzählen.«

»Falls wir ihn wiederfinden.«

»Wo hat Stepanian eine sichere Zuflucht gefunden, was meinen Sie?«

»Keine Ahnung.«

»Wir sprachen in seinem Zusammenhang von der Generation der Ziehsöhne, Sie haben seine Aufmerksamkeit Maïté gegenüber mit eigenen Augen gesehen, Nicolas betrachtete ihn als seinen Bruder, Casanova erwähnte Pieris Vorliebe für die Rolle des Adoptivvaters, da haben Sie die ganze Familie. Nicolas, der Kapitän, wäre der gute Sohn, der im Dienst stirbt, und der Armenier der schlechte Sohn, der missratene, der Versager. Der Vater ist tot, aber die Mutter ist noch da, und Mütter empfinden bisweilen große Zuneigung zu verlorenen Söhnen. Wir dürfen die Mutter nicht außer Acht lassen.«

»Maïté?«

»Warum nicht? Er ist in Bedrängnis … Man kann es versuchen. Mit Vorsicht. Sie ist nicht einfach.«

Daquin holt das Gedichtheft von Nicolas Serreri, das er nicht in die Akte aufgenommen hat.

»Das nehme ich mit. Wenn es sich ergibt, schenke ich es Maïté, um sie zu erweichen. Das dürfte seine Wirkung nicht verfehlen.«

Maïté wohnt in der Rue du Commandant-Rolland, einer Parallelstraße der Rue Paradis. Daquin hat einen Wagen genommen und warnt Grimbert vor, dass er auswärts zum Abendessen verabredet ist. Ein Versuch, Stepanian aufzutreiben, danach fährt er los. Die beiden Männer betreten das Gebäude, finden die Wohnung, zweite Etage Gartenseite, inspizieren den Garten. Üppige Bepflanzung, einige Palmen, eine prächtige Bananenstaude. Diese Bananenstaude hat Daquin schon einmal gesehen. Er betrachtet eingehend das gegenüberliegende Gebäude. Auf der anderen Seite des Gartens im vierten Stock eine Wohnung mit heruntergelassenen Jalousien, ein Balkon ohne Grünpflanzen und Gartenmöbel. Er macht Grimbert darauf aufmerksam.

»Schauen Sie, gegenüber im vierten Stock, das ist Pieris Wohnung.«

»Hat sie ihn denn nie aus den Augen gelassen?«

Daquin denkt an Pieri, seine verletzte Lunge, seine Medikamente, hübsch geordnet in seinem Nachttisch, Maïtés Allgegenwart, die beklemmenden Marseiller Netzwerke. Und dann das Häuschen in Callelongue, der Liebhaber von auswärts, die Wucht des Atmens an freier Luft. Daquin lächelt. Der Marseiller Held wusste sich seinen Glücksort zu schaffen. Auch das ist vermutlich Marseille. Die intensiven Momente der Freiheit.

»Wir gehen hoch zu Pieri, wir riskieren nicht viel und haben einen guten Blick auf Maïtés Wohnung.«

Grimbert folgt, ohne etwas zu sagen.

Auf dem Treppenabsatz vor Pieris Wohnung holt Daquin ohne zu zögern einen dicken Schlüsselbund hervor, macht sich damit zu schaffen, öffnet die Tür. Grimbert sieht ihm mit ernster Miene zu.

»Ich wusste nicht, dass die Herren Kommissare sich einer solchen Sportart widmen. Obendrein mit echtem Geschick. Als Kenner weiß ich das zu schätzen.«

»Ich bin lediglich zweiter Stellvertreter, Grimbert. Stellvertreter, vergessen Sie das nicht.«

Sie gehen hinein. Die Jalousien vor den großen Fenstern sind heruntergelassen und die Zimmer in Dunkelheit getaucht.

Daquin holt ein Messer aus der Küche – ganz ungeniert, stellt Grimbert fest, als wäre er hier zu Hause – und schiebt damit auf Augenhöhe zwei Lamellen auseinander. Grimbert postiert sich neben ihm. Tiefer Einblick in Maïtés Wohnung. Sie ist da, geht von einem Zimmer ins andere, packt Gegenstände in Kartons.

»Zieht sie um?«

»Könnte man meinen.«

Fast eine halbe Stunde lang beobachten sie sie schweigend. Keine besonderen Vorkommnisse. Dann taucht eine andere Gestalt auf, ein Mann, der einen riesigen Karton trägt. Er stellt ihn im mittleren Zimmer neben einem Kartonstapel ab. Rasierter Schädel, Modell Stepanian. Der Mann verschwindet.

»Wir gehen rüber, schnell.«

Grimbert drückt sich an die Wand, Daquin klingelt an der Tür. Ein paar Sekunden Warten, Maïté öffnet einen Spaltbreit, Daquin macht einen Schritt zur Seite, Grimbert schießt hervor, rempelt sie um, Maïté stolpert und schreit überrascht auf, Daquin packt ihren Arm, zieht sie raus auf den Gang, Grimbert stürmt in die Wohnung, wirft die Tür hinter sich zu. Daquin presst Maïté gegen die Wand.

»Also, Sie ziehen nach Calvi, ohne mir etwas davon zu sagen? Wir hatten doch geplant, uns wiederzusehen …«

Sie versteift sich. »Calvi … Woher wissen Sie …«

»Hören Sie mir erst mal zu. Ich will nur eins: Stepanian befragen. Weil ich wissen will, wer Pieri umgebracht hat.«

»Bilden Sie sich ein, dass er das weiß?«

»Er weiß sehr viel. Und Sie, Sie kennen Jo den Armenier nicht. Sie können der Unterhaltung beiwohnen, die wir mit ihm haben werden, danach sprechen wir uns wieder.«

Grimbert hat Stepanian erwischt, als er gerade über das Geländer auf den Nachbarbalkon klettern wollte, hat ihn an einem Bein gepackt und rücksichtslos zu Boden geworfen, seinen Kopf auf den Zement geschlagen, um ihn ruhigzustellen, ihm Handschellen angelegt, ein Taschentuch in den Mund gestopft, ihn dann in die Wohnung geschleift. Jetzt kommt er ihnen die Wohnungstür öffnen. Daquin schiebt Maïté vor sich her, und dann stehen sie im großen Zimmer, das durchflutet ist von Licht und dem Duft der Bäume im Garten. Grimbert richtet Stepanian auf, hievt ihn in Handschellen auf einen vollen Bücherkarton und setzt sich auf einen Stuhl direkt neben ihn, sprungbereit. Er ist mir einmal entwischt, kein zweites Mal. Maïté und Daquin haben sich zwei tiefe Sessel einander gegenüber genommen. Er lässt sie nicht aus den Augen. Von ihren Reaktionen hängt der Ausgang der Auseinandersetzung mit Stepanian ab, der allmählich wieder zu Bewusstsein kommt.

Daquin gibt Grimbert ein Zeichen, den Knebel zu entfernen, und legt sofort los. »Ich stelle klar, dass dieses Gespräch nicht im Entferntesten offiziell ist, wie Sie sich denken können. Kein Protokoll und kein Bericht. Wir ermitteln im Mord an Pieri, und wir versuchen zu erhellen, welche Rolle Sie dabei gespielt haben können, Sie, Jo der Armenier.«

Stepanian, überreizt, schreit auf: »Keine! Das ist absurd.«

Maïté wartet schweigend. Daquin fährt fort: »Im Januar 1971 hat einer Ihrer Angestellten namens Fancello auf der *Niklos* angeheuert. Er hat eine Tour von zehn Tagen mitgemacht und ist danach in Ihr Büro zurückgekehrt. Ich habe eine einfache Frage: Warum wollten Sie Pieri nachspionieren?«

Stepanian brüllt: »Ich wollte ihm nicht nachspionieren.«

»Was wollten Sie dann?«

»Wir hatten geschäftlich miteinander zu tun. Ich bemühte mich damals, eine unabhängige Ölraffinerie aufzubauen. Pieri hatte mir zugesichert, dass er mich mit Erdöl beliefert. Ich wollte mich vergewissern, dass er die entsprechenden Kapazitäten hatte. Ich habe mich abgesichert. Wissen Sie, eine Raffinerie ist eine ziemlich große Sache …«

Daquin unterbricht ihn: »Sie irren sich. Ich werde Ihr Gedächtnis auffrischen. Ihren eigenen Firmenunterlagen zufolge hat Pieri Ihnen im Herbst 1970 Erdöl geliefert. Später befand er Ihr Projekt für schlecht gemanagt und zum Scheitern verurteilt, ich habe handschriftliche Aufzeichnungen von ihm, die das beweisen. Deshalb hat er sich geweigert, Sie weiter zu beliefern, und im Januar 1971 wussten Sie das genau. Also, Fancello?«

Maïté macht ihr Gewittergesicht. »Jo, erkläre dich.«

Stepanian sucht mit gesenktem Kopf einen Ausweg.

Daquin fährt fort. »Sie glaubten, dass Pieri Erdöl schmuggelt, so wie er Zigaretten geschmuggelt hatte. Und sie dachten, Sie könnten ihn erpressen, um zu erreichen, dass er die Lieferungen wiederaufnimmt.«

Maïté sagt sehr leise: »Dreckskerl.«

Daquin weiß, das ist ein Punkt für ihn. Er macht im gleichen Ton weiter: »Das ist noch nicht alles. Sie sind ein abendlicher Besucher im amerikanischen Konsulat in der Rue Ar**é**ny, ein Freund von Coleman, dem als Konsul verkleideten CIA-Agenten, und Sie baggern regelmäßig die Polizeidienste im Évêché an, um sich Informationen über den Fortgang der Ermittlung im Mordfall Pieri zu beschaffen.«

Abrupter Registerwechsel, Daquin steht auf, bedrängt Stepanian mit seiner Größe, seinem Gewicht.

»Den Amerikanern, was verkaufst du denen? Wen verkaufst du ihnen? Warum bist du halb tot vor Angst? Wer hat geschworen, dich abzuknallen?«

Maïté, reglos, die Hände krampfhaft auf ihren Knien verschränkt, starrt Stepanian an und wartet. Er glaubt, eine Hintertür gefunden zu haben.

»Ich habe den Amerikanern nur Scheininformationen verkauft. Coleman, der Konsul, er bietet 50 000 Dollar für jede Information und posaunt durch die Gegend, dass er genug Kohle hat, um sich Fehler leisten zu können. Also hab ich mein Glück versucht. Ich brauche diese 50 000 Dollar und einen amerikanischen Pass. Ich brauche sie, ich muss in die Staaten, hier bin ich erledigt, ruiniert. Und mein Prozess gegen die Ölkonzerne, das habe ich durchaus kapiert, wenn ich den überhaupt je gewinne, dann in zehn Jahren. Bis dahin bin ich tot.«

»Ja, du bist auf dem besten Weg.« Daquin dreht sich zu Maïté um. »Zum Zeitpunkt von Pieris Tod wussten die Amerikaner und die Drogenfahndung eine Menge. Vermutlich waren sie es, die Ihre Wohnungen durchwühlt haben, noch bevor wir über Pieris Ermordung informiert wurden.« Er wendet sich wieder Stepanian zu. »Die wussten, dass Pieri 1972 zweimal in die Vereinigten Staaten gereist ist. Du hast ihnen diesen Floh ins Ohr gesetzt.«

Stepanian ist auf seinem Karton zusammengesunken, er ist sich über die Katastrophe im Klaren. »Ich dachte, das wäre bedeutungslos, schließlich war er nicht wegen Heroingeschäften dort.«

»Wusstest du, warum er dort war?«

»Er sagte mir, wegen Ölgeschäften.«

Daquin spricht Maïté an. »Warum hat Pieri ihm von diesen Reisen erzählt?«

Maïté zuckt die Achseln. »Keine Ahnung. Und es wundert mich sehr. Gar nicht Maximes Art.«

Stepanian erschöpft: »Er hat mir nicht selbst davon erzählt. Das war das Mädchen im Reisebüro. Also habe ich ihn gefragt, was er dort vorhatte, und er sagte: ›Ölgeschäfte‹.«

Maïté ist fahl. Daquin gibt ihr Zeit, damit ihr das Ausmaß des Verrats wirklich bewusst wird, dann fährt er fort.

»Als du letzten Dienstag in den Anbau des Évêché gekommen bist, um den Stand unserer Ermittlung zu Pieris Tod in Erfahrung zu bringen, war das für die Drogenfahndung oder für die Amerikaner?«

»Die Amerikaner. Die Drogenfahndung zahlt nicht.«

»Was wollten die Amerikaner wissen?«

»Ob der Fall noch lebt oder schon begraben ist.«

»Und du hast ihnen gesagt …?«

»Begraben.«

Maïté scheint nicht mehr zu atmen.

»Wer macht dir Angst?«

»Niemand.«

»Du ziehst mit deiner ganzen kleinen Familie um, dann ergreifst du die Flucht, als du einen Wagen mit zwei Insassen siehst … Du flüchtest dich Hals über Kopf zu Maïté, aber du hast keine Angst?«

»Ich weiß nicht mal, wovon Sie reden.«

»Du hast es vor zwei Minuten selbst gesagt, wenn du nicht schnellstens Kohle auftreibst, bist du ein toter Mann.«

Stepanian schweigt mit gesenktem Kopf. Daquin wird klar, dass er in diesem Punkt nichts aus ihm herausholen wird. Zum einen, weil er ihm weniger Angst macht als ›die anderen‹. Und wahrscheinlich wegen Maïtés Anwesenheit, zunächst ein Trumpf, jetzt ein Hemmschuh. Sie stecken in einer Sackgasse. Er muss es anders angehen, woanders anknüpfen. Nicht das Hauptziel aus den Augen verlieren: das Erdöl.

»Na gut, es ist deine Haut, mach damit, was du willst. Jetzt sagst du mir, wo die *Niklos* Erdöl lud, und ich lasse dich laufen.«

Stepanian schöpft wieder Hoffnung. Die blöden Bullen wissen nicht alles.

»In Aschkelon.«

»Israel besitzt kein Erdöl.«

»Israel besitzt eine Pipeline, die vom Roten Meer zum Mittelmeer verläuft, von Eilat nach Aschkelon. Das Erdöl, das darin fließt, kommt aus dem Iran.«

Daquin ist wie unter Schock, sprachlos angesichts der Dimension, die die Ermittlung schlagartig annimmt. Stepanian erkennt das und nutzt es aus.

»Mehr weiß ich nicht, und mehr will ich nicht wissen. Es heißt, je weniger man darüber weiß, desto besser ergeht es einem. Weder die Iraner noch die Israelis wollen etwas davon hören, ich will gar nicht wissen, warum. Das sind keine Spaßvögel. Die haben Pieri und Simon getötet. Vor denen habe ich Angst.«

»Hau ab, und versuch dich nicht gleich abknallen zu lassen.«

Sobald Grimbert ihm die Handschellen abgenommen hat, ergreift Stepanian die Flucht, die Tür fällt ins Schloss.

Daquin, Grimbert und Maïté bleiben eine Zeitlang schweigend sitzen. Daquin wählt diesen Augenblick, um das Heft mit Nicolas Serreris Gedichten aus der Innentasche seines Blousons zu ziehen, und hält es Maïté hin.

»Nehmen Sie, es steht Ihnen rechtmäßig zu.«

Maïté nimmt das Heft, schlägt es auf, erkennt die Handschrift, schließt es wieder, räuspert sich und fragt: »Werden Sie die Mörder finden?«

»Ich habe keine Ahnung, ich kann es Ihnen nicht garantieren, aber Sie müssen zugeben, dass ich mein Möglichstes tue.«

»Ich gebe es zu.« Sie steht auf. »Mal sehen, ob ich noch irgendetwas in der Küche habe, um einen Kaffee zu kochen.« Das Heft nimmt sie mit.

Sobald sie aus dem Zimmer ist, sagt Grimbert mit sehr leiser Stimme: »Wir haben es fast. Die Pipeline ist möglicherweise der Schlüssel. Israel, Iran, Erdöl, Waffenschmuggel, David, iranische Matrosen, am Ende werden wir es schaffen, das alles mit Pieri, Simon und Nicolas in Verbindung zu bringen. Aber ich glaube nicht, dass sie Stepanian terrorisieren. Als er gemerkt hat, dass uns die Information über die Pipeline umhaut, hat er improvisiert.«

»Ganz Ihrer Meinung.«

Maïté kommt mit drei Tassen Kaffee zurück, der Kaffee der korsischen Hausfrau, nicht berauschend. Aber sie hat Kekse und Schokolade dazugelegt. Die beiden Männer wissen die Aufmerksamkeit zu schätzen, danken ihr und bedienen sich.

Sie fängt sich allmählich wieder, sagt ganz schlicht: »Sie hatten recht, ich kannte Jo nicht. Er hat Maxime ständig nachspioniert.«

Dies ist der Moment, glaubt Daquin. »Sind Sie bereit, mit uns über die Somar zu sprechen?«

»Das kommt auf die Fragen an, die Sie mir stellen. Ich fürchte, ich muss Sie enttäuschen. Maxime hielt seine Aktivitäten sorgsam unter Verschluss. Eine Gewohnheit, die er in seiner Jugend angenommen hatte. Und er redete mit mir nie über Geschäfte, für die ich nicht zuständig war. Maxime war gesprächig, ohne etwas zu sagen.«

»Frickx war Pieris Partner bei allen Erdölgeschäften der Somar. Für Pieri war das die Branche der Zukunft. Wenn ich das, was ich eben über die Pipeline erfahren habe, mit dem verbinde, was ich schon weiß, transportierte die Somar den Firmenunterlagen zufolge seit etwa zwei Jahren regelmäßig Erdöl, das zuvor Israel durchquert hatte.«

»Ich habe das im selben Moment erfahren wie Sie.«

»Wie konnte er gleichzeitig Waffenschmuggel mit Rumänien betreiben, ein Geschäft, das verglichen mit Erdöl keine bedeutenden Summen einbringt und von dem er wissen musste, dass es für seine israelischen Kunden inakzeptabel war?«

»Maxime hat mir vor vier Jahren tatsächlich von den Waffen erzählt, weil es auch Nicolas betraf, der wie ein Sohn für mich ist. Die Rumänen hatten das zur Bedingung gemacht, um die Erdölkaufverträge zu unterschreiben. Es war geschmuggeltes Öl, zumindest am Anfang, dadurch saß die rumänische Seite am längeren Hebel. Maxime war nicht scharf darauf, er war sich der Risiken bewusst. Frickx hat ihn dazu gedrängt. Nicolas wurde einbezogen. Er hat das Kommando über die *Santa Lucia* in voller Kenntnis der Sachlage übernommen. Danach haben wir nie wieder darüber gesprochen. Maxime muss auf den Geschmack gekommen sein. Die Gefahr bei Persönlichkeiten wie ihm ist, dass sie keine Grenzen kennen. Antoine war genauso.«

»Den Unterlagen zufolge, die wir in Ihrem Büro gefunden haben, waren Sie zuständig für die Buchhaltung der Somar und die Beziehungen zur Serval.«

»Das ist richtig.«

»Wir besitzen Listen von Überweisungen der Somar auf ausländische Konten …«

»Gute Arbeit. Vor Gericht leider nicht verwendbar wegen der Art, wie Sie sie sich beschafft haben.«

Daquin schüttelt den Kopf, immer effizient, die gute Maïté. »Das wissen wir … aber wir haben keine Listen mit den Namen der Kontoinhaber gefunden. Sie haben sie. Geben Sie

sie uns. Es ist nicht ausgeschlossen, dass der Mörder auf einer der Listen steht.«

Maïté lacht. »An dieses Argument glauben Sie selbst nicht. Ich habe diese Listen nicht mehr, und wenn ich sie noch hätte, würde ich sie Ihnen sicher nicht geben. Ich bin eine ordnungsliebende Frau, kein anarchistischer Bombenleger, ich liebe diese Stadt, wie sie ist. Mit den Zahlungsempfängern, die auf diesen Listen stehen, könnte man einen ganzen Teil der Stadt in die Luft jagen. Hätte Ihnen das Spaß gemacht?«

»Jagen ist mein Beruf.«

»Das ist Ihre Berufsauffassung. Andere Polizisten jagen nicht, sie verwalten.« Maïté lächelt, ein breites glückliches Lächeln, zum ersten Mal seit Maximes Tod. »Ich sage Ihnen was, diese Listen, Sie hatten sie schon in den Händen, Sie haben sie sich durch die Lappen gehen lassen. Jetzt habe ich sie mir zurückgeholt und sie vernichtet.«

Daquin beißt in ein Stück Schokolade, überlegt. Das kann nur bei der Durchsuchung der Somar gewesen sein. Er lässt die ganze Sequenz vor seinem inneren Auge ablaufen. Und plötzlich: Er nimmt das Kreuzworträtselbuch in die Hand, randvoll mit Ziffern und Buchstaben, abgegriffen, voller Eselsohren und Verbesserungen, Maïté steht neben ihm, zuckt nicht mit der Wimper und verlässt den Raum.

»Das Rätselbuch?« Sie nickt, ganz Lächeln. »Also ehrlich, ich bewundere Sie. Ihr Abgang … großartig.«

Der Kaffee ist getrunken, Kekse und Schokolade sind verputzt. Daquin steht auf, Zeichen zum Aufbruch. Er verbeugt sich vor Maïté.

»Guten Umzug, und lassen Sie es sich gut gehen in Calvi.«

»Ich bedaure, dass Sie Maxime nicht kennengelernt haben. Sie hätten sich gut verstanden.«

»Vielleicht, vielleicht auch nicht.«

Als die beiden Männer wieder auf der Straße stehen, sagt Grimbert nur: »Ich bin nicht an allen Stellen mitgekommen. Ein paar Dinge über Stepanian, Rätselbuch, Calvi …«

»Lassen wir die Details außen vor, Grimbert. Die Pipeline, Israel, Iran, wir haben die ganze Geschichte beisammen.«

»Kann sein, aber sechsunddreißig Stunden ohne Schlaf, ich bin kaputt und gehe nach Hause ins Bett.«

»Schlafen Sie gut, bis morgen.«

Daquin nimmt seinen Wagen und fährt stadtauswärts in Richtung Saint-Tropez. Die Entdeckung der israelischen Pipeline, ihrer Verbindung zu Pieris Unternehmen ist ein Erdbeben, das Zentrum, um das alles andere kreist. Wenn die Schockwelle vorüber ist, muss man sehen, wie sich alle Elemente am Ende zusammenfügen.

Sonntagabend, Saint-Tropez

Die Wegbeschreibung, die Lenglet ihm am Telefon gegeben hat, ist eindeutig, er hat keine Schwierigkeiten, die Villa Serena in den Hügeln oberhalb von Saint-Tropez zu finden. Er fährt durch das weit offen stehende Tor, sehr schöner moderner Bau von der Sorte, die man gemeinhin »Architektenhäuser« nennt. Natürlich, darunter macht es Lenglet nicht. Niemand zu sehen. Daquin stellt seinen Wagen im Hof ab, umrundet das Haus durch den Garten und stößt auf eine große Holzterrasse, die ein riesiges Schwimmbad umgibt. Das Ensemble thront über dem Dorf, der Küste, dem Meer. Schöne Aussicht, konventioneller als die von Pieris Häuschen in Callelongue. Zwischen der offenen Glastür des Hauses und dem Schwimmbad liegen drei Männer in der Sonne dieses Spätnachmittags, unterhalten sich, trinken Apéritif. Einer von ihnen steht auf, geht Daquin entgegen. Lenglet. Er legt ihm den Arm um die Schultern und führt ihn zu den zwei anderen Männern. Lenglet ist etwas älter als Daquin, groß, schlank, trockene, lange Muskeln, eine Art fließende Eleganz, das kastanienbraune Haar halblang. Sie verbindet eine unverbrüchliche Freundschaft, gespeist aus gegenseitiger Bewunderung, nie gestört durch die geringste Rivalität in der Liebe, ihr Männergeschmack ist zu verschieden.

»Salvo, das ist Théo Daquin, mein Freund seit über zehn Jahren. Théo, Salvo ist der Besitzer dieses kleinen Paradieses.«

Und dein Bettgenosse, denkt Daquin, ganz dein Typ, mager, schmale Brust, kunstvolle blonde Haarlocke, einer solchen Locke konntest du noch nie widerstehen, und außergewöhnlich lebendige schwarze Augen. Sicher ein Diplomat.

»Sehr erfreut.«

»Sie bleiben zum Essen, hoffe ich?« Perfektes Französisch, reizender italienischer Akzent.

»Wenn Sie mich einladen, natürlich, mit größtem Vergnügen.«

»Ich fürchte, es wird spät, Sie können gern hier übernachten, statt mitten in der Nacht zurück nach Marseille zu fahren.«

Lenglet übernimmt wieder. »Darf ich dir Carlo vorstellen, ein italienischer Freund, der uns heute Abend Gesellschaft leistet. Du wirst dein Italienisch bemühen müssen, Théo.«

Viel eher mein Typ, das wusstest du, Lenglet, danke. Nicht sehr groß, muskulös, kantiges Gesicht und kurze schwarze Haare. Als Einziger in Badehose, glücklich, seinen runden, festen Hintern zur Schau stellen zu können, seine schmalen, leicht vorstehenden Hüften. Meine Hände auf diese Hüften legen, sie packen, seinen Hintern an meinem Bauch spüren. Anfall von Lust. Daquin genießt. Handschlag, Lächeln, der Funke springt über.

»Non sarà difficile.«

Erst die Arbeit. Lenglet bugsiert Daquin in ein kleines Arbeitszimmer an der Rückseite des Hauses, dessen offenes Fenster auf die Berge hinausgeht, wohlriechend am Ende des Tages. Zwei Tische nebeneinander, vollgestellt mit Apparaten. Lenglet ist ganz entspannt inmitten der Telefone, Fernseher, Radios, Tonbandgeräte, Schreibmaschinen. Jeder setzt sich an einen Tisch und Daquin beginnt so prägnant und knapp wie möglich von Pieri zu erzählen, dem Mann und seinen Geschäften. Lenglet und er haben kaum Geheimnisse voreinander. Dann holt er die Kassette aus seiner Tasche, nennt Daten und Umstände der Aufnahme und ihrer Entdeckung.

»Die Drogenfahndung und die Amerikaner in Marseille ahnen, dass ein Dokument dieser Art existiert, wahrscheinlich ohne zu wissen, welche Form es genau hat, und haben aktiv danach gesucht. Zwei illegale Hausdurchsuchungen und eine mehr oder minder halb-offizielle Teilnahme an einer regulären Durchsuchung. Hingegen weiß niemand, dass ich es gefunden habe und in seinem Besitz bin.«

Sie hören sich die Kassette zusammen an. Lenglet, sehr konzentriert, macht sich keinerlei Notizen. Daquin vertieft sich in Pieris Stimme, die dunkle Modulation, das erstaunlich korrekte Amerikanisch, den Charme der Spuren seines Marseiller Akzents.

… Seltsames Knurren von Pieri. Ende der Aufzeichnung.

»Ich selbst kann damit nichts anfangen. Bist du interessiert?«

»Trafficante hat tatsächlich jemanden verpfiffen?«

»Mit Sicherheit. Es gab in Marseille Ende 1972 etwa dreißig Festnahmen. Es ist ein Leichtes festzustellen, ob es Leute getroffen hat, die in Kuba oder Florida waren. Und weißt du, wer Victor ist?«

»Aller Wahrscheinlichkeit nach Victor Papa, ein Alter der Familie Lucchese, er wurde letzten Herbst verhaftet. Er hat ein Schuldbekenntnis angeboten, aber es wurde abgelehnt. Jetzt sitzt er im Gefängnis, wo man ihn wohl ziemlich bald umbringen wird, die amerikanischen Gefängnisse sind wenig sichere Orte, und seine zwei FBI-Freunde werden sich aus der Affäre ziehen. Das FBI wird nicht angerührt. Genau in dieser Hinsicht bin ich an der Kassette interessiert. Wenn die beiden mir über den Weg laufen …«

»Eine Hand wäscht die andere. Ich ersticke in Marseille, ich halte es in dieser Stadt nicht aus, ich will weg und ich zähle auf dich, dass du mir dabei hilfst.«

»Du bist schon in Beirut erstickt.«

»Nicht aus denselben Gründen.«

»Meinst du, du wirst eines Tages zur Ruhe kommen?«

»Willst du mir eine Moralpredigt halten?«

»Ich?«

»Um im Leben von Marseille Fuß zu fassen, müsste ich Jahre dort verbringen, und dazu habe ich keine Lust. Ich habe meinen Einstieg in die Marseiller Polizeikreise vermasselt. Du kennst mich, ich bin nicht der Typ, der seine Vorliebe für Männer vor sich herträgt. Ich kann Zurschaustellung nicht leiden. Folglich habe ich mich in heimliche Liebschaften einsperren lassen, und das ertrage ich nicht. Ich fühle mich meinen Mitarbeitern gegenüber in einer misslichen Lage, und ich weiß nicht, wie ich da rauskommen soll. Es wird Zeit, meine Fehler einzugestehen und die Flucht anzutreten, bevor ich noch impotent werde.«

»Wenn du mich fragst, angesichts der Wirkung, die schon allein Carlos Anblick auf dich hatte, bist du noch ein gutes Stück davon entfernt.«

»Der Drogenhandel ist die Maschine, mit der man Schwarzgeld produziert, und Schwarzgeld ist der Nerv des schmutzigen Krieges, des heutigen Krieges. Ich habe Lust, zur Drogenfahndung zu gehen. Und vorher ein Abstecher in die Vereinigten Staaten, das Ungeheuer aus der Nähe betrachten. Kannst du mir helfen?«

»Ich werd's versuchen. Ich denke, ich kriege das hin, die Dienststelle der französischen Drogenfahndung drüben kenne ich gut. Und jetzt lass uns zu den ernsten Dingen kommen, gehen wir vögeln.«

20

Montag, 26. und Dienstag, 27. März 1973

Montag, Marseille

Am Morgen betritt Daquin den Évêché müde, befriedigt, satt. In dem kleinen Büro im dritten Stock trifft er auf Grimbert und Delmas, die über dem Schreibtisch hängen und sich ausschütten vor Lachen. Delmas kommt schließlich zu Atem.

»Wissen Sie schon das Neuste, Commissaire?« Er klopft auf die Regionalzeitung, die aufgeschlagen vor ihm liegt. »Heute startet in Marseille die Woche der Gewaltlosigkeit. Vom 26. bis zum 31. März. Empfänge, Buffets, Konferenzen, Seminare, Journalisten, Intelligenzler, Soziokult, blabla …«

Grimbert trocknet sich die Augen. »Die Woche der Gewaltlosigkeit. Hier, in Marseille … Das wird böse enden. In einem Blutbad. Wollen wir wetten?«

»Ich wette nie. Also, Delmas. Fancello?«

»Ich habe ihn ziemlich leicht gefunden, über seine Nachbarn. Er ist ein stiller Mann, der jetzt bei einem kleinen Schifffahrtsunternehmen arbeitet. Er bestätigt, was Stepanian Ihnen gesagt hat. Der Tanker, auf dem er gearbeitet hat, hat in Aschkelon Ladung aufgenommen. Er kommt jeden Augenblick vorbei, um eine vorschriftsmäßige Zeugenaussage zu machen.«

»Perfekt.«

Als Fancello eintrifft, führt Delmas ihn in ein ungenutztes Büro. Grimbert nimmt daraufhin die Zeitung, die auf seinem

Schreibtisch liegt, schlägt sie auf der Seite mit der Gerichts-
kolumne auf und legt sie vor Daquin hin.

Als Schlagzeile auf ganzer Seitenbreite: »Wird die Affäre
Bartoli zur Affäre Mairand?« Daquin überfliegt den Artikel.

Bartoli, ehemaliger Rechtsverteidiger bei Olympique
Marseille, der den Fans zahlreiche schöne Erinnerungen
hinterlassen hat, hatte umgesattelt auf Chef eines klei-
nen Prostitutionsbetriebs und vier ansprechende junge
Frauen und eine Empfangsdame angestellt … Bei seiner
Verhaftung vor sechs Monaten behauptete er, er stünde
unter dem Schutz von Commissaire Mairand, Leiter des
Sittendezernats bei der Sécurité Publique, dem er jeden
Monat einen Betrag gezahlt habe, dessen Höhe genauer
zu beziffern er sich weigerte. Bartolis Behauptungen wurden von der Polizeiführung stillschweigend übergangen.
Es gab weder eine Untersuchung noch Sanktionen. Und
Commissaire Mairand hat sich im richtigen Augenblick
in den Krankenstand verabschiedet, der immer noch an-
dauert. Bei voller Gehaltsfortzahlung, versteht sich. Am
heutigen Tag könnte die Angelegenheit allerdings wieder
aus der Versenkung auftauchen …

Daquin wirft Grimbert einen Blick zu. »Der Artikel hat nichts
zu tun mit dem aktuellen Gerichtsgeschehen.«

»In der Tat.«

»Ist Mairand beim SAC?«

»Sie machen Fortschritte, Commissaire. Er ist außerdem
einer der Chefs der Sitte, was bedeutet, er hat auch Kontakte
zum Glücksspiel.«

»Glücksspiel. Nizza und seine Casinos. Mairand wäre dann
eine Brücke zwischen dem Marseiller SAC und unserem

Freund Leccia? Sie lassen Leccia vermittelt über Mairand eine Warnung zukommen ...«

»Brillant, Commissaire. Demnächst Ehrenbürger?«

»Wie schaffen Sie es, in diesem Wust aus Netzwerken zu atmen?«

»Es ist mein natürlicher Lebensraum. Ich tummle mich zwischen diesen Netzwerken wie ein Fisch im Wasser. Wenn Sie den Fisch aus dem Wasser holen, erstickt er.«

Daquin steht auf und geht Espresso machen.

»Bei unserer Sitzung mit Maïté am Sonntag sagte sie nach Stepanians Abgang: ›Er hat Pieri ständig nachspioniert.‹ Dieser Satz geht mir seit dem Aufwachen nicht mehr aus dem Kopf. Bespitzelung scheint mir eine echte Möglichkeit zu sein, es liegt geradezu auf der Hand. Und wenn er Pieri ständig nachspionierte, hat er vielleicht die Mörder gesehen.«

»Oder den Mördern geholfen, indem er sie zum Beispiel über Pieris regelmäßige Besuche im Casino von Nizza informiert hat.«

»Wenn ich daran denke, dass ich den Kerl habe laufen lassen ...«

»Wir hatten gerade die Sache mit der israelischen Pipeline vor den Latz bekommen und uns noch nicht davon erholt. Und ich bin auch nicht sicher, ob uns etwas anderes übrig blieb angesichts der etwas unorthodoxen Weise, wie wir mit ihm in Kontakt getreten sind.«

Delmas kommt zurück ins Zimmer, in der Hand Fancellos Zeugenaussage.

»Wir müssen Stepanian wiederfinden«, sagt Daquin zu ihm.

Und sie machen sich zu dritt daran, auf der Suche nach einer Fährte die Akten zu durchforsten.

Um elf Uhr trifft Costa ein, mit Leichenbittermiene. Die drei Männer wenden sich ihm zu.

»Und?«

»Keinerlei offizielle Stellungnahme von Lloyd's. Damit war zu rechnen. Aber über ein paar Ecken ist es mir gelungen, einen französischen Angestellten von Lloyd's in Kharg zu erreichen, dem iranischen Hafen. Sie hatten tatsächlich Weisung, wegzusehen, wenn gewisse Tanker eindeutig Eilat ansteuerten, den israelischen Hafen, der der Startpunkt der Pipeline sein muss. Bei Lloyd's! Das übersteigt all meine Vorstellungen. Auf keine Institution ist mehr Verlass.«

»Welchen Vorteil hat es, über Israel zu gehen?«

»Ich habe das ausgerechnet. Eine Tonne iranisches Erdöl, die Afrika umfährt, kommt in Europa zu 35 Dollar je Tonne an. Über die Pipeline zu 28 Dollar je Tonne. Sieben Dollar zusätzlicher Gewinn. Multiplizieren Sie das mit 250 000 Tonnen …«

»Aber ein Tanker ist doch nicht zu übersehen, wenn er im Hafen ein- oder ausläuft. Ich verstehe nicht, was das Staatsgeheimnis daran sein soll …«

»Ich verstehe das schon. Man sollte nicht von einem Staatsgeheimnis sprechen, sondern von einer wohlgehüteten Information. Alle Leute aus der Branche wissen Bescheid, aber jeder hat einen bestimmten Nutzen davon, zu schweigen. Ein Gleichgewicht des Schweigens. In Marseille handhaben wir die Dinge genauso.«

Daquin denkt, dass sie weit entfernt sind von Pauls Höhenflügen über die Revolution, die gemacht wird, und die Bestimmung der Geschichte. Schade. Alles in allem war das gesünder.

Costa schaut immer noch finster drein. »Der internationale Handel ist ein riesiger Saustall. Und nicht nur wegen des

Dollareinbruchs. Ich esse mit Ihnen zu Mittag, falls Sie zu Étienne gehen. Danach lasse ich Sie mit Wasserpistolen Festungen angreifen und gehe bei den Finanzdelikten eine ruhige Kugel schieben.«

Nach dem Mittagessen sitzen die drei Männer bei einem Espresso wieder allein in ihrem Büro. Daquin kommt ohne Umschweife zur Sache.

»Wir befinden uns zwei Tage vor dem Ende des beschleunigten Verfahrens, ich kann Ihnen einen Gesamtüberblick anbieten. Einwände?«

Keine.

»Am Anfang ist die Geschichte einfach. Wie tausende Unternehmer tun sich Frickx und Pieri zusammen, um Geschäfte zu machen. Ihr ureigenes Terrain ist der Handel mit Erdöl in den neuen Freiräumen, die mit der Produktionssteigerung und dem bröckelnden Monopol der Großkonzerne entstehen. In diesem ersten Stadium viel Schmuggel. In einem zweiten Zeitabschnitt tüfteln sie mit Israel einen Plan aus, der es ihnen erlaubt, ohne großen Aufwand Spitzengewinne zu erwirtschaften. Alles prächtig. Dann beschließt der Schah von Persien, die großen Ölgesellschaften zu umgehen, indem er die israelische Pipeline nutzt, die durch unsere beiden Partner gut eingefahren ist. Radikale Veränderung der Dimension, grandiose Aussichten. Frickx nutzt die Gelegenheit, um seinen Partner aus dem Weg zu räumen und sich den kompletten Deal unter den Nagel zu reißen. Wie das mit möglichst geringem Risiko anstellen? Pieri ist in Waffengeschäfte mit Terroristen verwickelt. Als die Pipeline eine strategische internationale Dimension annimmt, ist es leicht, Israelis und Iraner zu überzeugen, dass man einen Waffenschieber unmöglich im Boot behalten kann. Das trifft sich gut. Beide Länder sind bekannt für die Effizienz ihrer Geheimdienste beziehungsweise ihrer politischen Polizei. Israel eliminiert Pieri und Simon, unter aktiver Beteiligung von Frickx, und der Iran kümmert sich um Nicolas Serreri. Ich gestatte mir sogar den Gedanken, dass Frickx Pieri ermuntert hat, den Waffenschmuggel mit Rumänien weiterzuverfolgen, um einen ausgezeichneten Grund zu haben, ihn von seinen Verbündeten erschießen zu lassen.«

Delmas murmelt: »Finden Sie nicht, dass Sie ein bisschen übertreiben?«

»Erinnern Sie sich, Delmas, gleich zu Anfang, 1970, hat Frickx seinen Anwalt die Firmenstatuten der Misma in Curaçao so abfassen lassen, dass er sich im Fall des Todes seines Partners, gewaltsam oder nicht, binnen weniger Stunden die Tanker aneignen kann. Frickx ist ein starker Spieler. Er ist seinen Partnern und Gegnern nicht nur einen, sondern zwei oder drei Schritte voraus. Mit Pieri hat er kurzen Prozess gemacht, obwohl der nicht gerade ein Waisenknabe war.«

»Was Sie uns da erzählen, werden Sie aber nicht im Ermittlungsbericht festhalten?«

»Selbstverständlich nicht. Wir können nicht alles beweisen. Und wenn unser Bericht zu ehrgeizig ist, landet er im Mülleimer, und wir gleich mit. Unser Ziel ist, dass unser beschleunigtes Verfahren in eine gerichtliche Untersuchung mündet, dass ein Richter eingesetzt wird und der uns mit der Fortführung der Ermittlung betraut, damit wir sie zu Ende bringen können. Einverstanden?«

»Einverstanden.«

»Wir haben die Mörder von Pieri und Simon nicht formal, also nicht namentlich identifiziert. Wir lassen Nicolas Serreri außen vor, niemand hat die These der türkischen Polizei von einem Unfalltod durch Ertrinken offiziell in Frage gestellt.

Aber wir haben bewiesen, dass die Misma den Chartervertrag für die beiden Tanker mit der Somar auf unlautere Weise aufgelöst hat. Danke, Costa. Dieser Vertragsbruch plus die Geschwindigkeit, mit der der Anwalt sich die Tanker angeeignet hat, machen die Identifizierung des Teilhabers und seine Vernehmung notwendig, was durch die gerichtliche Untersuchung möglich würde. Frickx liefert über die Fimex Erdöl an die Somar. Das ist erwiesen. Er ist in den Mord an Simon direkt verwickelt, auch das haben wir bewiesen, und er ist flüchtig. Die gerichtliche Untersuchung sollte seine Vernehmung erlauben. Der Waffenschmuggel ist ebenfalls bewiesen, die Verbindungen zum Erdölgeschäft müssen erhellt werden, falls möglich, aber Rumänien ... Zu guter Letzt David Hammersfeld. Mehrere falsche Namen, vor Pieris Ermordung Aufenthalt im Casino, ich werde darum ersuchen, dass wir ihn vor Ablauf des beschleunigten Verfahrens vernehmen dürfen. Den ganzen Rest, inklusive Fancellos Zeugenaussage, benutze ich fürs Erste nicht, zu groß, zu viel. Die Unterlagen bleiben in der Fallakte, so dass wir den Faden später wieder aufgreifen können. Passt Ihnen das?«

Die beiden Inspektoren stimmen zu.

»Sehr gut, ich mache mich an die Ausarbeitung und Sie spüren Stepanian auf.«

Delmas übernimmt es zunächst, Catherine wiederzutreffen und noch einmal nach ihren Erinnerungen an Jo den Armenier zu befragen, um eine Fährte zu einer möglichen Zufluchtsstätte zu finden.

Grimbert wird Stepanians Frau aufsuchen. Er kündigt an, vorher in der *Garage* einen Kaffee zu trinken.

»Vorsicht, Grimbert. Zweimal in einer Woche, passen Sie auf, dass Sie Ihren ehemaligen Kollegen nicht lästig werden.«

339

»Kaffee und Verdauungsschnaps, das ist ein guter Moment. Und ich denke, meine Gesprächspartner werden begeistert sein von dem, was ich ihnen zu sagen habe.«

Der fensterlose Raum, der an die Reparaturwerkstatt für die Wagen des Évêché angrenzt, stinkt nach Abgasen, das Neonlicht blinkt, die Augen leiden, aber die Menge, die sich um die Bar drängt, ist eindeutig vergnügt. Gegen die Regel verstoßend, niemals über die Arbeit zu sprechen, trinkt man Pastis auf das Scheitern der Kriminalpolizei im Fall Cartland-Pélissanne, über das die *Garage* vor allen anderen informiert wurde. Der Engländer, der seinen Vater umgebracht hat, wird nach England zurückkehren. Bravo, ihr feinen Spürnasen von der Kripo. Und noch eine Runde … Grimbert wird mit einer Lachsalve und einem Trinkspruch auf sein Wohl empfangen. Er begrüßt den Barmann, einen Mechaniker, den er früher gut kannte, er führte die Bar schon vor fünf Jahren, und geht zu einem dicklichen Kerl, der mit einer Runde Olympique Marseille-Fans an einem Tisch sitzt, die das Spiel gegen Reims am übernächsten Tag vorbereiten. Er beugt sich zu seinem Ohr hinunter.

»Tag, Marcel. Ich bleib nicht lang, ich will nicht stören. Mein Team und ich wollen mit niemandem Zoff haben. Was wir auf der *Santa Lucia* gefunden haben, sind keine Knallfrösche, das sind Bomben. Wir haben sie auf Eis gelegt und nicht die Absicht, sie wieder vorzuholen. Sag das deinen Freunden, sie können sich auf uns verlassen. Solange sich niemand mit uns anlegt. Unser Commissaire ist Pariser, aber wir kommen gut damit klar. Verstanden? Ich weiß, zwischen uns beiden, Marcel, gibt es kein Problem. Ich sage dir das, damit du es deinen Freunden ausrichtest. Apropos, hast du heute Morgen Zeitung gelesen? Mit Mairand könnte es eine schlimme Wendung nehmen, wär doch schade …«

Grimbert richtet sich auf, ruft mit lauter Stimme in den Raum: »Salut, Jungs, amüsiert euch gut.« Und steigt wieder hoch in die Gefilde der Kriminalpolizei.

Delmas hat Catherine sein Kommen angekündigt. Freier Nachmittag, hat er ihr gesagt. Sie wartet im Garten ihres Hauses in Estaque auf ihn und säubert unterdessen die Rosenbeete. Umarmungen, Küsse und ins Bett. Nach diesem Vorgeplänkel liegt Delmas in der Sonne im Garten, Catherine an seiner Seite, und erzählt ihr von Stepanians überstürzter Flucht beim Anblick ihres parkenden Wagens in seiner Straße, wobei er viel ausschmückt und sie zum Lachen bringt.

»Weniger witzig ist, dass ihm Killer auf den Fersen sind, wir suchen nach ihm, um ihn in Sicherheit zu bringen. Bei sich zu Hause ist er nicht. Hast du eine Idee, wohin er sich geflüchtet haben könnte?«

»Nein, nicht die geringste. Und du hast gesagt: ›freier Nachmittag‹. Doch nicht, um dann über die Arbeit zu reden, du Heuchler.«

Stepanian wiederfinden. Grimbert fährt als Erstes zum Haus in Vitrolles, in das Stepanian mit seiner ganzen Familie umgezogen war, ehe sie ihm einen Riesenschrecken einjagten. Niemand da. Das Haus macht einen verlassenen Eindruck, alle Fensterläden geschlossen, der Garten verwaist. Dann der offizielle Wohnsitz der Familie, das Haus in Aubagne. Stepanians Frau ist im großen Wohnzimmer und füttert ihre Kinder mit einem Nachmittagsimbiss. Er stellt sich vor, sie empfängt ihn ohne Vorbehalt und bietet ihm einen Platz auf dem Sofa an, das die Knirpse wie den Rest des Zimmers verwüstet haben.

»Madame, ich suche Joseph Stepanian. Aus zwei Gründen. Wir brauchen in einer laufenden Ermittlung seine Zeugenaussage. Und wir haben gute Gründe zu der Annahme, dass er in Gefahr ist und unseres Schutzes bedarf. Haben Sie ihn in jüngster Zeit gesehen?«

»Nicht seit vergangenem Samstag, und ehrlich gesagt geht es mir nicht schlecht damit.«

Grimbert wartet auf die Fortsetzung, die wie widerstrebend kommt.

»Als wir geheiratet haben, war Jo ein charmanter Mann. Er hat mir zwei Kinder gemacht und ist unterdessen absolut unerträglich geworden. Überreizt, cholerisch, böse mit den Kleinen. Vor einiger Zeit hat er uns ohne jede Erklärung zum Umziehen genötigt. Letzten Samstag ohrfeigt er mich vor den Kindern und verschwindet ohne ein Wort. Seitdem habe ich nichts mehr von ihm gehört.«

»Er hat schlechte Geschäfte gemacht, glaube ich.«

»Ja, das stimmt. Er hat sich in reihenweise Prozesse gestürzt, und die Verfahrenskosten sind dabei, ihn zu ruinieren. Und uns mit.«

»Er hat uns von einem bevorstehenden großen Geldeingang erzählt …«

»Den erwartet er seit drei Monaten, wir haben davon nichts gesehen, und ich glaube nicht mehr daran. Einen Abend kurz vor Weihnachten kam er stark beschwipst nach Hause. Ich habe die Kleinen ins Bett gebracht, damit sie ihren Vater nicht in diesem Zustand sehen. Während ich versucht habe, ihn zum Essen zu bewegen, um den vielen Alkohol abzubauen, erzählte er mir mindestens drei Mal, dass sein Bruder im Waffenschmuggel aktiv sei und dass er damit viel Geld verdienen werde. Er hat den ganzen Abend darüber phantasiert, bis ich ihn endlich im Bett hatte. Am nächsten Tag rief ich seine Brüder an, einen nach dem anderen. Ich verstehe mich sehr gut mit seiner Familie. Natürlich war es die

Wahnvorstellung eines Säufers. Bei dieser Gelegenheit habe ich obendrein erfahren, dass er sich seit zwei Jahren Geld von ihnen lieh, ohne mir etwas davon zu sagen und ohne es je zurückzuzahlen.«

»Glauben Sie, er könnte sich zu ihnen geflüchtet haben?«

»Nein, das glaube ich wirklich nicht. Nach all diesen Geschichten sind sie zerstritten.«

»In seine Firma?«

»Die ist seit über einem Jahr geschlossen.«

»Zu Nicolas Serreri?«

»Den Namen kenne ich nicht.«

»Wenn Sie von ihm hören, würden Sie uns dann bitte benachrichtigen?«

»Gern.«

Dienstag, Marseille

Daquin hat um acht Uhr einen Termin beim Direktor in dessen Büro. Zuvor hat er die Regionalpresse konsultiert, um zu wissen, in welcher Stimmung er ihn antreffen wird. Der Fall Cartland-Pélissanne, der große Fall der Marseiller Kriminalpolizei, bei dem sie sich keinen Fehlschlag erlauben darf, ist von den Titelseiten verschwunden, kein gutes Zeichen. Der Innenteil meldet die Heimkehr des mordverdächtigen Cartland-Sohns nach England. Absolut katastrophal. Der Chef wird übelster Laune sein.

Daquin legt daher seinen Panzer an, bevor er das Büro betritt. Er trägt in neutralem Ton den Inhalt seines Zwischenberichts vor. Am Ende konstatiert er die Zweckmäßigkeit einer gerichtlichen Untersuchung und stellt den Antrag, David Hammersfeld innerhalb kürzester Frist vernehmen zu dürfen.

Der Chef zögert. »Die Familie Frickx und ihre Verwandtschaft sind bedeutende Persönlichkeiten. Man muss sehr vorsichtig sein. Ich weiß nicht, was Staatsanwalt Coulon dazu sagen wird. Dieser David Hammersfeld, gut, er benutzt verschiedene Identitäten, das will ich nicht leugnen. Aber inwiefern besteht da ein Zusammenhang mit den Morden an Pieri und Simon?«

»Dem wird die gerichtliche Untersuchung nachgehen müssen, Herr Direktor. Im Augenblick haben wir seine Verbindung zu Frickx nachgewiesen, der in einen der beiden Morde direkt verwickelt ist, und dass er sich während des Zeitraums, der uns interessiert, in der Region aufhielt, was er unter verschiedenen Identitäten zu verbergen versucht hat. Er hat dem Casino, wo Pieri ermordet wurde, einen Besuch abgestattet, und zwar in den Tagen vor dem Mord. Das scheint uns ausreichend, um eine Vorladung und eine Vernehmung zu rechtfertigen, so schnell wie möglich, weil wir befürchten, dass er wie Frickx das Land verlässt.«

Der Chef seufzt. »Ich habe schon riesige Sorgen mit dem Dossier Cartland. Der Sohn ist nach England zurückgefahren. Die Entscheidung, ihm das zu gestatten, wirkt wahnwitzig. Die Engländer trauen uns nicht, und niemand will diplomatische Komplikationen. Ich frage mich, was die Presse morgen erst schreiben wird … Gut, Sie lassen mir Ihren Bericht hier, ich werde mit dem Staatsanwalt von Nizza darüber reden. Sie bekommen Ihre Antwort morgen früh. Aber in der Zwischenzeit keinerlei Eigeninitiative. Sie bleiben im Leerlauf.«

Als Daquin ins Büro kommt, informiert ihn Grimbert mit etwas zu ernster Miene: »Stepanian hat seiner Frau an einem Abend, als er total blau war, von dem Waffenschmuggel erzählt, den sein Bruder betreibe, und von dem Geld, das er in Zukunft da herausholen würde. Sie kennt Nicolas nicht, und die Brüder, die echten, haben es natürlich abgestritten … Stepanian kann der Informant sein, der den Waffenschmuggel verraten und Pieris Sturz eingeleitet hat.«

»Gut. Lassen wir das mal so stehen. Vielleicht habe ich Frickx mehr Bedeutung beigemessen, als er verdient. Ich komme gerade vom Chef, ich habe ihm meinen Bericht ausgehändigt und beantragt, David vernehmen zu dürfen. Antwort morgen früh. Bis dahin wurde ich gebeten, nichts zu unternehmen. Ich werde daher am Meer spazieren gehen und Freunde besuchen. Aber diese Anweisung betrifft nur mich. Nichts hindert Sie, weiter nach Stepanian zu suchen. Der letzte lebende Zeuge. Wir müssen uns beeilen. Falls Pieri bei dem Waffenschmuggel Partner hatte, wird Stepanian es nicht mehr lange machen.«

21

Mittwoch, 28. bis Freitag, 30. März 1973

Mittwoch, Marseille, Nizza

Grimbert erwartet Daquin mit einem Lächeln. »Es gibt Neuigkeiten vom Chef. Treffen um elf in seinem Büro. Der Englishman, der andere, der echte, Cartland junior, ist weg. Ich wette mit Ihnen, dass der Chef mehr darüber reden wird als über unsere Ermittlung.«

»Da gehen Sie kein großes Risiko ein …«

»Nach allem, was ich hier und da aufgeschnappt habe, werden die Einschüchterungsaktionen deutlich nachlassen, wir können in Ruhe arbeiten.«

»Gute Nachricht. Aber werden wir überhaupt noch arbeiten?«

Um elf Uhr teilt der Chef ihnen mit, dass der Staatsanwalt von Nizza einverstanden ist – nicht mit einer Vorladung in die Dienststelle der Polizei, zu traumatisierend (Erinnerung an Davids Intensität, seine Härte, Daquin kneift sich, um nicht loszulachen), aber mit einer Fahrt ihres Teams in Begleitung von Bonino, um David Hammersfeld in Cap Ferrat als Zeugen zu befragen. Bonino erwartet sie um drei Uhr in Nizza. Die Eröffnung einer gerichtlichen Untersuchung hängt vom Ergebnis der Anhörung des Zeugen ab.

Delmas sucht weiter nach Stepanian, er hat begonnen, alle Mitglieder seiner Familie abzuklappern. Daquin und Grimbert machen sich auf den Weg nach Nizza.

Dort holen sie Inspecteur Bonino beim SRPJ ab, und zu dritt fahren sie zur Villa in Cap Ferrat. Sie treffen um sechzehn Uhr dort ein. Das Tor steht offen. Daquin parkt auf dem Hof, registriert, dass der Citroën nicht in der Garage steht. Kein gutes Zeichen. Er geht zur Eingangstür, klingelt. Emily öffnet kurz darauf, lächelt ihn an. Daquin stellt ihr seine beiden Kollegen vor, sie bittet sie herein. Im großen Zimmer stehen, aufgereiht vor der Fensterfront, halb gefüllte Umzugskartons.

»Sie ziehen um?«, fragt Daquin.

»Ja.«

»Seit Pieris Tod ist das eine regelrechte Epidemie.«

»Der Mietvertrag für das Haus läuft am 31. März aus.«

»Wir sind gekommen, um mit David Hammersfeld zu sprechen, Ihrem Cousin.«

»Er ist heute früh um acht abgereist, ohne sich richtig von mir zu verabschieden, und ich weiß nicht, wo er hingefahren ist.«

»Warum, ein Notfall?«

»Ich habe keine Ahnung. Er bekam einen Anruf.«

»Ein schlichter Anruf und er packt binnen Minuten seine Koffer? Hat er die Absicht, wiederzukommen?«

»Ich denke nicht. Er hat seine Zahnbürste mitgenommen.«

»Wissen Sie, wer ihn angerufen hat?«

»Nein, das hat er mir nicht gesagt. Ich selbst habe den Anruf entgegengenommen. Eine Männerstimme fragte nach David. Ich habe ihm den Hörer gegeben. Der Typ hat ein oder zwei Sätze zu ihm gesagt, nicht mehr, David hat sich angezogen und ist gegangen.«

»Ein Franzose, ein hiesiger Dialekt?«

»Ja, soweit ich das beurteilen kann.«

Ein Moment drückender Stille.

Grimbert fragt: »Ein hiesiger Dialekt, was meinen Sie damit? Ein Niçoiser oder ein Marseiller?«

»Machen Sie Witze? Ich bin Südafrikanerin. Wie soll ich einen Niçoiser von einem Marseiller Dialekt unterscheiden? Ich wurde zwar von einer Französin großgezogen, aber ich könnte Ihnen nicht mal sagen, aus welcher Gegend sie stammte.«

Grimbert lächelt sie an. »Es war eine Pariserin, Madame, ohne den Schatten eines Zweifels.«

Die Atmosphäre entspannt sich ein wenig.

»Kann ich Ihnen etwas zu trinken anbieten, meine Herren?«

Bonino lehnt höflich ab und deutet eine Bewegung Richtung Tür an. Daquin setzt das Gespräch fort.

»Wir werden Sie nicht lange aufhalten, aber wären Sie bereit, zwei oder drei meiner Fragen zu beantworten?«

»Selbstverständlich, Commissaire«, sie legt ihre Hand auf Daquins Arm, »Ihre Fragen zu beantworten ist mir jederzeit ein Vergnügen.« Sie zieht das Wort in die Länge, lässt dabei ihre Hand auf seinem Arm.

»Ihr Cousin hat wie Sie die südafrikanische Staatsangehörigkeit?

»Ja.«

»Wissen Sie, ob er auch die amerikanische Staatsangehörigkeit besitzt?«

»Ich glaube nicht. Wir haben beide eine doppelte Staatsbürgerschaft, ich bin Südafrikanerin und Amerikanerin, er ist Südafrikaner und Israeli.«

»Israeli?«

»Ja, unsere Familie ist dem Staat Israel eng verbunden. David ist 1966 als Freiwilliger in die israelische Armee eingetreten, aus Liebeskummer. Ich erinnere mich an das Datum, es war das Jahr meiner Hochzeit.«

Blickwechsel zwischen Emily und Daquin.

»Nur noch eine letzte Frage. Wie kam es, dass er am 15. März an Ihrem Krankenbett auftauchte? Sahen Sie sich oft?«

»Nein, wir haben uns jahrelang nicht gesehen, aber zum Zeitpunkt von Maxime Pieris Tod war mein Mann in Südafrika unterwegs, in Begleitung von David. Als er von den Umständen seines Todes erfuhr und meinem … Schwächeanfall, wusste er, dass er mich aus beruflichen Gründen nicht pflegen konnte, und hat David gebeten, herzukommen und mir Gesellschaft zu leisten. Er wusste bestimmt, dass es mir Vergnügen bereitet.«

Vergnügen, wieder zieht sie das Wort in die Länge und lächelt Daquin an, der Bonino bedeutet, dass er keine weiteren Fragen hat. Bonino bittet Emily, sie möge dem Zentralkommissariat in Nizza nach ihrem Umzug ihre neue Adresse mitteilen, so dass man sie bei Bedarf erreichen kann.

Auf dem Weg zur Tür bemerkt Daquin: »Ach, ich vergaß. Einer unserer gemeinsamen Freunde, der in Marseille eine Kunstgalerie betreibt, bat mich, Ihnen dies hier zu geben.« Er zieht eine Einladung auf Hochglanzpapier aus der Tasche: ›Ausstellung von César‹. »Die Vernissage findet am kommenden Freitag statt. Ihr Freund sagte, er hofft Sie dort zu sehen. Habe die Ehre, Madame.«

Im Wagen, der sie alle drei zurück nach Nizza bringt, fragt Daquin Bonino: »Haben Sie den Zwischenbericht gelesen, den wir bei unseren Vorgesetzten eingereicht haben, ich glaube, er wurde Ihnen weitergeleitet?«

»Ja, der liegt uns vor. Aber wir hatten noch keine Zeit, ihn zu lesen.«

Bonino ist zutiefst demotiviert, und das ist verständlich. Unmöglich, ihm deswegen böse zu sein.

An der Promenade des Anglais hält Daquin an, der Niçoiser steigt aus, grüßt und geht davon.

Zwei Stunden Fahrt, nur zu zweit, bis sie wieder in Marseille sind. Zunächst schweigen beide, brüten still vor sich hin. Die unermessliche Enttäuschung darüber, dass sie David haben entwischen lassen. Die Gewissheit, dass das nicht wiedergutzumachen ist. Beinahe-Gewissheit, dass der Anruf, der ihn gerettet hat, aus dem eigenen Haus kam. Wut über den Verrat. Wut über die Erkenntnis, dass es keine Überraschung ist. Wer? Grimbert hat ein paar Ideen dazu, die er für sich behalten wird.

Er bricht das Schweigen. »Man kann es auch so sehen, dass wir richtig gelegen haben. Emily sagt uns nichts Neues. Aber ihre Aussage kann im Moment der gerichtlichen Untersuchung dienlich sein.«

»Ja, so kann man es sehen. Wenn man will.«

Neuerliches Schweigen, dann Grimbert: »Also los, machen Sie Ihrem Herzen Luft.«

»Ich habe zwei Irrtümer begangen, beide schwerwiegend. Von den kleinen Schnitzern ganz zu schweigen. Wenn Sie jetzt sagen: ›Aller Anfang ist schwer‹, halte ich am Seitenstreifen und erwürge Sie.«

»Das Risiko gehe ich nicht ein. Welche Irrtümer?«

»Der erste, der offensichtlichste, ich hatte den Gegenstand in der Hand, mit dessen Hilfe man die Namen der Kunden der Geldwaschmaschine Somar hätte finden können, und damit wären die Kräfteverhältnisse ganz anders gewesen.«

»Commissaire, geben Sie sich nicht naiver, als Sie sind. Wenn wir die Liste der Kunden gefunden hätten und wenn wir sie benutzt hätten, hätte man uns inzwischen beide auf einen Schreibtischposten versetzt.«

»Möglich. Jedenfalls ist mir die Liste durch die Lappen gegangen.«

»Diese Geschichte mit dem Rätselbuch, aus der ich bei Maïté nicht schlau geworden bin?«

»Genau. Bei der Durchsuchung der Somar habe ich Maïtés Büro übernommen. Sie begleitete mich, öffnete vor meinen Augen alle abgeschlossenen Schubladen, schaute zu, wie ich ein abgegriffenes altes Kreuzworträtselbuch aus ihrer Schublade nahm, und ging aus dem Büro. Ich habe das Buch durchgeblättert, die Kästchen wirkten so gut wie vollständig ausgefüllt, ich habe dem keinerlei Bedeutung beigemessen, es in die Schublade zurückgelegt und mich etwas anderem zugewandt. Ich erinnere mich sehr gut, wie ich gegrinst habe bei dem Gedanken, dass die mustergültige Maïté, die Felsenfrau, im Büro Kreuzworträtsel löst. Wahrscheinlich das kleine Überlegenheitsgefühl des Mannes, wenn er bei Frauen, die offensichtlich die Stärkeren sind, einen schwachen Punkt findet. Was für ein Idiot! Verstehen Sie, was ich sagen will?«

»Sehr gut.«

»Wenn sich die gleiche Szene mit einem Mann abgespielt hätte, hätte er sich in dem Moment, als ich das Buch nahm, sicher übertrieben lässig und unbeteiligt gegeben, ich hätte seine Anspannung, seine Besorgnis körperlich gespürt und das Buch wie einen wichtigen Gegenstand betrachtet. Sie dagegen geht weg. Und ich vermassle es.«

»Der zweite Irrtum?«

»Ist komplexer. Pieri und Simon waren Männer mit einer belasteten Vergangenheit und beide Teil starker institutioneller Netzwerke. Sehr bald tauchte Frickx auf der Bühne auf, Mitglied der internationalen Geschäftselite. Und ich rede nicht von der Pipeline, auf die wir erst später gestoßen sind. Wir hätten sofort erkennen müssen, dass diese Maschine zu groß für uns war, dass wir nicht hoffen konnten, sie zu zerstören, indem wir frontal angreifen oder uns auf die Institutionen stützen, denn sie ist *in* den Institutionen. Man musste innerhalb der Maschine das schlecht sitzende Teil finden, auf das wir Druck ausüben konnten, um es zu zerbrechen und den ganzen Mechanismus von innen her außer Kraft zu setzen.«

»Der Vorsitzende Mao hat es kürzer gesagt: ›Die äußeren Ursachen wirken vermittels der inneren‹.«

»Grimbert, Sie überraschen mich immer wieder. Ich werde diese treffende Maxime des Großen Steuermanns nicht vergessen. Ich fahre fort. Dieses besagte Teil, wir hatten es vor der Nase. Emily Frickx. Und wir haben es vollkommen außer Acht gelassen.«

»Tut mir leid, ich kann Ihnen nicht folgen.«

»Wäre Emily an jenem Abend nicht an Pieris Seite gewesen, hätten wir weder von Frickx noch von Erdöl je etwas mitbekommen, und die These von der Abrechnung im Milieu wäre mangels Alternative abgesegnet worden. Einverstanden?«

»So deutlich habe ich es für mich noch nie formuliert, aber stimmt schon.«

»Frickx wäre noch am Abend von Simons Ermordung unbemerkt verschwunden, von David hätten wir ebenfalls nie erfahren, auch er am selben Abend eiligst evakuiert. Er ist nur geblieben, um seine Cousine zu überwachen und zu beschützen.«

»Immer noch einverstanden.«

»Jung, hübsch, verheiratet, aus steinreicher Familie, was machte sie an Pieris Seite? Nach mehr als oberflächlicher Überprüfung haben wir ihre Geschichte einer zufälligen Begegnung akzeptiert, obwohl sie weder Hand noch Fuß hatte. Letztlich haben wir sie für den Mord an Pieri entlastet, was sicher völlig gerechtfertigt war, aber seitdem haben wir uns nie wieder für sie interessiert. Eine Randfigur. Wir haben keine Sekunde berücksichtigt, dass sie im Zentrum von Frickx' Feldzug steht. Ich habe die Zeitungsartikel über seine Heirat mit ihr gelesen: Das hatte mehr von einer Unternehmensfusion als von Romeo und Julia. Sie hat ihre Rolle als Garantin der Allianz zwischen Frickx und Weinstein, und sie spielt sie auch weiterhin. Aber wen, welches Projekt versucht sie durch ihre Märchen zu schützen? Gewiss nicht ihren Ehemann. Was wäre passiert, wenn wir begriffen hätten, warum sie mit Pieri zusammen war? Wenn wir ihr zu einem Zeitpunkt, als sie noch unter Schock stand, erklärt hätten, dass ihr Mann und ihr Cousin Pieri haben ermorden lassen und das Risiko eingegangen sind, auf sie zu schießen? Zu spät, wir werden es nie erfahren, Frickx und David sind inzwischen außer Reichweite.«

»Wenn es zu spät ist, warum haben Sie sie dann zur Ausstellung von César eingeladen?«

»Nicht ich, ihr Galeristenfreund.«

»Ach, kommen Sie …«

»Na gut, zugegeben. Nichts wirklich Rationales. Sagen wir, aus Frustration und Neugier.«

»In unserem Metier muss man einen Misserfolg akzeptieren und verarbeiten können.«

»Möglich, Grimbert, aber nicht zu oft. Ich bin ein Jäger, mein Metier besteht darin, mich auf meine Beute zu stürzen und sie in Stücke zu reißen. Dieses Vergnügen habe ich nicht gehabt, mir fehlt etwas und ich kann mich nicht damit abfinden. Wie die Hatzhunde, wenn ich zwei-, dreimal ohne Beute zurückkehre, laufe ich Gefahr, den Spaß am Blut und an der Jagd zu verlieren. Haben Sie Ihre Kollegen im Évêché gesehen? Ich will nicht enden wie sie. Frickx ist mir entwischt, David ist mir entwischt. Bleibt Emily. Sie ist keine Beute, ich weiß nicht, ob sie kommen wird, und wenn sie kommt, weiß ich nicht, was ich mit ihr anfangen werde. Aber ich habe Lust, sie zu treffen.«

»Sie wird kommen. Sie hat Lust, mit Ihnen zu schlafen ...«

Daquin schielt zu Grimbert hinüber. »Nicht sicher, dass mir das die Aufgabe erleichtert.«

Ein paar Kilometer später Grimbert: »Der Chef der Marseiller Drogenfahndung, der Pariser, pflegt zu sagen: ›Ich bin ein Abenteurer, der pro Monat bezahlt wird.‹«

»Hübsch ausgedrückt. Pro Monat, nicht pro Stunde, wohlgemerkt.«

»Bei der Arbeit mit Ihnen habe ich das sehr wohl verstanden.«

Nach einem Moment Schweigen bemerkt Daquin: »Sie haben es mitbekommen, Grimbert, zwei Frauen, zwei Irrtümer. Der dunkle Kontinent.«

Zwei Tage lang suchen Grimbert und Delmas vergeblich nach Stepanian. Sie denken allmählich, dass die Amerikaner ihn am Ende bezahlt haben und er ins gelobte Land aufgebrochen ist.

Freitag, Marseille

Die Einladung zur Ausstellung von César, Galerie d'Art, 7 rue Fortia, präzisiert: Eröffnung um achtzehn Uhr in Anwesenheit von Yves Montand. César, Montand, Marseille liebt es, die Marseiller zu feiern. Daquin kommt um siebzehn Uhr, um die Örtlichkeiten zu erkunden. Die Rue Fortia in der Nähe des Vieux-Port ist eine typische Marseiller Altstadtstraße, eng und gerade, hohe Häuser mit vier Stockwerken, bunte Fassaden, weit weniger armselig als im Panier-Viertel. Er geht an der Galerie vorbei, erkennt hinter der Glasfront zwei Ausstellungsräume, weiß, stark ausgeleuchtet, und wie Gemälde an den Wänden befestigt Césars metallene Kompressionen. Die

Organisatoren und ein paar ihrer Freunde laufen fieberhaft durch die Räume.

Die Straße ist für den Verkehr gesperrt, und zwischen der Galerie und dem *Le Peano*, der Bar an der Ecke, hat man große Tische aufgestellt. Kellner tragen üppige Wurstplatten und Brotkörbe heran. Vier Weinfässer wurden angestochen. In wenigen Minuten ist Gedränge garantiert. Daquin setzt sich an einen kleinen Tisch auf der Terrasse des *Peano*, etwas im Hintergrund, von wo aus er die Ecke Rue Fortia und Cours d'Estienne-d'Orves im Auge hat, und bestellt einen Café-Cognac. Warten. Kommt sie, kommt sie nicht? Was mache ich hier eigentlich?

Daquin entdeckt Emilys Silhouette gegen halb sechs. Sie trägt ein Blümchenkleid, leicht und flatternd, eins dieser Kleider, die man in einer einzigen Bewegung auszieht, denkt Daquin, der sich einen zweiten Café-Cognac bestellt. Sie läuft, natürliche Balance und natürlicher Rhythmus, inmitten der immer dichteren Menge, die sich freiwillig vor ihr teilt. Kaum erblickt sie Daquin, kommt sie auf ihn zu, lächelt, setzt sich an seinen Tisch, legt ihre Hand auf seine.

»Welche Überraschung und welches Vergnügen, Sie hier zu treffen. Also, wie Pieri interessieren Sie sich ebenfalls für moderne Kunst?«

Sie ist strahlend, mehr als schön, anziehend. Das Publikum beginnt zu den Buffets zu strömen. Um Atem zu schöpfen, geht Daquin einen Wurstteller und zwei Gläser Rotwein holen, stellt alles vor sie hin. Emily nimmt mit den Fingern eine Scheibe Salami, knabbert daran, während sie zusieht, wie er sich setzt. Er kennt diesen Blick, lauernd auf das Tier im Körper des anderen, lauernd auf Lust. Und er liebt es, ihn auf seinem Körper zu spüren. Wenige, sehr wenige Frauen haben diese Wirkung auf ihn gehabt. Wenn es ihm passiert, nutzt er es sehr gern aus. Diesmal zögert er. Und steigt auf das Spiel nicht ein. Mit einer Spur Bedauern.

»Ich habe in Pieris Unterlagen eine Akte mit der Bezeichnung Emily gefunden.« Sie erstarrt. »Darin befand sich ein komplettes Konzept, in sehr fortgeschrittenem Stadium, für eine Kunstgalerie in New York.« Stumm, angespannt. »Was mich auf den Gedanken bringt, dass die Zufallsbegegnung mit Pieri am Tag des Mordes ein netter Scherz ist.«

Pause.

»Sprechen Sie weiter. Was schließen Sie daraus?«

»Sehr einfach. Ihr Mann und Ihr Cousin sind bis über beide Ohren in die Morde an Pieri und Simon verwickelt …«

»Simon? Wer ist Simon?«

»Pieris Stellvertreter bei der Somar, er wurde am Tag nach Pieris Ermordung am Flughafen von Nizza erschossen, in Gegenwart Ihres Mannes, der selbst das Treffen mit ihm anberaumt hatte. Sie sind nicht so naiv, dass Sie die Rolle Ihrer Verwandten nicht kennen würden, Sie verbergen vor der Polizei Ihre Beziehung zu Pieri, Sie sind am Tatort des ersten Verbrechens zugegen, ich schließe daraus, dass Sie Komplizin sind. Alles in allem eine Familienangelegenheit.«

Emily ist jetzt weiß vor Zorn. »Wie können Sie so etwas sagen?«

»Ich kann, ohne Probleme. Vergessen Sie nicht, Ihr Mann hat das französische Staatsgebiet überstürzt verlassen und wird nicht zurückkehren. Ihr Cousin wurde von unserem anstehenden Besuch verständigt und ist in Minutenschnelle geflohen. Ich lasse diese beiden mal beiseite, ich komme später auf sie zurück. Pieris Ermordung wurde im Voraus geplant, vorbereitet. Die Mörder kannten seine Gewohnheiten im Casino, wussten, dass er an diesem Abend dorthin kommen würde. Sie, die ein Projekt mit ihm laufen hatten und sich daher mit ihm verabreden konnten, Sie, die an seinem Arm waren, vielleicht, um die Mörder auf ihn hinzuweisen ...«

Sie unterbricht ihn mit einer Handbewegung. »Wissen Sie, warum ich hergekommen bin?«

»Mein Kollege meint, Sie haben Lust, mit mir zu schlafen.«

»Er hat recht. Jetzt habe ich keine Lust mehr, ich gehe.«

Sie ist schon auf den Beinen. Ohne aufzustehen packt Daquin ihr Handgelenk, verdreht es brutal, die Gewalt lässt sie zurück auf den Stuhl fallen.

»Sie werden bei mir bleiben und mir zuhören. Aus gutem Grund. Ich weiß, was in Pieris Akte steht, und Sie wollen es wissen.« Daquin lässt sie los, sie rührt sich nicht. »Kurz und bündig, ich habe Sie nie für die Komplizin bei diesem Mord gehalten. Um an Pieris Seite zu bleiben, in der Schusszone, wissend, dass er das Ziel sein würde, hätte es einer Kaltblütigkeit bedurft, die Sie nicht haben. Ihr nervöser Zusammenbruch war nicht vorgetäuscht.«

»Also warum ...«

Daquin fährt fort: »Wussten Sie, dass Ihr Cousin nicht nur ein herausragender Liebhaber ist, sondern auch Eliteschütze in der israelischen Armee war? Wussten Sie, dass er sich in den Tagen vor dem Mord nicht in Südafrika aufhielt, wie er Ihnen erzählt hat, sondern unter falschen Namen an der Côte, und dass er beim Auskundschaften des Tatorts von einem glaubwürdigen Zeugen im Casino gesehen wurde?«

Emily, erstarrt, taucht in ihre Erinnerungen ab. Sie durchlebt die ganze Szene noch einmal. Sie sieht, sie erkennt Davids Gestalt in der schwarzen Kleidung des Mörders. Im tiefen Schatten des Helms wird ein Gesicht lebendig, Nasenrücken, Augenbrauenbalken, sie sieht, sie erkennt Davids Gesicht. Sie spürt, wie Pieris Körper vor ihren Füßen auf den Boden fällt, sie sieht die Geste des Mörders, in Zeitlupe, der seine

Waffe senkt, sie unter seinen Blouson schiebt, gegen sein Herz drückt. Sie sieht wieder Davids nackten Körper auf der Matratze am Meer, ein braunes Mal unter seiner linken Brust. »Das ist nichts, eine Verbrennung, ganz oberflächlich, das geht vorbei.« Ein Schauder überläuft sie von den Lenden bis zum Nacken, sie ist fasziniert von ihrem mörderischen Cousin, so sehr Herr seiner selbst und eroberter Liebhaber, fasziniert davon, dieses Abenteuer erlebt zu haben und so lebendig daraus hervorgegangen zu sein.

Daquin betrachtet sie. Sie hat sich entzogen, ich habe sie verloren.

Genau in diesem Moment trifft Yves Montand ein, umringt von einer kompakten Gruppe Journalisten, Fotografen und Schaulustiger, um die Ausstellung zu eröffnen. Die Terrasse des *Peano* wird überrannt, der Tisch von Emily und Daquin angestoßen, ein Weinglas kippt auf Emilys Blümchenkleid, ein Kellner eilt herbei, Schwamm in der Hand, Emily taucht aus ihrer Hypnose auf, Daquin weiß, dass der Moment der Verführung vorüber ist, fragt sich, ob er es bedauert oder nicht, und nimmt den Faden wieder auf.

»Pieri und die New Yorker Galerie. Wie kam es zu diesem Projekt?«

Sie ist beinahe heiter, gesprächig, eine andere Frau. »Am Anfang war es Zufall. Ich bin Maxime vor etwa zwei Jahren im Büro meines Mannes in Mailand begegnet, genau so, wie ich es Ihnen schon erzählt habe. Wir haben zusammen zu Mittag gegessen. Er war ein charmanter Mann, mit ihm fühlte ich mich wohl, entspannt, voller Vertrauen. Dann bin ich ihm in Antibes erneut über den Weg gelaufen, bei einem befreundeten Galeristen, im Februar oder März letzten Jahres. Er wollte nach New York reisen, ich träumte davon, dort zu leben. Wir sprachen über die Stadt. Er kannte sie gut, hatte dort eine Zeitlang gelebt. Er interessierte sich für die Schule von Nizza, alle diese Maler sind meine Freunde. Wir haben uns wiedergesehen, und von einem Thema zum anderen schlug er mir sehr bald vor, uns zusammenzutun, um in New York eine Kunstgalerie aufzuziehen, er das Kapital, ich die Leitung. Meine Niçoiser Freunde waren hin und weg und unterstützten das Projekt.«

»Warum interessierte sich Pieri für zeitgenössische Kunst? Ich kann ihn mir nicht vorstellen, wie er Césars Kompressionen drüben auf der anderen Straßenseite bewunderte.«

»Was César angeht, irren Sie sich. Er mochte seine Kompressionen sehr. Sie berührten ihn, er hatte das Gefühl, sie seien nach seinem Bild erschaffen. Aber was ihn an der Kunst vornehmlich interessierte, war der Markt. Er witterte einen Markt mit großem Wachstumspotenzial, vollkommen unreguliert, den er für ideal hielt, um Gelder zu waschen.«

»Und das störte Sie nicht?«

»Dass von Geld die Rede war? Warum? Der Kunstmarkt ist ein Markt wie jeder andere.«

»Ich will sagen: Es störte Sie nicht, sich mit einem Banditen zusammenzutun, der Ihre Galerie mit gesetzlosem Geld finanzieren würde?«

»Ich denke nicht. Im Grunde habe ich mir diese Frage nicht gestellt. Ich frage mich sogar, ob ich sie verstehe.«

»Wer waren seine Kunden, die das Bargeld lieferten?«

»Maxime war sehr herzlich, er redete viel, aber niemals über seine Geschäfte. Übrigens genauso wenig wie über sein Privatleben.«

»Wussten Sie, dass er mit einem Mann zusammen war?«

»Maxime? … Sind Sie sicher?«

»Ja.«

»Es fällt mir schwer, das zu glauben.«

»Warum? Haben Sie mit ihm geschlafen?«

»Sie sind widerlich.« Einen Moment Schweigen. »Nein. Aber ich hätte es gekonnt.«

Neuerliches Schweigen. Emily betrachtet die Passanten auf der Straße, Maxime, ein so enger Freund, ein Unbekannter, Gefühl einer verpassten Verabredung. Lust zu weinen.

»Und die Geschäfte mit Frickx, hat er Ihnen von denen erzählt?«

»Der Einzige, der mir ein bisschen, sehr wenig, darüber erzählt hat, war David. Michael hat dieser Tage bei CoTrade gekündigt und in Genf seine eigene Tradingfirma für Erdöl eröffnet.«

Daquin sammelt sich ein paar Sekunden. Frickx hatte ein Motiv und die Mittel. Ich wusste das bereits. Und er hatte einen Termin einzuhalten, er musste alles parat haben, um auf die iranische Initiative zu reagieren. Als Emily am Arm von Pieri auftaucht, kommt ein Aufschub daher nicht in Frage, der Mörder schießt. Und Frickx begibt sich in Gefahr.

»Kennen Sie den Namen seiner Firma?«

»Frickx & Co. David sagte, er wird in die Kategorie der sehr Großen und sehr Reichen eintreten, Milliarden verdienen. Unterdessen soll ich eigentlich zu ihm nach Genf kommen, wo er sich mit seiner Firma niedergelassen hat.«

»Werden Sie gehen?«

»Ganz sicher nicht. Er hat den Mietvertrag für die Villa in Cap Ferrat gekündigt, um mich zu zwingen, zu ihm zu kommen. Aber das werde ich nicht tun. Ich suche mir in Nizza Arbeit. Ich werde etwas finden.«

»Enkelin und Ehefrau von Milliardären, ich verstehe nicht, warum Sie Pieri brauchten, um den Kauf Ihrer Galerie zu finanzieren.«

»Weil Sie meine Familie nicht kennen. Für meinen Großvater sind alle Künstler auf die schiefe Bahn Geratene und

Parasiten. Völlig ausgeschlossen, dass sich ein Mitglied seiner Familie in dieses Milieu verirrt. Schon gar nicht seine Enkelin. Es ist zwecklos, ihn überzeugen zu wollen. Er ist kein Mann, der bereit ist, sich überzeugen zu lassen. Und mein Gatte ist aus Prinzip seiner Meinung. Ich spiele nicht das Opfer, mein Großvater liebt mich und ich liebe ihn, ich habe eine wichtige und anerkannte gesellschaftliche Funktion: Ich garantiere für die Stabilität der Geschäftsverbindung zwischen meinem Mann und meinem Großvater. Sie finden diese Anordnung ein bisschen altmodisch ...«

»Ich habe nichts gesagt.«

»... ich habe das Spiel mitgespielt, und ich habe davon profitiert, ich werde mich nicht beschweren. Aber in dem stillschweigenden Vertrag zwischen meinem Mann und mir war vereinbart, dass wir in New York leben, nicht in Mailand und schon gar nicht in Genf. Dafür habe ich ihn geheiratet, um Südafrika zu entkommen und in New York zu leben. Ich habe meinen Teil des Vertrags erfüllt, er nicht. Deshalb habe ich anderswo eine Lösung gesucht.«

Schweigen, jeder in seinen Gedanken. Emily isst das letzte Stück Wurst, trinkt Daquins Rotwein aus. Er sagt sich, dass auch Pieri sie sehr anziehend gefunden haben muss. Er holt die Akte »Emily«, die er in Pieris Häuschen gefunden hat, aus seiner Blousontasche. Ich werde sie ihr geben. Warum? Weil ich Lust habe, sie in New York wiederzusehen? Er legt die Mappe zwischen ihnen auf den Tisch und lässt seine Hand darauf liegen.

»Wenn ich Ihnen sage, dass Sie mich nie gesehen haben?«

»Das ist nicht ganz richtig. Ich habe Commissaire Daquin nie in Marseille getroffen, aber er war zweimal in meinem Haus in Cap Ferrat.«

»Dann sind wir uns einig.«

Er schiebt ihr die Mappe hin, sie schlägt sie auf, blättert. Es ist alles da, der Name des Maklerbüros, des Verkäufers, die Adresse der Galerie, die laufenden Verhandlungen. Diesmal hat sie wirklich Tränen in den Augen.

»Ich weiß nicht, was ich sagen soll …«

»Umso besser, sagen Sie nichts. Und hören Sie mir noch zwei Minuten zu. Ihr Projekt ist nicht mehr finanziert. Sie werden Argumente brauchen. Ihr Mann hat zusammen mit Pieri vier Jahre lang Schwarzmarktgeschäfte mit Erdöl betrieben. In dem Moment, wo das Geschäft eine andere Dimension annimmt und er Frickx & Co. gründet, beseitigt er mit Davids Hilfe seinen nicht vorzeigbaren Geschäftspartner. Wir haben genug, um ihm ernsthafte Probleme zu bereiten, falls er je nach Frankreich zurückkommt, aber keine hinreichenden Beweise für einen internationalen Haftbefehl. Wenn Sie Frickx damit nicht dazu bringen können, ein Projekt zu finanzieren, das bereits vollständig in die Wege geleitet ist, dann haben Sie keine Chance, im Kunsthändlermilieu zu überleben.«

Daquin steht auf.

»Auf Wiedersehen, Madame, ich will Sie nicht länger aufhalten, Sie müssen sich diese Ausstellung ansehen. Deshalb sind Sie doch gekommen, oder?«

»Nicht ganz.« Lächeln. »Und das wissen Sie.«

»Ich habe mir die Adresse der Galerie in New York notiert, auf meiner nächsten Reise komme ich Sie besuchen.«

Noch am selben Abend, gegen Mitternacht, ruft Emily Frickx in Genf an.

»Endlich! Von wo rufst du an? Bist du am Flughafen? Ich habe gestern den ganzen Tag auf dich gewartet, heute habe ich angerufen, niemand da. Was ist los?«

»Ich komme nicht, nicht sofort. Vorher habe ich etwas mit dir zu besprechen. Lass uns für morgen ein Treffen in Nizza verabreden. Ich kann dich am Flughafen abholen.«

»Nein. Ich lege derzeit keinen Wert darauf, nach Frankreich zu fahren.«

Das ist so gut wie ein Geständnis. Emily dreht sich der Kopf. Sie setzt sich hin.

Frickx fährt fort: »Warum kommst du nicht her, nach Genf? Ich verstehe das nicht. Worüber willst du mit mir reden? Es gibt nichts zu bereden.«

»Vorsicht, Michael. Ich lege gleich auf und stöpsele das Telefon aus.«

»Schön, wie du willst. Ich kann morgen nicht kommen. Sagen wir San Remo, am Sonntag. Tagsüber.«

»Sonntag dreizehn Uhr, Mittagessen im Restaurant *Bel Canto* neben dem Casino.«

Sie legt auf.

22

Samstag, 31. März und Sonntag, 1. April 1973

Samstag, Marseille

Früher Abend am Vieux-Port. Zwischen dem Fort Saint-Jean und dem Rathaus nutzen Bummler dieses Frühlingswochenende, die milde Luft und das schöne Wetter und gehen mit ihren Familien spazieren. Unter den Arkaden aus ockerfarbenem Stein drei Bars nebeneinander, die *Chouchou Bar*, das *Tanagra*, das *Lido*, beinahe identisch: eine große Markise, um ein paar einfache Metalltische auf der Terrasse gegen die Sonne zu schützen, drinnen Freudenhausdekor, an den Wänden roter und goldener Samt, gedämpftes Licht, Wandleuchten aus Buntglas. Außerhalb der Stoßzeiten, wenn die amerikanischen Kriegsschiffe zwischenlanden und ihre Matrosen zur Hurensuche auf die Straßen kippen, sind diese Bars wenig frequentiert. Sie stehen im Ruf, Hochburgen von Verbrechern zu sein, die hier Stammgäste sind und sich ungern von Limonade schlürfenden Zivilisten stören lassen.

Deshalb sitzt an diesem Abend trotz Wochenende und Schönwetter kein einziger Gast auf der Terrasse des *Tanagra*, und auch drinnen ist wenig los. Joseph Lomini, genannt Jo der Torero, ein großer, schöner Mann von fünfunddreißig, einer von Gaëtan Zampas besten Soldaten, zeitweise auch Zuhälter, ist der Inhaber des Lokals. Die Ellenbogen auf die Bar gestützt, trinkt er einen Tanagra, den Hauscocktail auf Basis spanischer Spirituosen, den ihm die andalusische Barfrau Carmen gemixt hat, eine hübsche, wohlgeformte

Vierzigerin, und unterhält sich mit Aslan-Alfred Bistoni, genannt Aga Khan, in ihren Glanzzeiten einer der Bosse der French Connection, der im biblischen Alter von zweiundsechzig Jahren gern Teilzeitrentner auf dem Lande spielt und seine Wochenenden in Marseille verbringt, um am Vieux-Port zu flanieren, im *Tanagra* zu trinken, Geschäfte zu erledigen und sich im Bett von Carmen zu fläzen, seiner gelegentlichen Stammhure. Zwei Gäste sitzen an einem hinteren Tisch, trinken Pastis und füttern die Jukebox mit Flamencoplatten. Flaute. Wochenendrhythmus.

Um 18:30 Uhr betritt Stepanian die Bar und begrüßt Bistoni, einen entfernten Cousin, der nicht erfreut wirkt, ihn zu sehen, aber die armenische Familie ist und bleibt die armenische Familie, er verlässt den Tresen und zieht Stepanian zu einem kleinen Tisch in einer Ecke des Raums.

»Du wolltest mich treffen? Warum? Mach schnell, ich will ungern in deiner Gesellschaft gesehen werden.«

»Aslan, ich bin erledigt.«

»Ich weiß, alle wissen es. Zampa hat dich verdammt. Du bist wahnsinnig, dass du dich beim Torero blicken lässt.«

»Lomini kennt mich nicht. Aslan, du musst mir glauben. Ich wusste nicht, dass Zampa in Pieris Kalaschnikow-Geschäft mit drinsteckte.«

»Man muss sich immer informieren, ehe man Mist baut. Hättest du mich gefragt, ich hätte es dir gesagt. Was willst du jetzt noch?«

»Ich will es dir erklären, Aslan. Hör mir zu. Als ich wegen den Kalaschnikows in der Rue Arḿeny war, dachte ich, ich ziehe das große Los, 50 000 Dollar und den Pass. Ich brauche das, ich muss verschwinden. Pieri hat mir übel mitgespielt, er hat mich bei dieser Erdölgeschichte hängenlassen, dass es so weit mit mir gekommen ist, ist seine Schuld …«

»Hör gefälligst auf, die Toten in den Dreck zu ziehen.«

»Außerdem dachte ich, er hat genügend Freunde, um sich aus der Affäre zu ziehen. Und weißt du was? Ich habe keinen roten Heller bekommen, der Kerl hat mir ins Gesicht gelacht und gesagt: ›Wir wissen längst Bescheid, da musst du was anderes finden.‹ Du siehst also …«

Es ist 18:55 Uhr, ein beigefarbener Mercedes hält in zweiter Reihe gegenüber dem *Tanagra*.

»Nein, ich sehe gar nichts …«

Lomini macht Bistoni ein Zeichen, der steht auf.

»Rühr dich nicht weg von diesem Tisch, ich bin sofort wieder da.«

Und er begibt sich zur Bar.

Drei Männer steigen aus dem Mercedes, marschieren nebeneinander auf die Bar zu, stoßen die Tische auf der Terrasse um, treten unter die Arkaden. Vor den Glastüren angekommen, eröffnen sie mit einer Maschinenpistole, einem Colt 45 und einer Pumpgun das Feuer. Lomini zieht reflexartig die Pistole aus seinem Holster, keine Zeit zu schießen, er stirbt mit der Waffe in der Hand. Zwanzig Sekunden später: »Das war's«, sagt der Mann mit der Maschinenpistole, die Schützen machen kehrt, steigen in ihren Mercedes und verlassen den Schauplatz in Richtung La Joliette. In der verwüsteten kleinen Bar haben sie ein Blutbad angerichtet. Alle Scheiben der Fensterfront sind zerbrochen. Es herrscht Halbdunkel, sämtliche Lampen zerplatzt, kein Mann mehr aufrecht, fünf verdrehte Körper liegen in Lachen von Blut auf dem Boden, einen sechsten, den der Barfrau, wird man später hinter dem Tresen finden. Überall an den Wänden Blutspritzer, bis hoch zur Decke, der Gestank von Pulver und Blut in dem stickigen Raum ist unerträglich.

In den folgenden Minuten treffen die Krankenwagen, die Polizei und die Presse ein. Der Évêché und die Zeitungsredaktionen liegen nur zwei Schritte entfernt. In der kleinen Bar drängen sich die Leute, man watet in Blut. Sécurité Publique, Kriminalpolizei, die großen Chefs, auch sie sind da.

Draußen auf den Kais versammeln sich die Schaulustigen, allesamt Männer. Erstklassige Samstagabendvorstellung, aber nichts für Frauen. Zu empfindlich. Sie werden mit den Kindern nach Hause geschickt. Uniformierte Polizisten versuchen die Gaffer auf Abstand zu halten, damit die Krankenwagen passieren können: Es scheint, dass eine der Leichen noch am Leben ist. Angeregte Gespräche, vorzugsweise mit sehr lauter Stimme. Die Bullen sollen ruhig erfahren, was das Volk denkt.

»Man ist sich seines Lebens nicht mehr sicher. Am Vieux-Port, an einem Wochenende. Während man mit den Kindern spazieren geht. Das zu erleben … eine Schande.«

»Die Polizei, Mickymäuse, sage ich dir.«

»Die Todesstrafe, was anderes fällt mir dazu nicht ein.«

»Ganz meine Meinung. Man muss diese Wilden ergreifen und hinrichten, alle miteinander.«

»Geht's noch, Leute?«, versetzt ein anderer. »Seht ihr nicht, dass sie das selbst besorgen? Lasst sie mal machen. Solange sich die Banditen gegenseitig umbringen … Das kommt billiger für den Steuerzahler.«

Im Évêché arbeiten Daquin und Grimbert gemeinsam an der Endredaktion des Abschlussberichts zum beschleunigten Verfahren. Sie werden mitgerissen von dem Rausch, der das Stockwerk der Kriminalpolizei erfasst, folgen der Bewegung und finden sich am Ort der Erschießung wieder. Nachdem sie einen kurzen Blick in die Bar geworfen haben, halten sich beide im Hintergrund. Grimbert wendet sich Daquin zu.

»Erinnern Sie sich, was ich Ihnen Montag gesagt habe, eine Woche der Gewaltlosigkeit in Marseille, das gibt ein Blutbad. Die Woche der Gewaltlosigkeit geht morgen zu Ende. Es ist so weit. Sie haben gut daran getan, nicht zu wetten.«

»Ich wette nie. Hier zumindest haben wir mal eine nach allen Regeln der Kunst ausgeführte Abrechnung im Milieu, wenn ich das richtig sehe. Keine Feinarbeit, man geht mit schweren Waffen rein und nimmt alles unter Beschuss, was sich bewegt.«

»Ja, sie haben sich mit der Ausführung viel Mühe gegeben. Eine Art Meisterstück der hiesigen Handwerkszunft. Nicht mehr lange und der Rekord, den Al Capone am Valentinstag aufgestellt hat, dürfte gebrochen werden.«

»Bei dem Tempo, das sie vorlegen, brechen sie ihn wenn nicht heute, dann morgen.«

Die beiden Männer beobachten die Szene einige Minuten lang, dann Daquin: »Sagen Sie, ist es ein lokaler Brauch, zu mehreren Dutzend Leuten am Tatort herumzutrampeln?«

Grimbert hat keine Zeit, eine Antwort zu finden, der Chef der Kriminalpolizei hat sie entdeckt und kommt auf sie zu. Er wirkt nicht sonderlich betroffen von dem Massaker.

»Wissen Sie, wer die Opfer sind?«

»Nein, Herr Direktor. Wir sind eben gekommen, wir sind nicht auf dem Laufenden.«

»Keine Überraschung: Lomini, der Inhaber der Bar, einer von Zampas Männern, seit sechs Monaten im Visier von Le Belge. Alfred Bistoni, ebenfalls keine Überraschung, Schein-Rentner der French, sein Name tauchte im Kontext der Finanzierung der Niçoiser Casinos auf, also auch er ein Mann von Zampa. Die Barfrau, zwei Unbekannte und Jo der Armenier.«

Daquin und Grimbert erstarren, verkrampfen sich, sagen kein Wort.

Der Chef fährt fort. »Ein Name, den Costa oft erwähnt hat. Sehr präsent in Ihrer Akte, nach allem, was er mir sagte. In Marseille kursiert das Gerücht, Zampa wäre in den Waffenschmuggel der Somar verwickelt gewesen. Das erklärt vielleicht, warum Stepanian hier liegt. All dies stärkt meine Überzeugung: Die Morde an Pieri und Simon sind Teil der derzeitigen Abrechnungen im Marseiller Milieu. Ich habe eben mit Staatsanwalt Coulon telefoniert, um ihn über das Massaker zu informieren und dass Stepanian unter den Opfern war. Wir sind uns einig. Aus Gründen der Effizienz ist es angebracht, dieses Dossier mit denen zu bündeln, die bereits in Richter Bonnefoys Händen liegen. Ich denke, am Montag wird der entsprechende Beschluss offiziell. Kommen Sie am Nachmittag mit der vollständigen Fallakte Pieri-Simon zu mir, wir übergeben sie dem Richter, der mit dem Fall betraut wird, höchstwahrscheinlich Bonnefoy. Dann zeigt sich auch, welche unserer Teams im Anschluss weiterermitteln. Und nun, Messieurs, wünsche ich einen schönen Sonntag.«

Sobald er gegangen ist, fragt Daquin Grimbert: »Haben Sie eine Ahnung, was Stepanian im *Tanagra* zu schaffen hatte?«

»Nicht die geringste. Ich wäre nie darauf gekommen, hier nach ihm zu suchen, mitten auf Zampas Territorium. Zampa hat mit Pieri bei den Guérinis verkehrt, er schätzte ihn, ich kann mir kaum vorstellen, dass er Stepanian Rückendeckung gab. Zampas Verwicklung in den Waffenschmuggel dagegen, die Verbindung zu Fratoni, zu Leccia, zum SAC, zu Simon, das ist sehr gut möglich. Es würde erklären …«

»Hören Sie auf, Grimbert. Mein Bedarf ist gedeckt, ich bin nicht willens, mich erneut in diese verworrene Geschichte zu vertiefen. Was meinen Sie, entzieht uns der Chef die Ermittlung?«

»Sieht danach aus. Richter Bonnefoy wird ohnehin … Sie haben die Erfahrung ja schon gemacht.«

»Einen schönen Sonntag, sagte der Chef … Ich glaube, ich gehe mich betrinken. Und Sie?«

»Zum Wochenendhaus. Ein Wochenende im Kreis der Familie.«

Sonntag, Nizza, San Remo

Sonntagmorgen gegen zehn Uhr. Augusto, der Besitzer der Kunstgalerie in Nizza, mit dem Emily geschäftlich zu tun hat, holt sie mit dem Wagen ab und sie starten nach San Remo.

»Danke, dass du bereit bist, mich zu begleiten. Ich erkläre es dir. Ich fahre zu einem Treffen, das Michael mit mir verabredet hat. Er betrügt mich, ich habe Beweise, ich verlange die Scheidung, ich bekomme das Geld, um in New York die Galerie zu eröffnen, über die wir gesprochen haben. Und wir arbeiten wie vereinbart zusammen.«

»Warum soll ich dabei sein?«

»Zu meiner Beruhigung. Ich habe Angst.«

»Wovor?«

»Ich weiß nicht, vor einer Entführung zum Beispiel.«

»Das bildest du dir ein, dein Mann ist kein Gangster.«

»Man darf nie nach Äußerlichkeiten urteilen.«

Dann schweift die Unterhaltung ab zu ihren kleinen Erlebnissen im Niçoiser Mikrokosmos. Was die ganze Fahrt ausfüllt.

Sie erreichen San Remo mit einer Stunde Vorsprung. Das *Bel Canto* ist ein zauberhaftes Restaurant, weiße Tischtücher und ein Fresko, das die Bucht von Neapel darstellt. Um diese Uhrzeit ist der Gastraum menschenleer. Emily besichtigt die Toiletten, Augusto sieht sich in Richtung Küche um. Kein verdächtiger Muskelprotz weit und breit.

Emily wählt einen Tisch fern der Türen. Augusto setzt sich an einen anderen Tisch, von dem aus er sie bewachen kann. Er betrachtet sie aus dem Augenwinkel, während er Zeitung liest. Sie sitzt reglos da, der Körper sehr gerade, die Hände auf dem Tisch gefaltet, die Augen geschlossen. Er ist beeindruckt, fragt sich, ob er als Statist in einer Posse oder in einem Krimi mitwirkt. Sie dagegen konzentriert sich, sagt sich immer wieder vor: Ich trete einem Mörder gegenüber. Ich habe keine Angst. Ich habe Waffen. Ich bin stark. Ich werde siegen.

Frickx fährt genau zur vereinbarten Uhrzeit im Taxi vor. Der Gastraum ist jetzt zur Hälfte gefüllt. Augusto überrascht sich dabei, dass er die Eintretenden scharf beäugt, und kann erneut keinen Muskelprotz in der Umgebung entdecken.

Frickx geht auf Emilys Tisch zu. Tief verärgert darüber, Zeit mit unnötigem Palaver zu vergeuden, aber auf dem Gesicht die Maske des entspannten und gut gelaunten Mannes, wie immer. Er küsst seine Frau, ein leichter Kuss auf die Lippen, und setzt sich. Emily sagt sich vor, dass Frickx gefährlich ist, man darf ihm keine Zeit lassen, das Gespräch an sich zu reißen. Eine einzige Taktik, die Offensive. Sobald sie bestellt haben, zweimal Spaghetti Carbonara und eine Karaffe Weißwein, kommt sie zur Sache.

»Ich weiß so ziemlich alles. David und du, ihr habt den Mord an Pieri und seinem Freund Simon organisiert. Hauptgrund: irgendwelche Erdölgeschichten, die ich dir nicht ausführlich darlegen muss, du kennst sie besser als ich. Nebenbei seid ihr das Risiko eingegangen, mich ebenfalls zu töten. Ich habe deshalb keinerlei Vertrauen mehr zu dir. Ich habe die Dokumente, die ich besitze, und die ich von Pieri habe, in Sicherheit gebracht, und ich habe Freunde gebeten, ein Auge auf uns zu haben, hier, in diesem Restaurant. Von deiner Seite halte ich alles für möglich.«

Der Ober bringt die Spaghetti, den Wein. Michael nutzt die Gelegenheit, seinen Blick durch den Raum schweifen zu lassen, sucht nach professionellen Leibwächtern, kann keinen entdecken. Bluff?

Er fragt: »Was beabsichtigst du zu tun?«

»Ich werde nicht ins Kommissariat von Nizza rennen und deine Lebensgeschichte auspacken, keine Sorge. Ich werde aus der Situation Nutzen ziehen. Eine von dir schuldhaft verursachte Scheidung wegen irgendwelcher Ehebruchgeschichten, du hast die Qual der Wahl, und mit dem Geld aus der Scheidung lasse ich mich in New York nieder und eröffne eine Kunstgalerie.«

»Scheidung, unmöglich.«

»Warum?«

»Weil nach französischem Recht eine Ehefrau nicht gegen ihren Mann aussagen kann …«

Er gibt alles zu, ich habe ihn.

»… Und weil dein Großvater es mir nie verzeihen würde. Eine Wohnung in New York hingegen … aber die Kunstgalerie, ausgeschlossen. Ich habe deinen Großvater vor drei Tagen besucht. Er hat Freunde getroffen, denen du irgendwas verkauft hast … ein Kunstwerk. Er sagte zu mir: Ich will nicht, dass sich meine Enkeltochter in diesen Spinnerkreisen herumtreibt, handhaben Sie das.‹«

»Schau, das ist dein Problem, nicht meins. Du finanzierst die Galerie und du siehst zu, wie du das mit meinem Großvater regelst. Ich kann mich darauf einlassen, meine Künstler für mindestens fünf Jahre nicht in Südafrika zu verkaufen, das erleichtert dir die Sache. Aber ich bekomme die Wohnung und die Galerie. Wenn du ablehnst, kommt dich das viel teurer zu stehen, und ich weiß, dass du rechnen kannst. Denk nur daran, was mein Großvater sagen und welche Maßnahmen er ergreifen würde, wenn er erführe, dass du auf seine Enkelin hast schießen lassen.«

»Eine Kunstgalerie in New York lässt sich nicht einfach so finden, und ich weiß nicht, von welchen Summen wir sprechen.«

»*Ich* weiß es.« Emily holt ein paar zweifach gefaltete Zettel aus ihrer Tasche, Kopien bestimmter Seiten aus dem von Pieri vorbereiteten Dossier, die Lage der Galerie, die ersten Preisverhandlungen. »Ich habe gerade ein Konto bei einer New Yorker Bank eröffnet. Sobald du das Geld überwiesen hast, schließe ich den Vertrag ab.«

Emily zwinkert Augusto zu, während Frickx, verblüfft, die Unterlagen liest. Ausgezeichnet gemacht. Eine gute Adresse, der Preis gut verhandelt.

»Wer hat das eingefädelt?«

»Pieri, bevor irgendwelche Dreckskerle ihn ermordet haben. Er hat mir dieses Dossier hinterlassen, mit ein paar anderen.«

»Ich verstehe das alles nicht.« Er wirkt ehrlich verstört. »Pieri kann sich nicht für Kunstkram interessiert haben. Wie hast du das angestellt? Hast du mit ihm geschlafen?«

»Michael, du bist ein armer Idiot. Du hast wie lange mit ihm zusammengearbeitet, vier Jahre, fünf Jahre?«

»Vier.«

»Und du hast nie bemerkt, dass er nur Männer liebte?«

»Pieri? Unmöglich …«

Und dann doch nicht, wenn man es genau betrachtet. Er ist nie zu unseren kleinen Partys mitgekommen, ich habe ihn nie mit einer Nutte gesehen … Dafür muss es ja wohl einen Grund gegeben haben. Wer keine Nutten mag, mag keine Frauen. Ein verschwiegener Typ … Trotzdem hat er Emily anvertraut, dass er schwul war. Diese Geschichte mit den Dokumenten, über die sie verfügt, also vielleicht doch kein Bluff … Was ich von Anfang an befürchtet habe, seit der Entdeckung, dass sie an dem Abend im Casino war … Frickx ist erneut vollkommen überfordert. ›Ich weiß nicht, ob Sie Ihre Frau richtig kennen, Michael‹, hat der Alte gesagt. Aber so schlecht? … Emily spricht, hör ihr zu.

»Maxime interessierte sich für den Markt für zeitgenössische Kunst, weil er darin eine tolle Maschine zur Herstellung frischen Geldes und zur Geldwäsche sah. Er sprach von einer unausgebeuteten Marktnische und meinte, wer zuerst kommt, mahlt stets am besten. Das sind seine Worte. Wir waren uns einig: Er würde die Galerie kaufen, ich würde sie leiten. Mit anderen Prioritäten natürlich. Er vertraute mir bei der Auswahl der Künstler. Und ich vertraute ihm bei der Aufteilung der Gewinne. Wir wollten das jeden Monat einvernehmlich aushandeln, abhängig von den Geldflüssen, die jeder von uns zu verwalten hatte.«

Kunstmarkt, Geldwäsche, finanzielle Potenziale … Pieris Einschätzung mitbedenken, er hatte eine ungeheure Intuition, denk nur an Malta …

»Und ich, dein Mann? Gab es mich gar nicht mehr?«

»Maxime war sicher, dich überzeugen zu können, als Dritter ins Geschäft einzusteigen. Er meinte, du würdest der Marktstudie, an der er arbeitete, die er mir aber nicht hinterlassen hat, nicht widerstehen können. Er konnte sie nicht zu Ende bringen.« Ein Moment Schweigen. »Zwischen dir und mir allein wird die Teilung fifty-fifty sein. Aber die Galerie läuft auf meinen Namen.«

Frickx überlegt und zerfetzt dabei ein Stück Brot. ›Sie kennen Ihre Frau nicht ... Sie ist von meinem Blut, sie ist zu allem fähig.‹ Der Alte hatte recht ... Rechne noch Pieris guten Riecher dazu. Vielleicht nicht dumm, dieser Weg, Geld in die USA zu schleusen, unter Umgehung jeglicher Kontrolle. Für ... Wider ... Die Lösung des geringsten Übels ... Ich werde es schon schaffen, den Starteinsatz aufzutreiben, ich habe immer alles geschafft. Gebongt.

Er betrachtet seine Frau, aufmerksam. Das Gefühl, sie zum ersten Mal zu treffen. Er lächelt ihr zu. Schmeichler.

»Emily, dies ist das erste Mal in sieben Jahren, dass wir ein echtes Gespräch führen. Ich entdecke meine Frau, und sie ist eine Geschäftsfrau. Ein derber Schock. Ich bedaure, dass es erst dieser Umstände bedurfte ... und dass ich so viel Zeit vergeudet habe. Ich bin bei der Kunstgalerie dabei. Das begießen wir. Champagner zur Zuppa inglese.«

Nachwort in Form einiger Zahlen

2014 ist Genf der weltweit größte Handelsplatz für Erdöl. Dort wird ein Drittel der weltweiten Öl- und Gasgeschäfte abgewickelt.

Die vier umsatzstärksten Unternehmen der Schweiz sind Firmen, die mit Erdöl handeln: Vitol (307 Milliarden Dollar), Glencore Xstrata (252 Milliarden Dollar), Trafigura (133 Milliarden Dollar), Mercuria Energy Group (112 Milliarden Dollar).

Das fünfte ist Nestlé, ein multinationaler Konzern auf dem Sektor der Nahrungsmittelindustrie (96 Milliarden Dollar).

Vitol, das bedeutendste Tradingunternehmen für Erdöl, beschäftigt 5400 Angestellte bei einem Umsatz von 307 Milliarden Dollar und ist nicht an der Börse notiert.

Nestlé beschäftigt 330 000 Angestellte bei einem Umsatz von 96 Milliarden Dollar und ist an der Börse notiert.

Von Oktober bis Dezember 1973 stieg der Preis pro Barrel Erdöl von 3 auf 10 Dollar. Bis 1980 auf 30 Dollar. In den 2010er-Jahren wurde es zu 100 Dollar gehandelt.

*

Um die Entwicklung des Kunstmarkts nachzuverfolgen, verfügen wir über bruchstückhafte Daten.

1970 wird die erste Messe für zeitgenössische Kunst eröffnet. Im schweizerischen Basel.

1974 eröffnet in Paris der erste *Salon de l'art contemporain*, aus dem später, nach dem Baseler Modell, die Internationale Messe für zeitgenössische Kunst (FIAC) wird.

Den am leichtesten zu verfolgenden Markt stellen die Kunst-auktionen dar:

1950 repräsentierte der Handelsplatz Paris 80 % des Marktes und 40 % im Jahr 1990.

2014 teilen sich die Handelsplätze in China und den USA den ersten Platz, indem sie allein 78 % der Verkäufe realisieren. London folgt auf dem zweiten Platz. Auf Paris entfallen 2 % der Verkäufe.

Im Zeitraum von Juli 2013 bis Juli 2014 erlebten die Auktionen mit zeitgenössischen Kunstwerken ihr bestes Jahr und erzielten einen Erlös von 2 Milliarden Dollar. Ihr weltweiter Umsatz erhöhte sich in zehn Jahren um 1078 %, die Preise stiegen um 70 %.

Dominique Manotti

Weiterführende Lektüre, Links etc.

Erklärung von Bern (Hg.):
Rohstoff: Das gefährlichste Geschäft der Schweiz. Zürich 2011

Daniel Ammann:
King of Oil: Marc Rich – Vom mächtigsten Rohstoffhändler der
Welt zum Gejagten der USA. Zürich 2010

Yossi Melman:
Inside Intel – The Story of Iranian Oil and Israeli Pipes, 11.10.2007
www.haaretz.com/print-edition/features/inside-intel-the-story-of-
iranian-oil-and-israeli-pipes-1.230884

Das Geheimnis der 7 Schwestern. Die Geschichte des Weltöl-Kartells
(ORF-Doku) https://youtu.be/bJxdKisgEBU

Wikipedia zur Entwicklung des Erdölmarkts (speziell Iran):
https://de.wikipedia.org/wiki/National_Iranian_Oil_Company

Zum Rohstoffhandelsplatz Schweiz:

www.sib.admin.ch/fileadmin/_migrated/content_uploads/Die_
Schweiz_als_Drehscheibe_des_Rohstoffhandels.pdf

www.nzz.ch/schweiz/der-rohstoff-handelsplatz-schweiz-in-
zahlen-1.18054703

www.nzz.ch/articleEW8ZE-1.129110

www.bilanz.ch/unternehmen/oelmekka-genf

http://martin-ebner.net/topics/money/rohstoffhandelsplatz-schweiz

Auf Französisch: Interviews mit Manotti zu *Schwarzes Gold*
www.youtube.com/watch?v=94yL6rSvsqk

www.youtube.com/watch?v=TiHXt-37iF4
www.youtube.com/watch?v=Bvs-GUtgB-k
www.youtube.com/watch?v=YB6fPDNGbhY

Dominique Manotti bei Ariadne

»Manotti gehört zu den führenden Krimiautoren der gegenwärtigen Welt. Ein literarisches Ereignis, intelligenter kann Literatur nicht sein und packender kein Krimi.« *Deutschlandfunk Büchermarkt*

»Glasklar, kühl, angriffslustig: keine politischen Kampfschriften, sondern die aufregendsten Kriminalromane, die man zurzeit findet.« Marcus Müntefering, *Spiegel online*

Letzte Schicht
Deutsch von A. Stephani · Ariadne 1188 · 978-3-86754-188-6

Roter Glamour
Deutsch von A. Stephani · Ariadne 1192 · 978-3-86754-192-3

Einschlägig bekannt
Deutsch von A. Stephani · Ariadne 1198 · 978-3-86754-198-5

Das schwarze Korps
Deutsch von A. Stephani · Ariadne 1221 · 978-3-86754-221-0

Zügellos
Deutsch von A. Stephani · Ariadne 1193 · 978-3-86754-193-0

Ausbruch
Deutsch von A. Stephani · Ariadne 1218 · 978-3-86754-218-0

Abpfiff
Deutsch von A. Stephani · Ariadne 1197 · 978-3-86754-197-8

Schwarzes Gold
Deutsch von Iris Konopik · Ariadne 1248 · 978-3-86754-248-7

Kesseltreiben
Deutsch von Iris Konopik · Ariadne 1231 · 978-3-86754-231-9

Marseille.73
Deutsch von Iris Konopik · Ariadne 1247 · 978-3-86754-247-0

Krimis als Fenster zur Welt

Hannelore Cayre: Die Alte

Deutsch von Iris Konopik
Deutscher Krimipreis 2019 · Ariadne 1240 · 978-3-86754-240-1

»Großes Erzählkino, staatsverdrossen kapitalismuskritisch, seelenabgründig tief, dabei selbstironisch und witzig. Obendrein in einen der cleversten Plots seit langem verpackt.« Hannes Hintermeier, *FAZ*

»Ein urkomisches und doch sehr ernstes Buch, das die Geschichte von David und Goliath neu erzählt.« Katja Bohnet, *CrimeMag*

»Cayres Prosa ist von rasanter Lakonie, biestig, ätzend, tödlich präzise, scheuklappenfrei und dabei sensibel. Sie trifft die gesellschaftlichen Verhältnisse hyperrealistisch.« Thomas Wörtche, *Deutschlandfunk Kultur*

Merle Kröger: Havarie

Ariadne 1224 · 978-3-86754-224-1 (Hardcover)
Ariadne 1232 · 978-3-86754-232-6 (Taschenbuch)

Ein Meer, vier Schiffe, verschiedene Perspektiven: ein seetüchtiger Actionthriller und ein messerscharfes Porträt Europas.

»Kollision mit der Wirklichkeit, alle Maschinen stopp! *Havarie* ist der Roman der Stunde. So kunstvoll wie politisch – muss man gelesen haben!« Thekla Dannenberg, *Freitag*

»Das Meer der Geschichten ist ein Höllenschlund. *Havarie* gleicht einer vielfachen Fuge, für jede der Linien hat Merle Kröger einen eigenen Ton gefunden.« Elmar Krekeler, *Die Welt*

Merle Kröger: Grenzfall

Ariadne 1210 · 978-3-86754-210-4

1992 gab es Tote im Grenzgebiet, dann 20 Jahre Alltag im geeinten Europa und Wohlstand für alle. Für alle? Nicht ganz …

»Der europäische Kriminalroman *par excellence*. Grandios.«
Thomas Wörtche, *kaliber.38*

Krimis als Fenster zur Welt

Sara Paretsky: Altlasten

Deutsch von Laudan & Szelinski · Ariadne 1244 · 978-3-86754-244-9

»Ein Meisterwerk, so elegant geplottet, wie man es von Paretsky kennt. Man verschlingt die Story mit atemloser Spannung, macht die Nacht zum Tag, um das Buch nicht zur Seite legen zu müssen. Ein Roman, bei dem einfach alles stimmt.« Ulrike Borowczyk, *Berliner Morgenpost*

»Paretsky ist nicht die einzige hochpolitische Krimiautorin, aber wenige beleuchten Zusammenhänge so penibel und packen sie in eine so spannende Handlung. Die Amerikanerin käme, anders als ihr Präsident, gar nicht auf die Idee, der Komplexität der Welt auszuweichen.« Sylvia Staude, *Frankfurter Rundschau*

»Vic fightet mit Sheriff und Army, Showdown im Raketensilo. Nicht nur Lee Child ist entzückt.« Tobias Gohlis, *Krimibestenliste*

Liza Cody: Miss Terry

Deutsch von Grundmann & Laudan
Deutscher Krimi Preis 2017 · Ariadne 1219 · 978-3-86754-219-7

Nita hat Arbeit und eine hübsche Wohnung. Aber sie sieht anders aus. Als ein Verbrechen geschieht, zeigen alle Finger auf sie.

»Codys Romane machen die Gegenwart zum Thema, haben einen doppelten Boden. Das beflügelt – herrlich, besonders wenn der Müllcontainer wieder ferkelt.« Susan Vahabzadeh, *Süddeutsche Zeitung*

Sarah Schulman: Trüb

Deutsch von Else Laudan · Ariadne 1241 · 978-3-86754-241-8

»New York im Wandel: *Trüb* erzählt davon, wie eine Stadt ihre Seele verliert und was das mit den Menschen macht. Es ist eine wütende, überraschend komische Anklage gegen die Auswüchse der Gentrifizierung und streift aktuelle Themen wie Polizeigewalt und strukturellen Rassismus. Vor allem aber funktioniert *Trüb* als eindringliches Porträt einer Frau, die am Nullpunkt ihres Lebens steht.« Marcus Müntefering, *Spiegel online*

Krimis als Fenster zur Welt

Malla Nunn: Zeit der Finsternis
Deutsch von Laudan & Szelinski · Ariadne 1217 · 978-3-86754-217-3

»Ein zutiefst fesselndes und hypnotisches Leseerlebnis, getränkt mit der Atmosphäre Südafrikas in den 1950ern.« *Mike Nicol*

»Nunn ist Meisterin darin, die Unterdrückung in der leisesten Körpersprache darzustellen. Eine starke Schreibe, aus der der Duft der Regenzeit des südlichen Afrikas aufsteigt.« Christiane Müller-Lobeck, *taz*

Anne Goldmann: Das größere Verbrechen
Ariadne 1234 · 978-3-86754-234-0

»Erzählt vom dünnen Firniss der Normalität und wie leicht er zerreißen kann. Die Bilder vom stillen Bürgerkrieg in der österreichischen Kleinfamilie verbinden sich mit verwackelten Erinnerungen an den ganz realen Konflikt auf dem Balkan. Das ist psychologisch so beklemmend dicht gearbeitet, dass der Spielraum der Figuren immer kleiner wird.« Kolja Mensing, *Deutschlandfunk Kultur*

»Würgegriff der Geschichte: Der Autorin geht es um den Nachhall, das Verarbeiten und Verdrängen, um das, was sich auf Überlebende und Hinterbliebene überträgt.« Katrin Doerksen, *FAZ*

Tawni O'Dell: Wenn Engel brennen
Deutsch von Daisy Dunkel · Ariadne 1239 · 978-3-86754-239-5

»O'Dells intensiver und brillanter Country-Noir stellt mit Dove Carnahan eine Prachtfigur in eine Welt, wo die Männer zwar längst den Faden verloren haben, aber mit Zähnen und Klauen an ihren lächerlichen Privilegien festhalten.« Günther Grosser, *Berliner Zeitung*

»Mit Empathie und Witz schildert O'Dell das Leben, beschreibt Säufer und Rednecks, erzählt von Liebe und Eifersucht, politischer Kurzsichtigkeit und selbstzerstörerischen Familien, von Schuld und von Gerechtigkeit. Ein klassischer ›Whodunnit‹, wobei die Welt nicht plötzlich in Ordnung ist, nachdem der Fall gelöst ist. Was niemand so gut weiß wie Chief Dove Carnahan.« Hanspeter Eggenberger, *Tagesanzeiger*

Ariadne
Herausgegeben von Else Laudan

Titel der französischen Originalausgabe: Or noir
© Éditions Gallimard, Paris, 2015

Die Strophe auf Seite 72 stammt aus dem Gedicht
»État de siège« von Mahmoud Darwich, Ramallah
www.monde-diplomatique.fr/2002/04/DARWICH/8722

Taschenbuchausgabe 2020
Alle Rechte vorbehalten
© Argument Verlag 2016
Glashüttenstraße 28, 20357 Hamburg
Telefon 040/4018000 – Fax 040/40180020
www.argument.de
Umschlag: Martin Grundmann
Ölklecks © Manuela Heins, Fotolia.com
Lektorat: Else Laudan
Satz: Iris Konopik
Druck und Bindung: CPI books GmbH, Leck
Gedruckt auf säure- und chlorfreiem Papier
ISBN 978-3-86754-248-7
Erste Auflage 2020